Love, SET & MATCH

Lemon

Certifié PEFC

Ce produit est issu de forêts gérées durablement et de sources contrôlées

PEFC

PEFC/18-32-94

www.pefc-france.org

Ce livre s'inscrit dans une démarche écoresponsable. Il est composé de matériaux issus de forêts bien gérées, certifiées PEFC et d'autres sources contrôlées. Cette certification garantit une empreinte carbone réduite et une gestion raisonnée de la forêt, qui maintient la biodiversité et protège les écosystèmes. Il est imprimé avec des encres à base d'huile végétale.

Direction : Guillaume Pô
Direction éditoriale : Camille Chevalier
Responsable éditoriale : Flora Dumoulin
Édition : Stéphanie Chineaux
Direction de la fabrication : Thierry Dubus et Gwendoline da Rocha
Fabrication : Gwendoline da Rocha
Création graphique : Johanna Fritz
Mise en pages : Jipègue

57, rue Gaston-Tessier – 75019 Paris
Lemon est un label des Éditions 365.

ISBN 978-2-38382-588-3
Dépôt légal : novembre 2024

Imprimé en Italie par Rotolito SPA en septembre 2024.
N° d'édition : 24L1111.

Lemon

MODE D'EMPLOI

Ceci est une romance interactive. Contrairement à une romance classique, en tant que lecteur ou lectrice, vous aurez des choix à faire et pourrez influencer le cours de l'histoire. Pour cela, rien de plus simple : suivez les indications en fin de chapitre et profitez de votre lecture !

Si vous n'êtes pas satisfait•e de l'issue de votre histoire et souhaitez réserver à Colleen un autre sort, recommencez votre lecture et faites des choix différents.

L'ÉCHELLE DU PIMENT CHEZ Lemon

Quelques passages ou scènes explicites, de quoi commencer à vous faire rougir de plaisir, mais sans aller au bout des choses…

Des scènes explicites plus régulières ou plus descriptives, on commence à devoir faire attention aux yeux indiscrets…

Pour les yeux avertis, des scènes explicites et qui ne laissent pas trop de place à l'imagination… Il fait chaud ici, non ?

Smut all the way, 100 % spicy, à consommer avec modération…

Pour découvrir tous les autres titres de notre catalogue, rendez-vous sur notre page Instagram :

PLAYLIST

Flowers - Miley Cyrus

Eye of the tiger - Survivor

S&M - Rihanna

Love again - Dua Lipa

Love story - Taylor Swift

Shape of you - Ed Sheeran

Stay with me - Sam Smith

LoveGame - Lady Gaga

Mon amour - Slimane

Love me again - John Newman

Oui ou non - Angèle

Impossible - James Arthur

Someone like you - Adele

Sarà perché ti amo - Ricchi e Poveri

Nothing Else Matters - Metallica

Falling in Love - Scorpions

IT'S UP TO YOU

Love, SET & MATCH

L. M. VOLANGE

Lemon

CHAPITRE 1

7 août 2024 - Tournoi de Toronto – 1er tour
Colleen Brown (GBR) vs Yao Wei (CHN)

Cela fait presque quinze minutes que je suis entrée sur le court, et je n'ai toujours pas marqué un point. Assise sur ma chaise, mes yeux ne peuvent quitter le panneau d'affichage : je suis déjà menée 3 jeux à 0. Si je ne veux pas faire mes valises dès ce soir, j'ai intérêt à me ressaisir.

Je secoue la tête. Il y a quatre jours seulement, j'étais à Paris, avec James. Sur la terre battue mythique de Roland-Garros, on nous passait autour du cou nos médailles d'or olympiques, quelques semaines seulement après notre sacre sur ce même court lors du Grand Chelem. J'avais l'impression de vivre un rêve éveillé ! Désormais, il s'agirait de redescendre de mon nuage. Exit les Jeux olympiques, je dois me concentrer sur la tournée américaine pour bien finir ma saison. Avec James, nous comptons bien remporter le double mixte à l'US Open. Après nos victoires à Roland-Garros, à Wimbledon et aux Jeux, ce serait une performance historique ! Mais nous n'en sommes pas encore là.

L'arbitre de chaise annonce la reprise du jeu. Je m'éponge une dernière fois le front, balance ma serviette derrière moi.

Petites foulées, talons-fesses, je rejoins ma place derrière la ligne de fond de court avec toute ma détermination.

C'est à mon adversaire de servir. Je connais bien Wei : en dehors des courts, nous nous croisons souvent et je sais que nous avons en commun le goût du travail et de l'effort. Sur le terrain, en revanche, je ne la connais pas si bien que ça. Nous n'avons joué qu'une fois l'une contre l'autre, c'était il y a plus de six ans maintenant, et sur une tout autre surface. Dans les faits, elle est moins bien classée que moi et j'ai suffisamment analysé ses faiblesses en vidéo pour savoir que je ne devrais pas autant galérer contre une joueuse de ce type. Je dois me concentrer. Prendre les points les uns après les autres, en tentant de faire fi du score qui m'est pour l'instant largement défavorable. Mon corps a quitté les J.O., il faut maintenant que mon esprit fasse de même. Une élimination dès le premier tour d'un tournoi WTA 1000 serait pour moi un énorme échec.

J'essaie de me souvenir des paroles de Rebecca avant le match. Nous avons disséqué ensemble le jeu de Wei. Je sais que son revers est loin d'être exceptionnel, et qu'il est facile de la mettre en difficulté sur ce côté-là. Alors qu'elle lance la balle en l'air pour servir, j'inspire un grand coup. « Jouer simple, mais malin », c'est ce que me répète toujours Rebecca quand je suis dans le dur. « Si tu sens que tu perds le contrôle du match, reviens aux bases, à ce que tu sais faire ». J'applique les consignes de ma coach. Plusieurs points de suite, je balance des coups droits long de ligne sur le revers de la Chinoise. Parfois, ça suffit à mettre fin à l'échange. Lorsque ça n'est pas assez, ça a au moins le mérite de me redonner l'avantage dans le jeu. À moi de bien m'en servir et de jouer le coup juste pour remporter le point. Et ça marche ! Je débreake et recolle, 3-1. Sur mon service, je reste concentrée et garde la même tactique. 3-2. Tout redevient possible !

Malheureusement, Wei creuse à nouveau l'écart en remportant sa mise en jeu suivante. Je ne lâche pas l'affaire. J'ai le niveau pour la battre, *je le sais.* Je dois m'appliquer, jouer mon jeu, respecter les consignes de Rebecca.

Le premier set est accroché, nous allons jusqu'au tie-break. Mon adversaire est plus fatiguée que moi et je remporte assez largement le jeu décisif. En retournant à ma chaise, je serre le poing et lance un regard confiant à Rebecca et au reste du staff qui sont debout dans mon box. Le deuxième set est beaucoup moins serré. De nouveau en confiance, je déroule mon jeu sans que Wei ne parvienne à trouver la faille. Au bout de presque deux heures de match, je l'emporte enfin et me qualifie pour le deuxième tour. En rangeant ma raquette et mes affaires dans mon sac, je soupire. Mon manque de concentration en début de match aurait pu me coûter cher… Malgré la victoire, Rebecca risque de ne pas être satisfaite. Dès demain, il faudra faire mieux.

En longeant le court pour rentrer aux vestiaires, je me prête au jeu des photos et des dédicaces. Les sourires des supporters et les flashs des photos me ramènent à Paris, quelques jours plus tôt. Le stade était plein, et l'ambiance survoltée. Avec James, nous avions déjà plusieurs titres du Grand Chelem à notre actif, mais l'or olympique nous avait jusque-là toujours échappé. Cette fois-ci, nous avons décroché la victoire. Quelle fierté d'avoir pu gagner la plus belle des médailles pour notre pays ! Alors, forcément, le retour au quotidien est un peu compliqué. En dehors des Jeux, le double mixte n'est pas vraiment une discipline phare de notre sport. Je n'aurais pas dû être étonnée, mais en arrivant sur le court pour ce match contre Wei, j'étais un peu déçue. Les travées étaient clairsemées, les applaudissements rares et peu enthousiastes. Peu importe ma médaille d'or, les gens ne se déplacent pas pour venir voir un premier tour opposant la 34e à la 72e mondiale.

C'est comme ça. Si je veux rameuter les foules, je dois faire mieux. Intégrer le top 30, le top 20 puis – le Graal – le top 10. Et pour ça, il me faudra montrer un tout autre visage qu'aujourd'hui. Contre une *top player* toutes les erreurs se paient cash.

De retour dans les vestiaires, Rebecca me tient à peu près le même discours.

— Tu ne peux pas commencer à jouer à 0-3, me sermonne-t-elle. Tu as été plus constante sur le tie-break et heureusement. Qu'est-ce qui se serait passé si c'est elle qui avait remporté le tie-break ? Derrière, ce n'est pas le même match. Ce n'est que le début du tournoi, et tu as déjà deux heures de jeu dans les pattes alors que ta prochaine adversaire a remporté son match en tout juste une heure dix. Et je ne parle même pas de ton nombre de fautes directes… pour un match gagné, la stat est bien trop élevée ! Par moments, elle te faisait faire ce qu'elle voulait. Tu ne maîtrisais plus rien ! Tu as de la chance qu'elle soit une joueuse moyenne, et qu'elle n'a jamais réussi à tenir les échanges sur la durée. Il va falloir te secouer un peu, sinon je ne donne pas cher de ta peau !

Elle a lâché toute sa tirade d'une voix forte et stricte. Sur le circuit, Rebecca a la réputation d'être une coach exigeante et autoritaire. À l'image de ce qu'elle était sur le terrain. Grande, blonde et surtout vocale, elle avait dans l'allure et le style plus l'air d'une Russe que d'une Anglaise. C'est ce qui faisait son charme. En Grande-Bretagne, tout le monde l'adorait. Alors c'est vrai, en tant que coach, elle tient plutôt du dogue est-allemand, mais dans la vie, je vous assure qu'elle a la douceur et la gentillesse d'un corgi tout ce qu'il y a de plus british. Rebecca me coache depuis plus de sept ans maintenant et notre binôme fonctionne à la perfection. Ancienne numéro une mondiale, plusieurs fois titrée en Grand Chelem en simple comme en double, je goûte chaque jour ma chance d'être entraînée par une telle championne. Je sais que grâce à elle, un jour, j'atteindrai mes objectifs.

Quand Rebecca a terminé son débrief, je me lance dans ma phase de récupération. Je passe d'abord un temps à pédaler sur un vélo d'appartement. Puis je fais quelques étirements et me glisse sous une douche bien froide avant de rejoindre Lucy, ma physio (mais aussi médecin, kiné, coach mentale… il n'y a rien que cette femme ne sache pas faire !), pour la traditionnelle séance de massage. Comme bien souvent pendant les tournois, une télé est allumée dans la pièce. Généralement, elle diffuse les matches en cours, des conférences de presse, ou des journaux consacrés au tennis.

— Je crois que James joue en ce moment à Montréal, me glisse Lucy.

Je la remercie pour l'information et attrape la télécommande, faisant défiler les quelques chaînes jusqu'à trouver le match de mon partenaire de double. James joue contre un très jeune joueur du top 50. Lui-même, malgré sa quarantaine passée, se hisse toujours dans le top 20 mondial, bien loin cela dit de son ancienne place de numéro 1. Le match n'a pas débuté depuis longtemps, et pour l'instant, les deux joueurs sont au coude-à-coude. Je connais James par cœur, il installe un faux rythme au match, mais à l'approche de la fin de set, il saura accélérer pour prendre l'avantage au moment adéquat. Avec l'âge, les courses effrénées sont devenues plus difficiles, et il a dû adapter son jeu. Ne me faisant pas de souci pour l'Écossais, je ne regarde le match que d'un œil tout en discutant avec Lucy. Quand elle me demande de me mettre sur le ventre, je jette un dernier regard à l'écran. Tout à coup, c'est la panique.

Lucy elle aussi s'est détournée du massage. Nous avons désormais toutes les deux les yeux rivés sur la télévision. James est par terre, juste derrière sa ligne de fond de court, et semble se tordre de douleur. Son adversaire et l'arbitre sont auprès de lui. Une caméra montre un médecin qui accourt depuis les vestiaires.

— Monte le son, s'il te plaît ! intimé-je à Lucy.

— Aïe, aïe, aïe, ça ne sent pas bon… lâche un commentateur.

— C'est le genou ou c'est la cheville ? demande l'autre. On n'a pas très bien vu.

— Il faudrait revoir les images… C'est sur la glissade. J'ai peur que ce soit le genou.

Bientôt, je n'entends même plus ce qu'ils racontent. Dans ma poitrine, mon rythme cardiaque ne cesse d'accélérer. Je m'inquiète pour mon ami, pour sa blessure. À plus de quarante ans, une blessure grave pourrait être synonyme pour lui de fin de carrière. Je lance un regard paniqué à Lucy.

— Essaie de ne pas trop t'inquiéter pour l'instant. Tant qu'on ne sait pas, ne commence pas à te faire des films ! tente-t-elle de me rassurer en posant sa main sur mon épaule.

D'une main, elle me fait signe de me réinstaller sur la table, et de l'autre, elle coupe la télévision. Jusqu'à la fin de la séance, j'essaie de penser à autre chose.

De retour dans ma chambre d'hôtel, je m'installe à la table et me délecte de quelques fruits frais déposés par le service de l'hôtel. Je sors mon téléphone de ma poche et parcours les sites d'actualité sportive. Jusqu'à ce que je tombe enfin sur la dépêche que je cherche :

« **BREAKING NEWS :** ***Fin de saison pour James Anderson ? Le staff confirme une grave blessure au genou.***

Blessé en début d'après-midi lors de son match face au Tchèque Lukas Kral, l'ancien numéro 1 mondial a été contraint d'abandonner en cours de partie. Si la nature de sa blessure n'est pas encore connue, l'Écossais a confirmé en conférence de presse qu'il ne pourrait pas rejouer lors de la tournée américaine, voire jusqu'à la fin de la saison. Anderson fêtera dans quelques mois seulement ses 41 ans et on est dès lors en droit de se demander si on le reverra un jour sur le circuit ATP. »

Sans que je m'en rende compte, je me suis mise à pleurer. Une blessure grave est ce qui peut arriver de pire dans la carrière d'un sportif. Jusqu'ici, j'ai eu de la chance et n'ai eu que des blessures qui m'ont éloignée des terrains tout au plus quelques semaines. Pour James, ça a toujours été plus compliqué. Toute sa vie de sportif a été émaillée par des problèmes au genou gauche. Je ne peux pas imaginer un seul instant que sa carrière puisse se finir comme ça. Lui qui avait encore de si grandes ambitions ! Qui rêvait – même s'il ne l'avouera jamais à personne – de remporter un dernier Grand Chelem en simple avant de se retirer. À cette pensée, mes larmes redoublent.

Pour moi, James est plus qu'un collègue ou un partenaire de double. Je l'ai rencontré il y a presque dix ans, alors que j'étais en plein doute. Mon précédent partenaire venait de me trahir, et j'avais décidé de ne plus me préoccuper que de ma carrière solo. J'ai croisé James dans les travées de Wimbledon. Il avait l'air beaucoup moins grand et beaucoup plus roux qu'à la télévision ! Plus sympa, aussi. James était alors au sommet de son art : numéro 1 mondial depuis plusieurs semaines et grand favori de ce tournoi à domicile. Moi, j'avais reçu une invitation pour mon tout premier Grand Chelem sur le circuit professionnel. Je découvrais absolument tout avec des étoiles dans les yeux.

À l'époque, il prospectait pour monter une paire mixte pour les Jeux de Rio qui auraient lieu deux ans plus tard. Quand, à la fin d'un de mes entraînements, il est venu me proposer de devenir sa binôme, je n'ai pas hésité longtemps. Malgré la promesse que je m'étais faite, l'occasion était trop belle. Entre nous deux, sur le court, ça a tout de suite matché. Nous avions des styles de jeu à l'évidence complémentaires. Au Brésil, James a remporté la médaille d'argent dans le tableau simple. En double mixte, nous sommes éliminés aux portes des quarts de finale. Mais la compétition aura scellé notre entente. Quelques années plus tard, nous remportons notre premier titre à Wimbledon. C'est lui qui m'a présenté Rebecca. Grâce au travail de ma coach et au contact de James, j'ai intégré le top 50 avant même de fêter mes 20 ans. Même si depuis, ma carrière solo a beaucoup stagné, je sais tout ce que je dois à James. Sa blessure en est d'autant plus un crève-cœur.

Alors que je sèche mes larmes, on toque à la porte de ma chambre.

— J'imagine que tu as appris ? me demande Rebecca alors que je viens de lui ouvrir.

Je me contente de hocher la tête. Mon visage bouffi et mes yeux rouges parlent sans doute pour moi.

— Qu'est-ce que tu comptes faire ?

Error 404. Je ne comprends pas la question. En quoi la blessure de James m'impacte-t-elle ?

— Colleen, souffle-t-elle en l'absence de réponse de ma part. Pour le double mixte. À New York.

C'est alors que ça me frappe : je n'y avais absolument pas pensé. James et moi devions nous aligner à l'US Open pour tenter de remporter notre troisième Grand Chelem d'affilée. Je me laisse tomber sur le lit et je me couvre le visage avec mes mains.

— Je n'y ai pas réfléchi.

Rebecca s'assied à côté de moi.

— Il n'y a pas trente-six solutions, estime-t-elle. Soit tu trouves quelqu'un d'autre, soit tu te retires du tableau.

Je relève la tête et pousse un long soupir.

— Je te laisse y réfléchir, et tu me donnes ta réponse quand tu peux, OK ? propose délicatement Rebecca en quittant la pièce.

Une fois la porte refermée derrière elle, je m'affale bras écartés sur le lit. Sans James, est-ce que cela a encore du sens de participer au double mixte ? Ai-je seulement une chance de le remporter en remplaçant mon acolyte de longue date si peu de temps avant le début du tournoi ? Pour une fois, je ferais peut-être mieux de me concentrer sur le tableau simple… mais avec quelle garantie ? Je n'ai jamais réussi à atteindre le dernier carré d'un Grand Chelem. Changer de partenaire, comme ça, à seulement quelques semaines de l'échéance m'effraie plus que de raison. Je suis quelqu'un de plutôt routinier, et surtout de très angoissée. Je déteste les imprévus au plus haut point. Trouver un remplaçant à James risquerait sans doute de mettre à mal une routine pourtant bien rodée, et de me faire perdre bon nombre de mes repères. Mais se désengager d'un Grand Chelem où l'on vous attend, même sur un tableau moins populaire comme le double mixte, n'est pas non plus un choix anodin.

Pendant tout le reste de la soirée, je pèse le pour et le contre pour tenter de prendre la meilleure décision possible. Devrais-je me concentrer sur le tournoi simple ? Ou bien vaut-il mieux jouer sur les deux tableaux ?

Se désengager du double mixte → vers **CHAPITRE 2** (p. 15)

OU Réfléchir avec Rebecca à un remplaçant viable pour James → vers **CHAPITRE 3** (p. 22)

CHAPITRE 2

J'arrive devant la chambre de Rebecca, certaine de mon choix. Me désengager du double mixte me permettra, pour la première fois, de me consacrer uniquement à mon tableau simple. C'est peut-être ce qu'il me faut pour atteindre enfin un quart de final dans un tournoi du Grand Chelem. Je travaille dur pour ça, depuis des années, et pourtant… il me manque toujours ce petit quelque chose pour faire la différence. Alors cette fois, ce changement de presque dernière minute peut être ma chance. Je frappe trois coups à la porte de la suite 314.

— Entre, annonce Rebecca de l'autre côté.

Elle n'est pas surprise de me voir. Dans la chambre, elle a déplacé les meubles de façon à transformer la table en acajou en une sorte de bureau de ministre. La table ronde est recouverte de papiers, mais aussi de son ordinateur et de sa tablette, tous les deux ouverts sur des vidéos de matches. C'est un véritable bordel, mais Rebecca travaille toujours comme ça, dans le chaos le plus intense. Lorsqu'on la voit, grande, mince, toujours tirée à quatre épingles, on peine à imaginer que ça puisse être son bureau.

Rebecca retire ses lunettes et, d'un geste, m'invite à prendre place face à elle. Elle porte un pantalon tailleur noir et un chemisier sans manches en satin couleur ivoire. Il est très tôt dans la matinée, et pourtant, tout chez elle est déjà impeccable : de son chignon blond plaqué pas un seul cheveu ne dépasse, à son visage et ses yeux sublimés par un maquillage sophistiqué quoique discret, en passant par ses longs doigts parés de nombreuses bagues finissant par une manucure soignée. Si on ne la connaît pas, on croit plutôt avoir affaire à une *businesswoman* qu'à une coach sportive.

— J'ai réfléchi, annoncé-je en m'asseyant.

Ma coach continue de classer des papiers, sans me regarder. Elle m'invite à continuer d'un « Hmm hmm ».

— Pour le double mixte, poursuis-je.

— Hmm, hmm.

— Je pense que je ne vais pas y participer.

— Hmm, h… Pardon ?

Elle se fige un instant avant de relever la tête vers moi.

— Sans James, ça n'a pas de sens, tenté-je d'expliquer en haussant les épaules.

— Comment ça ? demande-t-elle en fronçant les sourcils.

Je m'enfonce dans mon siège.

— Je n'ai pas le temps de retrouver des automatismes, ni même un remplaçant potable à moins de trois semaines du tournoi.

— Et pourquoi ?

Rebecca est dans la vie comme elle l'était sur le terrain : elle ne vous lâchera pas tant qu'elle ne vous a pas emmené là où elle voulait.

— Je préfère me concentrer sur le simple, répliqué-je comme si cela tombait sous le sens.

— Là, c'est autre chose, souffle Rebecca. Tu penses que tu as tes chances ?

— Tu ne penses pas ?

Je m'offusque presque. Si même ma propre coach émet des doutes, alors je suis mal barrée.

— Je te l'ai toujours dit : tu as en toi ce qu'il faut pour atteindre le dernier carré…

— Alors, concentrons-nous là-dessus ! la coupé-je.

— Est-ce que participer au double mixte amoindrirait tes chances de performances en simple ?

— C'est une possibilité. L'enchaînement des matches, le risque de blessures…

— L'enchaînement des matches est le même que lors des tournois sur une semaine. Le risque de blessure existe également à l'entraînement. Tu comptes aussi sécher l'entraînement ?

— Mais enfin Rebecca ça n'a rien à voir !

Je suis à deux doigts d'exploser. Pourtant, comme à son habitude, ma coach demeure stoïque, d'un calme olympien.

— Où est-ce que tu veux en venir ? finis-je par demander en soupirant.

Rebecca sourit, rechausse ses lunettes, arrange une pile de papiers devant elle.

— Il y a pour moi deux raisons pour lesquelles tu dois absolument participer à ce tournoi mixte, explique-t-elle. La première est sportive. Jusqu'ici, toutes tes victoires importantes, tu les as partagées avec James. Ce tournoi pourrait être pour toi l'occasion de prouver au monde, aux journalistes, mais surtout à toi-même que tu peux réussir sans James. En double, avec un autre partenaire, par exemple. Mais également en simple.

— Est-ce que j'en suis vraiment capable ? soufflé-je.

— Colleen, voyons ! c'est la première fois que Rebecca hausse un peu le ton. Tu crois que je serais encore ta coach, après tout ce temps, si je ne pensais pas que tu pouvais réussir de grandes choses ?

Son compliment devrait me gonfler d'orgueil, et pourtant c'est la lassitude qui m'envahit. J'ai déjà dépassé mes vingt-cinq ans, et je n'ai toujours rien accompli en simple. Rien accompli, au fond, qui ne soit lié à James. J'ai bien remporté quelques tournois 250 ou 500, c'est-à-dire des tournois mineurs, mais bien loin des performances que l'on attend de moi. Je ne peux m'empêcher d'avoir le sentiment d'être une source de déception permanente pour mes fans, ma famille, ma coach. Pour moi. Je soupire à nouveau.

— Et la deuxième raison ? lancé-je.

— Elle est moins reluisante, je te le concède mais… On a besoin de sous.

Je me redresse sur mon siège.

— Comment ça ? Et les sponsors ?

— Tout augmente, Colleen. Les avions, les hôtels, tout ça, ça coûte plus cher qu'il y a quelques années. Alors même si les *cash prices* ne sont pas très élevés en double mixte, c'est toujours ça de pris.

Au tennis, et surtout en tournoi du Grand Chelem, chaque victoire vous rapporte de l'argent. Puisque vous n'avez pas d'employeur, comme un club dans les sports collectifs, c'est votre seul moyen d'obtenir une sorte de salaire. Pour gagner de l'argent, il faut gagner sur le terrain. Donc, si vous voulez espérer toucher de l'argent, il vous faut jouer. C'est aussi simple que cela.

— On est vraiment dans la merde ? m'inquiété-je.

Avec Rebecca, on n'a jamais vraiment parlé d'argent. Ça, c'est le boulot d'Annabeth, mon agente, qui gère mes contrats avec les sponsors, la trésorerie, les réservations de vols et de chambres, bref, c'est elle qui s'occupe de tout pour que Rebecca et moi n'ayons besoin de penser à rien. Ou plutôt : pour que nous puissions ne penser qu'à l'aspect sportif.

— Non, Annabeth fait ce qu'il faut pour nous maintenir à flot. Mais il faut que tu aies ça en tête. Se retirer d'un tableau, c'est tirer potentiellement une croix sur des gains. Les gains des tournois, mais aussi des sponsors. Plus tu joues, plus ils se montrent généreux. Je préfère t'en parler maintenant, tant qu'on n'est pas encore au dos au mur. Le choix t'appartient, mais c'est aussi bien que tu le saches maintenant.

— Que ferais-tu à ma place ?

— Je n'y suis pas, répond Rebecca. Mais je crois que tu sais ce que j'en pense.

Je pousse un nouveau soupir.

— Admettons que je ne renonce pas. Il faut encore que je trouve le remplaçant de James. De préférence un qui ne soit pas trop mauvais, qui soit encore disponible, et disposé à jouer avec moi.

— Tu es l'une des meilleures joueuses du moment en double mixte. Je ne crois pas qu'ils seraient beaucoup à refuser de jouer avec toi.

Je prends un instant pour réfléchir. Tous les noms qui me viennent en tête sont ceux de joueurs déjà engagés sur le circuit double avec leur partenaire, ou bien des têtes de série qui ont toujours refusé de participer à ce type de tournoi pour se concentrer sur leur tableau simple, ou à la limite le double messieurs. Je relève la tête vers Rebecca :

— Tu avais quelqu'un en tête ?

Tout à coup, j'ai l'impression que l'atmosphère dans la pièce a changé. Le visage de Rebecca se crispe en une étrange expression, une moue que je ne lui ai jamais vue. On dirait… une enfant qui a fait une bêtise ? Étonnée, je soutiens son regard en attendant qu'elle réponde.

Je n'étais pas préparée à la bombe qu'elle me lâche.

— Il y a quelque chose que je dois te dire, Colleen, Je ne savais pas trop comment t'annoncer ça… Mais je crois que là, c'est le moment. Je ne peux plus reculer.

Je sens la terre s'ouvrir lentement sous mes pieds. Est-ce que Rebecca s'apprête à me dire qu'elle ne veut plus être ma coach ? À quelques semaines seulement de la fin de la saison ? À quelques jours d'un Grand Chelem ? Alors même qu'elle vient de m'encourager à ne pas abandonner le tableau mixte ? Ça n'aurait pas de sens ! Je ne peux pas y croire. Je ne *veux* pas y croire. Elle ne me ferait pas ça, pas maintenant !

Pourtant, ce qu'elle s'apprête à m'annoncer est ENCORE PIRE.

— Voilà, il y a quelques jours, j'ai été contactée par Joe, un vieil ami à moi et, hum, comment dire.

Elle ne me regarde plus dans les yeux et ne cesse de triturer ses mains, de faire tourner son alliance autour de son doigt. Moi, je suis au supplice. Pendue à ses lèvres, j'attends que le couperet tombe.

— En fait, Joe entraîne un joueur à la carrière un peu compliquée, mais qui essaie de se donner un second souffle. Il croit en lui, mais il sent que tout seul, il n'arrivera peut-être pas à emmener son poulain là où il veut. Alors il m'a demandé de rejoindre son staff, comme coach adjointe si tu veux, pour les aider, tous les deux. Et Joe… C'est un très vieil ami. Il a fait beaucoup pour moi et… je lui en dois une, si tu veux. Sans compter que le challenge est pour le moins… intéressant. Alors j'ai accepté.

— Tu veux dire que tu me lâches ? Juste après un titre olympique ?

— Quoi ?! s'offusque Rebecca. Non pas du tout… tu m'as mal comprise. J'ai accepté de les aider, dans la mesure de mes disponibilités. Tu restes ma priorité, Colleen. Un ami m'a demandé un service, et j'ai simplement accepté de l'aider. On va s'arranger pour que vos tournées coïncident un maximum, pour que je puisse assister parfois à ses entraînements et à ses matches. Vraiment, pour toi, ça ne changera pas grand-chose finalement.

OK. Je me rassérène un peu… Mais quel rapport avec la choucroute, alors ? Et pourquoi prendre autant de pincettes si son choix ne m'impacte pas ou presque pas ?

— Et donc, pour le double, souffle-t-elle. J'ai naturellement pensé à lui. Ce serait pratique, pour moi, pour vous… et en plus je sais que vos profils sportifs matchent.

Rebecca aurait-elle déniché une licorne ? Je sens mon corps se détendre dans mon siège. Non seulement ma coach ne me plante pas, mais en plus elle pense avoir trouvé le candidat idéal pour remplacer James ? Pourquoi n'a-t-elle pas simplement commencé par là ?

— Qui c'est, alors, ce champion ? demandé-je en riant.

Elle marque une pause.

— Julien Masson, lâche-t-elle en déglutissant bruyamment.

Là, je ne ris plus du tout.

— Tu te fous de ma gueule ?

Je n'ai même pas crié. Le choc initial, l'incompréhension, laisse finalement place en moi à une colère froide. Je n'ai même pas envie d'entendre ses explications. Surtout que je vois à son regard qu'il ne s'agit pas d'une blague mais qu'au contraire – oh mon Dieu ! – elle est on ne peut plus sérieuse. Je n'ai plus qu'une envie : partir. Je me lève et, sans un regard pour ma coach, quitte la pièce en claquant la porte derrière moi. Rebecca proteste, mais je ne l'entends pas. Dans mes oreilles, dans mon crâne, ça bourdonne. Julien Masson. Comment a-t-elle pu me proposer son nom ? Après tout ce qu'il m'a fait. Intérieurement, j'explose.

Quand je retrouve mes esprits, je me rends compte que je suis perdue au beau milieu d'un des couloirs de l'hôtel. Complètement hors de moi, j'ai marché au hasard. Je respire un grand coup. J'ai besoin d'y voir plus clair.

Aller taper la balle pour se calmer → vers **CHAPITRE 4** (p. 29)
OU
Appeler James pour avoir son avis → vers **CHAPITRE 5** (p. 35)

CHAPITRE 3

Je n'ai presque pas dormi de la nuit. Et le peu d'heures de sommeil que j'ai réussi à engranger a été rempli de rêves étranges. Dans l'un d'entre eux, j'étais engagée en double avec Federico Rossini, le numéro 1 mondial. Et alors que nous soulevions ensemble le trophée du double mixte de l'US Open, il déclarait juste après, en conférence de presse : « Je suis heureux d'avoir ajouté ce titre à mon palmarès, c'est simplement dommage de devoir le partager avec Colleen ». Dans le cauchemar suivant, je finis par me battre à mains nues avec celui qui partage un demi-court avec moi. Je ne suis pas certaine de croire aux signes du destin, mais par mesure de précaution, je raye le nom de Federico et celui du Danois belliqueux de la liste des partenaires potentiels, heureusement par ailleurs bien fournie. Je la relis en me dirigeant vers la chambre de Rebecca.

Quand j'entre, elle est assise devant la table qu'elle a désignée comme son bureau officiel pour la durée du tournoi. Nous ne sommes là que depuis quelques jours et pourtant, le plateau de bois est déjà intégralement recouvert de paperasses et appareils numériques en tout genre. Sur les écrans de sa tablette et de son ordinateur tournent des matches. Sans doute mes futures adversaires potentielles. Ou passées. Je me demande comment elle fait pour garder un œil sur tout ça en même temps. D'un point de vue extérieur, l'organisation de ma coach peut sembler a minima… chaotique. Pourtant, force est de constater que ça fonctionne. Elle n'a jamais perdu le moindre papier et connaît absolument toutes les joueuses du circuit. Travailler avec elle est un luxe. Quelle que soit la situation, elle a toujours un plan d'action prêt quelque part pour y faire face. En jetant un coup d'œil à ma liste, je me sens soudain toute petite : Rebecca a déjà dû parer à toutes les éventualités. Je lui tends néanmoins la feuille.

Je m'installe face à elle et ai soudain l'impression de me retrouver à un entretien d'embauche. Rebecca n'a pas franchement le look typique de la coach sportive : chignon tiré à quatre épingles, un complet tailleur chic et classique, des bijoux en or et un maquillage aussi élégant qu'impeccable. Avec son presque mètre quatre-vingts, je vous assure qu'il est très difficile d'oser contredire cette femme-là. Elle dégage une confiance en elle qui force l'admiration… et l'envie.

Rehaussant ses lunettes sur son nez, elle balaie mon papier de plusieurs coups d'œil furtifs. Arrivée en bas, elle s'arme finalement d'un stylo rouge et commence à rayer méticuleusement des noms. De mon point de vue : *tous* les noms. Entre ses coups de stylo, elle assène parfois un commentaire catégorique du style : « Déjà engagé », « Pas adapté », « Blessé » voire, parfois, un bref et assassin « Mauvais ».

Et dire que j'ai sacrifié une bonne partie de mon sommeil pour dresser cette liste… Elle n'aura pas survécu plus de deux minutes entre les mains de Rebecca. Arrivée de nouveau en bas de la liste, ma coach repose son stylo, roule ma feuille en boule et la lance à travers la pièce – « Panier ! » – droit dans la corbeille.

— Aucun ne convient ? m'étonné-je.

Elle se contente de secouer la tête.

— Alors quoi ? Tu penses finalement que je ne devrais pas m'engager sur le double ?

Rebecca fronce les sourcils.

— Certainement pas ! Je ne voudrais pas t'alarmer, mais… nos finances étant ce qu'elles sont, on ne peut pas se permettre de se désengager d'un tableau de Grand Chelem, quel qu'il soit.

Les dotations des tournois de tennis peuvent paraître élevées, mais une fois que vous avez payé votre hôtel, votre avion, votre nourriture, et les salaires de votre staff, je vous assure qu'en réalité, il ne reste pas tant que ça. Heureusement, la plupart d'entre nous bénéficient d'équipementiers (on ne paie donc pas nos vêtements de sport ni nos raquettes) et de sponsors (qui servent à financer ce que les *cash prices* des tournois ne couvrent pas). J'ai beau avoir une petite équipe et tâcher d'enchaîner les tournois, quand on ne fait pas partie du top 20 et qu'on est loin de remporter tous ses matches, ce n'est pas toujours évident d'avoir les fonds suffisants pour subvenir au besoin de sa carrière et de son équipe. Heureusement, dans mon staff, Annabeth, mon agente, est là pour veiller, entre autres, à mon équilibre financier.

— C'est vraiment la cata ?

Rebecca hausse les épaules.

— Disons que tu as de la chance que mon train de vie ne dépende pas uniquement du salaire que tu me verses… Bref, tout ça pour dire : même si la dotation en double mixte n'est pas énorme, ça serait dommage de s'en priver.

— Je ne vois pas bien comment je vais pouvoir m'aligner sur le double sans partenaire, en revanche.

Cette fois, Rebecca hausse les sourcils d'incompréhension.

— Au cas où tu l'aurais oublié, James est blessé, et tu viens de jeter à la poubelle ma liste de vingt-sept candidats potentiels.

— Aucun d'entre eux n'aurait fait l'affaire, et tout au fond de toi, tu le sais très bien.

C'est vrai que, si je suis tout à fait honnête, aucun des noms de la liste ne me convainquait pleinement. Je repense à mes cauchemars avec Federico et le Danois, et j'en frissonne. Retour à la case départ : je n'ai pas de partenaire.

Le visage de Rebecca se fait soudain grave. Elle a monté ses lunettes sur sa tête et s'est penchée vers moi, les coudes posés sur la paperasse, les mains jointes devant son visage.

— Tu me fais confiance ?

Sa question a l'air très sérieuse. Pour toute réponse, je hoche vivement la tête. Ça fait sept ans qu'on s'entraîne ensemble, c'est la personne avec qui je passe le plus de temps au monde et, je ne lui ai jamais dit, mais elle est maintenant presque comme une deuxième mère pour moi. Évidemment que je lui fais confiance.

— Tu sais que tu es ma priorité ? Que je ferais tout pour que tu aies la carrière que tu mérites, et que tu ailles le plus loin possible dans chacun des tournois où tu t'engages ?

À nouveau, je hoche la tête. Moins vivement, cette fois, car je sens poindre en moi de l'inquiétude. Son air grave, ses questions étranges… tout ça ne me dit rien qui vaille.

— Alors voilà, je pense que j'ai trouvé le candidat idéal pour remplacer James.

— C'est tout ?

Rebecca a vraiment le sens du *drama* ! Prendre autant de précautions pour m'annoncer ce dont je me doute depuis le début, à savoir qu'elle m'a déjà dégotté un nouveau partenaire, était-ce vraiment nécessaire ? Tout à coup, je me détends. Rebecca doit s'en rendre compte, car les traits de son visage se durcissent encore.

— Quoi ?

Tout à coup, je panique :

— Ne me dis pas que c'est Luke Colfer ?

Luke est un Canadien dont la carrière en simple est assez anecdotique mais qui a souvent brillé en double messieurs. C'est un grand pote de James, et ils ont même souvent joué ensemble. En revanche, il est encore plus vieux que mon partenaire habituel et, surtout : il est toujours d'une humeur de chien. Je ne suis pas franchement certaine que lui et moi soyons compatibles, ni sur le plan humain ni sur le plan tennistique.

— Non, ce n'est pas lui.

Je soupire de soulagement. Honnêtement, je ne vois pas qui pourrait être un pire partenaire que Colfer.

Ah, si !

— Non… Pas Sergueï, quand même ?

Le Russe, implanté depuis quelques années dans le top 10, est ce qui se fait de plus imbuvable sur le circuit : hautain, collant, lourd, mais surtout très misogyne. Ma coach secoue à nouveau la tête. Alors, de quoi a-t-elle peur ? À en juger par l'expression du visage de Rebecca, toujours à mi-chemin entre le sévère et le sinistre, je comprends que ce qu'elle va me dire ne va pas du tout me faire plaisir. Je commence vraiment à angoisser. Elle se jette enfin à l'eau :

— Je pense que tu devrais faire équipe avec Julien Masson.

Ma première réaction est un éclat de rire. Jaune, bien entendu.

— Tu n'es pas sérieuse ? Le gars joue toujours au tennis ? Aux dernières nouvelles, il n'avait même pas d'entraîneur !

Rebecca fait une drôle de moue, et je comprends que je ne suis pas au bout de mes peines. Elle soupire, puis déclare :

— Depuis quelques semaines, il est entraîné par Joe Perez, un vieil ami à moi. Récemment, Joe m'a appelée, pour m'expliquer son projet avec Masson, où il en était sportivement, et où il pensait pouvoir l'emmener. Mais il m'a aussi dit qu'il craignait de ne pas y arriver tout seul, qu'il pensait avoir besoin… de mon aide… et m'a demandé si je voulais bien rejoindre son staff en tant que coach adjointe, ou consultante, pour lui filer un coup de main…

Je l'interromps :

— Ce que tu as refusé, bien entendu.

— C'est un challenge hyper intéressant pour une coach, Colleen. Sans compter que Joe et moi… enfin, je lui en dois vraiment une quoi.

Je ne peux pas y croire ! Juste après m'avoir dit droit dans les yeux que j'étais sa « priorité », ma coach depuis sept longues années m'annonce qu'elle va désormais entraîner mon pire ennemi sur ce circuit ? Après tout ce qu'il m'a fait ? C'en est trop ! J'explose :

— T'es vraiment en train de me laisser tomber pour lui ? C'est quoi le problème ? C'est l'argent ? Je peux te payer plus ! Est-ce que tu me trouves nulle ? Tu penses que j'ai atteint mes limites ? Que je ne ferais jamais plus que des titres en double mixte ?

Je suis tellement hors de moi que mes reproches, comme mes cris, partent dans tous les sens. Excédée, je me retrouve à faire les cent pas dans la chambre de Rebecca, en hurlant et levant les bras au ciel comme une damnée. Julien Masson. Après tant d'années, ces quelques syllabes sont encore capables de me faire péter un câble.

Rebecca se lève à son tour et tente de me calmer. Mais tout ce qu'elle dit ne fait qu'attiser ma colère. Rebecca n'ignore rien de mon passif avec Julien, et ça rend sa trahison bien pire encore. À bout de souffle et pleine de rage, je finis par quitter la pièce sans demander mon reste.

Je fonce droit dans ma suite. Je veux me jeter dans mon lit, enfoncer ma tête dans un oreiller et crier jusqu'à ce que je me réveille de ce mauvais rêve. Mais une fois dans ma chambre, je n'arrive pas à calmer mes jambes. À côté de mon lit, j'aperçois ma raquette. Taper dans la balle me ferait peut-être du bien, je sens que j'ai besoin de me défouler. Tout à coup, je pense à James. James blessé, James qui ne pourra pas jouer avec moi, James en qui j'ai toute confiance et qui, contrairement à Rebecca, ne m'aurait jamais fait un coup pareil. Peut-être que je devrais l'appeler ? Prendre de ses nouvelles et rire un bon coup avec lui de la proposition insensée de ma coach ?

OU
Aller taper la balle pour se calmer → vers **CHAPITRE 4** (p. 29)
Appeler James pour avoir son avis → vers **CHAPITRE 5** (p. 35)

CHAPITRE 4

J'enfile à la va-vite un tee-shirt et un short puis, sac de raquettes à l'épaule, je prends un taxi qui m'emmène en quelques minutes seulement sur les courts d'entraînement du tournoi. Bien que je sois en dehors de mon créneau réservé, le jeune homme de l'accueil m'indique que plusieurs terrains sont libres (il est encore tôt) et m'en attribue un. Je le remercie à peine et lui arrache presque le badge des mains. Je me rends compte de ma brusquerie et lui bafouille des excuses. J'ai beau être en colère, ce n'est pas une raison pour passer mes nerfs sur le premier venu.

— Besoin de se défouler ? fait-il.

— On dirait bien.

Il m'adresse un sourire chaleureux et je file vers mon court. Là-bas, je pose mes affaires sur le bord du terrain et entreprends d'installer le lance-balles automatique. Ces machines-là ont toutes des formes plus farfelues les unes que les autres et existent dans absolument toutes les couleurs. Celle que j'utilise aujourd'hui n'a pas grand-chose pour elle : d'un triste noir, elle ressemble à deux caisses posées en quinconce l'une sur l'autre. Enfin, elle est comme n'importe quelle joueuse, après tout : on ne lui demande pas d'être belle, simplement efficace. Je n'ai aucune idée de comment faire marcher ce bidule. Est-ce qu'il y a une prise quelque part ?

Un bouton *on/off* ? Je finis par comprendre comment faire démarrer la bête et, maintenant, il s'agit de comprendre à quoi servent le reste des boutons et autres interrupteurs qui jalonnent la machine. Lorsque je trouve enfin la hauteur, la puissance et la cadence qui me satisfont, cela fait déjà presque vingt minutes que je suis entrée sur le court, et je n'ai encore tapé aucune balle ! Évidemment, le temps que je trouve mes réglages, la machine a épuisé son stock de balles. Me voilà donc à arpenter le terrain pour les ramasser.

Pendant un instant, je parviens à me calmer. Cette activité, toute dégradante qu'elle puisse paraître pour de nombreux joueurs et joueuses professionnelles, me rappelle de bons souvenirs.

L'année de mes 10 ans, j'avais été sélectionnée pour faire partie des ramasseurs de balles lors du tournoi de Wimbledon, la compétition la plus prestigieuse de mon pays. J'ai été si investie dans ma mission que j'ai été choisie, avec quelques autres, pour officier lors de la finale Dames. Cet après-midi-là, j'ai été aux premières loges pour voir mon idole, la Belge Linette Maes, soulever son quatrième tournoi du Grand Chelem. La photo d'elle et moi (dédicacée !) prise ce jour-là n'a depuis, plus quitté mon sac de raquettes. Mais aujourd'hui, les gradins sont vides, et faute de Linette Maes, c'est ce satané lance-balles récalcitrant qui me fait face, de l'autre côté du filet. Radoucie par ce souvenir d'enfance, je tape mes premières balles oubliant presque ma colère.

Très vite, pourtant, le nom de Julien Masson s'impose de nouveau à moi. Je me repasse le fil de ma discussion avec Rebecca, pour être certaine que je n'ai pas rêvé, que j'ai bien compris tout ce qu'elle m'a dit. Mais non, c'est bien la réalité :

non seulement elle a accepté de le coacher, mais en plus elle voudrait que je fasse équipe avec lui ! Comment a-t-elle pu ? Après tout ce qui s'est passé ? Elle sait que je le déteste… Comment peut-elle penser une seule seconde me convaincre de jouer avec lui ? Ou même lui avec moi ? Je n'ai aucune envie de le revoir.

Après une heure à frapper aussi fort que possible dans la balle sans parvenir à me changer les idées, le jeune homme de l'accueil vient m'annoncer que je dois quitter le court, qui est réservé pour le reste de la journée. Cette fois, je me montre polie, le remercie et le gratifie même d'un sourire.

De retour à l'hôtel, je passe au restaurant pour déjeuner, puis je reprends le programme habituel de ma journée : entraînement, physio, massages… Bien que Rebecca soit là tout au long de l'après-midi, je décide de ne pas reparler des événements du matin. Je suis satisfaite de voir qu'elle respecte mon silence et en fait autant. Elle sait que je joue mon prochain match assez tôt demain matin, et qu'il vaut mieux que je me concentre sur cette échéance.

Le lendemain, dans le couloir qui m'amène au court pour mon deuxième tour, je suis confiante. J'affronte une jeune Tchèque beaucoup moins bien classée que moi. Sur le papier, c'est un match que je ne peux pas perdre. Que je ne dois pas perdre. Pourtant, dès les premiers échanges, je sens que rien ne va se passer comme prévu. Mon adversaire joue avec la fougue de sa jeunesse. Elle fait ses débuts sur le circuit pro et n'a, pour l'instant, strictement rien à perdre. Elle est là pour apprendre, elle sait qu'elle n'ira probablement pas au bout, mais elle est bien décidée à tenter crânement sa chance. Moi, c'est tout le contraire. Sur un match comme ça, j'ai presque tout à perdre : ma crédibilité, ma confiance et, évidemment, de l'argent. En outre, je pensais qu'éviter le sujet avec Rebecca me permettrait de me concentrer sur le tournoi en cours. Je me trompais.

Sitôt le match commencé, je me sens à nouveau assaillie de doutes. J'ai l'impression d'être revenue au tout début de ma carrière, quand le simple fait d'entendre parler de Julien me faisait perdre tous mes moyens. Et plus j'essaie de le sortir de ma tête, plus il s'y accroche. Pire qu'une moule à son rocher. Pendant que j'essaie de me défaire de mon crustacé, la Tchèque, elle, est bien concentrée sur le match. Je me fais breaker deux fois de suite, et perds le set 6-2 en moins de temps qu'il ne faut pour le dire.

De retour sur ma chaise, j'avale un bout de banane et quelques gorgées d'une boisson énergisante maison concoctée par Aurelia, ma préparatrice physique. J'agite mes jambes pour conserver chaleur, énergie et dynamisme. Dans ma tête, en revanche, j'essaie de faire le vide. *Tennis. Tennis. Tennis.* Je ne dois penser qu'à ça. Beaucoup de gens pensent que le sport passe avant tout par le corps. Ils n'ont sans doute pas complètement tort, mais je demeure persuadée que ce qui fait la différence entre les grands sportifs et les très grands sportifs se joue exclusivement au niveau de la tête. Le mental, comme on l'appelle. C'est clairement de ce côté-là que je dois aller puiser des ressources aujourd'hui. Car physiquement, je suis prête. Je n'ai pas de douleur, je sers bien, mais le problème, c'est que je ne suis pas pleinement concentrée. Alors je fais des fautes, mes balles finissent dans le couloir ou heurtent le filet parce que je les ai prises une demi-seconde trop tôt, ou bien trop tard, ou parce que ma raquette n'était pas alignée correctement. Quand on y pense, ce sont des choses faciles à corriger. Mais dans le feu de l'action, avec la pression et la frustration d'un score qui vous est défavorable, c'est une autre paire de manches.

Malgré tout, ma tentative de reconcentration commence à porter ses fruits. Le deuxième set est plus accroché que le premier. J'arrive à amener mon adversaire jusqu'au tie-break. J'aurais pu faire mieux, mais ce n'est pas le moment de pinailler. Si je ne remporte pas ce jeu décisif, le tournoi de Toronto s'arrêtera ici pour moi. Au deuxième tour. Quelques jours seulement après mon sacre aux Jeux olympiques de Paris avec James, ce serait clairement un échec. Je resserre ma prise autour de ma raquette. Je la tiens si fort que mes phalanges blanchissent. Pour la première fois du match, j'arrive à faire abstraction de tout le reste et remporte le tie-break assez facilement. Lorsque l'arbitre annonce « Jeu et set, Brown », je lève mon poing serré. Maintenant, je dois tout faire pour gagner.

M'appuyant sur ce qui a fonctionné au set précédent, je parviens finalement à me dépatouiller de mon adversaire. Le match aura tout de même duré plus de deux heures, avec un deuxième set extrêmement long et dense.

Lorsque je retourne aux vestiaires, je suis épuisée. Sur la table de massage, je n'ai même pas la force de faire la conversation. Pourtant, il va falloir que je me remette vite d'aplomb, car mon prochain match aura lieu dès le lendemain. Dans ce genre de tournoi sur une semaine, les tours s'enchaînent rapidement. Je ne peux pas me permettre de perdre autant d'énergie sur un match, surtout contre une joueuse plus que largement à ma portée ! Je ne sais pas encore qui j'affronterai au tour suivant, mais au fond, cela importe peu, car ma pire adversaire aujourd'hui… c'était moi-même ! Il faut que je trouve un moyen de me sortir cette histoire de double mixte – et de Julien – de la tête, sans quoi je ne ferai pas long feu dans ce tournoi. Rien que de penser à lui, ça me colle des frissons… Mais de toute évidence, le déni n'est pas la solution. Je vais devoir discuter avec Rebecca, à cœur ouvert, et prendre une décision.

Il faudrait peut-être que j'appelle Lily, ma meilleure amie, pour lui demander son avis ? Elle est généralement de bon conseil et, surtout, elle est au courant de toute l'histoire. Ou bien, je pourrais aller trouver Rebecca, et lui dire que je réfléchis à sa proposition. Ça ne sert à rien de me presser et de répondre sous le coup de l'émotion. Après tout, si Rebecca en vient à me proposer ça, c'est qu'elle a une idée derrière la tête, ou qu'elle pense sincèrement que ça peut fonctionner. Je devrais plutôt me concentrer sur mon tournoi en cours, et prendre ma décision après Toronto. Il sera toujours temps de s'inscrire avec Julien… ou non !

Demander à Lily son avis → vers **CHAPITRE 6** (p. 42)
OU Demander à Rebecca un temps de réflexion → vers **CHAPITRE 7** (p. 49)

CHAPITRE 5

J'attrape mon portable et appelle James tout en arpentant ma chambre de long en large. Je suis trop sur les nerfs pour pouvoir me poser. Je ne fais pas d'appel vidéo, ce n'est pas trop le genre de James – qui est définitivement d'une autre génération. La sonnerie retentit plusieurs fois… Peut-être qu'il n'est pas disponible ? J'aurais dû prévenir avant d'appeler. Il est sans doute rentré en Écosse. Quelle heure est-il là-bas déjà ? Je n'ai pas le temps de répondre à cette question, car James décroche enfin.

— Saluuuut ! *Golden Brown* ! (C'est le surnom qu'il me donne depuis les J.O.) ça faisait longtemps ! Comment ça va ?

Son accent écossais marqué et le son de sa voix ont un effet immédiat sur mon humeur : je sens mon rythme cardiaque ralentir en seulement quelques secondes.

— C'est plutôt à moi de te demander ça ! rétorqué-je.

— Bah ! Je suis un vieux monsieur, et les vieux messieurs, ça se blesse, c'est la vie. Ça fait partie du jeu.

Il soupire.

— C'est grave ?

Il répond d'un faible « Mmh, mmh » qui ne laisse que peu d'ambiguïté.

— Fin de saison ? risqué-je.

— Au minimum.

Sa réponse jette un froid. Je mets quelques secondes à réaliser ce qu'il veut dire.

— Tu penses vraiment... Tu... Tu ne rejoueras pas ?

— C'est trop tôt pour le dire. Bien sûr, j'ai envie. Mais que veux-tu, c'est toujours le corps qui décide... Alors si le corps dit non, il faut bien que la tête se raisonne.

Je me sens peinée. Je ne peux pas imaginer un seul instant que le dernier match d'un grand champion comme James soit un demi-set joué lors d'un tournoi de fin de saison au Canada. Il mérite tellement mieux ! Il devrait jouer son dernier match, quand il l'aura décidé, dans un stade mythique face à une foule qui l'acclame. Ça ne peut pas être autrement !

— En tout cas, je suis désolé, ajoute-t-il après un assez long silence.

Je secoue la tête.

— Désolé ? répété-je bêtement.

— De t'abandonner ! Pour l'US Open !

Ah ! Brièvement, ça m'était sorti de la tête. C'était pourtant la raison première de mon appel.

— Ouais. Justement, je t'appelais par rapport à ça.

— Pardon, ma grande, je t'adore vraiment, mais je te jure que je ne peux pas jouer dans cet état.

Il se marre, moi aussi.

— Je sais, je sais... Mais, du coup, je ne sais pas si ça vaut la peine.

— De t'engager sans moi ?

— Ouais, soufflé-je.

— Je pense que si.

Il marque une courte pause, puis reprend :

— Tu viens d'être médaillée aux J.O., le public t'attend !

Ils ont sans doute envie de te voir à New York, en double et en simple d'ailleurs. Les gens te connaissent, maintenant.

— Les gens te connaissent, toi, surtout, argué-je.

— Justement, c'est peut-être l'occasion pour toi de montrer que tu n'es pas juste mon binôme, mais une putain de vraie bonne joueuse.

— Mouais.

— T'es pas convaincue ?

— Au fond… Si. Rebecca pense la même chose que toi, d'ailleurs. Une façon de m'émanciper de toi, en quelque sorte.

— Si Rebecca le dit ! Pourquoi t'hésites ?

— Figure-toi que ce n'est pas si facile que ça de trouver un remplaçant à ta hauteur.

— Je te remercie du compliment, mais je pense que tu te trompes : n'importe quel joueur de dix ans de moins ferait sans doute aussi bien que moi ! Rebecca ne t'a trouvé personne ?

— Si…

— Ne me dis pas qu'elle t'a proposé Luke… Je l'adore, tu le sais, mais sur le court, c'est vraiment une tête de con ! Avec toi, ça ne matcherait pas du tout.

Il rit de son bon mot.

— Non, non, pas de Luke.

— Alors c'est qui ?

— Elle a proposé Julien Masson.

Un blanc.

— Masson, Masson, répète James pour lui-même. C'est pas le type qui a failli en venir aux mains avec un paparazzi, il y a quelques années ? Et qui a joué longtemps sans coach ni préparateur physique ?

— Lui-même, lâché-je dans un soupir.

— Effectivement, je ne suis pas certain que lui et toi puissiez vous entendre.

Il ne croit pas si bien dire ! Je ne crois pas que James soit au courant de notre passif, à Julien et moi, mais dans tous les cas, je n'ai pas envie de m'étendre là-dessus.

— Ouais. Y a clairement erreur de casting. Et tu ne sais pas le pire ?

— Dis-moi.

— Rebecca a accepté d'être sa coach adjointe !

— Mais non ! Qui est son coach principal ?

— Un certain Joe Perez, un vieil ami de Becca, apparemment.

— Ouais, ouais, je le connais bien. Un brave type. Bizarre qu'il aille se fourrer dans un plan pareil…

Un nouveau silence. Je ne le vois pas, mais j'imagine tout à fait James en train de se gratter le menton. Il fait toujours ça quand il réfléchit à quelque chose.

— Ça change un peu la donne, quand même, ajoute-t-il.

— Comment ça ? m'étonné-je.

— Eh bien, je ne vois pas quelqu'un comme Joe – et a fortiori comme Rebecca – s'engager pour un cas perdu comme lui. Le garçon a peut-être décidé de se ranger et de mettre les conneries derrière lui. Pour que Joe et Rebecca acceptent de bosser pour lui, il a dû leur présenter des garanties. Ça vaut peut-être le coup d'y réfléchir.

— Tu n'es pas sérieux ?

— Bien sûr que si ! Qu'est-ce que tu as à perdre ?

— Des matches ! Le tournoi ! Ma crédibilité ?!

À l'autre bout du fil, James laisse échapper un petit rire.

— Je ne te demande pas de signer un pacte au sang avec lui tout de suite mais… je ne sais pas, pèse un peu le pour et le contre. Si Rebecca te le propose, c'est qu'elle y croit. Et on sait toi et moi ce qu'il en est des intuitions de Rebecca !

Il marque un point. Si ma coach a bien un superpouvoir, c'est celui de déceler le potentiel chez les joueurs et les joueuses. Il y a deux ans, elle a vu un petit jeune perdre en Grand Chelem en trois sets secs contre Federico Rossini le numéro 1 mondial. À la fin du match, elle a dit « Il ira loin ». Depuis, le garçon a remporté notamment l'Open d'Australie, et, selon les résultats de l'US Open, il pourrait ravir la première place mondiale à Federico. Pense-t-elle vraiment que Julien Masson, à presque 30 ans, peut inverser la tendance et atteindre enfin les top places mondiales qu'on lui promettait adolescent ?

— Tu as raison, annoncé-je, j'y réfléchirai.

En réalité, c'est déjà tout vu. Il est hors de question que je m'aligne avec un tricheur doublé d'un menteur. Si Rebecca veut absolument que je m'aligne en double à New York, elle devra trouver quelqu'un d'autre.

Je poursuis ma journée avec la légèreté de quelqu'un de résolu. Pour l'instant, je n'en touche pas un mot à Rebecca. Mon match du deuxième tour a été programmé assez tôt demain matin, alors nous devons nous concentrer là-dessus. Je passe une partie de l'après-midi sur un des courts d'entraînement, puis je passe au massage, au physio, et c'est déjà l'heure du dîner. Je me couche tôt, bien décidée à me qualifier pour le prochain tour.

Pour mon deuxième match, j'affronte Karolina, une Tchèque beaucoup moins bien classée que moi que j'ai déjà affrontée deux fois, et toujours battue sans aucune difficulté. J'entre sur le court sereine, motivée à poursuivre sur ma lancée. Je me suis bien entraînée, j'ai bien dormi, je ne ressens aucune douleur : je ne devrais rencontrer aucune difficulté. Mon adversaire, elle aussi, a l'air de ne pas trop s'inquiéter. Elle est toute jeune encore et n'a rien à perdre sur ce genre de match, seulement de l'expérience à engranger. Nous entamons fort les échanges et offrons au public clairsemé un beau duel. Malgré tout, je prends rapidement les devants. Karolina se défend, mais je suis en totale confiance et ne lui laisse aucune chance. Chacun de ses jeux est accroché alors que je remporte la plupart de mes services sans difficulté. En à peine plus d'une heure, je remporte la partie 6-4, 6-4. Notre accolade est amicale, et après ma victoire, je me prête volontiers à des photos et des dédicaces avec le public. Tout le monde me parle de Paris, et de James. Grisée par la victoire, je ne les entends que d'une oreille et me contente de sourire.

J'entre en conférence de presse la mine joyeuse. Je loue les qualités de mon adversaire, et déclare me sentir en forme et en confiance pour la suite. Mais rapidement, les journalistes présents m'entraînent sur un autre sujet. Ils me parlent de la blessure de James, et m'interrogent sur ce que je compte faire. Comme on le fait souvent en conférence de presse, je botte en touche et réponds sans répondre. « Aucune décision n'a encore été prise, j'envisage toutes les éventualités. » C'est alors qu'une journaliste américaine demande :

— On pourrait donc ne pas voir la médaillée d'or olympique s'aligner sur sa spécialité à New York ?

Je me fige.

— C'est une possibilité, finis-je par répondre en espérant que personne n'ait remarqué mon trouble.

Un drôle de murmure parcourt l'assemblée. Mon temps imparti est écoulé, et je quitte prestement la salle de presse. J'ai du mal à me l'avouer, mais la réaction des journalistes a fait mouche. James avait raison. Il semblerait que les gens m'attendent pour cet événement. Ils ont envie de m'y voir jouer. Et, au fond de moi, je crois que j'en ai envie aussi. Avant la blessure de James, je n'avais qu'un objectif pour cette fin de saison : remporter le double mixte de l'US Open pour marquer l'histoire de cette discipline. L'indisponibilité de James doit-elle nécessairement tout remettre en cause ? Les questions se bousculent à nouveau dans ma tête, et j'ai peur que cela n'entre en collision avec mes performances dans le tournoi en cours. Je ne peux pas me permettre de perdre trop d'énergie dans ces questionnements. Comme à chaque fois que je me sens rongée par quelque chose, je pense à Lily. C'est ma meilleure amie, et l'une des rares personnes sur cette terre à pouvoir calmer chacune de mes angoisses, et à me faire rire dans toutes les circonstances. Je devrais peut-être l'appeler. Ou bien, je pourrais faire preuve d'autodiscipline, pour une fois, et mettre ce sujet de côté le temps du tournoi. Après tout, il sera encore temps de se décider à l'issue de cette semaine de compétition. Il reste encore quelques semaines avant l'US Open. Rien ne sert de précipiter ma décision.

Demander à Lily son avis → vers **CHAPITRE 6** (p. 42)
OU Demander à Rebecca un temps de réflexion → vers **CHAPITRE 7** (p. 49)

CHAPITRE 6

Je m'installe sur l'une des terrasses de l'hôtel pour appeler Lily. C'est le début d'après-midi à Toronto, et il fait déjà une chaleur étouffante. Je m'assieds sous un arbre, pour profiter du beau temps sans trop en souffrir. À Londres, c'est déjà le début de soirée. Même si les étés y sont de plus en plus chauds, je ne doute pas que l'air y soit tout de même plus respirable qu'ici. Lily décroche rapidement, et son visage souriant s'affiche aussitôt sur l'écran. Mes lèvres s'étirent à leur tour en réponse.

— Colleen ! s'écrie-t-elle.

Elle a l'air proprement enchantée. Lily a toujours l'air absolument ravie. Son carré fauve, ses taches de rousseur et son visage rondelet ne font qu'accentuer cette perpétuelle joie de vivre qui la caractérise. Même à travers l'écran et à un océan de distance, ça me fait chaud au cœur de la voir.

— Comment ça va ? Je n'ai pas pu regarder ton match aujourd'hui, mais j'ai cru voir que tu as gagné ! C'est super ! s'exclame-t-elle.

— Oui, oui, c'est ça, me contenté-je de répondre.

Je sais que Lily ne cherche qu'à être sympa – elle n'a pas du tout envie de parler de tennis. Pourtant, elle et moi, on s'est rencontrées sur le court. On avait tout juste 5 ou 6 ans quand nous nous sommes inscrites dans le club de tennis de notre quartier. Nos parents se sont rapidement rendu compte que nous habitions dans la même rue et ils ont mis en place un système de covoiturage. Une semaine, c'était ma mère qui nous emmenait, et la suivante, son père. À cet âge-là, il n'en faut pas plus pour démarrer une amitié. Lily a arrêté le tennis quelques années plus tard – ça n'était franchement pas une passion pour elle – mais notre amitié, elle, a perduré jusqu'à aujourd'hui. Depuis tout ce temps, je sais que le déroulement de mes matches, bon, ça ne l'intéresse pas plus que ça. Pourtant, chaque année, elle choisit un des tournois auquel je participe pour venir m'y voir jouer. Quand je ne joue pas, elle en profite pour découvrir la ville en question et profiter de ses vacances. Cette année, elle a choisi l'US Open. Lily adore New York et n'y est pas retournée depuis « au moins cinq ans » soit, pour elle, l'équivalent d'une éternité.

— J'ai appris pour James, ajoute-t-elle sans transition. Comment tu gères la nouvelle ? Tu vas quand même participer au double mixte ?

Je soupire.

— Je ne sais pas.

— Je te dirais bien que le simple est suffisant, car chaque minute que tu ne passes pas sur un court est du temps en plus pour du shopping pour moi… mais ça serait sans doute un peu égoïste de ma part.

Je laisse échapper un petit rire.

— Un petit peu, en effet. Mais tu sais, Lily, tu n'es pas obligée d'assister à tous mes matches pendant la quinzaine. Je ne t'en voudrais pas !

— Tutututu, un engagement est un engagement, assure-t-elle. Et puis, franchement, sans moi, l'ambiance dans ton box n'est pas très folichonne… À moins qu'il n'y ait du nouveau dans sa composition ?

Son large sourire et son clin d'œil pas franchement discret ne laisse aucun doute sur le sujet qu'elle veut aborder depuis le début de l'appel. C'est même étonnant que ce ne soit pas la première question qu'elle m'ait posée en décrochant !

— Je suis toujours célibataire, la tempéré-je et très heureuse comme ça.

Elle secoue la tête. Je poursuis :

— Il paraît que toi aussi, d'ailleurs ?

Elle me lance un regard outré dans le genre mais-comment-tu-sais-ça-toi, et je hausse les épaules pour toute réponse.

— Oui, avoue-t-elle, c'est fini avec Patrick. Mais franchement… je ne pouvais pas décemment me marier ou avoir des enfants avec un gars qui s'appelle Patrick, non ?!

Je me marre. Parfois, je me demande vraiment comment mon amitié avec Lily peut fonctionner. Nous avons des personnalités diamétralement opposées et nous ne nous intéressons absolument pas aux mêmes choses. Bon, le fait que je sois une grande partie de l'année à plusieurs milliers de kilomètres de Londres aide peut-être un peu à maintenir notre équilibre.

— Plus sérieusement, pour le double mixte ? insiste-t-elle.

— Ça t'intéresse vraiment ?

Elle s'offusque :

— Parfois, j'ai l'impression d'être un monstre. Évidemment que la carrière de ma meilleure amie m'intéresse !

— Ça tombe bien, alors, parce que c'est en partie pour ça que je t'appelle.

— Pour du tennis ? s'étonne-t-elle à son tour.

— Ouais. Enfin pas que. C'est-à-dire… Tu ne devineras pas le vilain coup que m'a joué Rebecca.

Dans son canapé, Lily se redresse. Il n'y a rien qui ne l'intéresse plus qu'un bon potin ou un gros drama. Et là, j'en ai un gratiné pour elle. Je ne fais pas durer le suspense plus longtemps :

— Elle veut que je joue le double avec Julien Masson.

Le visage de Lily s'illumine.

— Le beaaaauuuu Julieeen ?

— Lily ! pesté-je.

— Quoi ? C'est vrai…

— Ce n'est pas du tout la question.

Lily secoue à nouveau la tête. Et son visage se fait plus grave.

— C'était il y a dix ans, Colleen. Il est peut-être temps de pardonner ?

Alors là, je n'en reviens pas. Je suis soufflée !

— Lily… C'est un menteur, un tricheur… Ça m'a déjà pris assez de temps de m'en remettre. Je ne veux pas retomber là-dedans ! C'est vraiment la dernière personne avec qui j'ai envie de jouer ! Pourquoi tout le monde semble penser que ça puisse être une bonne idée ?

Le sourire sur le visage de Lily s'est peu à peu effacé.

— Je suis désolée, Colleen, je ne voulais pas te vexer. Je dis juste que… ce n'est peut-être pas une si mauvaise idée que ça. Sportivement, vous êtes faits pour jouer ensemble.

Je m'apprête à rétorquer – qu'est-ce qu'elle y connaît ? – mais elle m'arrête d'un geste de la main.

— Après, c'est à toi de décider. Si tu ne le sens pas, tu ne le sens pas. Personne ne va te forcer. Même ce Pitbull de Rebecca.

Lily et Rebecca s'entendent bien. Mais ma meilleure amie a toujours trouvé ma coach trop stricte – qui ne trouverait-elle pas trop strict ? – et, secrètement, elle pense que c'est elle qui m'empêche de m'épanouir dans ma vie personnelle. Enfin, ça, c'est *possiblement* quelque chose que j'ai sous-entendu un jour pour que Lily me fiche un peu la paix sur ce sujet. Après réflexion, ce n'était pas forcément l'idée du siècle, mais ça a eu le mérite de me laisser un peu de répit. Du moins, pour un temps.

Je change habilement de sujet et le reste de l'appel est consacré à la vie de Lily. Elle se lasse déjà de son nouveau travail (elle bosse dans une boîte de conseils en informatique, même si je n'ai pas tout à fait compris en quoi consistait précisément son job) mais elle souhaite rester encore un peu, car elle a des vues sur un collègue. Bref, du Lily pur jus. Au bout d'une heure de visio, je dois mettre fin à l'appel : il est temps pour moi d'aller m'entraîner. Demain, je joue à nouveau.

Mon adversaire du jour est, cette fois encore, moins bien classée que moi. À ce tour-ci, j'aurais dû me retrouver contre une tête de série, mais la numéro 8 mondiale a perdu au premier tour contre une jeune Américaine, elle-même battue au tour suivant par celle qui se retrouve aujourd'hui de l'autre côté du filet. Personne n'était vraiment préparé à ce petit tremblement de terre (à l'échelle du tournoi), et avec Rebecca, il a fallu revoir notre plan de jeu. D'autant que cette joueuse-là, on ne la connaît pas très bien : je ne l'ai encore jamais affrontée sur le circuit professionnel. Et puis, il y a cette histoire de double mixte et de Julien, que je n'arrive pas complètement à me sortir de la tête.

Et là, le cauchemar commence.

Tous les joueurs et toutes les joueuses connaissent des matches comme ça. Ils n'arrivent généralement pas si souvent que ça, mais ils font mal, et la douleur vous hante pendant longtemps après. Ils marquent dans votre mémoire le nom de votre adversaire au fer rouge. Pour moi, ce match-là, c'est aujourd'hui. J'ai beau savoir que mon opposante est moins bien classée, j'ai beau avoir en tête les consignes de Rebecca, il n'y a rien à faire. Je suis comme tétanisée. Ni mes jambes ni mes bras ne répondent correctement. Je multiplie les fautes directes, et je commence à m'agacer. À partir de là, c'est l'engrenage. Plus je vois le score se creuser en sa faveur, plus je joue mal. Plus je me concentre sur mes coups, et plus je les rate. Il n'y a absolument aucune solution. Je sais vers quoi je me dirige. Rebecca sait vers quoi je me dirige. Mon adversaire le sait aussi. Et le public commence à le comprendre. Quand l'arbitre annonce « Jeu, set et match » pour ma rivale, j'ai les épaules basses et le visage en feu. Cette défaite est une contre-performance énorme.

De retour dans les vestiaires, j'ai le poing serré de colère. J'ai envie d'aller me rouler en boule sous ma couette pour pleurer. Mais je ne peux pas. C'est une des difficultés du sport de haut niveau en général, et du tennis en particulier. Après une défaite, vous n'avez pas le loisir de vous complaire dans votre médiocrité, votre colère ou votre tristesse. Non, il faut se doucher, se faire masser et – comble du malheur ! – se rendre en conférence de presse et y faire bonne figure. Vous devez avoir l'air déçu, sans vous montrer trop agacé, vous pouvez vous énerver contre vous-même, mais il serait mal perçu de minimiser la victoire de votre adversaire. L'après-défaite, à bien des égards, est parfois pire que la défaite en elle-même. Là, je voudrais juste sauter directement dans le premier avion pour mon prochain tournoi, pour oublier l'humiliation que je viens de subir. Mais je n'ai pas le choix, je dois accepter d'être cuisinée par des journalistes qui se délectent sans doute de ce genre de contre-performance. Je ne leur en veux pas, ça fait partie du spectacle et de leur job.

Une fois que j'en ai terminé avec le parcours du combattant de l'après-match, je retrouve Rebecca dans la salle de musculation. Je me suis installée sur un vélo, et je pédale sans vraiment y penser. C'est bon pour la récupération, et ça me vide un peu la tête. Quand j'aperçois ma coach, je retire un de mes écouteurs. Elle arrive à ma hauteur, mais ne dit rien. Qu'est-ce qu'il y a à dire, de toute façon ? C'est trop tard pour penser à ce que j'aurais pu mieux faire, et trop tôt pour commencer à tirer les enseignements de cette défaite. Rebecca se contente d'esquisser un sourire, le genre qui veut dire : « Je sais ce que c'est, ça passera, c'est comme ça ». Je pousse un long soupir.

— C'est d'accord, lâché-je finalement.

— D'accord, pour ? s'étonne Rebecca.

— Je veux bien rencontrer Julien pour… (j'ai l'impression que ces mots vont m'arracher la bouche) pour discuter de l'éventualité d'un double mixte à New York.

Cette fois, le sourire qui se dessine sur le visage de Rebecca est beaucoup plus franc.

Il y en a au moins une de nous deux qui aura gagné aujourd'hui.

→ vers **CHAPITRE 8** (p. 57)

CHAPITRE 7

Le lendemain, pour mon troisième match à Toronto, j'essaie de reprendre ma routine habituelle.

Cette fois, je ne joue qu'en début d'après-midi, alors je peux prendre le temps pour chacune des étapes. Avant même de quitter ma chambre pour le restaurant de l'hôtel, je procède à un déverrouillage articulaire. Sous cette formule pompeuse se cache une réalité très simple : il s'agit seulement de réaliser quelques exercices pour dérouiller ses articulations. En d'autres termes, réveiller son corps. Je commence par mon cou, en faisant tourner lentement ma tête d'un côté, puis de l'autre. Ensuite, je descends progressivement : les épaules, les coudes, les poignets, les hanches, les genoux, les chevilles… Tout y passe ! C'est une routine assez longue, mais elle est nécessaire. En réalité, pour moi, c'est un moment privilégié. C'est l'un des très rares moments de ma journée où je suis *vraiment* seule. Après, je vais devoir me mêler à la foule au buffet de l'hôtel, puis retrouver mon équipe, avant de me rendre dans les vestiaires – toujours grouillant – puis sur le court. Viendront ensuite la physio, les massages, la conférence de presse, la récupération.

Bref, cela laisse en vérité peu de moments pour être seule avec soi-même. Je profite donc de cet instant aussi rare que précieux pour me proférer quelques paroles encourageantes.

Je ne suis pas une grande adepte des théories d'auto-persuasion et de la pensée positive, mais enfin, ça ne coûte rien d'avoir pour soi-même des paroles agréables et motivantes. Quand mon corps et mon esprit sont enfin (sainement) préparés, il est temps de descendre au petit déjeuner.

Les jours de match, mon alimentation est souvent un peu la même (on ne change pas une équipe qui gagne). Je me prépare un porridge à-ma-sauce, attrape une banane, et me sers un thé noir avec une pointe de lait et de sucre. Depuis le début de ma carrière, je veille à respecter scrupuleusement les régimes et autres plans diététiques concoctés par mon équipe. Au grand dam de Rebecca, mais surtout de mon amie Lily, qui pensent que lâcher un peu de lest sur la question ne me ferait pas de mal. « Je n'ai jamais entendu quelqu'un dire qu'il avait perdu un match parce qu'il a pris un cookie en dessert plutôt qu'une pomme ! » me rabâche Lily presque à chaque fois que nous partageons un repas. Mais je n'y peux rien, j'ai besoin de contrôler aussi ça pour me mettre dans les bonnes conditions. J'aurais tout le loisir de me rattraper quand ma carrière sera terminée.

Je m'installe à côté de mon équipe. Rebecca est là, en train de consulter je-ne-sais-quoi sur sa tablette en sirotant sans doute son troisième ou quatrième café de la journée. Annabeth est présente également, avec son thé et son jus d'orange (elle n'avale jamais rien de solide le matin) et discute d'un film que je n'ai pas vu, avec Aurelia, ma préparatrice physique, et Lucy, ma médecin/kiné/physio/masseuse/coach mentale multi-casquettes, et le débat semble déchaîner leurs passions.

Tout en avalant mon petit déjeuner, j'observe mon équipe avec un sourire satisfait. Il m'a fallu du temps pour la constituer, mais aujourd'hui, je ne la changerais pour rien au monde. J'ai d'abord rencontré Rebecca, par l'intermédiaire de James. Entre nous, ça a été pour ainsi dire le coup de foudre. Elle aimait mon jeu, j'adorais sa façon de me conseiller. Mes progrès ont été immédiats, et en moins d'un an, j'intégrai le top 50 des meilleures joueuses au monde. Nous avons rencontré Aurelia et Lucy peu de temps après. Ce sont elles qui sont venues vers nous. Elles venaient de sortir de leurs cursus d'études respectifs et cherchaient à se lancer dans l'accompagnement d'un sportif de haut niveau. Si elles n'avaient pas beaucoup d'expérience, leur sérieux et leur motivation à toute épreuve nous ont vite convaincues. Je n'ai jamais regretté ce choix ne serait-ce qu'une seule seconde après ça.

Annabeth est la dernière à nous avoir rejoints, il y a moins de deux ans. Jusque-là, c'était Rebecca, ma mère et moi qui nous occupions des finances, mais notre trio – non spécialiste – commençait à montrer ses limites (et ma mère, fraîchement retraitée, commençait à avoir envie de plages et de cocotiers plus que de logistique et de feuilles de comptes, je ne peux pas dire que je la blâme). Nous avons lancé un appel à candidatures pour trouver la perle rare qui pourrait manager efficacement ma carrière pour nous permettre, à Rebecca et moi, d'être focus à 100 % sur le sportif. Nous avons fait passer les entretiens à Londres, dans le bureau de la maison de Rebecca. J'ai tout de suite détesté Annabeth. Elle était si sûre d'elle, presque hautaine. En parcourant les documents que nous lui avions présentés, elle n'a fait que soupirer et froncer les sourcils avant de tailler en morceaux notre mode de fonctionnement. S'il y a bien quelque chose que je déteste, c'est qu'on puisse mettre en doute ma rigueur et mon professionnalisme, et c'est exactement ce qu'Annabeth avait fait pendant toute la durée de l'entretien. Rebecca au contraire, l'a adorée. Et puisqu'aucun des autres candidats ne faisait l'affaire, je me suis laissée convaincre par les arguments de ma coach. J'ai découvert par la suite que l'austérité d'Annabeth ne concernait que l'argent et les chiffres. En dehors de cela, c'est une excellente conseillère et une personne d'une grande douceur. Elle s'est intégrée au reste de l'équipe à une vitesse grand V et a abattu une masse de travail colossale. Une chose est sûre maintenant : j'aurais le plus grand mal du monde à me passer d'elle aujourd'hui. Je ne pourrais pas rêver meilleure équipe pour m'accompagner sur chacun de mes tournois. Ces femmes sont presque devenues comme une deuxième famille pour moi.

Une fois le débat ciné terminé, l'attention de Lucy se tourne vers moi. Aurelia, elle, se contente de m'observer en silence.

— Comment tu te sens ? me demande Lucy.

— Bien.

— Physiquement ?

— Prête.

— Mentalement ?

— Focus.

— Parfait !

— L'adversaire ? interroge Aurelia.

Elle me regarde toujours, mais je sais que sa question s'adresse à Rebecca. Ma coach détache les yeux de sa tablette et remonte ses lunettes sur ses cheveux blonds.

— Moins bien classée, un jeu rapide, gros service mais beaucoup de fautes directes, un revers dangereux, mais un coup droit assez faiblard. On devrait pouvoir s'en sortir.

Rebecca dit toujours « on » comme si tout le staff était avec moi sur le court. En un sens, c'est un peu vrai. Souvent, pendant mes matches, je peux entendre leurs voix à côté de mon oreille. Un peu comme les petits anges et les petits diables dans les dessins animés. Cette pensée me fait sourire.

— Allez, fait Aurelia en jetant un coup d'œil à sa montre, il est temps d'aller préparer tes affaires !

Ma préparatrice physique prend son travail on ne peut plus au sérieux. Parfois, elle a des airs d'horloge parlante : ici l'heure de manger, là l'heure du coucher. Tout doit être conforme à un planning créé sur mesure et avec la plus grande minutie. Elle ne laisse absolument rien au hasard, et c'est ce que j'aime le plus chez cette femme. L'opiniâtreté, l'anticipation et la rigueur sont à mon sens trois qualités essentielles à une bonne préparation et donc, à une bonne performance. J'ai une confiance absolue en la méthode d'Aurelia et il ne me viendrait jamais à l'idée de remettre en cause l'une de ses recommandations. J'obtempère donc immédiatement.

De retour dans ma chambre, je pose mon sac sur une chaise et je prépare consciencieusement tout mon matériel. Se rendre compte en plein match qu'il nous manque un grip, une boisson ou un tee-shirt de rechange est une sensation absolument horrible. Je le sais, car ça m'est déjà arrivé.

J'avais 14 ans, je jouais une finale importante dans un tournoi local… et je n'avais pas de short de rechange. Horreur ! J'avais conscience que j'avais beaucoup transpiré et que mon vêtement devait être trempé. Je voulais le changer, pour me sentir mieux, mais aussi… pour qu'on ne me voie pas comme ça. Résultat, j'ai passé le reste de mon match à me préoccuper de ce que les gens allaient penser de ma sudation inter-fessière plutôt que de me concentrer sur mon jeu. Évidemment, sans mauvais jeux de mots, j'ai pris une véritable déculottée… Alors, depuis, je prépare toujours mon sac avec une méticulosité presque militaire – et je demande à mes sponsors les shorts les plus antitranspirants possible ! Après avoir vérifié une bonne douzaine de fois le contenu de mon sac, je suis prête à redescendre.

Les filles et le taxi m'attendent en bas de l'hôtel. En quelques minutes à peine, nous arrivons sur le site du tournoi. Nous montrons nos badges, mais le type de l'accueil nous connaît bien maintenant et nous laisse passer sans même les regarder. Dans les vestiaires, ça grouille de monde. Il y a les joueuses des matches du matin qui récupèrent, celles qui, comme moi, se préparent à entrer sur le court d'ici quelques heures, mais également les staffs de chacune, le personnel du tournoi, des officiels, quelques journalistes. Je rejoins rapidement le terrain d'entraînement qui nous est réservé. Je tape un peu la balle avec Aurelia, histoire de monter en puissance. Suffisamment longtemps pour que mon corps se chauffe, mais pas trop non plus, pour ne pas risquer de me blesser. De retour dans les vestiaires, j'essaie de me mettre dans ma bulle. J'enfonce mes écouteurs dans mes oreilles, lance ma playlist habituelle et poursuis ma routine d'échauffement.

Bientôt, Rebecca vient me tapoter sur l'épaule. Elle n'a pas besoin de parler. Je mets fin à ma préparation et m'en vais enfiler ma tenue de match. Il va bientôt commencer. L'adrénaline, doucement, commence à monter.

J'entre sur le court assez confiante. Rebecca m'a fait un portrait-robot de mon adversaire et a préparé un plan d'action en conséquence. Normalement, c'est une joueuse complètement à ma portée. Mais dans le sport, tout ne se passe pas toujours comme prévu.

Évidemment, ce jour-là, il fallait que la sensation du jour, ce soit moi. Ou plutôt elle.

Pourtant, mon tableau s'était carrément éclairci. Quand, dès son premier match, la tête de série que je devais potentiellement rencontrer à mon troisième tour s'est fait éliminer par une jeune inconnue, j'y ai vu une sorte de bon signe. Quand la jeune inconnue s'est elle-même fait éliminer par une joueuse plutôt mal classée, j'ai commencé à croire en ma bonne étoile. Mais là, maintenant que j'ai devant moi cette « joueuse plutôt mal classée », c'est une tout autre histoire qui s'écrit. Le petit diable à côté de mon oreille a beau me répéter avec agacement les conseils de ma coach : il n'y a rien à faire.

J'ai l'impression que ma raquette n'en fait qu'à sa tête. La balle ne part jamais là où je veux l'envoyer. Je sens la frustration monter. Et la frustration, en sport comme dans la vie, est rarement bonne conseillère. Je m'agace de plus en plus. Après la perte du premier set, à chaque mauvais point, je lance un regard désespéré vers mon box, où sont installés Rebecca et le staff. Ma coach tente des encouragements, des conseils, mais bientôt, elle non plus ne voit plus trop ce qu'on peut faire.

Quand l'arbitre indique « Jeu, set et match » pour mon adversaire, j'ai déjà abdiqué depuis quelques minutes. Je serre la main de ma rivale, de l'arbitre, et attrape mon sac sans un regard ni pour mon box ni pour le public.

Dans les vestiaires, je fais savoir que je vais skipper la physio et les massages, et me précipite sous la douche. Je mets le jet à la pression et à la chaleur maximales. Comment ai-je pu perdre ce match ? Je ne me l'explique pas encore. Il faudra sans doute analyser la vidéo, mais pour l'instant, c'est trop tôt. Je suis rongée par la colère, et la déception. Encore une fois, j'échoue avant le dernier carré. Quelle que soit la taille du tournoi, c'est toujours pareil. C'est comme si mon corps, rien qu'à entendre les mots « demi-finale » se mettait automatiquement à dysfonctionner et à faire n'importe quoi !

Ma tournée américaine ne démarre pas sous les meilleurs auspices… J'y fondais pourtant tellement d'espoir ! Je me disais que maintenant, j'avais l'expérience, la maturité, la confiance, bref tout. Et pourtant, j'essuie un nouvel échec, quelques semaines à peine avant le début du dernier Grand Chelem de l'année. Et si je ne suis pas capable d'y briller en simple, alors il ne me reste pas trente-six solutions…

Une fois changée, j'arpente le site à la recherche de Rebecca. J'interromps sa conversation avec Annabeth sans ménagement :

— Julien, lancé-je, il est à Cincinnati la semaine prochaine ?

Cincinnati, c'est un tournoi américain assez réputé à la fois du circuit ATP (masculin) et WTA (féminin). J'y participe presque tous les ans, malgré des résultats mitigés.

Rebecca hoche la tête :

— Je te l'ai dit, j'essaie, autant que possible, de caler son planning sur le tien.

Je croise les bras, et réponds avec l'air le plus détaché possible :

— OK. Arrange un rendez-vous. Je vais réfléchir à cette histoire de double.

Les yeux de Rebecca s'allument d'une lueur de victoire. Moi, je repars sans un mot, tâchant de rester digne alors que je viens clairement d'encaisser ma deuxième défaite de la journée.

→ vers **CHAPITRE 8** (p. 57)

CHAPITRE 8

Quelques jours plus tard, nous prenons la route pour Cincinnati, une commune de l'Ohio à la frontière avec l'Indiana et le Kentucky. C'est une ville que je connais bien, maintenant. À taille humaine, elle est parsemée de petites collines. Nous logeons dans l'hôtel où nous avons désormais nos habitudes, en périphérie, au plus près du site du tournoi. Pourtant, c'est dans le centre-ville de Cincinnati, à près d'une demi-heure en voiture de là, que j'ai donné rendez-vous à Julien et son staff pour « discuter ». Je crois que je souhaitais que cela se passe dans un endroit neutre. J'ai choisi, presque au hasard, un café bien noté que ne je connais pas, non loin du pont emblématique de la cité.

Rebecca et moi y arrivons les premières. Nous sommes carrément en avance, aussi nous n'attendons pas pour commander. Je prends un thé – à l'anglaise – et Rebecca un grand café, très serré. Ma coach sort sa tablette et commence à regarder quelque obscur match d'un tournoi anecdotique. Je ne me sens pas à l'aise, et elle sait que, dans ces moments-là, mieux vaut me laisser tranquille plutôt que de prendre le risque de subir mes foudres. Je ne suis pas vraiment du genre à faire des scènes ou des esclandres, mais quand je ne suis pas bien, je peux me montrer un peu… piquante. Pour ne pas dire méchante.

Rebecca n'a pas envie d'en faire les frais, et je préfère l'éviter également.

Tout en buvant mon thé, j'essaie de me concentrer sur l'entrevue à venir. Qu'est-ce qui m'a pris de proposer ça ? J'ai envie de prendre mon sac et de partir. Annuler le rendez-vous, laisser tomber le double, et pourquoi pas le tennis tout entier ? Je lui ai donné assez de ma vie, déjà, non ? 26 ans, ce n'est pas trop tôt pour une retraite, si ? Je dois me faire violence pour reprendre mes esprits. J'ai parfois tendance à être un peu excessive dans mes prises de décision. Je dois rationaliser. Dans le fond, je le sais, l'idée de Rebecca n'est pas mauvaise. Un double mixte entre Julien et moi, sportivement, ça fonctionne.

Je le sais d'autant plus que nous l'avons déjà fait.

Oh, c'était il y a longtemps. Julien était à peine majeur, et j'avais 16 ans environ. Depuis quelques années, on fréquentait la même académie de tennis dans la banlieue de Londres. Le père de Julien, se rendant compte que son fils était bon, *vraiment* bon, avait tout misé sur lui. Il avait décidé de traverser la Manche, persuadé que le système français ne formatait que des perdants. En réalité, en France, on voit surtout souvent d'un mauvais œil le trop grand investissement des parents dans les entraînements de leur enfant.

À Londres, monsieur Masson – moyennant finances – pouvait jouir des installations de l'académie tout en restant le principal coach de son fils. Je me souviens assez bien du père de Julien. Un monsieur trapu au crâne dégarni. Il ne parlait pas beaucoup, mais presque toujours en criant. Je sais qu'à l'époque, ce choix d'émigration avait failli ruiner la famille, et coûter au père de Julien son mariage. Mais au bout du compte, ça avait valu le coup : vers la fin de son adolescence, Julien faisait partie des meilleurs espoirs internationaux du tennis. Il a remporté le prestigieux tournoi des Petits As à 12 ans, remporté ensuite des titres de Grand Chelem chez les juniors, puis a connu ses toutes premières victoires sur le circuit professionnel à seulement 17 ans.

Alors forcément, le jour où il m'a proposé de participer avec lui à quelques tournois en double mixte, j'ai tout de suite accepté. Adolescente, j'étais persuadée que les gars comme lui ne pouvaient pas remarquer les filles comme moi. Mais non seulement Julien savait qui j'étais, mais en plus il voulait jouer avec moi. J'étais aux anges. Nous avons ainsi fait quelques compétitions dans toute l'Europe, plus ou moins couronnées de succès, avant de nous inscrire à notre véritable objectif : le tournoi organisé par l'académie où nous étions formés. La compétition était peu médiatisée, mais dans le petit monde du tennis, elle jouissait d'une certaine réputation.

Julien n'avait qu'un seul objectif en tête, il voulait remporter à la fois le simple et le double mixte. J'étais également inscrite dans les deux tableaux, mais j'ai été rapidement évincée du tableau dames par une joueuse plus âgée et plus expérimentée. Le double mixte, en revanche, était une tout autre histoire : avec Julien, nous avions la sensation d'être imbattables. Nous avons remporté le trophée sans difficulté. C'était comme si nos jeux respectifs étaient tout simplement complémentaires. Si je suis honnête, cela reste un des meilleurs souvenirs de tournoi de ma vie. Le tennis est habituellement un sport si solitaire… Ce jour-là, j'ai appris qu'une victoire en double, c'était deux fois plus de bonheur et de fierté. Et si je suis vraiment, *vraiment*, honnête. Alors, comme dirait Lily, il est possible qu'à ce moment-là, j'aie éprouvé un petit coup de cœur pour Julien. Après tout… Il était français, charmant, légèrement plus âgé, il s'était intéressé à moi, à mon jeu, et il avait cette manière bien à lui de me regarder, comme si je comptais vraiment…

Quelques petites semaines après notre victoire en double mixte, Julien a atteint, à seulement 18 ans, les quarts de finale du prestigieux tournoi de Wimbledon. J'étais moi-même engagée sur le tournoi junior, mais j'essayais de regarder tous ses matches à la télévision. Il s'est incliné aux portes de la demi-finale, en quatre sets accrochés, contre… James Anderson (tout un symbole !). À sa sortie, la foule l'acclame. Tout le monde voit en lui un futur grand champion, peut-être même un numéro 1. C'est l'apogée de sa jeune carrière.

En réalité, c'est le tout début de sa descente aux enfers.

Quelques jours après la fin de Wimbledon, la nouvelle tombe dans la presse : après son quart de finale, Julien a été contrôlé positif à un test antidopage. Le petit prince du tennis est en réalité un tricheur… Dans le monde du sport, ça fait grand bruit. Son nom est dans tous les journaux. Lui refuse de commenter quoi que ce soit. L'enquête se poursuit, et Julien est finalement condamné à deux ans de suspension. À 18 ans, tout le monde considère que c'est la fin de sa carrière.

Pendant ces deux ans, Julien apparaît par-ci par-là dans les journaux : on dit qu'il continue de s'entraîner, mais la plupart des articles qui le concernent mettent au jour son hygiène de vie déplorable : soirées, alcool, boîte de nuit. Voilà qui résume bien ces vingt-quatre mois de suspension. Une fois sa peine purgée, il réintègre le circuit professionnel.

Mais rapidement, il végète autour de la 150e place mondiale, bien loin des succès qu'on lui prédisait adolescent.

Commence alors sa traversée du désert.

Il épuise jusqu'à deux à trois coaches par an, au point de finalement décider de faire cavalier seul. Le Français continue de faire scandale par ses esclandres sur le court et ses virées nocturnes, même en plein tournoi. Je n'ai pas suivi plus que ça sa carrière, mais d'après Rebecca – qui m'a tout raconté –, il a fini par réintégrer le top 100 l'année dernière. Grand bien lui fasse.

Depuis que sa duperie a éclaté au grand jour, je me sens salie. Certes, on n'en a pas parlé comme de Wimbledon, mais depuis sa condamnation, ma victoire en double avec lui est tachée du sceau de la suspicion. Se dopait-il déjà à ce moment-là ? Très certainement. Ce trophée, c'était ma première victoire majeure, celle dont je pouvais à l'époque être la plus fière. Et Julien me l'a volée. J'ai traîné ce discrédit derrière moi comme un boulet pendant des années. Je me suis sentie trahie et, à partir de ce moment-là, je n'ai plus eu confiance. Ni en les autres ni en moi. Une rupture des ligaments croisés aurait été une blessure plus rapide à soigner. Bon, j'exagère peut-être un peu… mais pas tant que ça ! Avec un bon suivi, les croisés, on peut revenir en pleine forme après quelques mois. Là, ça fait bientôt dix ans que cette blessure me poursuit.

Sans que je m'en rende compte, mon corps se tend et mes doigts se crispent autour de ma tasse de thé. Je dois la reposer pour ne pas en renverser le contenu sur la table. Voici où j'en suis dans mes pensées : je ressasse ma vieille rancœur lorsque l'objet de tous mes maux entre dans le café.

Julien est beau comme les Français savent l'être. Ce n'est pas le genre d'homme pour lequel votre mâchoire se décroche quand vous le voyez pénétrer dans une pièce. Non, c'est une beauté moins immédiate, plus insidieuse. En premier, vous remarquez ses yeux vert pâle, toujours rieurs, et la légère fossette qui se creuse sur sa joue gauche quand il sourit. Mignon, n'est-ce pas ? Plus tard, au détour d'un mouvement, vous êtes frappée par son avant-bras fuselé et la saillance de ces biceps. Vous rougissez, peut-être, en pensant aux belles promesses qui se cachent sous le reste de ce tee-shirt. Un beau jour, vous repérez la façon qu'il a de se passer la main dans ses cheveux – châtain, soyeux, légèrement ondulés – lorsqu'il est mal à l'aise. Craquant, non ? Et, finalement, ça vous saute aux yeux : cet homme est beau. Très beau. Mais surtout : il commence à vous plaire.

Merde.

Toutes ces sensations me reviennent les unes après les autres en pleine figure au moment où Rebecca se lève pour serrer la main que Julien lui tend. Juste derrière le Français se tient un homme très grand, aux épaules massives et aux jambes arquées. Ses cheveux longs et bruns sont attachés en une queue-de-cheval. Sa peau tannée fait ressortir ses yeux sombres. Il porte un marcel et ses lunettes de soleil sont négligemment posées en travers de son front.

— Joe Perez, annonce-t-il en me tendant la main.

Je me lève d'un bond, manquant de renverser la table dans ma précipitation.

— En… enchantée. Coll… Colleen. Colleen Brown.

Peut-on faire plus mauvaise première impression ? Pour toute réponse, il m'adresse un large sourire de contentement. Joe se jette ensuite dans les bras de Rebecca. Pendant ce temps,

Julien n'a pas l'outrecuidance de me tendre la main. Il se contente d'un hochement de tête entendu, l'air de dire : « Merci-d'avoir-accepté-de-me-parler-alors-que-je-suis-un-immense-tocard ». Enfin, du moins, c'est comme ça que je l'interprète. Finalement, les deux hommes s'asseyent. Joe face à moi, Julien face à Rebecca. Un silence empli d'un certain malaise s'installe. Heureusement, nous sommes sortis de notre embarras par l'irruption de la serveuse.

— Qu'est-ce que je vous sers ? demande-t-elle avec un large sourire.

Joe commande un chai latte et Julien un jus de fruits frais.

— Tu n'as pas plutôt envie d'une bière ? raillé-je mesquine.

Ma remarque est carrément déplacée, mais je l'ai déjà dit, quand je suis stressée, je me transforme en sauce harissa : rouge et piquante. Julien me lance un regard visiblement surpris avant de se ressaisir :

— Non, merci, il est encore tôt, répond-il avec sérieux.

— Oh, c'est un problème maintenant ? J'ai sans doute mal compris ce que j'ai lu dans la presse…

Je laisse traîner ma phrase, un sourire carnassier peint sur le visage. J'aurais dû m'arrêter après ma première pique, mais c'est plus fort que moi. Et là, à en croire le regard qu'il me lance et sa mâchoire qui se contracte, j'ai fait mouche. Rebecca, agacée, me lance un regard noir avant de mettre fin à ce début de joute verbale :

— Je vais reprendre un café, indique-t-elle à la serveuse. Et une bouteille d'eau gazeuse s'il vous plaît. Ça sera tout.

La jeune femme ne demande pas son reste et s'éloigne prestement de notre table.

Rebecca, de peur, sans doute, que je ne commette un nouvel impair, prend la discussion en main. Dans un discours qui se veut fédérateur, elle nous enjoint à oublier le passé pour nous concentrer sur nos objectifs communs. De temps en temps, elle me lance des œillades pour vérifier que je tiens ma langue. Pendant un temps, ce sont surtout Joe et Rebecca qui font la conversation. Ils pointent nos atouts respectifs, nos complémentarités supposées, les ambitions que nous nous sommes fixées, etc.

— Ce qu'on vous propose, conclut Joe, c'est de programmer un entraînement, demain matin, en plus de vos entraînements personnels. Histoire de voir ce que ça donne, et si c'est un binôme qui a encore ses chances ou pas. Ça vous irait ?

Julien hoche aussitôt la tête. Leurs trois regards convergent alors vers moi. J'ai beau ne pas être hyper emballée par l'idée, la vérité c'est que j'ai sans doute autant besoin de Julien que lui de moi à cet instant précis. Aussi, je n'ai pas assez confiance en moi pour décevoir trois personnes en même temps. Alors j'accepte.

— OK, va pour l'entraînement, soufflé-je en désespoir de cause.

Comme convenu, Rebecca et moi retrouvons Joe et Julien sur un court pour nous entraîner. Quand je vois le Français dans son tee-shirt serré et son short moulant, je songe tout de suite que son corps a l'air encore plus athlétique et affûté que lorsqu'il avait 18 ans. Et je me déteste aussitôt de penser ça. Vous avez déjà essayé de haïr quelqu'un qui n'est pas franchement *physiquement haïssable* ? Parce que je vous jure que ça n'a rien de facile. Ne pas le voir pendant dix ans rendait les choses beaucoup plus simples. Il n'était pas un être d'os et de chair mais une entité lointaine que je pouvais accuser de tous mes maux. Présentement, il m'est beaucoup plus difficile d'exécrer un beau jeune homme qui me tend la serviette que je viens de faire tomber en souriant. Ah ! Encore cette fossette… À 16 ans, je crois que je me serais damnée pour elle ! Au fond, je ne sais pas ce qui m'agace le plus : sa présence, ou le fait que, presque dix ans après, son joli minois semble me faire toujours autant d'effet…

Heureusement pour moi, Joe met bientôt fin à mon supplice en annonçant les premiers exercices de l'entraînement. Après un échauffement classique, Julien et moi nous mettons chacun d'un côté du filet pour échanger quelques balles. Assis dans les gradins, Rebecca et Joe discutent à mi-voix, de sorte que je n'entends pas ce qu'ils se racontent. Julien, de son côté, a l'air terriblement concentré. Jamais son regard ne croise le mien. Il se contente de remettre inlassablement la balle dans les limites du terrain. Je décide alors d'accélérer un peu la cadence, histoire de le faire courir un peu, et voir si je peux le mettre en difficulté. Le Français reste égal à lui-même. Derrière sa ligne de fond de court, il fait l'essuie-glace, mais met un point d'honneur à me renvoyer des balles faciles, au centre, comme il est de coutume pour s'échauffer. Si Julien ne dit rien, nos coaches, eux, se sont bien rendu compte de mon petit manège.

— Allez, on passe aux services.

Nous restons chacun de notre côté du court. Je fais une dizaine de services, et lui s'entraîne à les retourner. Ensuite, c'est à son tour. Un brin mauvaise, je m'amuse à lui faire remarquer chaque fois que sa balle est faute. Cela doit le vexer, car je remarque alors qu'il se concentre davantage. Ses services sont plus précis, plus rapides. Difficilement retournables pour moi. Désormais, j'ai l'impression que c'est lui qui prend un malin plaisir à me mettre en difficulté. Et je n'aime pas vraiment ça. Quand c'est à mon tour de resservir, je cherche moi aussi à lui envoyer de grosses balles qu'il renvoie tant bien que mal.

— FAUTE ! finit-il par hurler suite à l'un de mes services qui devait avoisiner les presque 190 km/h.

Je me tourne vers les coaches. En pleine discussion, ils n'ont pas vu la balle atterrir. Moi, je suis persuadée qu'elle était bonne. En plein entraînement, c'est complètement anecdotique, mais le fait qu'il puisse mentir comme ça, pour rien, me met soudain hors de moi. Je bouillonne. Dans ma gorge, une remarque cinglante est déjà prête à jaillir. Je devrais peut-être me retenir…

Faire une réponse volontairement vexante à Julien → vers **CHAPITRE 9** (p. 67)

OU

Contenir sa remarque pour ne pas mettre de l'huile sur le feu → vers **CHAPITRE 10** (p. 72)

CHAPITRE 9

— Alors la triche, c'est toujours ta signature, pas vrai ?

Je n'ai pas réussi à me retenir. Cette fois, Joe et Rebecca n'ont pas manqué ma pique qui vient de fuser à bien plus de 190 km/h. Julien tâche de garder une contenance, mais je vois bien qu'il a été atteint en plein cœur. Comme à son habitude, pourtant, il reste de marbre et ne se défend pas. Comme si de rien n'était, il part récupérer des balles au fond du court.

— C'est à mon tour de servir, annonce-t-il en se mettant en position.

Désormais, nos coaches nous observent sans un bruit. Le service de Julien est une véritable cacahuète… qui m'était personnellement destinée. Si, par pur réflexe, je ne m'étais pas écartée, je suis certaine qu'elle m'aurait touchée. Je m'apprête à bondir au filet pour lui faire savoir ma façon de penser, quand Joe déboule sur le terrain :

— Bon, ça suffit pour l'échauffement ! Allez vous asseoir, boire un coup, et dans cinq minutes : match !

Je retourne à mon siège, plus énervée encore que si je venais de me prendre une bulle. Je ne me prive pas pour décocher à Julien un regard noir. Il me répond d'une moue typiquement française qui ressemble presque à une grimace. Quel connard. Pourtant, dans 30 secondes, on va se retrouver tous les deux du même côté du court. Il faut que j'essaie de me calmer, ou rien de bon ne sortira de cet entraînement. Je ne peux pas me permettre de saboter la seule alternative que j'aie de participer au double mixte de l'US Open. La tête sous ma serviette, je tente de rafraîchir autant mon corps que mon esprit. Je dois essayer d'être juste, et laisser à Julien une chance de me prouver que, peut-être, il a changé.

Au bout du délai imparti, nous prenons place d'un côté du court. Rebecca et Joe s'installent en face. Je jette un coup d'œil autour de nous. Il n'y a personne. Ni curieux ni journalistes. C'est dommage, car je gage qu'une photo de nous quatre vaudrait le coup d'œil. La meilleure joueuse de double mixte de la saison en paire avec l'ex-Petit Prince du tennis français opposés à une ex-numéro 1 mondiale et… Joe. Il faudra que je demande à Rebecca qui il est et d'où elle le connaît exactement, car je me rends compte que je n'ai même pas cherché à savoir. Son nom ne me dit rien, alors je ne pense pas qu'il soit un ancien joueur, mais je me trompe peut-être. Ledit Joe regarde brièvement sa montre.

— Bon. Un set gagnant. Ça vous va… *les jeunes* ?

Je ne peux réprimer un sourire. Qui qu'il soit, Joe Perez est assurément un petit rigolo. Sa présence m'aidera peut-être à adoucir ma collaboration avec Julien… si toutefois j'accepte de collaborer avec lui.

Les « vieux » sont au service. Malgré son âge, Rebecca sait toujours mettre autant d'effet dans la balle, et je suis bien en peine de remettre la balle correctement dans le terrain. J'y parviens tant bien que mal. Au fur et à mesure des premiers échanges, tout devient plus simple. Même sans se parler, et encore moins se regarder, nos anciens automatismes, à Julien et à moi, semblent revenir d'eux-mêmes. Nous gagnons les trois premiers jeux presque facilement. Chose rare, je peux voir des sourires se dessiner sur les visages de nos adversaires ! Pour autant, Rebecca et

Joe ne comptent pas se faire humilier de la sorte plus longtemps. C'est au tour de Julien de servir. S'il est capable de servir très fort, j'ai bien remarqué pendant l'échauffement qu'il était loin d'être précis. Et ça se confirme avec ce jeu. Sa première balle est faute et son second service, s'il rentre bien dans le carré, est en revanche tout mou. Joe me le renvoie long de ligne, pleine puissance, je ne peux rien faire d'autre que la mettre dans le filet. Je râle. Julien se replace sur la ligne de fond de court. Cette fois, c'est la double faute. Nous sommes menés 0-30, uniquement par sa faute ! Je ne manque pas de le lui faire savoir. Dès lors c'est, comme disent les Français, *la fin des haricots.* Plus je m'agace contre lui, plus Julien déjoue. Et, évidemment, plus il déjoue, plus… enfin, vous avez compris. Désormais, on s'échange des regards (noirs) et des paroles (vilaines). Enfin, les paroles, c'est surtout moi. Comme d'habitude, Julien ne parle pas, mais je vois bien que la frustration gronde chez lui aussi.

— Avec un niveau de jeu comme ça, on ne passerait même pas le premier tour ! balancé-je à Julien.

Je suis de plus en plus frustrée, et lui ne répond toujours rien. Il se contente de baisser la tête en serrant les doigts et les poings. Qu'est-ce qui ne va pas, chez lui ? Aurait-il oublié comment communiquer ? Sur la balle suivante, je décide de laisser tomber mes vocalises et autres indications, puisque de toute façon, il ne les écoute pas. Le résultat est sans appel : on court tous les deux vers la balle, sans se voir, et nous nous percutons de plein fouet.

— Putain, Julien, tu peux pas faire attention, merde !

Je suis rouge de colère… puis de honte. Dans notre chute, nous nous sommes emmêlés les bras et les jambes et je prends conscience de notre soudaine proximité. Une chaleur nouvelle, n'ayant rien à voir avec l'effort ou le dépit, me parcourt toute entière. Je m'extirpe aussi vite que je peux de la situation sans un regard pour le Français. Une fois debout, je ne lui tends pas non plus la main pour l'aider à se relever. Qu'il se débrouille ! Je n'ai aucune envie de prolonger un quelconque contact physique avec lui. De retour à ma place sur le terrain, je secoue la tête pour tenter de reprendre mes esprits. J'ai beau lutter de toutes mes forces, je ne peux pas nier l'effet que le corps de cet homme a sur le mien. Et ça ne risque pas de faciliter nos échanges. Je pousse un long soupir d'agacement et me reconcentre sur l'entraînement en cours. Le jeu reprend, presque comme si de rien n'était.

Le binôme des coaches recolle rapidement à 3-3. Je ne prends même plus le temps de conseiller Julien ou d'essayer d'anticiper ce qu'il va faire pour adapter mon jeu au sien. Je me contente de lâcher un petit rire moqueur chaque fois que l'une de ses balles atterrit dans le filet ou bien un mètre après la ligne – être désagréable est définitivement ma meilleure défense. Proprement agacé, le Français finit par décocher un coup surpuissant qui vient se loger dans l'épaule de Joe, lequel chancelle et tombe sur les fesses. Rebecca se précipite vers lui. J'ai le temps de lancer un énième regard sombre à Julien avant que nous ne franchissions tous les deux le filet pour prendre des nouvelles de Joe.

Heureusement, d'après lui, davantage de peur que de mal. Il a été surpris plus qu'autre chose, et pense qu'il s'en tirera seulement avec un méchant bleu. Je soupire de soulagement.

— Je pense qu'on va arrêter l'entraînement ici pour aujourd'hui, conclut Rebecca. C'était, quoi qu'il en soit… très instructif.

Je retourne à mon siège sans plus de cérémonie. Soudain, une odeur agréable me parvient aux narines. Je me rends compte – avec horreur – que c'est l'odeur corporelle, teintée d'efforts, de Julien. Peut-on vraiment apprécier l'odeur de sueur de quelqu'un ? Ça me donne la chair de poule rien que d'y penser… Pourtant, force est de reconnaître que ces effluves ne me sont pas désagréables. Je continue de ranger mes affaires dans mon sac sans me retourner.

— Hum, hum, se racle-t-il la gorge.

— Oui ? fais-je sans relever la tête.

Je pense un instant qu'il est là pour s'excuser. Puis je me rappelle bien vite à qui j'ai affaire. Le type n'a jamais éprouvé le moindre remords après sa suspension pour dopage, alors ce n'est définitivement pas le genre de mec à présenter ses excuses, même quand il est en tort.

— Je me disais… Enfin, si ça te dit… Peut-être qu'on pourrait se retrouver, un peu plus tard, dans la soirée par exemple, pour discuter tactique ? Je pense qu'on en a bien besoin.

Il ponctue sa proposition d'un sourire. Julien a beau avoir passé des années en Angleterre, puis ici aux États-Unis, il n'en a pas moins conservé un accent français très marqué. Marqué, mais néanmoins charmant. Quoi qu'il en soit, sa façon de dire les *r* est peut-être un chouïa sexy, mais ça ne doit pas me faire perdre la raison. Julien a été exécrable pendant tout l'entraînement et, honnêtement, je ne suis même plus vraiment sûre que nous soyons compatibles sportivement. Certes, on a réalisé trois jeux parfaits mais après… c'était clairement le Titanic. Alors peut-être a-t-il raison et cela vaut en effet le coup d'en discuter. Mais d'un autre côté, je suis ici pour un tournoi qui démarre dans deux jours, et je compte bien le préparer comme il se doit.

Accepter l'invitation de Julien → vers **CHAPITRE 11** (p. 77)
OU Se concentrer sur la préparation du tournoi de Cincinnati → vers **CHAPITRE 12** (p. 82)

CHAPITRE 10

J'arrive à tenir ma langue, mais je ne décolère pas. Son petit sourire satisfait, là, de l'autre côté du filet. C'est écrit sur sa tête qu'il ment ! Je sens tout mon corps se tendre en voyant sa mine ravie. Qu'est-ce qu'il peut m'agacer ! Mais je me détourne rapidement de son visage. J'ai parfois l'impression désagréable que son regard me déshabille. Je tire machinalement sur mes vêtements, comme s'ils rétrécissaient à vue d'œil. Reprends-toi, Colleen ! Montre-lui donc ce que tu sais faire, tu verras qu'il arrêtera de sourire.

Je sers une nouvelle balle, cette fois, peu m'importe qu'elle soit dans le carré de service ou non, je l'envoie le plus fort possible, et si elle peut le frôler au passage, je ne m'en prive pas. À voir son expression de surprise, ma petite fourberie a fait son effet. Cette fois, c'est à son tour de reprendre les services. Il met le paquet sur sa première balle, mais je donne tout pour la renvoyer sans avoir l'air d'y toucher. Fidèle à ma décision, je ne fais aucun commentaire désagréable, mais tout mon corps lui crie : « Peut mieux faire ». Son agacement me procure un plaisir délicieux. Ses muscles sont tendus, sa mâchoire serrée, les veines de son cou saillantes. Il fait glisser une balle dans sa main gauche. Dans l'autre, il caresse le manche de sa raquette en la faisant tourner sur elle-même. Je perds aussitôt ma concentration. Je ne vois pas son service partir. La balle m'effleure l'épaule. En réalisant ce qui vient de se passer, je pique un fard. D'ailleurs, Rebecca et Joe sont déjà levés.

— On va s'arrêter là pour les services, propose Joe. On va passer à une petite opposition ! Vos adversaires ne seront autres que Rebecca et moi !

Je rejoins bon gré mal gré Julien de l'autre côté du filet. Je n'ai aucune envie de me trouver près de lui. De son corps ruisselant de sueur à l'odeur si désagréablement douce !

— On se met en fond de court, et vous à la volée, OK ? explique Rebecca.

Habituellement, j'adore cet exercice. Il me force à rester près du filet, à tenter des coups rapides et gagnants que je ne pratique pas forcément en simple. Bénéfique à double titre. Là, le problème… Ça va aussi me forcer à être proche de Julien. En temps normal, lors d'un match, on a généralement un partenaire au filet, et l'autre qui gère le fond de court. Ensuite, on s'adapte en fonction des coups joués par les adversaires pour glisser devant, derrière, ou sur les côtés. Là, les coaches nous forcent à jouer sur un espace réduit. Nous sommes à peine en place que je peux déjà sentir sa présence juste à côté de moi. Je tourne brièvement le regard vers lui. Il est concentré, les yeux rivés droit devant lui, et fait des petits sauts sur place pour garder son corps actif. Je m'attarde un peu plus que de raison sur sa barbe naissante, sa mâchoire fine et droite, sa pomme d'Adam qui se dessine le long de son cou.

— Vous êtes prêts ? demande alors Joe de l'autre côté.

Sa voix me ramène immédiatement à la réalité. Je suis parcourue d'un frisson et dois m'employer pour retrouver ma concentration. Au début de l'exercice, je suis un peu timorée. Je n'arrive pas à me défaire du micmac d'émotions que Julien fait naître en moi. Par peur que mon corps ne s'embrase ou simplement ne m'abandonne, je fais mon possible pour me tenir le plus loin possible du Français. Et ça me fait jouer un peu n'importe comment.

— Concentre-toi, Colleen ! T'es où, là ? s'agace Rebecca au bout d'une dizaine de minutes.

Je déteste me l'avouer, mais la proximité avec mon ancien partenaire de jeu me rend fébrile. Une partie de moi le déteste toujours, lui, son attitude, sa propension à la tricherie et aux mensonges, tandis que l'autre se sent irrémédiablement attirée par ce corps en plein effort. Je secoue la tête et me frappe les cuisses. Ce n'est pas le moment de laisser mes hormones entraver mon jeu. Depuis dix ans, je m'évertue de dresser un mur entre ma carrière et tout le reste, je ne vais pas flancher au bout d'une heure d'entraînement avec Julien. Je me remets les idées en place.

Cette fois, ma discipline porte ses fruits. Je suis concentrée sur la balle et ma raquette, et uniquement sur cela. J'oublie presque à côté de qui je joue… jusqu'à ce que ce dernier se mette à multiplier les erreurs. Moi-même perturbée auparavant, je n'y avais pas prêté attention, mais Julien est hyper maladroit. Chacune des balles qui lui arrive dessus semble le surprendre, il tient sa raquette n'importe comment et décoche des coups improbables qui vont se perdre bien au-delà des limites du terrain, voire carrément dans le filet. Le but de cet exercice, normalement, est de nous faire enchaîner les coups gagnants, de jouer rapide, précis, efficace. Lui fait tout le contraire. Fidèle à mon principe de début d'entraînement, j'essaie de ne pas m'énerver et garde mes commentaires pour moi. Mais ce n'est pas facile. J'ai du mal à me dire que le type à côté de moi est le même homme que celui avec lequel je faisais des merveilles il y a dix ans. A-t-il réellement tout perdu de son niveau ? Est-ce que le dopage transformait son jeu *à ce point* ? Rien qu'à cette pensée, le dégoût reflue à nouveau en moi. Je serre ma prise sur ma raquette pour éviter de lui déverser le flot d'insultes qui me viennent tout à coup. « Le jeu, pense au jeu », essayé-je de me ressaisir. Lorsque la balle passe à nouveau le filet en notre direction, je ne réfléchis pas trop et me jette dessus, bien décidée à mettre dans ce coup de raquette toute ma frustration. Le problème, c'est que Julien a exactement la même idée. Nos raquettes et nos épaules s'entrechoquent dans un bruit de craquement effroyable. De surprise, je lâche le manche et tombe complètement à la renverse. Julien, horrifié, tente de se retourner, mais il glisse sur ma raquette et me tombe dessus. Je suis allongée sur le sol, presque dans une posture de sécurité. Dans sa chute, Julien m'a évitée comme il a pu. Il se tient au-dessus de moi, à quatre pattes, un bras et une jambe de part et d'autre de mon corps. Son souffle chaud et saccadé s'échoue à chaque respiration contre mon oreille. Mon coude est enfoncé dans son bas-ventre. Par-dessous son tee-shirt humide d'effort, je peux sentir sa peau. Bouillante. Je me dégage à la hâte, lui fichant presque un coup d'épaule à la poitrine pour m'extirper de son étreinte involontaire.

— Putain, mais tu peux pas faire gaffe ! le rabroué-je. J'aurais pu me blesser !

— Est-ce que tout va bien ? s'inquiète Rebecca qui vient d'arriver à ma hauteur.

Je m'inspecte rapidement, puis fais signe que oui. Pour ma raquette, en revanche, c'est une autre histoire. Le choc l'a complètement écrasée sur un côté. Elle est foutue. Je la ramasse en râlant et regagne mon siège, Rebecca sur mes talons.

— T'es sûre que tu n'as rien ?

— Ouais, ouais.

Je jette ma raquette dans mon sac et m'assieds. En m'épongeant la tête avec une serviette, j'observe Julien. Il discute avec Joe. Sa raquette n'a pas eu plus de chance que la mienne. Je remarque qu'un filet de sang coule le long de sa jambe : il s'est très légèrement ouvert le genou. Vu son expression, c'est clairement superficiel, mais ça suffit à me mettre en rogne. Ça aurait pu être tellement plus grave ! Pourquoi n'est-il pas capable de se concentrer ? Rebecca doit voir la colère déformer mon visage, car elle déclare :

— Je crois qu'on va s'en tenir là pour aujourd'hui, d'accord ?

J'approuve d'un signe discret de la tête. Ma coach me tapote l'épaule, puis retourne auprès de Joe. Julien, lui, retourne à sa place.

Juste à côté de moi.

Il ne s'assied pas, et plonge ses yeux dans les miens.

— Qu'est-ce qu'il y a ? aboyé-je.

Est-ce qu'il va s'excuser ? Il ne me semblait pas que c'était son genre. Après s'être dopé, il n'a jamais daigné m'envoyer le moindre message. Alors pour une petite chute et une raquette cassée, je peux toujours aller me brosser !

— Je me disais… hésite-t-il. On pourrait peut-être se trouver un moment, plus tard dans la journée, dans la soirée… enfin, quand t'es disponible, quoi ! Pour parler tactique, je veux dire. Je pense que ça pourrait servir.

Il conclut sa proposition par un sourire contrit et se passe la main dans les cheveux. À cet instant, je me déteste de penser qu'il a l'air craquant au lieu de vouloir lui arracher les yeux. Ce gars ne manque pas de toupet ! Me proposer ça alors qu'il vient de saboter l'ensemble de notre entraînement. Cela dit, il n'a pas complètement tort. Si l'on veut que notre double ait une petite chance, il va sans doute falloir régler un paquet de choses en amont. Mais je ne suis pas à Cincinnati pour ça. J'ai un tournoi important à préparer, pour essayer d'engranger un maximum de confiance avant le dernier Grand Chelem de la saison.

Accepter l'invitation de Julien → vers **CHAPITRE 11** (p. 77)

OU Se concentrer sur la préparation du tournoi de Cincinnati → vers **CHAPITRE 12** (p. 82)

CHAPITRE 11

Julien et son staff logent bien évidemment au même hôtel que moi. C'est donc le plus naturellement du monde qu'il m'a proposé de nous retrouver au restaurant dudit hôtel, à l'heure du dîner. J'ai entendu la voix de Lily rugir à mon oreille que « Ça ressemble quand même beaucoup à un *date* », mais j'ai décidé de l'ignorer et ai accepté la proposition de Julien. À part du temps, et peut-être un peu d'énergie, je ne perds pas grand-chose à aller l'écouter. Il a sans doute raison, nous avons tout fait à l'envers en programmant un entraînement sans avoir discuté tactique au préalable, voire discuté tout court, en fait.

Pendant le reste de ma journée, j'essaie de ne plus y penser. J'entre en lice dans le tournoi dès le lendemain et je compte bien réussir mon premier match. Jusqu'au soir, je suis mon programme habituel : entraînement avec une sparring-partner locale dégottée par Rebecca, phase de récupération, sieste. Mon adversaire du lendemain est une jeune fille moins bien classée que moi que j'ai déjà battue plusieurs fois ces dernières saisons. Je crois bien que, de toutes nos rencontres sur le circuit professionnel, elle n'en a pas remporté une seule. Toutefois, j'essaie de ne pas tomber dans un excès de confiance. Ma récente expérience au Canada prouve qu'en tennis, rien n'est jamais joué d'avance, et qu'il faut se méfier de chaque adversaire.

C'est à tout cela que je pense, quand l'alarme de mon téléphone me rappelle le rendez-vous avec Julien, fixé dans trente minutes. J'étais tellement concentrée sur mon match à venir que ça m'était presque sorti de la tête. Sans m'en rendre compte, je cherche aussitôt mon reflet dans le miroir. Je déteste que ce soit mon premier réflexe, mais c'est pourtant la vérité : « Comment je m'habille ? » est la question qui me vient tout de suite à l'esprit. Aussitôt, la Lily imaginaire et miniature me susurre « Comme pour un *daaaaate* » au creux de l'oreille. Je secoue la tête. C'est un dîner professionnel. On va parler de tennis, voilà tout. Dans la vie, j'ai des règles et des objectifs bien précis, et ce n'est pas aujourd'hui que je vais arrêter de m'y tenir. J'ouvre mon armoire à la recherche de la tenue qui matche avec le message que je veux faire passer. Je m'arrête finalement sur un ensemble sportswear coloré de la marque de mon sponsor. Je ris sous cape en imaginant la tête que ferait Lily si j'osais lui dire que je vais dîner avec « *le beau Julien* » (elle le dit toujours en français !) accoutrée ainsi.

Lorsque j'arrive au restaurant – presque dix minutes après l'heure prévue – Julien n'est pas encore là. Je soupire. Certes, je suis moi-même en retard, mais c'est lui qui a fixé l'heure du rendez-vous ! Je prends place à une table un peu à l'écart, près d'une fenêtre où, en attendant l'arrivée du Français, je laisse promener mon regard. Lorsque Julien arrive enfin (en réalité, très peu de temps après moi), je regrette presque mon choix de tenue. Il arbore une chemise en lin légère, couleur pastel, avec un pantalon chino bleu foncé à la coupe cintrée. Je me mords l'intérieur des joues pour empêcher la vraie-fausse Lily qui vit dans ma tête de faire la moindre remarque. En entrant dans le restaurant, il me cherche du regard et, m'ayant aperçue, il me fait un geste de la main et accélère le pas jusqu'à moi.

— Désolé pour le retard, dit-il simplement en s'asseyant face à moi. Dis donc… sympa ta tenue !

Ne sachant pas s'il est sarcastique ou non (avec les Français, comment savoir ?), je me contente d'une réponse qui se veut un peu sur la défensive :

— C'est mon sponsor. Je suis, hum, un peu obligée de la porter.

— J'aime bien les couleurs. Tu penses que la marque accepterait de sponsoriser un type de bas de classement ?

Il sourit.

— J'sais pas, il faudrait leur demander.

Ça y est, mon ton s'assèche de lui-même. Ma réponse glaciale jette un froid. Julien baisse les yeux et s'attarde sur la carte des boissons comme s'il n'avait jamais rien lu d'aussi intéressant.

Comme au café, c'est à nouveau une serveuse qui vient nous délivrer de la gêne qui s'installe. Nous prenons tous les deux une salade du jour.

— Rebecca t'a mis au régime strict ? lâché-je.

Et merde. Je ne sais définitivement pas me retenir.

Mais Julien semble bien le prendre. Il laisse échapper un petit rire.

— Ça fait partie du deal, oui. Mais pas qu'avec elle, Joe a également insisté sur ce point. Et tant d'autres ! Mais c'est pour le mieux. Enfin, normalement.

Il ponctue sa phrase d'un soupir las et, je dois dire, assez touchant.

— Tactique, alors ? se reprend-il vivement.

— Tactique, acquiescé-je.

Le Français pousse alors les assiettes et les verres que la serveuse vient d'apporter pour poser sur la table une feuille et un stylo qu'il sort de sa poche. Il m'explique qu'il a regardé beaucoup de mes matches avec James, qu'il a aussi pas mal discuté avec Joe et avec Rebecca, et me présente la façon dont il voit les choses. Son tennis, il est vrai, est différent de celui de James, donc je vais devoir désapprendre certains automatismes. Son jeu n'est plus exactement tout à fait le même que lorsque nous étions jeunes.

Sur son bout de papier, il me montre des croix et des traits censés représenter nos positions et nos mouvements sur le court. Si au départ je suis un peu perplexe de me laisser expliquer le tennis par un type comme Julien qui, depuis ses 18 ans, a franchement montré plus de mauvais que de bon, finalement… je crois qu'il commence à me convaincre. Il met tellement d'allant et d'enthousiasme dans ses propos, que je me laisse prendre au jeu à mon tour. Je suis d'accord avec lui sur les lignes générales de la tactique qu'il propose, mais je trouve qu'il ne va pas assez loin. Je veux lui montrer jusqu'où on pourrait aller. Je lui prends le stylo des mains. Dans ce mouvement, nos doigts se frôlent un instant. C'est presque imperceptible, totalement anecdotique, et pourtant… ça fait remonter en moi tout le malaise que j'éprouve en sa présence depuis quelques jours. Je n'ose pas lever les yeux vers lui pour savoir s'il a ressenti les choses comme moi, ou s'il demeure impassible.

De mon côté, c'est trop tard, j'ai complètement *switché*. Oublié la tactique, oublié le tennis, je suis submergée tout entière par le malaise. C'est comme si, tout à coup, je me rendais compte que l'homme qui se tient tout proche de moi est sans doute celui qui m'a fait le plus souffrir. Celui dont la trahison a laissé des marques indélébiles qui ont changé à jamais la trajectoire de ma carrière. Toute ma vieille rancœur me monte à la gorge. Tel un animal enragé, je n'attends de sa part qu'un tout petit mouvement pour lui sauter à la gorge.

— Colleen ? Ça va ? finit-il par me demander alors que j'ai toujours le stylo dans la main, posé quelques millimètres au-dessus de la feuille.

— Ça ne sert à rien, sifflé-je entre mes dents.

Je balance le crayon à travers la table. Julien me lance un regard plein d'incompréhension. Son léger haussement de sourcil suffit à me faire exploser :

— Il ne t'est jamais venu à l'idée de t'excuser, hein ?

— Si c'est par rapport à l'entraînement, je…

— Ça n'a rien à voir avec ce matin.

Il fronce les sourcils puis, finalement, semble saisir où je veux en venir. Son attitude change alors complètement. Il hausse les épaules et se met à rire. Je n'y crois pas ! Ses tricheries ont failli foutre mes plans de vie en l'air et le gars se marre ?! Je m'apprête à l'attaquer de nouveau, mais il balaie l'air d'un geste de la main.

— T'as raison, ça ne sert à rien, murmure-t-il en se levant.

Julien quitte le restaurant sans un regard vers moi. Il me laisse seule avec ma colère et nos salades à moitié mangées.

D'un geste rageur, je jette ma serviette sur la table. J'ai un match important à jouer demain, et je n'ai pas envie de gâcher mon énergie pour ce type. En remontant dans ma chambre, je décide solennellement qu'à partir de maintenant, je ne perdrai pas une seconde de plus que nécessaire à penser à Julien Masson.

→ vers **CHAPITRE 12** (p. 82)

CHAPITRE 12

Le lendemain matin, je me présente reposée et confiante à mon match. Dès les premiers échanges, je sens la fébrilité de mon adversaire. Elle n'a pas encore l'habitude d'enchaîner les tournois sur le circuit professionnel et semble me craindre. J'en profite pour lui prendre son service d'entrée de jeu. De son côté, elle ne parvient pas du tout à me mettre en difficulté sur mon service. Le match s'annonce facile. Pour autant, j'essaie de ne pas perdre ma concentration.

Vers la moitié du premier set, je lève les yeux et balaie les gradins du regard. C'est quelque chose que je fais parfois. J'aime bien jauger la foule, observer des visages inconnus au hasard. Souvent, je fais ça pour me rappeler de l'endroit où je suis et de ce que je suis en train de faire, ça m'aide à rester focus sur mon objectif. Il s'agirait de ne pas décevoir *tous* ces gens. En l'occurrence, aujourd'hui à Cincinnati, tous ces gens ne sont pas si nombreux. Mes yeux sont tout de suite attirés par un petit point à l'écart. Un spectateur qui s'est installé tout seul dans un coin, comme s'il cherchait à ne pas être vu. Une minute… Mon sang se fige lorsque je le reconnais. Il a beau porter une casquette et des lunettes de soleil, il n'y a pas de doute possible.

C'est Julien.

Bon Dieu, mais qu'est-ce qu'il fiche ici ? On ne peut pas vraiment dire qu'on se soit quittés en très bons termes hier…

Que cherche-t-il à faire ? Est-ce qu'il vient me narguer ? J'en doute. Dans ce cas-là, il se serait mis quelque part bien en vue. Je fais celle qui ne l'a pas vu, mais sa présence accapare bientôt toutes mes pensées. Est-ce qu'il n'a pas un match dans quelques heures à peine ? Ne devrait-il pas être en train de s'échauffer, de faire une sieste, ou de prendre le soleil sur la terrasse de l'hôtel ? Sérieux, qu'est-ce qui ne tourne pas rond chez lui ?

Ça cogite tellement dans ma tête que, bien entendu, j'en perds ma concentration. La punition est immédiate. *Merde.* Mon adversaire profite de mes absences pour débreaker le plus vite possible, et tout est désormais à refaire. Dans les travées clairsemées, un murmure parcourt la foule. Du moins, c'est l'impression que j'ai. Perdre contre des filles beaucoup moins bien classées que moi est devenu une sorte de spécialité. Les oreilles commencent à me siffler. J'entends déjà leur critique. « Cette fille est douée, mais elle n'a pas de mental ». Pas de mental. On me l'a répété tellement de fois, déjà. Ils vont voir ce qu'ils vont voir.

Je fais le vide et, progressivement, je reprends la mainmise sur le match. Je remporte le premier set au tie-break puis, ne laisse aucune chance à mon adversaire dans le second set, 6-2. Après avoir serré les mains de mon opposante et de l'arbitre, je lève les yeux vers mon box, le poing serré, puis vers les gradins. Julien n'est plus là. Il a finalement dû se souvenir que lui aussi avait un match à jouer. Je ressens un léger pincement au cœur, comme une déception. M'a-t-il seulement vu remporter ce match ? L'amertume me tord le ventre. Sans doute que mon match n'avait pas assez d'importance pour lui. Mais je me reprends très vite, et secoue la tête : il faut vraiment que j'arrive à écarter ce type de mes pensées. Sa présence aurait pu me coûter la qualification.

Je me plie ensuite à mes obligations d'interviews pour les diffuseurs, puis me rends en conférence de presse. Vient enfin le temps de la douche, puis du massage. Comme je me sens bien physiquement, je décide de compléter la récupération par un peu de vélo d'appartement. Comme partout dans les infrastructures des tournois, les télévisions diffusent les matches en cours. Je regarde d'abord distraitement l'écran, avant de me rendre compte qu'il s'agit du match de Julien. Il n'a pas commencé depuis longtemps. Le score est tout juste de 2-2 dans le premier set. Puisque je n'ai rien à faire d'autre que pédaler, je décide de regarder. Après tout, lui est carrément venu me voir sur le court. Alors je ne vais pas me priver ! L'entraînement n'ayant pas été une franche réussite, cette confrontation officielle va peut-être me permettre de me rendre compte de son niveau actuel.

Le premier set est très serré. Aucun des deux joueurs n'arrive à prendre le service de l'autre, et ils se dirigent vers le tie-break. Le jeu décisif est à l'image de la partie, jusqu'à ce que l'adversaire de Julien finisse par commettre une erreur, et mettre la balle dehors. Quand Julien rejoint sa chaise après le gain de la première manche, je crois lire du soulagement sur son visage. L'autre joueur revient au set suivant avec des intentions différentes. Julien est acculé, et il perd vite pied. Un peu comme lors de notre entraînement, finalement, il s'impatiente pour des détails, et sa concentration et son énergie en pâtissent. La deuxième manche passe en un clin d'œil. Il la perd 6-1.

Ma phase de récupération sur le vélo est largement terminée maintenant, mais j'ai envie de voir la fin de ce match. Je me demande si Julien est capable d'inverser la tendance. Je dégotte alors un tapis de sol et m'installe dans un coin pour une session de renforcements et d'étirements en tous genres. J'ai congédié Aurelia pour l'après-midi, en lui disant que je me débrouillerai seule. Je m'en réjouis : elle ferait sans doute une syncope en me voyant faire n'importe quoi juste pour faire traîner la séance.

Le troisième et dernier set commence enfin. Julien revient des vestiaires après le temps imparti et prend un avertissement. Je fronce les sourcils. C'est une habitude qu'ont de plus en plus de joueurs et de joueuses. Ils retournent aux vestiaires pendant la pause, faire Dieu sait quoi, et reviennent sur le court après de longues minutes. Quand vous, vous êtes restée sur votre chaise, je vous assure que cela paraît durer une éternité. Certains vous diront que ça fait partie du jeu, mais moi, ça ne me plaît pas trop. Encore moins venant de Julien. Qu'a-t-il bien pu aller faire ? Le fait est que la pause semble lui avoir fait du bien. Il commet moins d'erreurs, mais s'il s'agace toujours très vite. Au milieu d'un dernier set très serré, son adversaire commence à fatiguer. Il court moins et moins vite, sa balle ne fuse plus autant qu'avant de sa raquette. Heureusement, car Julien, de son côté, perd aussi en précision. Comme au premier set, les deux joueurs se retrouvent au coude-à-coude dans un dernier tie-break. Dans cette fin de match pas franchement très agréable à regarder – c'est à celui qui fera le moins de fautes directes – Julien finit par l'emporter : son amorti, raté, touche la bande du filet et atterrit, par miracle, de l'autre côté. Julien s'excuse d'un geste auprès de son adversaire avant de monter lui serrer la main. Ça y est, il est qualifié pour le prochain tour. Je sens la pression redescendre. C'est à ce moment-là que je prends conscience d'à quel point j'étais investie émotionnellement dans ce match : j'ai retenu ma respiration sur les derniers points, et quelques gouttes de sueur ont perlé sur mon front et le long de mon dos.

En rejoignant sa chaise, Julien passe sa main dans ses cheveux. À nouveau, je peux lire le soulagement sur son visage. Cette fois-ci mêlé à beaucoup d'incrédulité. Il a eu de la chance, et il le sait. Et la chance, au tennis, ne vous suit pas forcément d'un tour à l'autre.

— Drôle de combat, non ? fait une voix derrière moi.

Je me retourne. Rebecca se tient à un mètre de moi, les bras croisés et les yeux rivés vers la télévision. D'un signe de la main, elle m'invite à la suivre pour s'installer sur un banc. Je me demande pourquoi elle n'est pas dans le stade, avec Julien. Est-ce parce que nos matches étaient trop rapprochés, et qu'elle me donne la priorité ? Ou bien Julien n'a-t-il pas encore officialisé leur collaboration ?

— Tu vois, fait-elle sans se détourner de l'écran, c'est là-dessus que tu peux l'aider je pense. Il n'a tellement plus l'habitude de jouer et de gagner qu'il panique pour un rien. En double, tu pourrais lui apporter ça, avec toute ton expérience, une forme de sérénité. Lui apprendre quand s'énerver, et quand ça ne vaut pas le coup. S'aligner en double avec toi ça lui serait vraiment bénéfique.

J'écarquille grand les yeux.

— Bénéfique… pour lui ? ironisé-je. Et moi, dans tout ça, j'y gagne quoi, hein ? Ce qui m'intéresse, là, c'est de faire un choix qui soit bénéfique pour moi, et pour ma carrière. Si aider un ex-tricheur peut m'aider, alors OK, je vais le faire. Mais pour l'instant, j'ai surtout l'impression que c'est moi qui lui fais une fleur. Et ça ne me convient pas. Rebecca, franchement, je t'ai toujours fait confiance… Mais là… Il peine à se faire une place dans le top 200 mondial. Je suis une joueuse de tennis professionnelle, pas Mère Teresa.

Rebecca se tourne enfin vers moi, un large sourire aux lèvres.

— Bon, bon, déclare-t-elle, laisse-moi te faire une proposition : dînons ce soir en compagnie du staff de Julien. Histoire de faire connaissance, et de décompresser un peu. Pas de stress, je ne te demande pas de réponse à l'issue du repas, mais ça te donnera peut-être une idée plus… globale, de ce qu'ils cherchent à faire. Lui et son équipe. Juste un bon moment, tous ensemble, d'accord ?

Je soupire. Julien est-il au courant de tout le mal que *ma* coach se donne pour *lui* ? Le mérite-t-il seulement ? Je considère la proposition de Rebecca. Après tout, j'ai gagné mon match, je peux bien m'accorder une soirée sympa avec mon équipe. Mais d'un autre côté… mon échec au Canada me reste en travers de la gorge. Est-ce que je ne ferais pas mieux de rester concentrée sur mon objectif ? D'autant plus que je rejoue dès demain.

Accepter la proposition de Rebecca et rencontrer le staff de Julien → vers **CHAPITRE 13** (p. 88)
OU
Décliner pour rester dans sa bulle et rester concentrée sur son prochain match → vers **CHAPITRE 14** (p. 95)

CHAPITRE 13

Le soir, comme convenu, je me rends au dîner organisé par Rebecca. Comme nous sommes toujours en plein tournoi, il a lieu dans le restaurant de l'hôtel, et il n'est évidemment pas question de faire des excès. Comme d'habitude, je compte choisir mon plat sur la carte en fonction des recommandations d'Aurelia qui se basent simplement sur un calcul précis de la quantité de nutriment, et notamment, des protéines nécessaires au bon fonctionnement de mon corps d'athlète. Et si le plat en question est en plus gustativement attrayant, alors j'aurais tout gagné !

Quand j'arrive à la table, tout le monde est presque déjà là. Je fais bien attention à me placer le plus loin possible de Julien et je me retrouve face à Rebecca, et à côté de Joe. Je remarque alors que l'équipe de Julien est beaucoup plus réduite que la mienne. En fait, il n'a que deux acolytes : Joe, son coach, et un jeune homme, un faux blond, d'environ notre âge, dont je ne sais rien, si ce n'est qu'il s'appelle Max et que, vu son accent prononcé, il est également français. Cela dit, c'est toujours une personne de plus que lorsque nous étions jeunes. À l'époque, je me souviens, il n'y avait que son père dans son box. Parfois sa mère ou l'une ou l'autre de ses sœurs, mais cela restait extrêmement rare. Personne d'autre. J'imagine que d'autres personnes devaient le suivre à l'époque, mais en tout cas, elles n'assistaient jamais à ses matches. À ce moment-là, je ne connaissais pas bien le fonctionnement du circuit professionnel, ça ne m'avait alors pas choquée outre mesure. Je me demande ce que fait son père, maintenant. Joue-t-il toujours un rôle dans sa carrière ?

Au début du repas, je ne me sens pas franchement à l'aise. Je me demande même ce qui m'a poussée à accepter ce dîner. Alors, pour éviter de jeter un froid, j'écoute plus que je ne parle. À l'autre bout de la table, Julien discute avec Aurelia et Lucy. Et ils ont tous les trois l'air de bien s'entendre. Beaucoup trop à mon goût d'ailleurs. *C'est mon équipe*, il ferait bien de garder ça en tête, au lieu d'essayer de charmer tout le monde. Je n'entends pas grand-chose de la conversation, car Max a lancé Rebecca sur le sujet de Federico Rossini, le numéro 1 mondial, qu'elle prend un malin plaisir à détester. Comme je ne participe à aucune des conversations, j'ai tout le loisir d'observer les attitudes des gens autour de moi.

Julien me paraît méconnaissable. À l'entraînement et sur le court, il semble toujours tendu, agacé, prêt à tout abandonner et vous claquer la porte au nez. Ce soir, il a l'air calme. Son visage est décontracté et il se fend même d'un léger sourire ! Il est ouvert aux autres et s'intéresse sans le feindre à ce que lui racontent ses interlocutrices. Il est attentif, à l'écoute, bienveillant. Bref, tout le contraire de ce qu'il m'a laissé voir depuis que nous sommes arrivés à Cincinnati. Je ne parviens pas à m'expliquer ce brusque changement de personnalité. Pourquoi tout le monde a droit à ce Julien, souriant, avenant, quand moi je dois me coltiner son jumeau maléfique ? Et pourquoi diable est-il toujours aussi tendu en ma présence ? Est-ce que c'est moi qui le rebute à ce point ? Ou est-ce que nous avons tous les deux atteint un point de non-retour l'un vis-à-vis de l'autre ? Piquée, je me renfonce dans mon siège. Sur ce point, au moins, nous sommes raccord, car ce sentiment de défiance est largement partagé !

J'en suis là de mes observations lorsque je croise le regard de Joe. Il a dû me voir épier, car il affiche un grand sourire.

— C'est vraiment important pour lui, tu sais, le double, déclare-t-il après un moment.

— Il paraît, ouais.

J'ai conscience que ça fait partie de son taf de défendre son poulain, donc je me méfie. Je ne sais pas si Joe est au courant de toute l'histoire. J'imagine que oui, mais Julien lui a peut-être livré une version *légèrement* améliorée de la réalité. Rebecca a peut-être une confiance absolue en Joe, moi, j'attends de voir.

— Il fait tous les efforts du monde pour essayer de revenir au plus haut niveau. Mais tout seul, je crois qu'il n'y arrivera pas. C'est pour ça que j'ai accepté d'être son coach, après tous ceux qui s'y sont déjà cassé les dents. Ce n'est pas un joueur comme les autres, pour plein de raisons. Il a besoin d'un peu plus qu'un coach sportif. J'espère pouvoir lui apporter ça. Avec l'aide de Rebecca, aussi, parce que je sais que la psychologie, le mental, c'est un truc qu'elle bosse bien. Je le vois, avec toi, ça commence à payer. Je ne serais pas étonné que tu nous décroches bientôt un Grand Chelem en solo… si ce n'est plus ! Enfin, tout ça pour dire : arriver au sommet, ça prend du temps. Mais surtout ça demande d'être entouré des bonnes personnes. Rebecca est une de ces personnes pour toi, moi j'espère en être une pour Julien. Et vous deux… Eh bien, vous avez peut-être des choses positives à retirer de cette collaboration.

Je fais la moue, il le remarque et balaie l'air d'un geste de la main.

— Bah. Je sais, je sais. Je ne te demande pas d'oublier, ni rien. Seulement… Ne juge pas ce garçon uniquement sur ce qu'il était ou a fait il y a dix ans. Je sais que là, comme ça, tu dois avoir l'impression que c'est toi qui lui fais une faveur et que t'as pas grand-chose à retirer de tout ça. Moi, je ne pense pas tout le contraire, mais pas loin. Pose-toi la question, Colleen, qu'est-ce qui fait que ça fonctionnait si bien quand vous étiez mômes ?

J'ai envie de répondre « le dopage », mais je me retiens. Les autres ont l'air de passer un bon moment, tâchons de ne pas gâcher la soirée de tout le monde. Je ne sais pas si Joe a perçu mon agacement, mais il conclut :

— Tout ça pour dire, j'ai regardé les vidéos disponibles de vos matches et… il y a quelque chose. Vous êtes capables de vous tirer l'un et l'autre vers le haut. Encore faut-il le vouloir.

— Cool.

Sérieux ? Colleen ? *Cool* ?! T'as rien trouvé de mieux comme réponse ! Heureusement, il en faut plus pour déstabiliser Joe qui me sourit et se contente d'ajouter un « Penses-y ».

C'est une serveuse qui vient finalement mettre un point final à la conversation en venant débarrasser les assiettes. Vraiment, j'adore les serveuses ! Je pense que ce sont des anges tous droits venus du ciel pour couper court aux discussions les plus gênantes.

Pendant le dessert (enfin, pour certains), c'est le fameux Max, dans ma diagonale, qui me fait la conversation. J'en profite pour essayer de comprendre son rôle dans l'équipe de Julien. Max a vraiment tout du Français tel que nous, les anglophones, pouvons nous l'imaginer. Il ne fait absolument aucun effort pour prononcer correctement ni le *r* ni les *th*, ce qui le rend à la fois un brin dédaigneux et, bizarrement, tout aussi sexy.

C'est un grand gars aux épaules larges et à la mâchoire carrée. Je ne sais pas ce qu'il pratique comme sport, mais on peut dire que ça lui réussit. Max est bel homme, et il le sait. Il sirote son vin rouge – vous voyez, un véritable cliché – et parle à grand renfort de sourires et de clins d'œil charmeurs. De ce que je comprends (son anglais n'est vraiment pas terrible !), c'est un peu l'homme à tout faire de Julien. Il a une sorte de formation de soigneur, mais gère également tout ce qui relève de l'extra-sportif. Notamment son image publique (il insiste grandement sur ce point, sans que je sache vraiment si cette insistance m'est destinée ou si c'est simplement ce qui passionne le plus Max dans son travail). Rebecca et Joe se joignent bientôt à la conversation, qui finit par dériver vers un tout autre sujet que Julien ou même le tennis. Je passe une fin de dîner beaucoup plus agréable, ce qui me fait un peu moins regretter d'être venue. Je commence même à trouver Joe plutôt sympathique, finalement. Max, en revanche, parle beaucoup de lui, et souvent assez fort. C'est un poil désagréable, mais il faut avouer qu'au moins, il a le mérite d'être drôle. Ce qui, chez un Français, n'est pas toujours si commun, je trouve.

À la fin du repas, Rebecca m'attrape par le bras et nous faisons ensemble le chemin qui nous sépare de nos chambres.

— Alors, comment as-tu trouvé ce dîner ? me demande-t-elle.

— Pas trop mal.

Je sais que Rebecca n'a qu'une parole. Sa question n'est pas un piège tendu pour que je lui fasse savoir si j'ai pris ou non ma décision. Elle a visiblement autre chose en tête.

— Demain, le match de Julien est programmé en deuxième rotation.

— Sans doute, réponds-je l'air de rien.

— Le tien aura lieu plus tard, vraisemblablement en fin d'après-midi.

— Je sais.

— Est-ce que tu as besoin de moi, demain matin ?

Je m'arrête et fronce les sourcils.

— J'aimerais aller voir le match de Julien, confesse-t-elle. Je ne veux pas prendre mon job de coach adjointe à la légère.

Furieuse, je m'apprête à rétorquer. Mais elle m'arrête aussitôt :

— Je ne prends pas non plus mon job de coach principale à la légère. C'est pour ça que je te demande. Si tu as besoin de ma présence demain matin, je serai là. Si tu peux travailler seulement avec Aurelia, dans tous les cas, je te rejoins dans les vestiaires à H-1. C'est toi qui décides. Je te le dis et te le répète : tu restes ma priorité.

La proposition de Rebecca, en réalité, n'a rien d'une trahison. Il arrive assez souvent que je ne travaille qu'en compagnie d'Aurelia un jour de match, voire toute seule, quand je me sens mieux comme ça. Sans compter que c'est plutôt *fair* de sa part de me poser la question. Elle aurait pu très bien me mettre devant le fait accompli. Après tout, en matière d'entraînement, la cheffe, c'est elle. Je soupire, mais finis par accepter de prêter Rebecca à Julien pour la durée de son match. Elle me remercie et m'embrasse sur le front avant de regagner sa chambre.

Le lendemain, de retour dans ma suite après mon entraînement du matin, je remarque qu'il est pile l'heure du match de Julien. J'ai encore pas mal de temps avant le mien, et un programme assez léger. Je pourrais regarder, au moins le début, pour voir comment il gère cette confrontation contre un joueur du top 50, bien au-dessus de son propre classement. Ou alors, je pourrais prendre un livre et bouquiner dans mon lit, ou bien aller prendre un peu le soleil sur la terrasse, histoire de rester concentrée sur le match que j'aurai moi aussi à jouer dans quelques heures.

Rester concentrée sur la préparation de son propre match à venir → vers **CHAPITRE 14** (p. 95)

OU

Regarder le match de Julien pour jauger son niveau → vers **CHAPITRE 15** (p. 99)

CHAPITRE 14

Dans les couloirs qui mènent à l'entrée du court, je sautille sur place pour garder mon corps alerte. L'un des écrans diffuse un récapitulatif des matches du jour. Sans que j'y prenne garde, mon regard est attiré par les images mouvantes et colorées. C'est alors qu'apparaît le résultat du match de Julien. Défaite 6-1, 6-0. Je détourne rapidement les yeux et secoue la tête. Je dois me concentrer sur *mon* match. En plus, j'ai de la chance d'avoir un deuxième tour assez facile contre une joueuse qui a bénéficié d'une invitation pour le tournoi. Elle est passée au premier tour après un match interminable et une pointe de chance. Je n'aime pas me montrer plus confiante que de raison, mais normalement, je ne devrais faire qu'une bouchée de cette fille.

Et c'est ce qui se passe. Je maîtrise mon adversaire en deux sets faciles, et rentre aux vestiaires après seulement 1 h 10 de jeu. J'ai le sourire aux lèvres. Après ma victoire, j'ai serré le poing si fort que mes doigts ont blanchi. Ça peut paraître idiot de célébrer une victoire pratiquement acquise d'entrée, mais après ma mauvaise expérience à Toronto, j'ai décidé de célébrer chacun des paliers franchis. Je suis en 16e de finales d'un tournoi important du circuit WTA, entourée de nombreux grands noms du tennis mondial. Cette victoire me donne l'impression de tenir mon rang, c'est grisant. Je me sens tellement bien que je serais prête à enchaîner mon prochain match tout de suite. J'ai une telle envie d'en découdre ! Mais chaque chose en son temps.

Dans les couloirs, le journaliste TV qui m'interviewe a un drôle d'air sur le visage. Il affiche un grand sourire. Je réponds à ses questions sur le match, puis il me regarde, me demande si j'ai quelque chose à annoncer, et me tend le micro. Je ne comprends pas, et mets poliment fin à l'entretien.

Plusieurs matches viennent de se terminer au même moment, aussi j'apprends que mon passage en conférence de presse n'aura lieu que d'ici une heure, voire deux. Je prends donc le temps de récupérer. Comme la partie n'a pas duré très longtemps, et que j'ai la sensation de ne pas du tout être allée au bout de moi-même, j'avise un tapis de course dans la salle commune et commence à courir. La télévision est allumée et diffuse, comme à son habitude, des morceaux de matches, d'interviews ou de conférences de presse. Actuellement, c'est un match des garçons qui est diffusé, entre deux joueurs de milieu de classement, et je m'en désintéresse rapidement. Alors que je suis focalisée sur mon rythme de course, une voix connue me fait relever la tête d'instinct.

C'est Julien, qui s'exprime à la télévision. Il s'agit d'un replay de sa conférence de presse d'après match. Pour quelqu'un qui s'est pris une telle rouste, je le trouve quand même drôlement souriant. Enfin, peu importe, je me reconcentre sur ma course. Mais même en essayant d'en faire abstraction, la voix de Julien et son accent *frenchy* s'immiscent dans mes oreilles. Où sont mes écouteurs ? Je farfouille dans la poche de ma veste de sport, finis par les trouver, mais l'un d'entre eux m'échappe et roule sur le sol. J'arrête le tapis en pestant pour aller le chercher. La voix de Julien emplit toujours la salle de récup. Je m'apprête à enfoncer mes écouteurs dans mes oreilles, quand le Français, avec son air ravi, déclare :

— J'ai une annonce importante à vous faire.

Malgré moi, j'interromps mon geste et me montre plus attentive. Il faut croire que votre corps sait avant vous quand il doit rester sur ses gardes. Mon ventre se serre, prêt à l'impact.

— Malgré la défaite d'aujourd'hui… Je reste motivé et confiant pour la suite, explique Julien. Il y a de belles choses qui se préparent. Notamment pour l'US Open. J'ai eu la chance de recevoir une *wild card*, et je remercie infiniment les organisateurs pour ça. Mais je ne compte pas m'arrêter là. Je ne vais pas m'engager uniquement sur le tableau simple.

Je me tends tout entière, entrevoyant la catastrophe qui s'annonce.

— Je vais également participer au double mixte, poursuit-il.

Pitié, pitié, pitié…

— Avec la talentueuse Colleen Brown.

Putain, il a osé. D'abord, je me fige sur place puis, peu à peu, la colère commence à bouillonner en moi. Je n'ai jamais autant détesté cette satanée fossette que maintenant ! Est-ce qu'il a réellement dit ce que je viens d'entendre ?

Je ne peux pas y croire.

Pourtant, les regards en coin que me lancent les autres personnes présentes dans la salle de sport ne laissent aucun doute possible. Il a bien parlé de moi. J'attrape ma gourde et bois une gorgée pour tenter de reprendre contenance. Je m'éponge le front, et remonte sur mon tapis. Partir maintenant, en rogne, ça serait donner à tout le monde un sujet de *gossip*, et ça n'est vraiment pas mon genre. Alors, j'essaie de faire en sorte que le rouge qui me chauffe les joues ait l'air d'être dû à l'exercice physique et non à la fureur qui me prend les tripes. J'ai envie de hurler. De donner des coups. À la place, je martèle le pauvre tapis de pas plus lourds les uns que les autres.

Après ce que j'estime être un délai raisonnable, quand mon corps me hurle que c'est trop, je coupe la machine, et me dirige vers les vestiaires. Sous la douche, je fais couler de l'eau presque aussi bouillante que moi. J'aurais tout aussi bien pu aller prendre un bain d'eau glacée, pour me rafraîchir les idées et tenter de m'apaiser. Mais je n'ai pas du tout envie de me calmer. Je n'en reviens pas que Julien ait pu me faire ça. Ou plutôt : je n'en reviens pas de m'être laissée amadouer. Évidemment qu'à la moindre occasion, il allait me la faire à l'envers. Il l'a déjà fait, et voilà qu'il recommence. Je ne suis ni étonnée ni déçue. Seulement en colère. En colère contre lui, de se foutre encore une fois de ma gueule. En colère contre moi, d'avoir pu penser même une seule seconde qu'il avait pu changer. Un tricheur reste un tricheur.

Qu'est-ce que je peux faire, maintenant ? Je suis tellement irritée qu'il est hors de question que je retourne dans ma chambre ou, pire, que je continue ma routine d'après-match comme si de rien n'était. En sortant de la douche, je jette un regard à l'horloge et panique : on m'attend en conférence de presse dans moins d'une heure ! Qu'est-ce que je vais bien pouvoir leur dire ? Ah ! Je comprends seulement maintenant l'expression du journaliste en interview, juste après mon match… Comme j'ai dû avoir l'air idiote ! Je me tends encore davantage. Toute ma haine est désormais tournée vers Julien. Ce type a décidément le don pour me mettre dans la merde à cause de ses décisions pourries ! Je serre tellement fort les lacets de mes chaussures que l'un d'entre eux, sectionné, me reste dans la main. Il n'en fallait pas plus pour me faire basculer totalement. Pas question que je fasse les cent pas en attendant qu'on me cuisine lors de la conférence de presse. Il faut absolument que je passe mes nerfs, alors autant prendre le taureau par les cornes.

Aller trouver Julien pour s'expliquer
→ vers **CHAPITRE 16** (p. 102)
OU
Vider son sac auprès de sa meilleure amie Lily
→ vers **CHAPITRE 17** (p. 111)

CHAPITRE 15

Voir quelqu'un que vous connaissez personnellement à la télévision est toujours une expérience étrange. Encore plus quand il s'agit d'un écran géant et hyper haute définition de votre chambre d'hôtel. Enfin, ajoutez à cela que les réalisateurs de match de tennis semblent avoir une affection toute particulière pour les gros plans sur les visages, et vous voilà, bien malgré vous, avec le portrait 4K et plus grand que nature de votre crush d'adolescente. Heureusement, personne n'est là pour me voir rougir… À la décharge du réalisateur, cependant, il faut reconnaître que Julien fait tout ce qui est en son pouvoir pour mériter des gros plans. Je veux dire, outre le fait que le Français est tout à fait charmant, son visage est très expressif. Plus encore quand il perd. Et là… eh bien, il perd, et plutôt bien. Le set a duré à peine trente minutes, et son adversaire lui a collé un 6-1.

Le problème, là, c'est que le deuxième set vient tout juste de commencer, et que ça n'a pas l'air d'aller en s'arrangeant. Julien a déjà éclaté l'une de ses raquettes contre le sol à la fin de la première manche (ce qui lui a valu un avertissement) et je crains qu'à ce rythme, une seconde n'en fasse bientôt les frais (à force, ça pourrait finir par lui coûter un point de pénalité, ce dont il n'a pas franchement besoin au vu du score). Pour l'instant, sa colère s'est retournée contre lui. Il n'arrête pas de crier, de s'invectiver. Parfois il hurle en direction de son box – où se trouve Rebecca, en compagnie de Joe et Max. Aucun d'entre eux ne sourit. Joe tente de faire passer des consignes, mais soit Julien ne les écoute pas, soit, plus vraisemblablement, il ne parvient pas à les mettre en pratique. Ce qui a le don de le frustrer encore plus. Alors il s'en prend verbalement à son clan, comme s'ils étaient personnellement responsables de sa déroute. Je me fends d'un sourire mauvais. C'est pathétique !

Je sais que de nombreux joueurs et joueuses se comportent comme ça, pour évacuer la frustration ou que sais-je encore. Mais ce sont vraiment des comportements que j'ai en horreur. Quand je perds, il m'arrive parfois aussi de crier pour extérioriser, mais il ne me viendrait jamais à l'idée de m'en prendre à quelqu'un d'autre que moi-même. Sur le court, Julien n'en finit pas de s'énerver et il prend logiquement un point de pénalité après avoir envoyé de rage une balle voler dans le public. À partir de là, le réalisateur s'en donne à cœur joie : c'est gros plan sur gros plan de Julien en train de crier ou de jurer tantôt en français, tantôt en anglais.

Au départ, sa détresse me faisait presque sourire. Il n'a que ce qu'il mérite, après tout, non ? Il a triché, et maintenant le karma s'occupe de le lui faire payer. Maintenant qu'il est mené 6-1, 4-0, je ne peux m'empêcher de me sentir un peu mal pour lui. Je ne suis pas complètement une connasse non plus et, comme la plupart des êtres humains décents, je suis douée d'un peu d'empathie. Alors, je me mets à sa place.

C'est d'autant plus facile que, pour le coup, des résultats comme ça, ça m'est déjà arrivé. Perdre un match, c'est une chose que je connais. D'ailleurs, ça arrive très souvent, au tennis : on perd plus souvent qu'on ne gagne. À moins de remporter tous les tournois auxquels vous vous présentez, vous finissez toujours par perdre un match, plus ou moins tôt dans la compétition.

Mais perdre un match en moins d'une heure (comme ça semble se profiler pour Julien) avec un adversaire ayant autant l'avantage, là, ça ne relève pas de la routine mais de l'humiliation. C'est beaucoup plus difficile à encaisser. Certains ne se sont jamais remis de ce genre de défaite, surtout lorsqu'elle intervient à un moment crucial.

À la télévision, les commentatrices se demandent si Julien a les ressources pour renverser la vapeur. Malheureusement, je crois que non, et la suite de l'histoire me donne raison : Julien rentre aux vestiaires après seulement cinquante-huit minutes de jeu, et une lourde défaite 6-1, 6-0. Même son échauffement a dû être plus long.

J'éteins la télé en soupirant. Certes, l'adversaire était plus fort, mais Julien a également rendu une bien pâle copie. Plusieurs fois, il a raté des coups que je l'ai vu réussir avec moi lors de notre entraînement. Je connais ses points forts et, même si son niveau de jeu a peut-être baissé depuis ses 18 ans, il ne s'est appuyé sur aucun d'entre eux pendant son match. Ah ! Je secoue la tête. Après tout, c'est le taf de Joe, et de Rebecca maintenant, pas le mien. D'ailleurs, je ferais peut-être mieux de me concentrer sur mon match, si je ne veux pas subir le même sort que Julien.

En début d'après-midi, je retrouve Rebecca dans les vestiaires. Elle tient ses engagements et n'évoque à aucun moment la défaite de Julien. Elle est à 100 % impliquée avec moi, et nous affinons notre tactique pour mon match à venir.

→ vers **CHAPITRE 14** (p. 95)

CHAPITRE 16

Fumante de rage, je sors et tombe sur Rebecca.

— Je retourne à l'hôtel, fais-je savoir.

— Et la conférence de presse ? s'inquiète-t-elle. Tu sais que tu risques une amen…

— Je serai de retour, la coupé-je.

— Qu'est-ce que tu vas faire ?

Je ne lui réponds pas. Je m'engouffre dans le taxi que j'ai commandé et qui va me conduire tout droit jusqu'à l'hôtel. J'arrive à la réception cinq minutes plus tard. En tâchant de masquer mon irritation, je demande à l'hôtesse s'il est possible d'appeler la chambre de Julien.

— Ce ne sera pas nécessaire, me répond-elle.

Pardon ? Mais de quoi se mêle-t-elle ? Sans se départir de son sourire, elle m'indique d'un geste du menton un coin derrière moi.

— *Monsieur Masson*, fait-elle dans un français mielleux, se trouve actuellement dans le lounge.

Je la remercie et me concentre pour garder pour moi mon soupir et la remarque acerbe que j'ai sur la langue. Julien sait décidément comment se rendre aimable auprès de la gent féminine ! Je me dirige vers le lounge où je trouve effectivement le Français affalé dans un fauteuil. La salle n'est pas pleine, mais elle est loin d'être vide. Il n'est pas question de faire une scène ici. Il faut que j'arrive à l'attirer ailleurs si je veux pouvoir lui dire le fond de ma pensée ou lui coller ma main dans la figure comme ça me démange.

— Faut qu'on parle, sifflé-je entre mes dents en arrivant à sa hauteur.

— Je t'en prie, assieds-toi ! répond-il en joignant le geste à la parole.

Il porte un ensemble short et tee-shirt assez près du corps, couleur bleu marine. Lové dans son fauteuil, il consulte nonchalamment son téléphone. À en juger par ses cheveux humides – accentuant ainsi leur ondulation naturelle – et sa peau luisante, il sort tout juste de la douche. Il lève vers moi un regard et un sourire radieux. Putain, il a l'audace de paraître totalement calme et détendu. Je comprends mieux l'hôtesse… Il est diablement sexy, installé comme ça. Je le déteste ! *Colleen, ne faiblis pas : rappelle-toi pourquoi tu es là !*

— Pas ici, grincé-je.

À mon tour de faire un geste pour lui intimer de me suivre. Il obtempère sans rien dire.

— Je suis certain que cette conversation peut avoir lieu dans l'Ohio, dit-il alors que je l'éloigne encore un peu plus du bâtiment.

Je ne suis pas franchement d'humeur à rire. Arrivée devant le plan d'eau qui jouxte l'hôtel, je m'arrête enfin. M'appuyant sur la barrière, je réfléchis à comment amener la chose. Restons calme et pragmatique. Je parcours des yeux l'étendue d'eau, mais sa couleur foncée, peu engageante, ne m'inspire pas grand-chose. Oh et puis merde. Autant mettre les pieds dans le plat d'entrée de jeu. Pourquoi devrais-je chercher à le ménager ?

— C'était quoi ces conneries à la conférence de presse ?

Il se contente de hausser les épaules.

— Sérieux, Julien ? m'impatienté-je déjà… Qu'est-ce qu'il y a ? Pourquoi tu te marres ?

— C'est rien, fait-il en essayant de dissiper son rire.

Je lui lance un regard assassin. Je me sens comme une chienne enragée, je pourrais lui sauter au cou.

— C'est juste que tu ne sais pas prononcer Julien. Ni même Masson, d'ailleurs.

J'écarquille les yeux à m'en décrocher les orbites. Je me tiens là, devant lui, tendue comme une corde de raquette, prête à lui arracher les deux yeux… et il me parle de la prononciation de son nom ? Alors que lui-même parle un anglais très approximatif ? C'est trop. Ma colère a couvé trop longtemps et, désormais, telle de la lave, elle est prête à entrer en éruption :

— Quoi qu'il arrive, tu penses toujours qu'à ta gueule en fait ? Ça ne t'avait pas suffi de manquer m'entraîner dans ta chute le jour où tu t'es dit que, tiens, te doper pour participer à un Grand Chelem, c'était une putain de bonne idée. Jamais, à aucun moment tu ne m'as demandé ce que ça me faisait de te voir débarquer à nouveau dix ans après, la bouche en cœur, sans même t'excuser ni rien de tout le mal que tu m'avais fait. Mais en plus, il fallait que j'accepte de faire à nouveau équipe avec toi parce que, par je ne sais quel chantage ou tour de passe-passe, tu as réussi à faire croire à ma coach que c'était une bonne idée.

« Et là. Et là, putain ! Alors que je commençais à peser l'éventualité de te laisser une chance parce que, hé, après tout, je suis humaine, mais apparemment un peu stupide, et puis, il paraît que les gens changent. Mais toi… toi, c'est pile ce moment-là que tu choisis pour me mettre un nouveau coup de couteau dans le dos ! Je ne sais pas ce qu'a pu te dire Rebecca, ou Joe, mais je n'ai pas pris ma décision. Où est-ce que tu as vu que j'avais accepté officiellement de participer au double mixte avec toi ? À quel moment tu t'es dit que tu avais le droit d'annoncer ça au monde entier ? Et sans m'en parler avant ? Putain, Julien (j'accentue volontairement ma mauvaise prononciation) qu'est-ce qui cloche chez toi ? Est-ce que ça t'arrive, à défaut de penser aux autres, de réfléchir aux conséquences de tes actions ? Pourquoi tu as fait ça, merde ?

J'ai hurlé tout ça à une vitesse folle, si bien que le souffle me manque et m'oblige à arrêter ici ma salve de reproches. Sourcils froncés, le rouge aux joues, je le fixe en attendant sa réponse. Mon visage considérablement près du sien. Ou plutôt, compte tenu de notre différence de taille, de son torse. Je suis obligée de me tordre le cou pour le regarder de face tellement je me suis approchée.

— Ça en fait des questions… tu as une préférence pour l'ordre de réponse ?

Je vais le tuer. Je n'en reviens pas qu'après tout ça, il puisse encore se foutre de ma gueule à ce point.

— T'es vraiment un sale con ! lui lancé-je au visage avant de m'écarter vivement.

— Je sais.

Son visage s'est rembruni d'un coup, mais ça ne m'en donne pas moins envie de le gifler. J'arrive à me contenir : je ne veux pas prendre le risque de me blesser pour un tocard de son espèce.

— Et quoi, alors ? T'en as rien à foutre, c'est ça ? Le grand Julien Masson se fiche bien de ce qu'on pense de lui ?

Il plonge ses yeux dans les miens, sans rien répondre. Fini le Julien charmeur et détendu. La tension que je lis dans ses yeux fait écho à la rage qui me fait bouillir. Je reprends, plus acerbe encore :

— Tu devrais prendre tout ça beaucoup plus au sérieux. Ah ça, c'est sûr que sur le circuit, tout le monde te connaît. Mais pas pour ton classement ATP.

Je lui balance ça d'un ton soudainement très calme, espérant que ce coup-là l'achèvera. J'ai envie de le faire sortir de ses gonds, qu'il s'énerve autant que moi, qu'il réagisse enfin. J'en ai *besoin*. Sans attendre de réponse de sa part, je décide de le planter là.

— Où tu vas ? souffle-t-il tout bas alors que je suis déjà à quelques mètres.

— J'ai une conférence de presse à donner, moi aussi, figure-toi.

Je continue mon chemin sans me retourner, si bien que je ne sais pas s'il me regarde quand il conclut d'un rire froid :

— Ah, tu n'oublieras pas de leur dire combien Julien Masson est un menteur qui a *encore* menti, car il ne sait faire que ça : tromper et tricher !

— Ne t'en fais pas ! lâché-je en lui faisant, sans le regarder, un signe de la main.

J'ai hésité à lui faire un doigt, mais un petit je-ne-sais-quoi m'en a dissuadée : je vaux quand même mieux que ça.

Devant l'entrée de l'hôtel, je hèle un taxi et j'arrive pile à l'heure pour ma conférence de presse. Avant d'entrer dans la salle, je tente de me calmer. « Inspire, Colleen, expire ». Mon rythme cardiaque était plus élevé pendant ma prise de bec avec Julien que pendant mon match de cet après-midi.

— Qu'est-ce que tu fabriquais ? me chuchote Rebecca lorsqu'elle me voit enfin arriver.

— J'avais un truc à régler, lui dis-je tout en prenant place derrière les micros.

Face aux journalistes, j'affiche mon plus beau mais néanmoins plus faux sourire. Je n'ai aucune putain d'idée de ce que je vais leur dire. Au départ, heureusement, il n'y a pas beaucoup à réfléchir et je leur sers la soupe habituelle : oui c'était un match en apparence largement à ma portée, mais il ne faut jamais sous-estimer son adversaire, j'ai fait ce qu'il fallait pour me rendre le match facile, etc., etc. Et puis, évidemment, vient le moment fatidique :

— Colleen, le Français Julien Masson, 194e mondial, était là un peu avant toi… Et il nous a annoncé que, suite à la blessure de ton partenaire habituel James Anderson, lui et toi alliez vous aligner ensemble sur le double mixte de l'US Open. Est-ce que c'est une info que tu peux nous confirmer ?

J'inspire un grand coup. Je jure que jusqu'à ce moment, je n'avais aucune traître idée de ce que j'allais répondre. Mais soudainement, ça devient évident. Il n'y a qu'une seule façon de sortir de cette histoire par le haut. J'accentue encore mon sourire.

— Bien sûr ! Ça a été le fruit de longues réflexions avec Rebecca Thompson, ma coach. Après notre victoire avec James aux J.O., on avait un record à aller chercher. Malheureusement, pour lui, c'est compromis. Mais, il m'a convaincue que je méritais d'aller chercher ce record malgré son absence alors, avec Rebecca, on a cherché le remplaçant idéal. Le choix de Julien peut vous paraître étrange, mais… je connais son tennis, et nos jeux sont complémentaires. Je vous le promets, c'est un double qui pourra faire des étincelles !

Oh, là-dessus, je ne prends pas vraiment de risque… La conférence de presse se poursuit, et je passe en pilote automatique pour les réponses. De toute façon, ils ont déjà leur scoop et leur papier.

En sortant de la salle, j'attrape tout de suite mon téléphone pour écrire à Julien. Je n'y mets pas les formes, je sais très bien qu'il a regardé ma conférence de presse.

Colleen

Si tu n'as finalement pas menti aujourd'hui, c'est seulement grâce à moi. Maintenant, on joue selon mes règles.

Envoyer. Boum ! Désormais, c'est moi qui mène la danse. *Avantage Brown.*

Mes règles sont les suivantes : pas d'entraînement commun tant que je suis encore en lice dans le tableau simple dames de Cincinnati. Je veux m'éviter le fiasco de la dernière fois. Joe et Rebecca, ont un peu râlé. En tant que coaches, ils trouvent que c'est une mauvaise idée. Que plus tôt nous aurons des automatismes, mieux ce sera. Mais je n'ai pas lâché l'affaire. Julien a fini par accepter, et à les convaincre que c'était le mieux à faire pour l'instant. Apparemment, mon petit message post-conférence de presse a porté ses fruits.

Maintenant que le double ne pèse plus sur mon esprit, c'est fou comme je retrouve de l'allant. Julien hors de ma vue (bien qu'il soit resté à Cincinnati – il s'entraîne de son côté avec Joe, et Rebecca, lorsque je consens à la libérer), je reprends ma routine et mes petites habitudes.

Lorsque j'atteins la demi-finale du tournoi, tout le monde s'entend pour dire que, au bout du compte, c'est moi qui avais raison. Une maigre victoire quand on sait ce que ça m'a coûté. Il faut dire, aussi, que j'ai une motivation nouvelle, désormais : chaque tour passé est une journée de plus passée loin de Julien. Car la vérité, c'est que je commence à redouter l'après-Cincinnati. Je me trouvais maline, à prendre le contrepied de ce que Julien attendait de moi lorsque j'ai confirmé notre participation en double. Maintenant, je me rends compte que je me suis peut-être moi-même passé les menottes aux poignets. Désormais, je ne peux plus reculer, et je vais être obligée de concourir avec, allez, on peut le dire maintenant : mon pire ennemi. J'y pense d'autant plus que la demi-finale approche. J'affronte une top 3 mondiale, et très honnêtement, je n'ai aucune chance. Je sais qu'on ne doit jamais dire jamais… mais elle n'a perdu aucun set depuis le début du tournoi, elle joue à domicile, et elle a déjà clairement annoncé à tout le monde que son objectif n'était ni plus ni moins que de gagner l'US Open. Allons bon. Elle va me manger toute crue et, non contente de m'humilier en mondovision, elle va en plus m'envoyer tout droit dans les griffes de Julien. Je me présente au match la boule au ventre.

Je suis éliminée. Contrairement à ce que j'avais pu penser, cependant, mon adversaire ne m'a ni atomisée ni ridiculisée. J'ai certes perdu en deux petits sets, mais j'ai lutté, et donné tout ce que j'avais. Chez les sportifs, tout le monde déteste la notion de « défaite encourageante ». Vous savez, c'est le genre de défaite où personne n'a jamais vraiment cru que vous pouviez gagner, mais où tout le monde s'accorde à dire que vous vous êtes bien défendu, que vous avez fait votre maximum et que, franchement, il ne vous manquait pas grand-chose. Alors oui, dans ce cas, c'est vrai, je peux le dire : c'était sans doute une défaite encourageante. En tout cas, c'en est une dont je n'ai pas à rougir. Après l'échec de Toronto, cette demi-finale jouée dans l'Ohio me redonne un peu confiance avant d'entamer ma quinzaine new-yorkaise et le dernier Grand Chelem de la saison.

Si j'arrive à maintenir le niveau de jeu et de confiance que j'ai eu lors de mes derniers matches ici, je peux espérer tirer mon épingle du jeu à l'US Open et, pourquoi pas, rêver du dernier carré. Mais dans ce doux ciel bleu américain qui me tend les bras demeure néanmoins un nuage : Julien sera lui aussi du voyage.

→ vers **CHAPITRE 18** (p. 117)

CHAPITRE 17

Dans les couloirs, je tombe sur Rebecca. À mon avis, elle a aussi dû voir la conférence de presse de Julien, et elle veut en parler. Je l'arrête d'un geste.

— Je vais prendre l'air, indiqué-je.

— Et la conférence de presse ?

— T'inquiète pas, je serai de retour.

Je ne lui laisse ni le temps de me répondre ni celui de me courir après. Une fois dehors, je revois un peu ma décision. Dans les allées de la Lindner Family Tennis Center, ça grouille de monde. Et la dernière chose dont j'ai besoin, c'est de faire le buzz sur les réseaux sociaux parce que j'ai fait pleurer une gosse à qui j'ai refusé une photo. Je retourne dans le bâtiment principal, à la recherche d'un endroit un peu au calme. Je finis par dégotter une buanderie qu'il est possible de fermer à clef de l'intérieur. Je verrouille la porte et m'assieds sur la machine à laver. Je compose le numéro de Lily en priant pour qu'elle soit disponible. Si ce n'est pas le cas… eh bien, j'espère que les murs de cette buanderie sont insonorisés. Heureusement pour moi et pour la pièce, Lily décroche rapidement.

— Mon Dieu, Colleen, tu me sauves la vie !

Pas vraiment le genre de salutations auxquelles je m'attendais.

— Ah ? parviens-je à prononcer.

— J'étais embourbée dans un *date*, là… Tu n'as pas idée ! Il a vu ton prénom s'afficher sur mon portable, et je lui ai dit que j'étais obligée de répondre, car… tu étais ma fille ! Haha, le gars est devenu livide, il a payé sa conso, et il s'est barré.

Tout en racontant, elle se marre.

— Eh bien… de rien, j'imagine ?

Je ne lui laisse pas le temps de continuer. Je connais Lily, si je ne m'impose pas, je vais entendre parler de ce *date* foireux pendant des heures. J'adore Lily, mais j'estime que mon affaire est plus urgente. D'autant que si je comprends bien, a priori, ce « charmant » jeune homme ne lui proposera pas de second rencard.

— Tu as suivi un peu le tournoi ? demandé-je innocemment.

— Tu l'as gagné ?!

— Lily… On est mercredi, aucun tournoi ne programme sa finale un mercredi. C'est à croire que tu n'as jamais fait de tennis !

— C'était il y a longtemps. Depuis, je ne regarde que tes matches, et encore… j'avoue, pas tous ! Tu n'as pas perdu au moins ?!

— Ne t'en fais pas, j'ai gagné, et je joue mon prochain tour demain. Mais, ce n'est pas pour ça que je t'appelle.

— Ah oui ?

Je perçois rien qu'à sa voix son regain d'intérêt.

— C'est Julien.

— Ooooh, m'interrompt-elle.

— Ce n'est pas du tout ce que tu crois ! Il a recommencé !

— Oh, il s'est…

Cette fois, et peut-être pour la première fois de nos vies, c'est moi qui l'interromps :

— Tu sais, Rebecca est devenue sa coach et elle s'est mis en tête qu'il était, en l'absence de James, le partenaire idéal pour l'US Open. Tu parles ! On a fait un entraînement, ça ne s'est franchement pas bien passé. Je ne vois pas vraiment ce qui pourrait ressortir de bon de cette collaboration. Mais bon, je leur ai promis que j'allais réfléchir, ce que – honnêtement – j'étais en train de faire et là, qu'est-ce qu'il fait ? Le gars se pointe en conférence de presse, après avoir fait un match de merde où il s'est fait laminer, et, tout tranquillement, il balance au MONDE ENTIER que lui et moi on va participer au double mixte à New York. Non mais tu y crois à ça ? De quel droit il prend cette décision ? Encore plus, sans m'en parler. Vraiment je suis dégoûtée, j'ai failli lui accorder à nouveau ma confiance, malgré tout, et en fait, il n'a pas changé du tout. Il ne sait faire que ça : trahir et mentir.

J'ai envie de continuer à déverser au téléphone toute la haine que je ressens pour Julien à cet instant, mais j'ai débité tout cela tellement vite que je suis à bout de souffle.

— OH WOW, réagit Lily. Pour commencer : respire, Colleen, je t'en supplie, RESPIRE.

Je lui obéis et prends une grande inspiration.

— Quel connard, soufflé-je alors.

— Est-ce que tu aurais pu faire ou dire quelque chose qui aurait pu lui laisser penser que…

— Lily ! m'écrié-je. T'es sérieuse ? Tu vas vraiment le défendre ?

— Pardon, pardon, c'était déplacé, tu as raison. Est-ce que Rebecca aurait pu, je ne sais pas, donner son accord en ton nom ?

— Impossible. Je lui fais 100 % confiance, elle ne m'aurait jamais fait un coup pareil. Alors que LUI ! Qui est étonné, même ?

À l'autre bout du fil, Lily réfléchit.

— Qu'est-ce que tu comptes faire ?

— J'ai une conférence de presse dans moins d'une heure. Je compte bien l'afficher à mon tour. Tout le monde saura que derrière les belles envies de come-back de Julien Masson se cache en réalité toujours le même menteur hypocrite.

— Hmm, fait simplement Lily.

— Quoi, « hmm » ?

— Je ne sais pas si c'est la meilleure idée, déclare-t-elle.

— Comment ça ?

Ma meilleure amie m'explique que lancer un clash médiatique avec Julien à quelques jours de l'US Open pourrait me mettre dans de mauvaises dispositions. Sans compter que cela pourrait nuire, d'après elle, à mon image.

— Et puis, ajoute-t-elle, est-ce que tu as quelqu'un pour remplacer Julien ? Est-ce que tu es prête à abandonner le double mixte pour une question de principe ?

Lily n'a pas tout à fait tort. Aussi plaisant qu'il serait de jeter Julien dans la fosse aux lions, je me ferais sans doute écraser au passage. Alors qu'en confirmant l'info, finalement, je m'octroie le beau rôle : celle de la joueuse qui offre des secondes chances. Je dois avouer que cette idée me plaît assez.

C'est ce que j'annonce avec calme et confiance lors de la conférence de presse. J'explique que le choix de Julien, s'il peut paraître étonnant pour un observateur extérieur, a été mûrement réfléchi avec Rebecca, puis avec Julien et Joe. Je mets l'accent sur notre complémentarité sportive, mais surtout sur ma volonté de marquer l'histoire en devenant l'une des rares joueuses à remporter trois Grands Chelems et une médaille d'or sur la même saison en double mixte. Je veux que mon auditoire comprenne que je ne fais pas une faveur à Julien, mais qu'au contraire j'ai tout calculé pour maximiser mes chances de réussites. Je tâche de me montrer déterminée.

Rebecca m'attend à la sortie de la salle, un sourire satisfait collé sur le visage. Moi, au contraire, j'affiche une expression grave.

— J'ai accepté pour ne pas faire plus de tort à Julien qu'il ne s'en fait lui-même. En revanche, maintenant, on joue selon mes règles. Tu peux dire à Masson et à Joe qu'ils sont libres jusqu'à New York. Tant que je suis encore en lice ici, je m'entraîne seule. C'est à prendre ou à laisser.

Rebecca essaie de négocier. Elle argue que plus tôt on s'entraînera ensemble, plus tôt on pourra travailler sur nos automatismes. Mais je reste inflexible. Si elle, Joe, ou Julien ne sont pas d'accord, on se retire, un point c'est tout. Dans la soirée, Joe essaie également de me faire changer d'avis. Je tiens bon. Julien met finalement tout le monde d'accord en acceptant mes conditions. Il n'est peut-être pas aussi stupide que je le pensais.

Une fois débarrassée de Julien, je reprends tranquillement ma routine. Je me sens vraiment délestée d'un poids, et ça se ressent sur mes matches. Je déteste devoir ma tranquillité d'esprit à Julien mais force est de constater que je joue plus libéré, plus fort. Mais il faut dire aussi que je ne suis pas vraiment pressée de retourner m'entraîner avec Julien. Je me demande parfois si je n'ai pas eu tort d'écouter Lily, et si je n'aurais pas mieux fait de tout laisser tomber. Après tout, j'ai remporté pas mal de titres en double mixte cette année, personne ne m'en aurait voulu de ne pas me présenter en l'absence de James. Et j'aurais pu me concentrer sur mes objectifs en simple, que malgré des années d'efforts, je ne parviens toujours pas à atteindre. Malheureusement, sans cas de force majeure, je ne vois pas vraiment comment me dépêtrer de cette affaire. Faire faux bond à tout le monde maintenant, après mes déclarations assurées à la presse…

Non, je ne me vois décidément pas faire ça. Et puis, j'ai beau détesté Julien, sa propension naturelle au mensonge et la manière dont il m'a forcé la main… je n'en demeure pas moins une grande compétitrice. J'ai l'opportunité de participer une nouvelle fois à un tournoi majeur, dans deux tableaux différents, et je suis bien incapable de m'en priver. Même si c'est avec ce tocard de Julien Masson ! De toute façon, maintenant que les choses ont été décidées, je n'ai plus d'autre choix que de faire avec. Alors je me reconcentre sur le tournoi en cours. J'arrive à me hisser jusqu'en demi-finale. J'y affronte la numéro 3 mondiale qui, malgré une lutte acharnée de ma part, finit par l'emporter en deux petits sets. Ce n'est pas une défaite aussi sèche que ce à quoi on pouvait s'attendre, mais ça reste une défaite. Rebecca m'assure qu'elle a vu toutefois de bonnes choses dans mon jeu, des améliorations, et que c'est de bon augure en vue de l'US Open. Comme j'aimerais la croire ! Le soir, dans ma chambre d'hôtel, je me prends à rêver de ce dernier carré si inaccessible… Seule tache d'ombre dans ce tableau : la présence de Julien, que je vais sans doute devoir me coltiner une bonne partie de la quinzaine !

→ vers **CHAPITRE 18** (p. 117)

CHAPITRE 18

Le lendemain de ma demi-finale perdue, nous sommes déjà tous dans l'avion pour New York. À l'aéroport, des taxis nous attendent pour nous conduire à notre nouvel hôtel. C'est le lot de toutes les joueuses et tous les joueurs professionnels de tennis : nous sommes toujours en vadrouille, aux quatre coins du globe. On me demande souvent si j'ai un chez-moi. Je suis propriétaire d'un petit appartement à Londres, mais je n'y passe au total que quelques semaines dans l'année. Quelques jours par-ci par-là entre deux tournois. La plupart des gens rêvent de partir en vacances à l'autre bout du monde. Pour moi, les vacances, c'est quand je suis enfin chez moi. Ce mode de vie à cent à l'heure n'est pas toujours facile à encaisser. Surtout quand vous enchaînez les éliminations en tournoi, pour très peu – voire pas du tout – de trophées remportés à la fin de l'année. Difficile aussi de tisser des liens quand vous restez rarement plus de deux semaines au même endroit. D'après moi, il existe trois types d'amis pour qui poursuit une carrière dans le tennis :

- les amis d'enfance, ceux que l'on avait avant et qu'on a réussi à garder (dans mon cas, Lily) ;
- les gens de votre staff, on passe tellement de temps avec eux que l'on comprend rapidement qu'il vaut mieux les choisir en fonction de leur compétence mais aussi de nos affinités. Progressivement, ils deviennent comme une deuxième famille ;

- les amis circonstanciels, ces gens que l'on rencontre sur un tournoi, et que l'on prend plaisir à retrouver aussi d'une année sur l'autre ; j'y compte aussi les adversaires ou les joueurs du tournoi masculins, que l'on côtoie forcément aussi assez régulièrement.

Au début de ma carrière, j'ai trouvé ça dur de n'être jamais chez moi, de ne voir mes parents qu'en coup de vent et mes frères encore plus rarement (ils jouent tous les deux au football au niveau professionnel, l'un en Turquie, l'autre en Italie). De perdre progressivement tous mes amis (sauf Lily !) parce que je ne suis jamais là, ni aux anniversaires ni aux mariages et encore moins aux soirées. Aujourd'hui, je m'y suis faite. Je sais que la vie de sportive de haut niveau est éphémère. Dans quelques années, dix peut-être au maximum, j'aurai tout le temps d'assister à tous les anniversaires et à tous les mariages du monde. La vie que j'ai choisie implique des sacrifices que je consens pleinement à faire.

Je laisse ces pensées glisser dans mon esprit le front posé sur la vitre du taxi. Notre vol a eu un peu de retard, si bien qu'il fait déjà nuit. Ça n'empêche pas les rues d'être pleines de lumières et bondées. J'adore New York. Cette ville qui ne dort jamais. Chaque fois que je déambule dans ses rues, j'ai l'impression d'être dans un film. Souvent, je me dis qu'après ma carrière de joueuse, peut-être, je viendrai m'installer ici. La ville de tous les possibles. L'image même du rêve américain. Je souris en apercevant l'Empire State Building. Nous approchons de Manhattan. Cette année, Annabeth, sur demande de Rebecca, nous a dégotté un hôtel très chic en plein cœur de l'île. Pour une fois, elle a décidé de casser un peu la tirelire, de nous mettre dans les meilleures dispositions possibles pour aborder le tournoi sereinement. D'après elle, nous ferons des économies sur d'autres plans, pas forcément financiers. J'y gagnerai sans doute, par exemple, en confort de sommeil ou en tranquillité. Ce genre de chose, ça n'est jamais anodin. Tout l'environnement, en réalité, a son importance. Chaque détail, mis bout à bout, peut contribuer à vos bonnes ou mauvaises performances. C'est le dernier Grand Chelem de la saison, et Rebecca veut qu'on se donne tous les moyens à notre disposition pour y fournir la meilleure prestation possible. À moi de me montrer à la hauteur de ce choix audacieux. Je comprends un peu mieux maintenant pourquoi elle a insisté pour que je participe au double. Chaque match joué et, a fortiori, chaque tour passé, nous permettra de mettre un peu plus de beurre dans les épinards. Ou plutôt, de flocons d'avoine dans mon porridge !

Le taxi continue de progresser dans les entrailles de Manhattan. Je souris : j'ai l'impression d'évoluer au milieu d'une carte postale, ou d'un cadre de décoration du genre « *New York by Night* ». Le ciel est complètement noir, mais chacune des fenêtres allumées sur les façades des buildings scintille comme une étoile.

Je retrouve ces lumières un peu plus tard lorsque je pénètre enfin dans ma chambre. La baie vitrée est immense, pourtant, je ne suis moi-même qu'un petit carré de clarté parmi les autres. Je ferme les volets, me douche et me couche enfin, épuisée.

Le lendemain matin, après le petit déjeuner, j'ai rendez-vous avec Rebecca, Aurelia, Julien, Joe et Max pour discuter des modalités de nos entraînements communs. L'idée est d'établir un programme qui nous permette à tous les deux de performer à la fois en double mixte et en simple. Du moins, en théorie. Les tirages au sort des différents tableaux sont sortis, et nous faisons le point dessus. J'ai écopé d'un premier tour largement à ma portée, tout comme en double, où nous sommes censés affronter une paire inédite de joueurs qui ne sont pas vraiment classés sur le circuit en simple.

Pour Julien, en revanche, c'est plus compliqué. N'étant pas tête de série, il peut tirer un très gros nom d'entrée de jeu. Heureusement, le sort lui a été plutôt favorable : il affronte un top 50 tout récemment revenu de blessure. Joe et Rebecca ont préparé une première ébauche de planning qu'ils nous présentent. J'écoute attentivement, je suis déterminée à montrer à tout le monde que tout se fera sous mes conditions. Je commence alors à devenir tatillonne. Je fais changer les horaires de certains entraînements, tente d'en faire sauter d'autres. J'argue à chaque fois ma volonté de pouvoir me concentrer sur mon tableau simple. En fait, j'en fais des caisses pour que chacun comprenne bien que je fais une fleur à Julien. Il s'agirait de ne pas l'oublier. À cause de mes exigences, Rebecca et Joe sont obligés de faire de nombreuses modifications dans leur projet initial. De son côté, Julien commence à s'agacer. Il soupire à chacune de mes remarques. Je fais notamment exprès de déplacer nos entraînements communs le matin, car je sais qu'il n'est pas un lève-tôt.

— Ça n'est pas possible de dispatcher un peu ? Parfois le matin, parfois plus tard ? Qu'on s'adapte à ton rythme, c'est une chose, mais qu'on oublie le mien, c'en est une autre.

Je vois à sa mâchoire serrée que mon petit stratagème a fonctionné. Il essaie de le cacher, mais il est hors de lui. Non seulement je suis en train de tout chambouler sans raison valable, mais en plus, tout ça risque de le mettre également en difficulté dans son propre tableau. J'essaie de réprimer un sourire. Il me voulait comme partenaire de double et bien tant pis pour lui.

Je tente de convaincre tout le monde, en prenant Rebecca et Aurelia à partie, que mes changements sont au mieux pour tout le monde, lui compris. Je vois bien que ni Joe ni lui ne sont dupes, mais ils ont sans doute trop peur que je décide de me retirer pour oser me contredire. Nous avons presque terminé le programme quand j'abats ma dernière carte. Je demande à ce que, en plus de tout le reste, Julien se plie aux mêmes exigences alimentaires que moi. Cette fois, je rencontre la désapprobation de Joe et Max. Ils me rétorquent que la constitution de Julien est différente et que ça n'a pas de sens. Je tords des arguments soi-disant scientifiques pour me donner raison. De l'autre côté de la table, je sens Julien bouillir.

— Il va falloir aussi que je porte une jupe ? Car quitte à faire tout pareil, autant qu'on ait la même tenue ! lâche-t-il excédé.

Je ricane, et réponds :

— Je ne veux simplement pas que ton hygiène de vie… particulière nous soit préjudiciable.

Visiblement, je suis allée trop loin. Rouge de rage, Julien se lève. Il pointe son index vers moi et plonge son regard plein de fureur dans le mien :

— Mais pour qui tu te prends au juste, Colleen ? Sans James, t'as gagné quoi ? Arrête de nous raconter des conneries. On sait tous très bien ici que ta seule chance de quitter New York avec un trophée, c'est le double mixte. Alors arrête d'essayer de nous la mettre à l'envers avec tes exigences à la con. Parce que la vérité, c'est que toute seule, sur ce circuit : tu n'es personne.

Il reste figé devant moi quelques secondes, les lèvres tremblantes. Puis, bousculant sa chaise, il se rue vers la sortie, nous laissant tous en plan. Pendant ce qui me semble une éternité, je reste figée sur place, incapable de réagir. D'abord, je suis submergée par la colère. Quel connard ! Balancer ça comme ça, devant tout le monde, alors que franchement sa propre carrière n'est pas glorieuse ! Et puis, petit à petit, c'est la honte qui infuse et une autre colère, dirigée vers moi-même. Car au fond, je le sais : Julien a raison. Il a mis le doigt pile là où ça fait mal, à la source de toutes mes angoisses et de mon manque de confiance. Mais de quel droit ? Qui est-il pour se permettre de juger ma carrière, comme ça, au vitriol, et qui plus est devant toute mon équipe ? Ce type me prouve chaque jour à quel point il est encore plus imbuvable que la veille. Décidément, je sens que je vais regretter longtemps ma décision de m'aligner avec lui. Est-il encore trop tard pour se retirer ? Je soupire. En levant les yeux, je me rends compte que tout le monde me regarde, suspendu à ma réaction.

Rattraper Julien pour lui parler → vers **CHAPITRE 19** (p. 123)
OU
Laisser Julien gérer sa frustration comme un grand → vers **CHAPITRE 20** (p. 129)

CHAPITRE 19

Tous ces regards pleins d'interrogation tournés vers moi me ramènent à la réalité.

— J'y vais, déclaré-je.

Je m'élance à la suite de Julien en ne sachant pas trop si je suis en route pour jeter de l'huile sur le feu ou bien pour apaiser la situation. Je le retrouve sur la terrasse du restaurant de l'hôtel. Il est accoudé à la balustrade. Il est vêtu d'un short crème et d'une chemise courte en lin, couleur terracotta. Avec ses espadrilles et ses lunettes de soleil style aviateur, il a tout d'un touriste en vacances. Et ça m'agace. Ça m'agace d'autant plus que cette tenue lui va foutrement bien. Tout à ses pensées, il ne m'a pas entendue arriver. Je reste un instant dans son dos. La terrasse offre une vue imprenable sur tout Manhattan. Il est encore tôt, et l'endroit est désert. Le soleil colore la ville qui me semble bien différente à la lumière du jour. À l'horizon, il n'y a pas un seul nuage. Je pose à mon tour mes coudes sur la rambarde, quelques dizaines de centimètres à la gauche de Julien. Juste assez près pour sentir la chaleur qui émane de son corps, pas assez pour qu'elle m'incommode. Aucun de nous deux ne rompt le silence, nos regards fixés dans le lointain.

— Je n'aurais pas dû te parler comme ça, murmure finalement Julien sans bouger.

Heureusement que je suis bien accrochée à la balustrade, ou je serais tombée ! Julien Masson vient-il de me présenter des excuses ? Pour la toute première fois en dix ans ?

— Je l'ai peut-être un peu cherché, avoué-je.

Julien se redresse et tourne la tête vers moi. Au moment où nos regards se croisent, je jurerais qu'il sourit.

— Je sais que je n'ai pas le niveau de James, confesse-t-il, et que je ne l'aurai probablement jamais. Mais je pense que toi et moi, on peut gagner. Après tout, on l'a déjà fait.

C'est la première fois depuis que nous nous sommes revus qu'il évoque sans détour notre passé commun.

— C'était une autre époque, soufflé-je amère.

Je me retourne à nouveau vers la ville. Elle me paraît toujours aussi belle et accueillante. Il existe des endroits, comme ça, sur Terre, où vous vous sentez comme chez vous au premier coup d'œil. Je ne saurais pas expliquer pourquoi, mais New York m'a toujours fait cet effet-là. Depuis que j'y ai posé le pied, je m'y suis sentie bien. À force, elle est devenue pour moi comme une deuxième maison. C'est en partie pour ça, aussi, que j'ai accepté de participer à ce double mixte. Si j'ai, ne serait-ce qu'une chance de prolonger mon séjour ici, je me dois de la saisir.

— Tu penses qu'on ne peut pas retrouver ça, cette… connexion ? demande-t-il après un temps.

Je me sens rougir légèrement. Heureusement, il ne peut pas voir mon visage.

— Je ne sais pas. À l'époque, je… je me suis sentie trahie.

Ça y est, les termes sont dits.

— Ce n'était pas mon intention, souffle-t-il.

Je me retourne vers lui.

— C'était quoi, ton intention ?

Ma voix s'est montrée plus cassante que je ne l'aurais voulu. Sincèrement, j'aimerais connaître les raisons de tout ce gâchis. Il hausse les épaules.

— Des erreurs ont été commises…

La formule passive me fait sourire. Il poursuit :

— Mais tu ne crois pas que j'ai assez payé pour tout ça ? Deux ans de suspension, des années de traversée du désert, des galères en veux-tu en voilà, sans parler de la façon dont la presse, et le reste du circuit par la même occasion, m'ont traité… J'ai peut-être le droit à une seconde chance, non ?

— Est-ce que tu fais ce qu'il faut pour ?

Je le sens immédiatement vexé par ma remarque.

— Eh quoi ! s'offusque-t-il. Franchement, ça aurait été beaucoup plus simple pour moi de tout arrêter, de m'installer je ne sais où pour faire un autre job, un truc tranquille loin de tout ce merdier, les sacrifices – physiques et personnels –, le regard de la presse toujours sur mon dos. Mais non. J'aime ce sport. Y a pratiquement que ça qui me donne envie de me lever le matin, et, au fond, sans doute que ça que je sais faire. Alors, ouais, mon parcours est chaotique. Il m'est arrivé de faire n'importe quoi… Mais j'ai pas changé de coach tous les six mois par plaisir, j'ai vraiment envie de progresser. Retrouver mon niveau. Je ne suis pas à la bonne place Colleen, putain. Je vaux mieux que de végéter entre les 100e et 200e places mondiales. Je le sais. C'est pour ça que j'ai fait appel à Joe, puis à Rebecca. J'ai pas fait tout ça pour te faire chier, ou pour remuer je ne sais quel couteau dans la plaie. Non. J'ai fait ça parce que j'y crois. J'y crois, bordel. Je sais qu'on peut soulever ce trophée, ensemble. Je sais que Joe, aidé de Rebecca, peut m'emmener là où je dois être. Alors, je suis désolé de t'avoir parlé comme ça, mais te voir essayer de me savonner la planche, ça m'a mis hors de moi. On devrait être ensemble, là-dedans, Colleen. Mettre de côté nos tensions, les trucs qu'on peut se reprocher l'un l'autre. Faire front pour l'objectif commun. Tout le reste… ça peut bien attendre quinze jours, non ? J'ai juste besoin que toi aussi, tu y croies. Ne serait-ce qu'un peu.

Il y a dix ans, je serais allée au bout du monde pour les beaux yeux de ce mec. Littéralement. Je l'aurais suivi au Japon, en Australie, en Afrique du Sud ou au Canada, juste pour être près de lui, avoir la chance de le voir jouer et, parfois, de partager le court avec lui. Mais aujourd'hui ? Nous avons pris des trajectoires tellement différentes. J'ai tout fait pour faire passer ma carrière avant le reste. Je suis toujours restée droite dans mes bottes et dans mes principes. J'ai mis entre parenthèses ma vie personnelle, ma vie amoureuse. Je me suis imposé des sacrifices que personne d'autre ou presque sur le circuit ne consent à faire, et ça, seulement pour me donner toutes les chances d'atteindre mes objectifs. Et lui, pendant ce temps-là ? Il s'est dopé, il a fait la une de la presse sportive et à scandale pour ses soirées arrosées (voire poudreuses), ses différentes conquêtes d'un soir et ses passades avec des mannequins ou des actrices.

Alors oui, sa tirade est touchante, mais j'ai du mal à croire à son investissement et à mettre ses sacrifices au niveau des miens. Il ne s'est pas donné les moyens de réussir, et aujourd'hui, il faudrait que ce soit à moi de lui servir tout ça sur un plateau ? J'ai envie de lui répondre que la dernière fois, j'y ai cru. Oh, j'y ai cru si fort même que je suis tombée de très haut. Qu'il m'a fallu du temps, tellement de temps, pour remonter la pente. Y croire à nouveau, ce serait prendre le risque de revivre tout ça. Plus fort peut-être encore. Ma réponse reste coincée dans ma gorge. Je vais faire comme j'ai toujours fait depuis : me blinder. Ériger un mur entre le tennis et le reste de ma vie.

Sur le court ? Je tâcherai de lui faire confiance et de lui donner sa chance. En dehors, je me tiendrai systématiquement sur mes gardes. J'ai trop souffert de sa précédente tromperie. Je m'en suis rendu compte, les années passant. Pour moi, il n'était pas qu'un simple coéquipier. J'aurais aimé qu'il soit tellement plus que ça… Mais qu'ai-je été pour lui, sinon un pion ?

Julien doit se rendre compte de toutes les réflexions qui m'animent, de toutes ces phrases qui ne parviennent pas à sortir. Il ne me pousse pas à répondre, et se retourne une fois de plus vers la ville.

— New York fait toujours tout relativiser, je trouve.

Je tourne vers lui un regard interrogateur.

— Ici, poursuit-il, on se rend compte qu'on est bien peu de chose. Un être humain parmi des milliards d'autres. Dans notre métier, on peut vite se sentir un peu le centre du monde, ou au moins de l'attention. Mais quand t'es là, quand tu vois tous ces immeubles, toutes ces rues qui grouillent de monde, tu te dis : même si je perds demain, même trois fois 6-0, au fond, la planète continuera de tourner. Et je crois que c'est une bonne chose. Ça fait du bien de se le rappeler de temps en temps. Toute cette pression, toutes ces attentes…

Il soupire, continue :

— Ça fait relativiser, quoi.

Je me radoucis. Les mots que Julien vient de prononcer, j'aurais pu les dire moi-même. Il a saisi la raison exacte pour laquelle j'aime tant cette ville. Le tennis est un sport individuel, pas un sport d'équipe, et globalement, bien souvent, on est tout seul. Encensé pour nos victoires, raillé pour nos défaites. Mais toujours en notre nom propre. Cependant, dans l'immensité et le fourmillement de New York, je ne suis qu'une âme de plus qui essaie de trouver sa place et faire de son mieux.

— C'est l'une de mes villes préférées au monde, soufflé-je en la contemplant.

À ma droite, j'aperçois le visage de Julien qui se déride un peu. Il sourit. Un nouveau silence s'impose. Le soleil de la fin d'été étouffe la ville, et nous avec. Je sens des gouttes de sueur perler le long de ma nuque et dans mon dos.

— Ça te dirait d'aller prendre une glace ?

Je lui jette un regard franchement étonné. Apparemment, je ne suis pas la seule à transpirer !

— Pour me faire pardonner, ajoute-t-il. Enfin… si ton régime hyper strict le permet !

En temps normal, sa dernière petite pique m'aurait agacée au plus haut point. Mais Julien a raison : New York fait tout relativiser. Je considère un instant sa proposition.

Accepter d'aller prendre une glace → vers **CHAPITRE 21** (p. 134)

OU

Décliner poliment pour ne pas déroger à la routine → vers **CHAPITRE 22** (p. 141)

CHAPITRE 20

Si Julien a encore l'âge de partir bouder dans son coin, grand bien lui fasse. Moi, en tout cas, je ne compte pas lui courir après. C'est finalement Max qui se lève le premier.

— J'y vais, dit-il simplement en montrant l'endroit vers lequel est parti Julien.

Juste avant de s'éloigner, il me lance un regard désapprobateur, comme si c'était à cause de moi que son meilleur ami se comporte comme un gamin à qui on vient de retirer son jouet. Je ne me laisse pas démonter : je me contente de hausser les épaules et, d'un mouvement de tête, je lui indique qu'il peut partir. S'ensuit un silence un peu gênant. Rebecca se racle la gorge.

— Bon. Je crois qu'on fignolera ça plus tard, annonce-t-elle en rassemblant ses papiers.

Nouveau silence.

C'est à mon tour de toussoter.

— Je vais commander un truc, lâché-je.

Arrivée au bar, je demande un thé.

— Un deuxième, s'il vous plaît, fait une voix derrière moi.

Joe arrive à ma hauteur et s'installe sur un des sièges devant le comptoir. Il me fait signe de m'asseoir à côté de lui. Je ne sais pas trop pourquoi, mais j'obéis. Joe dégage ce je-ne-sais-quoi qui donne envie de lui faire confiance. Bon, aussi, il est super costaud alors c'est pas franchement le genre de gars qu'on a envie de contrarier.

— Je sais qu'il a l'air d'un petit con, comme ça, mais je t'assure qu'il a un bon fond.

Je plonge mon regard dans le thé qu'on vient de me servir.

— C'est pas de sa faute, le défend son coach.

Je vois rouge.

— C'est de la mienne, peut-être ? me braqué-je en me tournant vers Joe.

— Ce n'est pas non plus ce que je dis.

Sa voix est douce, son ton conciliant.

— Je commence à en avoir marre de la rengaine du pauvre petit Julien. Le tennis à haut niveau, c'est difficile, il faut faire des sacrifices. S'il n'en est pas capable, qu'il arrête ! Mais ce n'est pas une raison pour emmener tout le monde dans sa merde à chaque fois !

J'ai un peu perdu mes nerfs, et quelques personnes se sont retournées vers nous. Joe pose son imposante main sur mon épaule.

— T'as raison, Colleen, le tennis c'est difficile. Pour certains plus que d'autres, d'ailleurs. Sais-tu seulement d'où il vient, Julien ? Tout ce qu'il a traversé pour en arriver là ? Toi, si je ne m'abuse, tu viens d'une famille de sportifs professionnels. Ta mère volleyeuse, ton père rugbyman.

— Footballeur, le corrigé-je.

Il ne relève pas.

— Julien, lui, il vient de la banlieue parisienne. Loin du Paris chic que tu côtoies pendant Roland-Garros. Personne avant lui n'a été confronté au sport de haut niveau, ses parents n'avaient pas les moyens de lui payer du matériel dernier cri, rien de tout ça. D'ailleurs, il est arrivé dans le tennis par hasard. Sa commune offrait aux familles les plus modestes de payer l'activité sportive de leurs enfants. Le club de tennis n'était pas loin de leur barre d'immeubles, et il y avait une promo sur les raquettes dans le magasin de la zone d'activité du coin. Et puis, le petit Julien y a pris goût : il avait du talent, et l'envie de progresser. Ça n'a pas échappé à son coach de l'époque, et encore moins à son père. C'est ce dernier, ensuite, qui a tout fait pour que Julien passe pro. En France, la fédération voyait ça d'un mauvais œil, d'ailleurs, que son père soit aussi impliqué. Il voulait absolument être son coach. Toutes les économies de sa famille passaient dans le tennis.

« Quand le père Masson en a eu marre de se prendre la tête avec la Fédération française de tennis, il a décidé de traverser la Manche. C'est là que tu as rencontré Julien, je crois, quand vous avez fait partie de la même académie. Le père de Julien, il s'est endetté pour ça. Il a fallu trouver un logement – pour eux deux, car la mère et les sœurs de Julien sont restées en France. Faut se l'imaginer, c'est un gamin de 13 ans, qui n'a jamais connu grand-chose d'autre que son quartier, qui déboule tout seul avec son père dans un pays qu'il connaît pas et dont il ne maîtrise pas la langue. Et pendant que sa famille menace de se déchirer, lui doit jouer au tennis – et gagner – pour que tout ça, ça ait du sens. Qu'aurait dit son père, sinon ? Qu'aurait pensé sa mère ? Alors, il a tout donné à ce sport pour ne pas les décevoir, pour que tout cet argent n'ait pas été dépensé en vain. Et il a eu le succès qu'on connaît.

« Puis y a le dopage. Ouais. Une sacrée connerie. On peut comprendre, sans excuser. La pression. La méconnaissance de tout ce milieu. L'attrait de la facilité. La peur de l'échec. Les mauvaises rencontres. Y a jamais qu'un seul facteur. Aucun joueur dopé ne s'est réveillé un matin en se disant "OK, j'en ai marre, maintenant je vais tricher". La suspension… ça l'a anéanti. Bien sûr, ce sont les règles. Mais quand même, on peut imaginer. Il n'en parle jamais, ceci dit. Mais ça se voit que ça l'a marqué. Ce garçon, il aime profondément son sport, il se voit rien faire d'autre de sa vie. Donc quand il a perdu ça, même pour un temps limité… il a dégoupillé.

« À 18 ans, je crois qu'il est pas le seul à avoir fait des conneries, mais enfin, lui, il l'a fait sous les caméras, quoi. Depuis cette histoire, il lui est arrivé un paquet de galères et il a ramé, parfois seul contre tous, pour s'en sortir. Maintenant, il a vraiment envie d'en découdre. Il sait qu'il ne lui reste plus que quelques années avant de rendre son tablier, alors il veut tout donner… Faire le double avec toi, je crois que pour lui c'est aussi une occasion de renouer avec ses vieux espoirs. L'époque où tout était encore possible. Et puis, New York… New York, c'est sans doute une de ses villes préférées. Il dit que son immensité le ramène à sa place, que ça lui permet de relativiser. Et je sais que c'est important pour toi aussi. Ici, tu pourrais un peu plus marquer l'histoire du double mixte. Alors pourquoi pas avec lui ? Ensemble ? Personne ne vous demande de devenir les meilleurs amis du monde, ou je ne sais quoi. Faites juste ce que vous savez faire : jouez au tennis. Jouez putain de bien au tennis.

À ces mots, il termine cul sec son thé (qui fait ça ?) et me tapote dans le dos avant de repartir. Je lui sais gré de m'avoir laissée seule, car son discours m'a chamboulée. Je n'avais jamais regardé la situation sous cet angle. Les difficultés familiales, j'en avais eu vent lorsqu'on était ensemble à l'Académie à Londres. Mais je n'avais jamais pensé à ça, à ce que les difficultés financières et sociales pouvaient ajouter comme barrière dans une carrière. Et puis… les derniers mots de Joe, sur l'amour que Julien porte à cette ville. Je ne savais pas que l'on avait ça en commun. La tirade de Joe m'a fait de l'effet. Est-ce que j'ai été trop dure avec Julien ? Est-ce qu'en me focalisant sur sa trahison, je n'ai pas minimisé ses problèmes à lui ? Je jette un regard par la fenêtre, ouverte sur la ville, grouillante et suffocante en cette fin d'été. Le soleil est radieux. La compétition ne commence que dans quelques jours… Ce serait peut-être l'occasion de sortir un peu, se vider la tête, penser à autre chose. Je pourrais proposer à Julien de m'accompagner ? Ou bien me prendre un moment seule.

Proposer une escapade dans New York à Julien pour apaiser la situation → vers **CHAPITRE 21** (p. 134)
OU
Passer la journée seule et ne pas déroger du programme initial → vers **CHAPITRE 22** (p. 141)

CHAPITRE 21

J'emmène Julien dans mon endroit préféré de tout New York. C'était également le QG de Rebecca lorsqu'elle était joueuse. Elle répète souvent que sans Peppe, le gérant de l'endroit, elle n'aurait jamais remporté d'US Open. Dois-je préciser qu'elle en a remporté six en tout dans sa carrière ? J'aime l'idée que ce lieu se transmette. Comme beaucoup de petits commerces dans cette ville, il est assez difficile de tomber *Chez Peppe* par hasard ! Peppe, c'est Giuseppe. Fils d'immigrés italiens. Ce sont ses parents qui, un peu après sa naissance, ont ouvert un petit restaurant. Au fil des années, le lieu s'est un peu transformé. Désormais, c'est une sorte de *coffee shop*, où l'on trouve des boissons chaudes, des pâtisseries, mais surtout d'excellentes glaces italiennes très prisées par ces grosses chaleurs ! Je guide Julien dans la touffeur des rues de New York. Little Italy a revêtu ses habits de fêtes. Il y a tellement de devantures ici que, si vous n'avez pas une idée précise en tête, c'est quasiment impossible de choisir ! Heureusement pour nous deux, je sais exactement où je vais. Nous arrivons dans une petite rue perpendiculaire à l'artère principale. Je m'arrête devant une porte vitrée à l'allure vétuste où une écriture rouge dans une police attachée indique simplement *Chez Peppe*. Julien ne semble pas surpris lorsque j'ouvre la porte : il connaît New York et il sait que les meilleures surprises y sont souvent bien cachées.

Une petite cloche retentit au moment où nous entrons. Giuseppe est derrière son bar. Comme depuis quarante ans maintenant. Sauf que, depuis la retraite de son père, puis son décès, c'est lui le patron désormais. D'année en année, Giuseppe ne change pas. Petit brun à moustache, toujours fadé de son tablier à carreaux blanc et rouge, c'est à peine s'il a pris quelques cheveux gris et un peu de bedaine depuis que je l'ai rencontré. Lorsque l'Italien me voit, il jette le torchon qu'il tient à la main sur son épaule, et vient à ma rencontre.

— Ma petite chérie ! Quel plaisir ! Médaillée olympique, ah… ! Et dire que je t'ai connue presque toute petite ! Ah ! Viens, viens, suivez-moi, je vais vous donner une belle table ! *La più bella* !

Il nous fait signe de le suivre et nous installe dans la grande terrasse, à l'arrière de la boutique. Cet endroit paraît complètement hors du temps et de la ville tant la végétation y est foisonnante et l'air beaucoup plus respirable que dans la rue. Giuseppe nous indique une petite table à côté d'un bel olivier.

— Cet endroit est tellement…, souffle Julien une fois que nous sommes assis.

— New-yorkais ?

— Ouais ! confirme-t-il, subjugué.

Pendant que son regard papillonne dans tous les coins, s'émerveillant un peu plus à chaque découverte, je lui raconte ma première venue ici, avec Rebecca, alors que j'avais tout juste 18 ans. J'avais obtenu un ticket pour jouer les qualifications à l'US Open. Je n'ai malheureusement pas réussi à me frayer un chemin jusqu'au circuit principal cette année-là et, pourtant, je garde de ces quelques jours dans la Big Apple un souvenir des plus délicieux. Sans doute que les glaces de Peppe y sont pour quelque chose !

— D'après Rebecca, expliqué-je à Julien, elles auraient le pouvoir de faire gagner des Grands Chelems !

Je ponctue ma remarque d'un clin d'œil, presque par réflexe et le rire que cela provoque chez Julien me ragaillardit. Je pourrais presque m'habituer à ça. À nous. Sans disputes, sans injures et sans mensonges.

Giuseppe revient alors que nous rions de concert.

— Alors, qu'est-ce que je vous sers, les champions ?

C'est un petit écart dans notre préparation – en tout cas, dans la mienne – mais nous nous accordons tous les deux une glace (vanille pour moi, pistache chocolat pour Julien) et deux cafés, spécialités de la maison.

— Offerts par le patron ! déclare Giuseppe après avoir pris notre commande.

Pendant que nous dégustons nos glaces, je fais à Julien l'historique de ce café, en répétant l'histoire que j'ai entendue tant de fois narrée par Rebecca et Giuseppe lui-même. La difficile traversée de l'Atlantique, la succession de logement miteux, des rats, et des jobs pourris. La naissance tant attendue de Giuseppe, et la décision de ses parents d'abandonner leurs boulots respectifs pour monter un commerce dont leur fils pourrait être fier. Ce qui était à l'époque un petit restaurant est aussitôt nommé d'après le nom de l'enfant, dont on espère qu'il pourra prendre la suite un jour. Les premières années compliquées, et puis, finalement, une jeune joueuse américaine, qui débarque un beau jour au hasard, devient une habituée puis quelques années après une grande championne, et vient alors le début de la renommée. Plus tard, cette grande championne amènera avec elle une autre jeune joueuse, celle qu'elle coache, une jeune Anglaise prénommée Rebecca, qui suivra – on l'espère – une trajectoire similaire.

— Je comprends pourquoi tu aimes cet endroit, fait Julien qui m'a écoutée attentivement. Il est plein de promesses.

Je hausse les épaules.

— Bof, je suis un peu en retard sur les temps de passage.

— Deux Grands Chelems et une médaille olympique rien que cette année. Y a pire comme retard, non ?

— Honnêtement, tout le monde s'en fout un peu du double mixte, non ?

— C'est moins populaire auprès du grand public, mais ça ne retire pas les titres, à mon avis.

Le rouge me monte aux joues. Je baisse les yeux et prends une gorgée de café.

— Et puis, poursuit-il, tu es encore jeune, tu as du talent, t'es une bosseuse… Le tennis il a changé, aujourd'hui, tu peux faire la meilleure partie de ta carrière vers 30 ans, ou même après. Regarde la plupart des grands champions et championnes du moment : Rossini, Larsson, Smith, Baarova… Que des trentenaires bien tassés. Même James, plus de quarante balais, est capable encore de nous sortir des sacrés matches !

Je n'arrive pas à savoir s'il dit vraiment ça pour moi, ou s'il pense à son cas personnel. Peut-être les deux. En discutant avec Julien autour d'un (déjà !) deuxième café, je me rends compte que pour ce qui est des objectifs sportifs, nous ne sommes pas si différents. Nos parcours et nos méthodes sont à l'opposé, mais nous nourrissons à peu de chose près les mêmes objectifs. Atteindre les top places mondiales. Gagner des titres qui comptent. Au fond, obtenir ce que, plus jeunes, on nous avait annoncé comme acquis.

Dans le cocon que Peppe a fabriqué, j'oublie un peu mes griefs contre Julien. Nous discutons de tennis à bâtons rompus. J'ai perdu le compte des cafés et des heures. De temps en temps, Peppe vient déposer devant nous un peu d'eau ou des fruits séchés. J'oublie l'accent horripilant de Julien, et tous ses petits défauts qui m'exaspèrent d'habitude. Pour la première fois depuis Cincinnati, je le trouve détendu, volubile et ouvert. Il n'arrête pas de sourire. Tout à coup, je prends la pleine conscience de ses sourires. Ses yeux rieurs. Sa fossette… Et le rouge me monte aux joues. J'essaie de masquer mon visage derrière mon grand verre d'eau fraîche. Je pourrais prétexter un coup de chaleur… seulement, celui-là ne serait pas dû au soleil. C'est comme si je réalisais soudainement ma proximité avec Julien. Ou plus précisément… la proximité de son corps avec le mien. Malgré la moiteur, je suis parcourue d'un frisson. La terrasse de *Chez Peppe* est assez exiguë, et notre emplacement, près de l'olivier, l'est encore un peu plus. La table ronde est placée si proche de l'arbre qu'il nous a été impossible de nous installer face à face. Sous la table, son genou frôle le mien. Comme si de rien n'était. Maintenant que cette pensée s'est immiscée, je peine à la chasser. Je ne distingue plus très bien les paroles de Julien. Je ne vois plus que ses joues que j'imagine douces, ses lèvres qui s'agitent et son regard rieur et passionné. Ce con est vraiment beau. Et j'en ai douloureusement conscience.

— Est-ce que ça va ? s'interrompt brutalement Julien.

Le pauvre m'a vu descendre une carafe à la vitesse de la lumière.

— On est sans doute restés un peu trop longtemps au soleil, remarque-t-il. Viens.

Il joint le geste à la parole et dépose sa main quelque part entre mon dos et le haut de mon biceps pour m'inviter à me lever. Ce contact me rend toute chose, mais je tâche de rester de marbre. Mon corps, ce traître, ne semble pas insensible. Julien fronce les sourcils.

— Tu es sûre que ça va ? me demande-t-il une fois que nous sommes debout.

— Ouais. C'est juste… la chaleur, me justifié-je.

J'appuie mes propos en lui tapotant l'avant-bras. Il ne s'écarte pas. Sourit. Est-ce qu'il a rougi ?

— Vous partez déjà ! lance Giuseppe dans mon dos.

— On a des matches à gagner, il paraît, répond Julien.

Je hoche la tête en souriant. Giuseppe me prend dans ses bras avant de serrer la main de Julien avec vigueur.

— Bon, bon, mais vous êtes toujours les bienvenus ici, d'accord ?

De retour dans les rues de Manhattan, il ne fait pas moins chaud, mais les buildings nous apportent un peu d'ombre. Nous marchons en silence, en direction de l'hôtel. Enfin, je crois. Pour ma part, excepté l'odeur de Julien et ses doigts qui frôlent les miens chaque fois que nous nous rapprochons pour laisser passer quelqu'un en sens inverse, rien ne m'atteint. Je m'en veux presque de ne pas être capable de penser à autre chose. J'ai toujours tout fait pour tenir ce genre de sentiments, de sensations, à distance. Pour que ma carrière soit mon unique priorité. Mais Julien a ce petit quelque chose de spécial. Il l'a toujours eu. Comme si sa présence m'empêchait de réfléchir de manière cohérente ou de prendre les bonnes décisions. Je me demande si les mêmes pensées le traversent… Alors, je lève les yeux vers lui. Il doit deviner mon mouvement, car il me regarde à son tour. Encore ce sourire. Ces lèvres. Je les imagine dans mon cou, humides sur ma peau sèche. La chaleur, ses yeux, tout est en train de me faire tourner la tête. Je suis comme un putain de papillon attiré par les flammes et je suis à deux doigts d'attraper sa main, et de…

— OH MON DIEU ! Colleen Brown ?!

Smartphone à la main, une adolescente en débardeur clair et short en jean accourt vers moi. Elle s'arrête toutefois à une distance respectable, tout à coup presque intimidée.

— Oh mon Dieu ! Oh mon Dieu ! J'y crois pas… C'est vous ! Je suis une grande fan, depuis toute petite ! Est-ce que… Est-ce qu'on peut prendre une photo ?

Par chance, son intervention m'a empêchée de faire quelque chose de vraiment, vraiment, stupide. Je hoche la tête et m'approche de la jeune fille, passant mon bras autour d'elle et affichant mon plus beau sourire. Elle prend d'abord un selfie, puis Julien lui propose de nous prendre. L'adolescente lui tend son téléphone. J'échange avec elle quelques paroles, elle m'encourage pour le tournoi à venir et nous repartons chacune dans les méandres de la Grosse Pomme.

Alors que nous reprenons notre chemin, je sens désormais comme une distance avec Julien. Il a le visage fermé et sa tête des mauvais jours – la même qu'il a en match lorsqu'il hésite à fracasser sa raquette sur le sol. Je me demande ce qui a pu le perturber à ce point. Est-ce l'intervention de ma jeune fan ? Est-ce qu'il est déçu qu'elle ne l'ait pas reconnu lui aussi ? Qu'elle n'ait pas eu une seule parole à son égard ? Est-il vexé que quelqu'un m'ait arrêté pour un selfie, alors que personne ne le regarde ? Quoi qu'il en soit, le charme est définitivement rompu. Est-ce que je suis déçue ? Non. Bien sûr que non. Je crois ? De retour à l'hôtel, nous nous quittons sans effusion, chacun de notre côté.

Après ma douche, j'ai la tête un peu plus froide. Je dois absolument me recentrer sur le tennis. À en juger par le visage de Julien tout à l'heure, je me suis sans doute fait des idées. Un film, carrément, digne des plus belles heures de mon adolescence. Mais j'ai passé l'âge pour tout ça. Julien et moi sommes réunis dans un objectif précis. Je dois absolument me concentrer là-dessus. Et sur rien d'autre.

→ vers **CHAPITRE 22** (p. 141)

CHAPITRE 22

Malgré l'altercation agitée entre Julien et moi dès nos premières heures à New York, les jours suivants se passent dans une douce accalmie. J'ai mis de l'eau dans mon vin, et ai accepté de faire des concessions pour que le planning des entraînements nous convienne à tous les deux, ainsi qu'à nos équipes respectives. Ça se ressent également dans notre jeu. Nous trouvons petit à petit des automatismes, et mettons sur pied une tactique qui semble tenir la route pour affronter nos premiers adversaires. Et c'est tant mieux, car nous entrons en lice dans le tableau double mixte dès aujourd'hui. Depuis ce matin, je suis excitée comme une puce. Cet US Open peut être le point d'orgue de ce qui est à ce jour ma meilleure saison jamais réalisée. J'ai été très agitée toute la nuit et n'ai pas beaucoup dormi. Ce qui n'est pas idéal pour démarrer un tournoi. Je commence ma journée par un peu de relaxation et de méditation. Sans grand succès. Mes jambes me démangent. Elles sentent, juste là, dehors, le sol dur et bleu du court qui les attend.

Je descends assez tard au petit déjeuner. À la table que mon équipe occupe habituellement, il n'y a plus qu'Aurelia. Son plateau, devant elle, est vide, à l'exception d'un grand verre de smoothie. Elle scrolle sur son téléphone, l'air complètement ailleurs. De toute évidence, elle m'attend. Je m'assieds face à elle en la saluant.

— Pas terrible le sommeil, cette nuit, remarque-t-elle en relevant la tête vers moi.

Sympa, l'accueil. En tant que préparatrice physique, Aurelia a accès aux données de ma montre connectée, relatives à mon sommeil, ma santé, etc. Grâce à toutes ces informations, elle peut mettre en place des routines et des entraînements adaptés. Tout est décortiqué pour pouvoir me mettre dans les meilleures conditions possibles.

— J'ai hâte d'en découdre, déclaré-je pour toute réponse.

— Je me doute, mais il ne faudrait pas que ça se répète trop souvent.

Je hoche la tête en commençant mon bol de porridge.

— Le sommeil, c'est la clef.

Ça a toujours été le credo d'Aurelia, le sommeil. Quand elle a rejoint le staff, il y a quelques années, elle a mené sa petite révolution. Avant elle, on programmait tout en fonction des matches. Depuis, tout tourne autour du sommeil. La durée des entraînements, le type d'exercice, la quantité et la nature de la nourriture, tout est calculé dans un seul but : que je dorme mes huit heures quotidiennes et qu'elles soient le plus réparatrices possible. Pour moi qui suis une grande bosseuse et une acharnée, il a été difficile d'accepter de ne plus prolonger les entraînements au-delà du raisonnable, et de parfois retrouver l'horaire de coucher d'un enfant de primaire. Mais finalement, tout cela a été pour le mieux : en quelques années, j'ai réduit de plus de moitié le nombre de blessures mineures et de petits bobos sur une saison. J'ai également davantage d'endurance lorsque les matches s'éternisent.

— Un détail m'embête, continue Aurelia, je ne comprends pas pourquoi, depuis presque le début de la tournée américaine, ton cycle de sommeil s'est quand même pas mal déréglé. Il y a quelque chose qui a changé ? Que je n'ai pas vu ?

Je ne sais pas trop quoi répondre.

— Tout a changé.

Elle fixe son regard sur moi, attendant la suite.

— Je suis médaillée olympique, maintenant ! Avec les Jeux, la saison a été plus longue que d'habitude, et puis James n'est pas là et… il y a Julien.

Aurelia m'adresse un regard compatissant.

— Je… Je me suis renseignée, fait-elle. Sa présence… Je comprends que ça te perturbe.

Je hausse les épaules. Après tout, je n'arrive pas moi-même à savoir ce qui me perturbe quant à la présence de Julien. Notre passé ? Sa propension au mensonge ? Ou cette peur qu'il ne fasse renaître en moi des sentiments que je m'applique pourtant à mettre de côté depuis 10 ans ? Quoi qu'il en soit, ce n'est pas vraiment le genre de sujet que j'ai envie d'aborder avec ma préparatrice physique. Je noie le poisson comme je peux et nous en restons là, chacune promettant d'essayer de trouver une solution à ce problème de sommeil de son côté.

Les heures qui me séparent du match passent lentement. On se retrouve avec Julien pour échanger quelques balles. Tous les deux concentrés sur notre échéance, nous ne parlons presque pas. Depuis notre arrivée à New York, il y a comme une gêne entre nous. Nous nous rendons dans les vestiaires sans nous départir de notre calme. Et toujours sans parler. Quelques minutes avant le match, nous sommes à nouveau réunis dans les couloirs qui mènent au court. J'en profite pour faire un dernier point :

— Bon, normalement, c'est une paire à notre portée. Ils n'ont jamais joué ensemble, et n'ont pas non plus un super classement. Alors on joue simple, et on reste concentrés. On ne pouvait sans doute pas rêver mieux pour notre entrée dans le tournoi, tâchons de tenir notre rang.

— Ton rang, tu veux dire. Moi, je ne suis pas franchement mieux classé que nos adversaires, rétorque-t-il.

Mains sur les hanches, je fronce les sourcils. J'ai beau ne pas être une grande adepte de la pensée positive, je n'aime pas trop qu'on se dévalorise avant un match. Autant entrer sur le terrain avec le plus de confiance possible. Quand le speaker appelle nos noms, nous entrons dans le stade sous une clameur légère. Je suis surprise, et un peu déçue, de remarquer que les gradins sont pratiquement vides. Je suis triste de voir que, malgré mes deux Grands Chelems et ma médaille olympique cette saison avec James, la foule ne se déplace pas pour me voir jouer. Enfin, j'essaie de relativiser : ce n'est qu'un premier tour, qui plus est contre une paire peu connue. Le public viendra avec les victoires. À nous de faire ce qu'il faut pour leur donner envie de nous voir performer.

— Il n'y a pas grand monde, soufflé-je quand même en posant mon sac sur ma chaise.

— C'est vrai, répond Julien. Mais à mon avis, tous ceux qui sont là sont là pour toi.

— Oh, il doit bien y avoir quelques *frenchies*, il y en a toujours ! dis-je en riant.

Les supporters français sont réputés sur le circuit pour être plutôt bruyants et un tantinet indisciplinés. Julien ébouriffe ses cheveux et m'adresse un de ces sourires que je ne sais jamais déchiffrer. Est-il amusé ? Gêné ? Je rougis. *Colleen !* Ce n'est franchement pas le moment pour ce genre de question. Il y a un match à jouer. Concentre-toi. Heureusement, il est temps de rejoindre notre côté du filet pour l'échauffement. *Tennis, tennis, tennis*, il n'y a pas de place pour autre chose.

Le match va enfin commencer. L'arbitre sort une pièce de sa poche. Elle demande à nos adversaires de choisir entre pile et face. Ils remportent le tirage au sort et choisissent de rester du côté où ils se sont échauffés. Nous sourions pour les photos. Talons-fesses. Je me place derrière la ligne de fond de court, Julien plus en avant presque dans le carré de service. C'est parti !

La partie débute, et la différence de niveau est tout de suite flagrante. Les automatismes du binôme face à nous laissent clairement à désirer. Leur communication n'a pas l'air au point, ils ratent plusieurs balles, car aucun des deux n'a bougé. Malgré de petites erreurs de notre côté, nous prenons rapidement l'avantage et remportons le premier set sans trop de difficulté. Comme il est de coutume en double, à chaque point, gagné comme perdu, Julien et moi nous tapons dans la main. C'est une des règles non écrites de ce sport. En double, on forme une équipe, et on s'encourage à la moindre occasion. C'est comme ça. Ça donne à cette discipline un aspect plus sympa, plus collectif et, quelque part, plus détente que le tennis en simple. En tout cas, c'est ce que vient chercher le public quand il se déplace pour un match de double. Encore plus pour les doubles mixtes, qui sont des compétitions assez rares, réservées sur le circuit professionnel aux tournois du Grand Chelem et aux J.O. Pourtant, pour la première fois, ce geste ô combien anodin me gêne. Depuis quelques jours, quand je n'y prends pas garde, je suis troublée par les contacts physiques avec Julien. Quand nos épaules ou nos genoux se frôlent lorsque l'on est assis sur nos chaises pendant les pauses. Son souffle au creux de mon oreille quand il me murmure une tactique. Et maintenant, sa main qui s'attarde une demi-seconde dans la mienne après chaque point. Heureusement pour moi, après dix années à refouler toute espèce de sentiment humain, je suis rodée et, jusqu'à présent, ça n'altère en rien mon niveau de jeu.

Si seulement le Français faisait preuve du même sérieux. Je ne prétends pas qu'il est aux prises des mêmes émotions que moi, mais, quelles que soient les siennes, il n'arrive pas à les gérer.

Depuis le début du deuxième set, Julien commence à faire n'importe quoi. Ça commence par une *double* double faute, puis par un amorti facile et smash qui finissent dans le filet, et ça fait 0-1, break d'entrée, pour nos adversaires. Bon, passer au travers d'un jeu, ça arrive. Mais j'aurais aimé que quand je dis « Laisse ! » eh bien, ma foi, il « laisse » la balle plutôt que de l'envoyer pleine bourre dans le pauvre filet qui n'avait rien demandé. Ces erreurs m'agacent, mais j'essaie de me contenir. Après tout, nous avons toujours un set d'avance et le suivant ne vient que de commencer. Le service à venir de la joueuse de la paire adverse n'étant pas sa plus grande qualité, nous avons des chances de nous refaire.

C'était sans compter Julien et sa mentalité de petit merdeux.

Vexé, sans doute, par la tournure qu'a pris le jeu précédent, il veut prouver à tout le monde qu'il est capable de bien faire. Or il semblerait qu'aujourd'hui, ça ne soit pas le cas. Il ignore à nouveau mes « Laisse ! » pour envoyer des balles tantôt dans le filet, tantôt en dehors des limites du terrain… c'est franchement à se demander s'il ne vise pas l'une des juges de lignes ou quelqu'un dans le public ! Je suis davantage concentrée et, grâce à quelques-uns de mes retours long de ligne, nous parvenons à débreaker tout de suite. Pendant mon jeu de service, je ne lui laisse pas le temps de nous mettre dans la panade et essaie d'enchaîner aces et services gagnants. Nous virons en tête au changement de côté. De retour sur la chaise, je fais comprendre à Julien qu'il doit se ressaisir. J'utilise peu de mots, et dans un large sourire, pour que ni le public ni les caméras n'aient l'impression que je lui fais des remontrances… par ailleurs tout à fait méritées ! Julien se cherche des excuses mais promet d'être davantage concentré.

— Je n'ai aucune intention de nous rendre ce match compliqué, m'assure-t-il.

Pourtant, dès le début du jeu suivant, les emmerdes reprennent. Julien est au retour du service de son homologue masculin. Son premier coup finit dans le filet – je soupire, mais pas trop fort : le service de notre adversaire est parti à plus de 200 km/h. Je tape dans la main de Julien et lui adresse un demi-sourire un peu contrit comme pour dire « Tu m'avais promis ». En réponse, ses épaules haussées me hurlent « Ce n'est pas de ma faute ! » Le premier service de notre opposant est ensuite annoncé faute. Je me tourne vers Julien : sur une deuxième balle, on a toutes nos chances. J'ai raison, car le joueur d'en face ne prend pas de risque et il envoie une balle faiblarde presque sans effet… que Julien expédie tout droit dans le filet ! Même pas sur la bande, non, plein milieu du filet, comme si quelqu'un lui avait fait la blague de le déplacer d'un demi-mètre. Là, ça commence à faire beaucoup. Cette fois, je ne peux pas me contenter d'un regard compatissant, ou d'une tape dans la main encourageante. Je dois dire quelque chose, non ? Mais quoi ? Connaissant Julien, un rien pourrait lui faire prendre la mouche ou perdre – encore plus – ses moyens.

OU

« Mais putain Julien, concentre-toi ! »
→ vers **CHAPITRE 23** (p. 148)

« T'en fais pas, respire, on est bien, tu vas y arriver. »
→ vers **CHAPITRE 24** (p. 154)

CHAPITRE 23

« Mais putain Julien, concentre-toi ! »

Ma remarque cinglante l'énerve au plus haut point. Il se détourne et marmonne quelque chose à mon encontre. Je n'ai pas très bien entendu, mais je crois avoir compris *« Fous-moi la paix ! »* Je n'ai pas le temps de le confronter pour savoir ce qu'il a vraiment dit, car le match reprend déjà. Choquée par sa réponse, j'opte pour une solution digne d'une cour d'école : je me mets à ignorer Julien. Puisque de toute façon il n'en fait qu'à sa tête, autant arrêter de lui donner des indications. Apparemment, ma nouvelle tactique ne plaît pas du tout au Français. Il me jette des regards tantôt paniqués, tantôt courroucés, mais toujours pleins de reproches. Je fais comme si je ne voyais rien. Nous perdons lourdement le deuxième set. Fidèle à ma résolution, je refuse de lui taper dans la main après ce point décisif perdu. Le public nous siffle. Pendant la pause, nous sommes assis côte à côte sur nos chaises, sans nous regarder ni nous adresser la parole. Je bois ma mixture spéciale match pendant que Julien dévore une banane. Lorsque l'arbitre annonce la reprise, nous nous levons sans envie, les bras presque ballants. Il n'est plus question de talons-fesses. Nous sommes tous les deux complètement sortis de notre match.

En double mixte, lorsque les deux paires sont dos à dos, un set partout, il n'y a pas de troisième set. À la place, il y a une sorte de long jeu décisif, en dix points gagnants, avec deux points d'écart. Autrement dit, il ne nous reste pas beaucoup de temps si nous souhaitons inverser la tendance.

Dès le premier point, Julien commet une faute. Cette fois, je ne peux m'empêcher de lui décrocher un regard aussi noir qu'une fuite de pétrole en pleine mer. En réponse, il hausse les épaules et me lance :

— Si tu as quelque chose à dire, dis-le.

— Y a rien, réponds-je sur ce fameux ton qui indique tout le contraire.

Nous reprenons le jeu. Cette fois, c'est à mon tour de faire une faute qui nous coûte le point. Julien se marre ouvertement.

— Quoi ? rétorqué-je. Tu n'as pas le monopole de la médiocrité !

Les points suivants se déroulent mieux. Du moins, sur le plan comptable. Pour ce qui est de l'ambiance sur le court, elle est de plus en plus délétère entre Julien et moi. Lorsqu'il réussit enfin un coup gagnant, je ne peux pas m'empêcher de lui lancer une petite pique, qu'il me rend dès l'échange suivant. Ce dernier jeu décisif est serré, aucune des deux paires ne parvenant à se détacher. Ni nous ni nos adversaires ne parvenons à gagner ce deuxième point d'avance qui permet de remporter le match. Nous en sommes déjà à 18-18. Les gradins se remplissent progressivement, avec de nouvelles entrées entre chaque changement de côté. Pourtant, ce n'est pas le tennis qu'ils viennent voir. Aujourd'hui, le spectacle est ailleurs. Je ne doute pas que des séquences verbales entre Julien et moi fassent déjà le tour de la toile. Nous n'avons pas franchement cherché à être discrets. Je devrais voir tous ces rires et ces téléphones braqués vers nous comme un avertissement. Nous sommes en train de perdre complètement le fil de notre match, et mon comportement ne me ressemble pas du tout. Mais je n'arrive pas à me contenir. C'est épidermique. Il fait ressortir le pire chez moi. Toute la haine que j'éprouve et ai éprouvée pour Julien est en train d'affluer dans mon corps. Parfois, elle m'aide à envoyer une balle pleine ligne ou un ace, mais la plupart du temps, elle m'inspire juste des insultes.

Après une énième faute de sa part – et un nouveau mauvais regard de la mienne –, le Français éclate sa raquette contre le sol. L'arbitre lui colle un avertissement, et je ne peux m'empêcher de commenter :

— Je ne crois pas que ta raquette soit le problème !

J'ai volontairement prononcé ma phrase tout haut, pour que tout le monde l'entende. Dans les travées, les spectateurs sont hilares. Julien beaucoup moins. Je ne m'attendais pas vraiment à cela, mais quelque part, la réaction du public me grise. Elle me donne envie de faire le show, dans tous les sens du terme. Je m'emploie à les divertir dans mon jeu (coup entre les jambes, amorti osé, etc.), mais également par mon comportement. Et c'est évidemment Julien qui en fait les frais. Lui, d'ailleurs, ne manque pas de répondant. Seulement, contrairement à moi, toute cette agitation le tire vers le bas. Plus je brille, plus il rate. Plus je le raille, plus il s'enfonce.

Dans les gradins, les gens ne sont pas dupes. Certains commentaires nous parviennent. Un spectateur compare Julien à James. Un autre l'invective, conspuant son « jeu de merde ». Julien est sur la corde raide. Il commence à envoyer des regards noirs au public, et à répondre à certaines remarques. Exactement le genre de comportement que j'exècre. Que, dans l'intensité de l'effort, nous puissions mal nous parler entre nous, c'est une chose. Mais s'en prendre au public, à celles et ceux sans qui nous ne serions rien ni personne, à celles et ceux qui paient pour venir nous voir… ça, je ne peux pas le tolérer. Au changement de côté, je le fais remarquer à Julien d'un ton sec et autoritaire.

— Sérieusement ? s'offusque-t-il. Tu les excites, tu me cries dessus, tout le monde se fout de ma gueule et moi il faudrait que je reste calme ? Julien le bon petit toutou, hein ? Très peu pour moi. Putain, tu me casses les…

Il laisse sa phrase en suspens. Mais nous savons tous les deux ce qui suivait. Son attaque me dégrise instantanément. C'est comme si j'avais dessaoulé d'un coup. Je me rends compte d'où nous sommes et de ce que nous sommes en train de faire. Ce n'est pas possible ! On ne peut pas montrer un tel visage dans un tournoi aussi important que l'US Open. Je dois me ressaisir. Je ne peux pas continuer à transformer ce match en numéro de cirque. Tant pis si Julien n'est pas capable d'en faire autant. Je ne peux pas me permettre de perdre ce match, et surtout pas de cette façon. Sinon, c'est certain, nous serons la risée du circuit. Je ne laisserai personne se moquer de moi. Pour cette fin de match, je passe en mode *Dark Colleen*. Je ne laisse plus rien au hasard. Si je sens que Julien est mal placé, ou qu'il va se foirer, je prends la balle à sa place sans prévenir. Ça le rend fou, mais comme je gagne les points, il ne peut pas trop manifester son mécontentement. Chez nos adversaires, la fatigue commence à se faire sentir. Je sens que c'est le moment d'accélérer. J'essaie d'exhorter Julien à me suivre. Ça semble marcher, même si je crois que nos raisons diffèrent. Moi, je veux enfoncer le clou et gagner ce match. Lui, il veut juste en finir. Échapper au plus vite aux regards critiques et aux remarques blessantes qui ne cessent de descendre des travées. Mon coup d'accélérateur porte ses fruits : nous remportons finalement le jeu décisif 29 à 27. Et le match avec.

La poignée de main avec nos adversaires est chaleureuse. Ils nous souhaitent bonne chance pour la suite, avec sincérité. Nous saluons l'arbitre, puis le public. Julien fait tout son possible pour ne pas s'attarder sur le court. Il rejoint les vestiaires avant moi. Je prends un peu de temps pour les fans, quelques photos, quelques autographes. Des gens m'interrogent sur Julien, et sur notre drôle de prestation du jour. Je me contente de sourire sans rien répondre. Dans les couloirs, je ne trouve pas Julien. On me fait signe qu'il est déjà parti sous la douche.

Je fulmine. Ce type ne pense toujours qu'à sa gueule. Après une telle performance de sa part, la moindre des choses aurait peut-être été de m'attendre et de me présenter ses excuses. Par sa faute, on a failli se faire sortir dès le premier tour. Sans compter la réputation qu'on risque de se coltiner pendant tout le tournoi, maintenant. Assise sur un banc dans les vestiaires, je me maudis. Je n'aurais jamais dû accepter de participer à ce tournoi avec Julien. J'aurais dû simplement me retirer et me concentrer sur le tableau simple. Tant pis pour l'argent, tant pis pour le public, tant pis pour le titre. Le titre… comme il me paraît bien loin maintenant ! C'est un miracle si nous avons réussi à nous qualifier aujourd'hui. Je ne vois pas comment nous pourrions passer le prochain tour. Mes pensées se tournent naturellement vers James. Comme tout était si simple avec lui ! Je n'ai pas souvenir d'une seule mauvaise parole que nous aurions échangée sur un court. Pourtant, nous avons aussi eu notre lot de matches difficiles ! Mais James sait gérer ses émotions, et se comporte toujours tel le véritable champion qu'il est. Tout le contraire de Julien…

Sur la table de massage, pendant la récupération, je ne parviens pas à me détendre. Julien n'est toujours nulle part en vue. Pourtant, j'aurais bien deux ou trois choses à lui dire. Je ne parviens pas à extérioriser ma frustration. Puisque Julien semble avoir peur de la confrontation, je dois trouver quelqu'un à qui parler.

Débriefer méthodiquement le match avec Rebecca pour repartir de l'avant → vers **CHAPITRE 25** (p. 159)

OU

S'épancher auprès de Lily pour extérioriser le trop-plein d'émotions → vers **CHAPITRE 26** (p. 166)

CHAPITRE 24

« T'en fais pas, respire, on est bien, tu vas y arriver. »

Julien ne demande qu'à bien faire. Je le vois dans les regards qu'il me lance. Mes mots lui ont fait du bien au moral et, depuis, il cherche du soutien auprès de moi. Ses fautes m'agacent de plus en plus, mais j'essaie de rester encourageante, car c'est de ça dont il a besoin. Si je me mettais à lui crier dessus, je suis certaine qu'il dégoupillerait, et ça n'arrangerait certainement pas notre situation. Nous sommes dans le dur. À force de voir Julien rater, je prends moi-même des risques pour tenter des points gagnants, et je n'ai pas le succès escompté. Les regards de Julien semblent vouloir s'excuser, comme si son piètre niveau de jeu du jour pouvait être contagieux. J'essaie de garder mon calme et de ne pas trop en vouloir à Julien. Mais c'est difficile. Il n'écoute pas quand je donne les consignes, et rate des coups qu'on pourrait qualifier d'immanquables. Je sens la colère monter en moi, et je dois faire des efforts surhumains pour ne pas lui aboyer les horreurs que j'ai dans la tête. Malgré tout, nous perdons le deuxième set assez sèchement.

Pendant la pause, je ne fais aucun commentaire. Je n'arrive pas à trouver quoi que ce soit de gentil à dire, alors je préfère me taire. Julien ne parle pas non plus. Mais à la façon qu'il a de bouger ses jambes et ses épaules, je vois bien qu'il est hypertendu, et surtout prêt à exploser. Je vais devoir tenir ma langue si je ne veux pas être à l'origine de la catastrophe. Tout ça commence à me peser énormément. Devoir me concentrer sur mon jeu et mes émotions est une chose, mais si en plus je dois gérer les états d'âme de mon partenaire, ce n'est pas possible. Tout ça me coûte une énergie folle, et ça commence à se ressentir dans mon jeu. Quand l'arbitre annonce la reprise, je souffle un grand coup et rejoins le court au pas de course pour me donner du cœur à l'ouvrage. Nous pouvons encore l'emporter si nous nous en donnons les moyens.

Contrairement aux règles des matches en simple, un match de double mixte où les deux équipes sont à égalité ne se départagent pas dans un troisième et dernier set, mais sur un jeu décisif en 10 points minimum. En d'autres termes : il ne nous reste que quelques points pour nous remettre sur les rails et ne pas nous faire éliminer dès le premier tour.

Malheureusement, le match repart sur les mêmes bases. Plus Julien s'agace, et plus il commet de fautes. Et a priori, il n'est pas le seul à s'agacer. Des rumeurs pas franchement bienveillantes commencent à descendre des travées. Je me crispe. Je n'ai pas l'habitude d'avoir affaire à un public hostile. Quand je joue avec James, les gens sont toujours derrière nous, car c'est un ancien champion avec une cote de popularité très importante. En solo, je n'ai jamais eu ce problème non plus. J'ai une réputation de joueuse sérieuse et aimable, et un classement relativement anecdotique. Personne n'a vraiment de raison de me détester. Jusqu'à aujourd'hui, je crois que je n'avais jamais été sifflée. Enfin, là, les sifflets sont plutôt dirigés vers Julien, mais nous jouons en double, alors j'en prends ma part malgré tout.

Lors d'un changement de côté, un énergumène plus énervé que les autres prend directement Julien à partie. Il parle en français, alors je ne comprends pas ce qu'il lui dit, mais à voir l'expression de Julien, je sais que ce ne sont pas des paroles réconfortantes. Des insultes, probablement ? J'ai peur que Julien ne réponde quelque chose. Mais il parvient à se contenir, et nous reprenons la partie presque comme si de rien n'était. Rapidement, le spectateur mécontent continue de s'en prendre à Julien. Ce dernier est au service, et éprouve quelques difficultés. À chacun de ses services ratés, l'homme dans les travées se permet de faire un commentaire, suffisamment fort pour nous parvenir jusque sur le court. Il est assez malin pour ne pas parler pendant les points, alors, pour l'instant, il n'est pas inquiété. Alors que Julien envoie une nouvelle première balle bien cinquante centimètres derrière le carré de service, l'homme s'exclame à nouveau. Ce que je craignais se produit alors. Julien se déplace vers les tribunes et harangue à son tour le spectateur. Ils échangent des paroles en français, mais je n'ai pas besoin de les comprendre pour saisir que le ton monte et que la discussion n'a rien de cordiale. Les veines du cou de Julien sont tellement gonflées que je crains qu'il n'explose ! Suivant mon intuition, je pose ma raquette et me rapproche de mon partenaire. À la bonne heure ! J'arrive à sa hauteur juste à temps pour retenir son geste. Julien s'apprêtait manifestement à adresser son majeur à son vis-à-vis.

— Julien, je t'en prie, ça n'en vaut pas la peine.

— Mais t'entends ce qu'il me dit ? C'est permis, ça ?!

Il lance à nouveau quelque chose à l'homme du public. Je me place devant lui, les mains sur son torse.

— Vraiment, je pense que l'insulter en retour n'aide pas.

Le contact de mes mains lui fait aussitôt baisser les yeux vers moi. Je prends conscience de ce que je touche, et retire aussitôt mes bras. J'espère que personne ne me voit rougir.

— Qu'est-ce qu'il se passe ?

L'arbitre est descendue de sa chaise et elle est désormais à notre hauteur. Nos adversaires se sont réunis de leur côté du filet pour observer la scène. Julien explique à l'arbitre ce que lui et l'homme dans les gradins se sont dit. Il se plaint que personne ne fasse rien alors que ce type l'insulte copieusement depuis plusieurs points. L'arbitre l'écoute avec attention en hochant la tête. Elle sort son talkie-walkie et demande à la sécurité de faire le nécessaire. Quelques secondes plus tard, le malotru (qui continue de s'égosiller dans un étrange mélange de français et d'anglais) est éconduit du stade. Julien remercie l'arbitre, mais il est toujours rouge de colère. Il doit maintenant se concentrer sur sa deuxième balle de service. Tout comme lui, nos adversaires et moi-même devons nous remettre dans le match après cet incident.

La dynamique semble alors s'inverser. Julien reprend un peu de poil de la bête, tandis qu'en face, la fatigue commence à se faire ressentir. Le jeu décisif s'éternise sans que nous ne parvenions à nous départager. Julien continue de faire des erreurs, mais moins fréquentes. L'autre paire abaisse un peu son niveau de jeu. Je donne alors mon maximum pour pallier les défauts de mon partenaire et enfoncer le clou. Après un match bien plus long que je ne l'avais imaginé, nous gagnons finalement à l'issue de la manche décisive. Pourtant, nous ne fêtons pas la victoire outre mesure. Nous nous tapons dans la main sans entrain, saluons nos adversaires et l'arbitre puis regagnons nos chaises.

Julien ne demande pas son reste et s'en va après un rapide signe de la main vers le public. Il est amer. Si le spectateur le plus bruyant s'est fait virer, Julien n'ignore pas que d'autres se sont moqués de lui pendant le match. Moi, je prends un peu plus de temps avec les fans. Je signe des balles géantes et pose pour quelques selfies. Dans les couloirs, Julien n'est nulle part en vue. On m'indique qu'il est déjà parti à la douche. Je devrais être énervée, mais en réalité, je me sens soulagée. Je n'ai aucune envie de lui parler pour l'instant.

Certes, nous avons gagné, mais cette victoire me laisse aussi un goût amer. Je n'ai pas du tout aimé ce que Julien a montré sur le court aujourd'hui. Outre ses erreurs, c'est surtout son manque d'attention et d'écoute qui m'a déçue. Sait-il seulement que nous sommes censés former une équipe ? Est-ce qu'il cherche à me faire payer mon manque de coopération des premiers jours ? Quoi qu'il en soit, j'ai son attitude en horreur. Le pire dans tout ça a été son comportement avec le public. J'ai détesté sa façon de sortir de ses gonds, de son match, de répondre à un idiot sur le même ton. Pour moi, dans le sport, si on a quelque chose à prouver, il faut que cela passe par le terrain, et uniquement par là. Ce que Julien a montré sur le court aujourd'hui… J'en suis complètement désabusée. Je ne vois pas comment nous pourrions passer le prochain tour après une performance pareille. Dire que j'étais venue ici dans l'idée de conquérir New York… désormais, je risque surtout l'humiliation publique. Et tout ça, c'est la faute de Julien.

Rah ! Je n'arrive pas à me calmer. Je ne veux pas me confronter à mon partenaire tout de suite, mais j'ai absolument besoin de parler de tout ça avec quelqu'un.

Débriefer méthodiquement le match avec Rebecca pour repartir de l'avant → vers **CHAPITRE 25** (p. 159)

OU

S'épancher auprès de Lily pour extérioriser le trop-plein d'émotions → vers **CHAPITRE 26** (p. 166)

CHAPITRE 25

Toujours dans les couloirs, je tombe rapidement sur Rebecca. J'accours vers elle : j'ai tant de choses à lui dire ! Ce match… on n'était vraiment pas loin de la catastrophe. Lorsque j'arrive à sa hauteur, ma coach ne me laisse pas le temps de formuler une seule parole et m'attrape par les épaules.

— Écoute, ma chérie, fait-elle. Tu fais ta récupération normalement, et surtout correctement, et ensuite, tu me rejoins à l'hôtel. Là, on aura tout le loisir de se parler, tu pourras me dire tout ce que tu as sur le cœur, car je vois que tu en as gros, mais dans l'immédiat, l'important, c'est ton physique. Tu fais les massages, tu fais la récup, et après seulement on s'occupe de ce qui se passe là-dedans.

De son index gauche, elle tapote ma tempe. Je vais pour protester, et son doigt se déplace sur ma bouche.

— Ttttt, insiste-t-elle. Récupération, puis discussion. Allez, tchop tchop.

Quand Rebecca est comme ça, inutile d'argumenter. Au fond, en plus, je sais qu'elle a raison. Si on devait éviter la récupération à chaque fois que quelque chose dans un match ne se passe comme prévu : on ne la ferait jamais. Or, c'est primordial si je veux être physiquement au top dans la durée. Notamment pour tenir le choc dans le tableau simple. Je finis donc par obéir.

Avant de retrouver Rebecca, j'essaie de faire le point sur ce que je vais lui dire. Je pourrais la convaincre d'abandonner le double, que tout ça était véritablement une très mauvaise idée (c'est ce que je pense)… mais après le fiasco du match d'aujourd'hui, j'ai peur qu'un abandon précoce après une victoire ne nous rende plus ridicules encore. Perdre sur le terrain, c'est encore perdre la tête haute. Alors puisqu'il est trop tard pour faire machine arrière, je sais ce que je veux demander à Rebecca : des garanties. Des garanties que Julien ne se comportera plus jamais comme ça sur le terrain. Des garanties, aussi, qu'il va travailler, et qu'il a réellement le niveau de jeu qu'on m'avait promis. À l'entraînement, il est bien moins maladroit. Comment cela se fait-il ? Je veux qu'on m'explique. Plus encore, je veux qu'on trouve des solutions.

J'entre dans la chambre d'hôtel de ma coach avec assurance. Comme à son habitude, elle a bougé tous les meubles pour organiser la pièce en une sorte de bureau. Elle me fait signe, et je m'assieds face à elle. Je lui expose le fond de ma pensée et mes besoins de garanties.

— Je ne peux pas continuer comme ça, expliqué-je. Sa nonchalance, ses attitudes, ses accès de colère, sa violence… Ce n'est pas possible en fait. Il ne m'écoute même pas, pendant le match. Alors à quoi ça sert ? Joe et toi n'avez cessé de m'expliquer que maintenant, on formait une équipe, que c'était important que je le soutienne, ou je ne sais encore quelle connerie du genre. Mais lui en retour, il fait quoi ? Si on est une équipe, alors ça devrait aller dans les deux sens. Je devrais avoir du soutien de sa part. On n'arrête pas de me demander d'être plus conciliante, de mettre un peu d'eau dans mon vin, pendant qu'on lui cède tous ses caprices ! Ce n'est pas mon idée d'un partenariat.

Et si tu veux mon avis, si rien ne change, on va droit dans le mur, et c'est l'élimination dès le deuxième tour !

Rebecca m'a écoutée, coudes sur la table, mains jointes devant son visage. Lorsque j'ai fini, elle se renfonce dans son siège et réfléchit un instant.

— Vous avez joué combien de temps, en double, avec James ? demande-t-elle finalement.

— Euh, je crois que ça ne fait pas loin de huit ans, mais je ne vois pas le rapp…

— Au bout de combien de temps avez-vous gagné votre premier titre ? me coupe-t-elle.

— Pas avant la fin de la première année, je soupire. Mais ça n'a rien à voir. Avec James, il y a toujours eu une connexion. On a toujours donné le meilleur de nous-mêmes en match !

— Comment tu te sentais, le jour où vous avez joué officiellement ensemble pour la première fois ? poursuit Rebecca.

Je ne vois absolument pas où elle veut en venir. Mais têtue comme elle est, j'ai intérêt à lui répondre, et avec honnêteté, si je veux pouvoir en placer une par la suite.

— J'étais stressée ! Lui, c'était un monument du tennis, un ancien numéro 1 avec une palanquée de titres et de Grand Chelem à son actif. Je me sentais toute petite ! Je me souviens avoir commis des fautes comme jamais auparav… Oh.

Ça y est. Là, je vois où elle veut en venir. Elle hoche la tête en souriant.

— Tu ne penses pas que c'est ce que pourrait ressentir Julien ? m'interroge-t-elle. Toi, en double mixte, tu n'as pour ainsi dire plus rien à prouver. Deux Grands Chelems, l'or olympique… ça peut être intimidant, tu ne penses pas ? Alors, il est comme toi lors de tes premiers matches avec James : il pense que la défaite ne peut venir que de lui. Il se met la pression et… il déjoue. C'est humain, je crois.

Je me sens un peu honteuse, mais je me ressaisis vite. Moi, quand j'ai commencé avec James, j'étais encore une gamine, presque une débutante sur le circuit professionnel. Pour Julien, ce n'est pas du tout le cas. Plus je réfléchis et moins je suis convaincue par les arguments de Rebecca. Je ne vois pas du tout en quoi nos situations sont comparables. Non, le problème principal de Julien, c'est son sale caractère.

— Dans cette histoire, c'est toi le mentor, maintenant, poursuit Rebecca. Tu as l'expérience, et il faut que tu trouves le moyen de la transmettre à Julien, pour que vous en profitiez tous les deux.

— Ce serait plus facile s'il écoutait, argué-je.

Rebecca fouette l'air de la main.

— Je n'ai pas dit que tu étais la seule à avoir du travail. Il faut que Julien apprenne à accepter les mains qu'on lui tend. Jusqu'ici, c'est son plus gros problème. Tous ses précédents coaches l'ont lâché à cause de ça. Mais il en est conscient, et je sais, je vois qu'il est en train de changer. Bien sûr, ça ne se fait pas du jour au lendemain.

— Tout pour l'enfant prodigue, en somme ! conclus-je.

Je ris de dépit. Rebecca affiche une mine déçue.

— Depuis tout ce temps, je pensais que tu me connaissais un peu mieux que ça. Et surtout, que tu me faisais confiance.

Je fronce les sourcils, interloquée.

— Je te l'ai déjà dit, précise-t-elle, mais je vais le répéter : si j'ai accepté ce projet, si j'ai proposé ce binôme, c'est que je suis convaincue que tu peux également en retirer quelque chose.

— Un ulcère, certainement, raillé-je.

Rebecca sourit mais de manière forcée – elle ne goûte pas vraiment mon cynisme.

— Depuis que nous travaillons ensemble, déclare Rebecca dans un soupir, j'ai remarqué que… tu n'aimais pas vraiment le changement. Certains diront que tu es fidèle et droite, ce qui est une qualité, mais je pense que, dans ton cas, c'est parfois un peu poussé à l'extrême. Le match d'aujourd'hui en est l'exemple même. Tu t'attendais à un match facile, à un partenaire qui joue à son niveau. Mais rien ne s'est passé comme prévu. Et plutôt que de changer de tactique, d'angle d'attaque, ou que sais-je… Tu préfères blâmer Julien.

— Mais… commencé-je, outrée.

Rebecca ne me laisse pas poursuivre.

— Je sais, je sais, concède-t-elle, si on regarde les statistiques, on pense comme toi : Julien a été mauvais. Et, je ne te donne pas complètement tort. Ton erreur, à mon avis, a été de t'arrêter à cet état de fait. Julien n'est pas au niveau, point à la ligne. Tu as essayé de combler ses maladresses et, tant mieux pour vous deux, ça a suffi aujourd'hui. Mais qu'aurait fait James, si toi tu avais été dans la même situation que Julien ?

Elle fait une pause, comme pour me laisser le temps de réfléchir.

— C'est comme ça que tu dois penser maintenant. C'est ça, que tu dois améliorer, en double comme en simple. Qu'est-ce qu'on fait quand ça déraille ? Quand le plan de jeu initial ne marche pas ? Quand les qualités habituelles font défaut ? Tu es parfois trop scolaire. Tu veux toujours bien faire. Je pense que Julien peut t'apporter ça, une plus grande souplesse dans ta vision des choses. Apprendre à faire place à l'imprévu. À lâcher du lest. Quand on n'arrive pas à bien jouer, il faut savoir faire le dos rond, et gagner même en jouant salement. Tu vois ce que je veux dire ?

J'acquiesce. Je ne vais pas mentir, ça pique et j'ai un peu de mal à encaisser ce que Rebecca me dit. J'ai du mal à comprendre comment « vouloir bien faire » pourrait être une « mauvaise » chose. En revanche, elle a raison : j'ai dû mal à réagir rapidement quand la stratégie initiale ne s'avère pas payante. Il m'arrive souvent de m'entêter et de poursuivre sur le plan de jeu, même quand celui-ci ne fonctionne clairement pas. Au fond, je suis d'accord avec l'analyse de Rebecca, mais pas vraiment avec sa solution. Julien, ce n'est pas tellement qu'il « fait place à l'imprévu », c'est juste qu'il est une cata ambulante. Il ne s'adapte pas à la situation, il se laisse submerger par ses émotions et finit par faire n'importe quoi. Je quitte la chambre-bureau de Rebecca avec un sentiment mitigé. Je suis rassurée de voir ma coach aussi concernée par la situation. Elle m'a promis de parler à Julien, et de tout mettre en œuvre pour que le prochain match ne soit pas une telle panacée. Malheureusement, si Julien n'y met pas du sien, tous les efforts que Rebecca, Joe, moi et tous les autres pourrons faire ne serviront à rien !

De retour dans ma chambre, je lance une série sur mon ordinateur pour essayer de me détendre. Assez vite, je me rends compte que mon esprit vagabonde et que je ne suis pas grand-chose. Je reviens sans cesse en arrière pour revoir les scènes que j'ai manquées. Quand l'héroïne pose finalement ses lèvres sur celles du *love interest*, le visage de Julien s'imprime sans crier gare sur ma rétine et je ferme brutalement mon ordinateur portable. Sans trop comprendre ce qui m'arrive, j'ai le cœur qui tambourine dans ma poitrine, aussi vite qu'un retour long de ligne. Je repense pêle-mêle aux coups de sang de Julien, et au feu qui me mord parfois les joues quand je l'observe et qu'il ne me voit pas. Peu habituée à ce genre d'émotion, je décide d'aller marcher un peu dans le parc près de l'hôtel. Musique à fond dans mes écouteurs, je reste focus sur ma respiration et tâche de ne penser à rien d'autre. L'US Open est le dernier tournoi majeur de ma saison, je ne dois rien laisser au hasard. Je me demande quelle stratégie serait la meilleure pour me permettre de me frayer un chemin vers la réussite…

Se concentrer sur son entrée en lice en simple
→ vers **CHAPITRE 27** (p. 173)
OU
Étudier avec précision le tableau mixte
→ vers **CHAPITRE 28** (p. 178)

CHAPITRE 26

Avant de m'atteler à la récupération, j'attrape mon téléphone et écris à Lily.

Colleen
T'es dispo ?

Lily
Je comptais aller faire du shopping ! Cette ville est dingue !! 🤩

Colleen
Je peux te rejoindre qque part ? D'ici 1 h ?

Lily
Pile à l'heure pour une collation. Je trouve un endroit et je t'envoie l'adresse. OK ?

Colleen
Ça roule !

Lily
Girlssss night !!

Je remets mon portable dans mon sac et me dirige vers la table de massage. Lily est incorrigible ! Évidemment qu'elle est déjà dans un taxi direction les grands magasins new-yorkais ! Je ne devrais pas me moquer. Chaque fois qu'elle m'accompagne sur un tournoi, elle assiste à tous mes matches, bien qu'elle n'ait plus vraiment d'attrait pour le tennis. Aujourd'hui n'a pas fait figure d'exception et j'ai aperçu ma meilleure amie dans les tribunes. Au moins, elle n'a pas dû trop s'ennuyer, cette fois…

Je retrouve Lily dans un bar à salade à la déco passe-partout ambiance ferraille, cuivre et jungle. Le bois clair des tables, du bar et du parquet est réchauffé par les couleurs cuivrées des chaises en métal et des luminaires qui descendent directement d'un plafond de béton noir profond. Une végétation dense et presque vert fluo emplit la pièce pratiquement du sol au plafond dans une atmosphère qui se veut branchée. À force de voir ce type de décoration dans toutes les grandes villes du monde, j'ai fini par m'en lasser. Je reporte mon attention sur la carte.

Mon amie commande une salade dans laquelle il y a tellement de poulet, de sauce et de fromage que je me demande même si c'est légal d'appeler ça une salade. Je prends seulement une infusion, que j'ai bien du mal à terminer : je viens déjà de m'enfiler une bouteille entière de la mixture « spéciale récup » d'Aurelia. Lily qui était dans les gradins revient avec un plaisir non feint sur les événements extra-sportifs qui ont émaillé mon premier match officiel avec Julien depuis notre titre commun il y a dix ans.

— Non mais franchement, m'agacé-je, c'est quoi ce comportement ? Ne pas être capable de gérer ses émotions, à son âge, ça frise le ridicule !

— Il te fait de l'effet, on dirait, raille Lily.

— Qu'est-ce que tu veux dire par là ?

Je réponds un peu sur la défensive.

— Regarde-toi, tu es dans tous tes états ! Est-ce que tu ne devrais pas prendre du recul par rapport à tout ça ?

— Mais Lily ! T'étais là, non ? T'as vu ce qu'il s'est passé ! Tu te rends compte de l'enfer qu'il me fait vivre depuis quelques semaines ? Entre la conférence de presse à Cincinnati, ses accès de colère et son comportement aujourd'hui en match ! C'est normal que je sois énervée, non ?

Mon amie hausse les épaules.

— Ce que je veux dire, c'est que d'habitude, tu ne perds pas ton sang-froid aussi facilement. Et surtout pas quand il s'agit de tennis, estime-t-elle.

— Où est-ce que tu veux en venir ?

Là, j'ai carrément aboyé. Lily me connaît bien, et elle ne se formalise pas.

— Je ne sais pas… Disons que Julien et toi… Vous avez un passif, quand même !

Je saisis son sous-entendu et me fais violence pour ne pas m'emporter.

— Un passif ? répété-je. Tu veux dire, la fois où il a failli me traîner dans la boue avec lui parce qu'il a jugé bon de se doper au moment où sa carrière était en train de décoller ?

— Je ne parlais pas de ça.

— Ah, et de quoi, alors ?

Je veux l'entendre le dire… pour pouvoir lui prouver qu'elle n'a vraiment rien compris !

— Ben, Colleen, quand même ! À l'époque, tu en pinçais carrément pour lui !

J'étais certaine qu'elle voulait en venir là. Je suis presque déçue de mon amie. Je lui parle de ma carrière, de comment cet homme semble vouloir s'acharner à la saboter, et elle me parle d'amourette ?

— C'était un crush de gamine ! Ça n'a rien à voir ! Là je te parle de l'US Open, d'un tournoi déterminant pour la suite de ma carrière, au terme d'une très bonne saison pour moi. Je ne peux pas le laisser me gâcher ça ! Pourquoi tu prends toujours sa défense comme ça ?

Ma réponse est très sèche, et je m'arrête juste à temps pour ne pas lancer à Lily quelque parole que je pourrais regretter sur sa propre gestion désastreuse des relations amoureuses.

— Excuse-moi, fait Lily. J'ai juste toujours trouvé que vous alliez tellement bien ensemble, et que toute cette histoire n'était qu'un immense gâchis ! D'un point de vue tennistique, je ne peux pas vraiment t'aider. Après, pour ce qui est de l'humain… Tu dis que je n'arrête pas de le défendre, mais moi, je trouve que tu ne le défends pas assez. Vous n'êtes pas censés former une équipe ? Depuis tout à l'heure, tu ne fais que le descendre et le critiquer.

— J'ai tout essayé ! m'indigné-je. Je lui ai parlé gentiment, j'ai essayé de provoquer un électrochoc… y a rien à faire ! Non franchement je me demande s'il ne fait pas juste exprès. S'il n'a pas simplement été envoyé sur cette terre pour me mettre à l'épreuve !

J'ai parlé un peu fort, alors que le silence se faisait dans le restaurant. De nombreux yeux se sont tournés vers nous. Oups.

Lily laisse échapper un rire cristallin.

— Tu m'as l'air bien tendue, ma pauvre, allons marcher un peu !

Dehors, le soleil new-yorkais est toujours aussi suffocant et l'air humide. J'explique à Lily que je devrais probablement rentrer à l'hôtel pour reprendre ma routine et préparer la suite du tournoi. Mais nous sommes si près de Central Park que ma meilleure amie me convainc de faire une petite promenade avant d'y retourner. Comme bien souvent, elle a raison. Marcher au milieu de la végétation me fait du bien.

Nous progressons dans cet écrin de verdure hors du temps et de la ville bras dessus bras dessous. À l'autre bras de Lily pendent ses nombreux sacs de shopping (je n'en reviens pas qu'elle ait pu acheter tout ça durant le peu de temps qu'a duré ma récupération !). Je souris. Elle et moi sommes si peu accordées. Elisabeth Marianne Charlotte Bellingham, ma Lily, est une petite rousse aux yeux clairs et malicieux. Elle porte toujours des vêtements près du corps qui laissent deviner ses formes arrondies. Aujourd'hui, un simple combishort à fleurs, d'une matière assez fluide, qui découvre ses cuisses musclées et ses larges mollets, seuls restes de sa brève carrière d'athlète. Je connais des tas de filles que ces rondeurs gêneraient, mais ça n'a jamais été le cas de Lily. Elle n'a jamais eu honte de ses épais mollets ni de son ventre dodu. Elle dégage sans arrêt une confiance en elle et en son corps que je n'ai personnellement jamais éprouvée en dehors d'un court de tennis. Dans la vie de tous les jours, je suis plutôt du genre à cacher mes bras, mes jambes et mes fesses dans des vêtements de sport assez amples. Pourtant, j'ai le physique typique d'une joueuse de tennis : grande, fine, élancée, et je coche la plupart des cases des standards de beauté. Mais en dehors des terrains, c'est plus fort que moi, je n'ai aucune confiance en moi. Les habits sportswear m'aident en quelque sorte à me sentir mieux, je reste dans mon personnage de sportive derrière lequel je me cache sans arrêt. Nos physiques et nos styles dépareillés ne sont pas la seule chose qui nous sépare, Lily et moi, loin s'en faut. Mon amie est du genre hyper exubérante, avec une tonne d'amis, et un agenda rempli à ras bord des semaines à l'avance. Une fêtarde invétérée qui se lasse rapidement et des choses, et des jobs et des gens. Sauf de moi, apparemment. De mon côté, je compte mes proches sur les doigts de mes deux mains et, en dehors du tennis et de ma carrière, je ne me laisse pas tenter par grand-chose. Je déteste le changement, la nouveauté et les surprises.

Lily et moi sommes pour ainsi comme chien et chat, et pourtant, devenues, avec le temps, complètement inséparables. Malgré nos – grandes et nombreuses – différences, il n'y a personne au monde qui me connaît ni me comprend autant que Lily. Elle sait lire dans mes non-dits, anticiper mes besoins, calmer mes angoisses. De mon côté, je suis une oreille attentive à toutes ses aventures et Dieu sait qu'elles sont nombreuses ! Car elle sait que, quoi qu'il arrive, je ne la jugerai jamais. Je l'ai soutenue quand elle a décidé de tout quitter pour vivre et travailler en Chine. Comme je l'ai soutenue à nouveau quand elle est rentrée à Londres moins de trois semaines après. Cette complicité avec Lily, habituellement, c'est ma bulle d'air. J'ai parfois l'impression que mon amie est le dernier lien qui me rattache à la vraie vie, c'est-à-dire celle en dehors des balles jaunes et du circuit WTA.

Pourtant, alors qu'elle m'embrasse à la porte de mon taxi, je ressens comme un pincement au cœur. Si Lily n'arrête pas de faire allusion à Julien, à sa plastique parfaite, son accent frenchie et mon crush de jeunesse, ce n'est pas sans raison. Elle a dû voir quelque chose dans mon attitude qui confirme ses soupçons. Après avoir remarqué mon agacement, elle n'a plus évoqué le sujet. Mais je la connais. Elle a peut-être déjà quelque chose derrière la tête. Et ça, ça ne me dit rien qui vaille. Après tout, je déteste les surprises. Davantage encore celles de Lily…

De retour à l'hôtel, je décide de me reconcentrer sur le sportif. C'est encore la meilleure chose à faire pour me détendre. Quand je suis focalisée sur le tennis, je ne pense à rien d'autre. Plus rien n'existe autour de moi et je ressens une forme de plénitude. Mais par où commencer ?

Se concentrer sur son entrée en lice en simple
→ vers **CHAPITRE 27** (p. 173)

OU

Étudier avec précision le tableau mixte
→ vers **CHAPITRE 28** (p. 178)

CHAPITRE 27

De retour dans ma chambre d'hôtel, je me change et me mets en tenue de tennis. Aurelia m'a confirmé qu'un terrain d'entraînement était disponible. Je la retrouve en compagnie de Rebecca, dans un taxi, quelques minutes plus tard.

— L'idée, aujourd'hui, commence Aurelia alors que nous sommes sur le court, c'est seulement d'obtenir quelques sensations. Pas d'accélérations insensées, pas de service à la vitesse de la lumière, on maintient ton corps à une bonne température, on s'habitue à l'effort, on tape dans la balle. Simple. Tu as joué un long match tout à l'heure, alors n'abîme pas trop ton outil de travail, OK ?

À ces mots, elle s'installe face à moi, de l'autre côté du filet. Rebecca prend place dans les gradins, un peu en hauteur avec son vieux carnet rose. C'est là qu'elle note toutes ses impressions pendant mes entraînements et mes matches. Certaines de ces impressions demeurent dans le carnet, tandis que d'autres donnent lieu à de nouvelles idées, de nouvelles tactiques.

L'entraînement avec Aurelia n'est, comme prévu, pas d'une haute intensité. Juste de quoi reprendre mes marques avant le match de demain. Elle me fait courir un peu d'un bout à l'autre de la ligne de fond de court, me place quelques amortis juste devant le filet. Ensuite, je m'entraîne au service, puis Aurelia me fait pratiquer quelques coups droits croisés qui, d'après Rebecca, pourront être la clef du match demain, face à une adversaire qui a bien du mal de ce côté.

Au moment de la pause, je bois un peu et attrape machinalement mon téléphone. Lily m'a écrit.

Lily
Le tournoi démarre tout juste mais tu es déjà une STAR dans la presse !

Juste en dessous, un lien pointant vers un article du *Sun*. Je fronce les sourcils. Être dans le *Sun*, à part lorsque l'on vient de gagner un titre ou un match spectaculaire, ça n'est pas forcément bon signe. Je clique quand même. « *US Open : Colleen Brown et Julien Masson, une paire tout feu tout flamme* ». L'article est assez long. Je jette un œil derrière moi, dans les gradins, où Rebecca et Aurelia sont toujours en pleine discussion. J'ai le temps de parcourir l'article. Ce dernier s'ouvre sur mes résultats exceptionnels en double cette saison, avec James, mon acolyte de toujours. Puis la journaliste brosse rapidement mon portrait : une joueuse sérieuse, sacrée en double mixte, mais toujours à la peine en simple. J'ai beau le savoir, cela pique quand même de le voir déclaré noir sur blanc par quelqu'un d'autre que moi. La suite s'étonne d'abord de mon nouveau choix de partenaire (ici, il y a le portrait de « *Julien : l'étoile montante puis déchue du tennis français* ») avant de rappeler que notre binôme, s'il peut paraître inattendu, n'est pas tout à fait inédit. C'est là que ma respiration se coupe pendant une longue seconde. L'article est illustré par une photo. Une photo de Julien et moi, respectivement 18 et 16 ans, soulevant le trophée du tournoi que nous venions juste de remporter. J'avais complètement oublié l'existence de cette photo. Ni Julien ni moi ne regardons la coupe que pourtant nous levons ensemble. Nos regards sont plongés l'un dans l'autre. Dans mes yeux, je reconnais l'admiration et les sentiments que je nourrissais pour lui. Mais qu'y a-t-il dans les siens ? De la fierté ? De la reconnaissance ? De l'amitié ? Ou bien un peu plus que cela… La Colleen de l'époque brûlait de le savoir. Aujourd'hui, tant de choses ont changé.

— On reprend ? demande Aurelia en arrivant à ma hauteur.

Je sursaute, et bondis hors de ma chaise.

— Ça va ? m'interroge ma préparatrice. T'as l'air bizarre.

— Ouais… j'étais… dans mes pensées, c'est tout !

— Eh bien, quoi que ce soit, tu laisses ça dans ton sac et tu fais corps avec ta raquette ! OK ?

Je hoche la tête et cours reprendre ma place derrière la ligne pour la dernière partie de l'entraînement.

De retour à l'hôtel, j'ai récupéré mon téléphone, mon sac et les pensées rangés dedans. Alors que j'essaie de remettre un peu d'ordre dans ma tête, le *Sun* et Julien s'invitent dans mon esprit. Assise en tailleur sur mon lit, je prends le temps de lire l'article au complet. Et je me prends à grogner tout haut. La journaliste est pleine de complaisance pour Julien (pas étonnant que l'article ait plu à Lily !) et décrit, sans même s'en cacher, un possible début de romance entre Julien et moi. Ça me rend folle ! Alors, sans doute, la vieille photo parle d'elle-même, il y aurait *pu* avoir quelque chose. Mais c'était avant la trahison, le dopage, tout ! L'article nous décrit comme feu et glace sur le terrain : évidemment, le froid, c'est toujours moi qui le jette, pendant que Julien n'est qu'un talent bouillonnant qui s'ignore ! Je ne comprends pas que personne ne voie à quel point cette incompatibilité, que tout le monde a pu observer sur le terrain, est encore pire dans la vie ? Comment peut-on imaginer que le comportement colérique de Julien puisse m'inspirer autre chose qu'une profonde haine ? Je me maudis de cette attirance physique qui me pourrit la vie. Tout serait tellement plus simple si je détestais son corps autant que tout le reste ! Je balance mon téléphone à l'autre bout du lit. Je dois garder la tête froide pour mon match de demain. Je commande mon dîner directement dans ma chambre et me couche ensuite encore plus tôt que les poules, en essayant de ne pas ressasser l'article et la colère qu'il a fait naître en moi.

Le lendemain matin, dès le réveil, je me lance dans ma routine pré-match et ne vois pas le temps passer. Je me présente sur le court avec l'envie d'en découdre : je veux faire oublier la pseudo-débâcle en double hier. Cette fois, je ne vais rien laisser au hasard. Mon adversaire est une jeune Américaine qui a reçu une invitation. Elle n'a encore jamais battu aucune joueuse de mon rang et paraît tout de suite très impressionnée par l'environnement qu'elle découvre. Rebecca et moi avons bien revu ses faiblesses ce matin, et je compte n'en faire qu'une bouchée.

Le match passe en un battement de cils. Surmotivée, je n'ai laissé aucune chance à mon adversaire et je rentre aux vestiaires avec une victoire rapide et sans appel : 6-2, 6-2. Durant la conférence de presse d'après-match, je reçois avec plaisir les compliments des journalistes, même si nous nous accordons pour dire qu'en fin de compte, ce résultat est « logique ». Juste avant que je ne quitte la salle, une journaliste me glisse qu'elle espère que Julien fera aussi bien pour son entrée en lice en solo. En jetant un coup d'œil à mon smartphone, je réalise que le match du Français vient tout juste de débuter, à seulement quelques pas d'ici. J'hésite un instant. De Rebecca aux journalistes en passant par Joe et Lily, tout le monde semble s'accorder à dire que je devrais soutenir plus Julien, et me comporter davantage comme une coéquipière. Je fais la moue. Si je les écoute, alors je devrais sans doute me montrer dans les gradins. C'est probablement ce qu'on attend de moi en tant que partenaire. Après tout, je le faisais souvent avec James, et je sais que ça lui faisait toujours plaisir. La réciproque était vraie, bien entendu. Si Julien n'était pas à mon match aujourd'hui, c'est simplement parce que son propre planning de jeu ne le lui permettait pas. En même temps… je ne suis pas certaine d'avoir envie de le voir briser une énième raquette ou insulter le public. Je pourrais très bien regarder son match d'un œil, depuis la salle de sport, avec le son coupé !

Soutenir Julien et aller voir son match depuis le stade
→ vers **CHAPITRE 29** (p. 182)

OU Faire normalement sa phase de récupération et regarder le match de Julien depuis la salle de sport
→ vers **CHAPITRE 30** (p. 185)

CHAPITRE 28

De retour dans ma chambre d'hôtel, j'attrape des feuilles et des stylos et m'installe sur mon lit. Sur chaque papier, j'inscris le nom de nos adversaires potentiels en double mixte, jusqu'en finale, et m'attèle à noter leurs points forts et leurs faiblesses. Je dispose ensuite cette ébauche de tableau final tout autour de moi sur la couverture. Je passe les paires en revue une par une.

Il n'y a pas moyen.

Je ne vois pas comment, avec ce que nous avons montré sur le terrain, nous pouvons ne serait-ce qu'espérer challenger un des binômes étalés devant moi. Il faudrait que Julien muscle drastiquement son jeu, et que nos automatismes fonctionnent... ailleurs qu'à l'entraînement contre nos deux coaches presque soixantenaires. Je me laisse tomber en arrière sur la pile démesurée d'oreillers installée par l'hôtel. Bien malgré moi, mon cerveau me ramène dix ans en arrière, à l'époque où, après un tournoi d'anthologie, Julien et moi remportions notre premier trophée en double mixte dans l'enceinte même de l'Académie qui nous avait formés. Je n'avais que 16 ans, mais ce jour-là, je m'étais sentie invincible. Je souriais aux photographes, venus assez nombreux assister au match du jeune prodige français. J'étais heureuse, pleine d'assurance. Je venais de gagner, chez moi, un titre important auprès de celui que je m'imaginais déjà épouser dans les années à venir.

Quelle connerie ! En quelques semaines à peine, toute cette confiance avait été balayée. La photo de ce jour mémorable avait été accrochée dans ma chambre dès le surlendemain. Je l'y arrachai à pleine main à la seconde où j'appris la suspension pour dopage de Julien. Je me demande si cette photo existe encore. Si on peut la retrouver, quelque part. Machinalement, je sors mon téléphone et tape nos deux noms dans la barre de recherches images. La photo sort en premier résultat. Étonnant. Je l'affiche en grand, et mon cœur rate un battement. Je trouve la Colleen d'il y a dix ans, si naïve, si pleine d'espoir… si amoureuse ? Julien a l'air heureux aussi. Il sourit. Il me sourit. Tel que je ne l'ai jamais vu sourire depuis. Je me demande si lui aussi, à l'époque… Un détail m'arrête là dans mes réflexions. Sous la photo, le crédit renvoie vers un article du *Sun*. Je peux me tromper, mais il ne me semble pas qu'à l'époque l'un des plus grands quotidiens anglais ait daigné consacrer un papier au double mixte d'un tournoi, certes réputé chez les connaisseurs, mais très peu connu du grand public. Perplexe, je fronce les sourcils et clique sur le lien. Deuxième source d'étonnement (et renforcement du froncement de sourcils) : l'article est daté d'aujourd'hui. Je découvre son titre : *« US Open : Colleen Brown et Julien Masson, une paire tout feu tout flamme »*. Je peste tout haut : qu'est-ce que c'est que ces conneries ? Ma colère ne s'arrange pas au fur et à mesure de ma progression dans l'article. La journaliste nous présente Julien et moi, avec beaucoup de complaisance pour le Français, et de sévérité à mon égard. Elle me fait passer pour une fille complètement froide et insensible aux déboires de son partenaire qui, elle le rappelle ensuite, m'a pourtant permis de remporter mon tout premier vrai titre sur la scène internationale. J'enrage ! Non seulement la journaliste se permet de laisser entendre qu'il pourrait y avoir *plus* entre Julien et moi qu'un partenariat tennistique, mais elle essaie même de faire passer le Français pour celui qui a lancé ma carrière ! L'article, en réalité, ne repose que sur ça. Il évoque comment j'ai réussi dans le tennis grâce à deux hommes, Julien d'abord, James ensuite. Tout mon travail, tous mes choix, mes sacrifices, tout ça est balayé d'un revers de main, et tout le crédit revient à Julien parce que, soi-disant, il aurait cru en moi le premier. Toujours d'après l'article, il serait désormais de bon ton que je lui rende la pareille. Je fulmine, et sens la colère bouillir en moi ! J'en ai assez de ce discours qui fait sans cesse de Julien la victime. Pourquoi est-ce que personne ne se rend compte d'à quel point il est détestable ? Hautain ? Sans parler de sa propension pour la tricherie et les mensonges ? Alors quoi, monsieur est beau gosse et on lui promettait un brillant avenir, ce qui serait deux choses suffisantes pour l'absoudre de tout le reste ? Chaque jour, je déteste un peu plus l'attirance physique que j'éprouve pour lui. Qu'il serait aisé de le haïr si son minois m'inspirait autant d'aversion que son comportement !

De rage, je balance mon téléphone à l'autre bout du lit et ramasse tous mes papiers que je déchire et jette à la poubelle sans un dernier regard. Pour me calmer, je décide d'aller faire un léger footing. J'ai besoin de me vider la tête, et de penser à moi. Je joue mon premier tour en simple demain, et je ne devrais pas me laisser distraire par un article racoleur.

Le lendemain matin, dès le réveil, je me lance dans ma routine pré-match et ne vois pas le temps passer. Je me présente sur le court avec l'envie d'en découdre : je veux faire oublier la pseudo-débâcle en double hier. Cette fois, je ne vais rien laisser au hasard. Mon adversaire est une jeune Américaine qui a reçu une invitation. Elle n'a encore jamais battu aucune joueuse de mon rang et paraît tout de suite très impressionnée par l'environnement qu'elle découvre. Rebecca et moi avons bien revu ses faiblesses ce matin, et je compte la dévorer toute crue. Le match passe en un battement de cils. Surmotivée, je n'ai laissé aucune chance à mon adversaire et je rentre aux vestiaires avec une victoire rapide et sans appel : 6-2, 6-2. Durant la conférence de presse d'après-match, je reçois avec plaisir les compliments des journalistes, même si nous nous accordons pour dire qu'en fin de compte, ce résultat est « logique ». Juste avant que je ne quitte la salle, une journaliste me glisse qu'elle espère que Julien fera aussi bien pour son entrée en lice en solo. En jetant un coup d'œil à mon smartphone, je réalise que le match du Français vient tout juste de débuter, à seulement quelques pas d'ici. J'hésite un instant. De Rebecca aux journalistes en passant par Joe et Lily, tout le monde semble s'accorder à dire que je devrais soutenir plus Julien, et me comporter davantage comme une coéquipière. Je fais la moue. Si je les écoute, alors je devrais sans doute me montrer dans les gradins. C'est probablement ce qu'on attend de moi en tant que partenaire. Après tout, je le faisais souvent avec James, et je sais que ça lui faisait toujours plaisir. La réciproque était vraie, bien entendu. Si Julien n'était pas à mon match aujourd'hui, c'est simplement parce que son propre planning de jeu ne le lui permettait pas. En même temps… je ne suis pas certaine d'avoir envie de le voir briser une énième raquette ou insulter le public. Je pourrais très bien regarder son match d'un œil, depuis la salle de sport, avec le son coupé !

Soutenir Julien et aller voir son match depuis le stade
→ vers **CHAPITRE 29** (p. 182)

OU Faire normalement sa phase de récupération et regarder le match de Julien depuis la salle de sport
→ vers **CHAPITRE 30** (p. 185)

CHAPITRE 29

Comme il est de coutume, on m'autorise à entrer dans le stade lors d'un changement de côté. Julien, compte tenu de son classement, a eu un tirage assez heureux : il n'est pas contre une tête de série. C'est une chance pour lui de se qualifier. La contrepartie, c'est qu'il joue sur l'un des petits courts annexes, le genre où vous entendez les annonces des arbitres et les clameurs des stades d'à côté. L'accès à ces courts-là est souvent offert pour l'achat de billets prisés, aussi, il y a quand même un peu de monde dans les travées. Je me faufile pour trouver une place un peu à l'écart, à mi-hauteur. Le match n'est commencé que depuis quelques jeux, et pour l'instant ni Julien ni son adversaire n'a encore pris l'avantage. Tout est possible. Le joueur en face a l'air – objectivement – d'être à un meilleur niveau, mais Julien se bat comme un lion sur chaque point. Par rapport au double, il est méconnaissable. Sa combativité est tellement contagieuse, que je me surprends à serrer les poings avec lui, prête à me lever de mon siège lorsqu'il marque un point âprement disputé. Sur certains échanges, on peut même entrevoir le Julien qui faisait couler tant d'encre dans sa jeunesse, celui à qui on prédisait tous les succès. Et puis, quelques secondes plus tard, un geste réalisé à la va-vite et l'agacement qui suit rappellent à la réalité de l'espoir déçu. Le Français s'accroche, et après un jeu de service disputé, il recolle à 6-6. Sur un tie-break, tout est possible. Je sens mon rythme cardiaque s'accélérer.

Au changement de côté, après s'être épongé le front, Julien croise mon regard. Je suis assez loin, mais je crois déceler d'abord un sourire sur son visage. Puis, d'un coup, il redevient grave. Je n'ai pas le loisir de l'observer davantage : l'arbitre annonce la reprise. Dès le début du jeu décisif, le Français se métamorphose.

Et pas dans le bon sens.

Son adversaire n'avait même pas enclenché son service que Julien me semblait déjà tendu. Ça n'a pas raté : le retour a fini droit dans le filet. Ensuite, sur sa propre mise en jeu, son bras est moins assuré, moins vif. Aucun de ses services n'est très compliqué à renvoyer. Plus il perd, plus Julien s'agace. Il invective son box où se trouvent Joe, Max et Rebecca. Parfois, j'ai la sensation qu'il jette derrière son épaule un regard dans ma direction. Et ces regards n'ont rien d'amicaux, comme si ma présence le courrouçait au plus haut point. Pour qui il se prend à la fin ? Joe, Rebecca et moi, si nous sommes là, c'est avant tout pour l'aider et le soutenir. Et comment nous remercie-t-il ? Par des cris et des regards noirs ? Je me renfonce dans mon siège, jambes et bras croisés. Julien perd le tie-break 7 points à 2, et ça ne me fait ni chaud ni froid. Il n'a que ce qu'il mérite.

Consciente que quitter le stade maintenant ne ferait que donner du grain à moudre à la presse et à nos détracteurs, je décide de rester. J'aperçois des journalistes, et je sais qu'eux aussi m'ont vue, alors j'essaie de donner le change et de ne pas avoir l'air complètement désintéressée de ce qui se passe sur le terrain. Je n'en fais pas trop non plus. Je n'ai pas envie de voir une nouvelle photo de moi dans le *Sun* avec une légende sous-entendant que je suis venue soutenir mon *boyfriend* sur le court. Rien que d'y penser, ça me file la nausée.

Heureusement pour moi, et malheureusement sans doute pour Julien, mon calvaire, et le sien, sont de courte durée. Son adversaire finit le travail en remportant facilement les deux sets suivants, 6-3, 6-2. Je ne demande pas mon reste et quitte le stade dès le match terminé, sans un regard en arrière pour Julien.

Dans le taxi qui me ramène à l'hôtel, je me sens comme un pot-pourri d'émotions. J'ai toujours au fond de moi cette colère sourde qui gronde contre Julien, contre ses attitudes que j'exècre au plus haut point. Mais j'éprouve également de la déception pour le résultat de ce match. Julien avait montré des qualités qui auraient pu être suffisantes, avant de retomber si vite dans ses travers. Je crois que je ressens également une pointe de compassion, pour cet homme qui fait tant d'efforts pour revenir au haut niveau, et pour qui rien ne se passe jamais comme prévu. Quelque part, ça me rappelle aussi ma propre situation en simple. Je sais sa douleur et sa détresse. Même si j'estime qu'il mérite ce qui lui arrive, je ne peux m'empêcher d'être désolée pour lui. En sortant du taxi, je monte dans ma chambre sans m'arrêter au restaurant. Je suis tellement barbouillée que j'ai l'impression que je ne pourrais rien avaler. Je me demande dans quelle mesure la défaite de Julien, dès le premier tour, va impacter notre double. Est-ce qu'il va se donner corps et âme dans sa dernière chance de montrer ce qu'il vaut dans ce tournoi ? Ou bien est-ce qu'il va complètement lâcher l'affaire ? Je soupire. Dans tous les cas, j'ai l'impression qu'on va encore me demander de jouer la psychologue, de prendre en compte ses sentiments, de le ménager, et je ne sais quelles foutaises encore ! Ma colère redouble. Quoi que Julien fasse, ça me retombe toujours dessus ! C'est à croire qu'il le fait exprès ! Ce n'est franchement pas ainsi que j'avais imaginé ma fin de saison. Comment vais-je bien pouvoir me sortir de ce qui ressemble de plus en plus à un traquenard ?

→ vers **CHAPITRE 31** (p. 191)

CHAPITRE 30

En ce milieu de journée, la salle de sport est relativement bondée. S'y croisent les joueurs et joueuses qui s'échauffent avant leur match ou qui récupèrent de celui qu'ils et elles viennent de jouer. La pièce carrée ressemble à n'importe quelle autre salle de muscu. On y trouve le même matériel : tapis de courses, vélo, tapis de yoga, haltères, etc. Seulement, ici, il n'y a que des stars du tennis international. Par chance, j'avise un vélo libre et m'y installe. Les télévisions sur le mur d'en face diffusent les matches en direct sur les différents courts. Celui de Julien est sur l'écran en plein milieu : impossible de le rater. J'y jette un œil, plus par réflexe que réel intérêt : je remarque avec surprise que, pour l'instant, personne n'a pris l'avantage. Si, malgré son classement, Julien a eu la chance de ne pas tirer une tête de série dès son premier tour, on ne peut pas pour autant qualifier son tirage de chanceux. Le joueur en face de lui est un expérimenté du circuit ATP, habitués des 50 à 60e place du classement. Un joueur dont, il y a dix ans, il n'aurait fait qu'une bouchée. Mais aujourd'hui, la donne a changé. Pourtant, je suis agréablement surprise : sur le terrain, Julien semble s'être transformé. Il n'a plus du tout l'attitude d'hier, lors du double. Il est concentré, impassible. Précis sur ses appuis et dans son jeu. Dans un premier temps, ça me fait chaud au cœur de le voir renouer avec un tel niveau. Et puis, je m'interroge : est-ce qu'il a fait exprès d'agir ainsi pendant notre match ? Est-ce qu'il veut me savonner la planche, pour une raison ou pour une autre en double ? J'assiste à la suite du match les sourcils froncés, et surtout je ne suis pas franchement concentrée sur ma récupération. Julien parvient à accrocher un jeu décisif dans un premier set qui dure déjà depuis plus d'une heure. Je me surprends à espérer qu'il le remporte ! J'en suis convaincue, s'il continue comme ça… il a les moyens de gagner le match, et de frapper un grand coup d'entrée.

Ça aurait été trop beau. Je déchante vite ! Enfin, sans doute pas aussi vite que Julien. Tout à coup, sans prévenir, il perd sa maîtrise et son sang-froid. Il retombe dans ses pires travers et envoie services, revers et coups droits, tour à tour dans le filet ou les couloirs. Contrairement au reste de la manche, le tie-break passe en un éclair. Julien est dominé et le perd 7 points à 2. En allant se rasseoir, il file un grand coup de pied dans une poubelle, et écope d'un avertissement logique. Ce geste me fait serrer la mâchoire. C'est tout ce que je déteste chez lui. Je commence à pédaler bien trop vite sur mon vélo pour une simple récupération. Lorsque je m'en rends compte, je baisse la tête et me coupe de la télévision pendant un moment. Je ne relève les yeux que de temps en temps, juste pour checker le score. Julien est rapidement mené 3-1 dans le set suivant. Je secoue la tête, attrape ma serviette et m'en vais faire quelques mouvements sur un tapis. Le type à côté de moi s'échauffe tout en regardant les écrans. Je le vois parfois sourire et soupirer. Je me demande quel match il regarde. J'essaie de ne pas l'observer avec trop d'insistance, ça n'est pas vraiment mon genre de chercher à engager un contact social s'il n'est pas obligatoire.

À force de lui lancer des coups d'œil en coin, je le reconnais : c'est Sergueï, un jeune Russe du top 10 qui fait souvent la couverture des magazines sportifs… et féminins. Grand, blond aux cheveux mi-longs et ondulés, yeux clairs, peau tannée, et corps taillé selon les proportions des statues grecques. Un véritable apollon que le succès sur les courts et dans les cœurs a rendu pour le moins arrogant. J'ai entendu dire que ce mec était imbuvable, et qu'il divisait les femmes en deux catégories : celles avec qui il pourrait coucher, et celles avec qui il pourrait coucher *pour de l'argent.* Charmant, n'est-ce pas ? Maintenant que je l'ai remis, j'ai encore moins envie qu'auparavant qu'il me remarque. Je lâche donc là mes investigations. Après tout, qu'est-ce que j'en ai à faire de savoir ce que ce mec regarde ?

Malheureusement, sa discrétion n'a rien à voir avec la mienne. J'ai beau *vouloir* l'ignorer, je ne *peux* tout simplement pas. Il n'arrête pas de… réagir. Comme s'il était seul dans la pièce. Ou plutôt comme s'il voulait qu'on l'écoute. Alors je n'ai pas d'autre choix que de l'écouter.

— Quel bouffon ! s'esclaffe tout à coup Sergueï. Et dire qu'ils lui ont filé une invitation !

Agacée, je lève finalement la tête. Cette fois, il n'y a pas de doute : c'est le match de Julien qu'il regarde, et c'est du Français qu'il parle comme ça. Sur l'écran, on voit Julien frapper à plusieurs reprises sa raquette contre le sol avec rage. Il vient de perdre le deuxième set, 6-3. Pendant la pause, mon voisin se calme un peu, puis il reprend son cirque en même temps que le match. Sur le service de Julien.

— Allez, une petite double faute, pour changer ?

Je tâche de l'ignorer. Mais Julien doit avoir réalisé sa prédiction, car Sergueï poursuit :

— Haha, tellement prévisible ! Retourne donc à l'école de tennis ! J'en reviens pas qu'on lui ait filé une *wild card*, n'importe quel gamin du circuit Challenger joue mieux que ce connard.

Là, dans mon corps, ça bout. Qu'il raille son niveau de jeu, c'est une chose – d'ailleurs, je l'ai déjà fait moi-même, et plus d'une fois, rien que ces derniers jours. Mais les insultes ? C'est plus que je ne peux tolérer.

— Tu te prends pour qui ?

Les mots sont sortis tout seuls, et je les regrette au moment où Sergueï tourne son corps massif et musclé vers moi. Qu'est-ce que je suis allée dire ? Le Russe a fait volte-face d'un coup, l'air presque prêt à en découdre. Puis, quand il me reconnaît, un large sourire illumine son visage.

— Oh, Miss Brown, je ne t'avais pas vue ! Je suis désolé, mais c'est la vérité : ton *partenaire* est nul.

Il insiste tellement sur le mot partenaire que son allusion ne fait pas de doute. Ça m'énerve encore davantage. J'ai envie de secouer son corps parfait, de l'abîmer. Sauf qu'il doit faire environ le double de mon poids.

— Et tu crois quoi ? Que ton classement te donne le droit d'insulter impunément les autres joueurs ?

Sans m'en rendre compte, je me suis rapprochée de Sergueï. Nos visages ne sont plus séparés que de quelques dizaines de centimètres. Il sent un mélange de sueur et de parfum pour homme très prononcé.

— T'es jolie quand tu t'énerves, siffle-t-il. Mais depuis quand tu défends les tricheurs ?

Mon visage vire à l'écarlate. Je n'avais pas prévu une telle attaque. Difficile sur ce point de lui donner tort. Mais je n'ai pas envie de perdre la face. Surtout que, dans la salle, la plupart des regards se sont tournés vers nous. Je m'apprête à dire quelque chose pour calmer le jeu quand mon regard croise le sien. Son œil pétille d'une malice presque lubrique. Sa remarque sexiste me revient alors en pleine tête et fait valdinguer toutes mes résolutions.

— T'es qu'un énorme connard, Sergueï. Ton classement te protège, mais la vérité, c'est que tout le monde te déteste !

Je suis tellement hors de moi que, sans m'en rendre compte, je me suis encore rapprochée de lui. Je le regarde droit dans les yeux, et lui martèle le torse du bout de mon index. Ce salopard ne se défait pas de son sourire ! Quand j'ai fini, il se met même à rire franchement ! Avant que j'aie le temps de réagir, il enroule ses doigts autour de mon index toujours pointé contre son torse, et le porte à sa bouche pour y déposer un baiser. Quel mufle ! Je sens la violence grandir en moi et mon autre main prête à lui coller une gifle.

Aurelia et Lucy font irruption dans la salle juste à temps.

Aurelia rattrape ma main au vol, et Lucy s'intercale entre Sergueï et moi.

— Monsieur Obliakov, l'entends-je minauder alors qu'Aurelia me tire hors de la pièce, je suis une véritable fan !

Devant le joli minois de Lucy, le Russe m'oublie presque aussitôt.

Dans le couloir, Aurelia me sermonne. Les données de ma montre connectée indiquent que j'ai fait n'importe quoi pendant ma phase de récupération.

— Et ces conneries avec Sergueï, là, c'était quoi ? C'est pas tellement ton genre les altercations en public, normalement.

— Ce n'est rien, il… j'hésite à lui révéler la véritable raison de notre accroc. J'en ai eu ma claque de ses remarques misogynes.

— Je comprends, soupire Aurelia en posant sa main sur mon épaule.

Ce n'est pas quelque chose dont on parle souvent, mais nous savons elle et moi comme le sexisme peut être présent dans notre sport. Le tennis féminin jouit de beaucoup moins d'aura que celui des garçons. La plupart d'entre nous jouent toujours en jupe, alors que ce vêtement n'est pas nécessairement plus confortable qu'un short. Quand l'une d'entre nous ose sortir du rang, comme ça a été parfois le cas de la grande championne américaine Aretha Simpson, nous sommes vivement critiquées, pour notre excentricité ou notre soi-disant besoin d'attention. Il n'y a qu'à voir le nombre de matches féminins programmés lors des prestigieuses *night sessions* des grands tournois pour se rendre compte que les hommes ont bien souvent la préférence. C'est également criant pour les finales : la finale dame se joue le samedi alors que la finale homme, point d'orgue bien entendu, se joue le dimanche en clôture de tournoi. Parfois ce sexisme se manifeste plus sournoisement et puis, d'autres fois, comme ça a été le cas aujourd'hui avec Sergueï, vous vous le reprenez en pleine face au moment où vous vous y attendez le moins.

— Rentrons à l'hôtel prendre un thé, propose finalement Aurelia. Ça nous fera du bien !

Dans le taxi, je sors mon téléphone pour checker le match de Julien. Il vient de se terminer. Le Français a perdu 7-6, 6-3, 6-2. À en juger par les commentaires qui pullulent déjà sur les réseaux sociaux, Julien a encore fait le show sur le court… dans le mauvais sens du terme. Mon ventre se tord. J'ai beau haïr ce type de comportement, je ne peux m'empêcher de ressentir de la déception et de la pitié pour Julien. Chaque fois que j'essaie de ne plus penser à lui, son image s'impose dans mon esprit. Ce type a le don pour me faire sortir de mes gonds. Maintenant qu'il est éliminé du tableau simple, je n'ai aucune idée de comment va se dérouler notre double mixte. Est-ce qu'il va tout donner pour compenser ? Est-ce qu'il va lâcher l'affaire et continuer à se comporter comme un petit merdeux sur le terrain ? Je soupire. L'US Open ne fait que commencer, mais je crois que je ne suis pas au bout de mes peines.

→ vers **CHAPITRE 31** (p. 191)

CHAPITRE 31

En fin d'après-midi arrive le moment que je redoutais : je dois retrouver Julien et nos équipes pour l'entraînement au double. Lorsque j'arrive sur le terrain, le Français est déjà là, en compagnie de Rebecca et Joe. Max est plus haut dans les gradins, en train de scroller sur son téléphone. Ils ont tous dû arriver ensemble directement depuis Flushing Meadows. Est-ce que je suis censée dire quelque chose par rapport à son match ? Je ne veux pas avoir l'air de me moquer de lui. Ni de m'être trop intéressée. Dans l'indécision, je finis par ne rien dire. Nous nous préparons en silence, sous les regards de nos coaches qui échangent à voix basse. Julien a l'air plus maussade que jamais. Je peux comprendre sa déception : être éliminé, si vite, d'un tournoi du Grand Chelem, même quand cela peut sembler un résultat logique, c'est toujours difficile à avaler. Mais là quand même, il a fait sa récup, pris sa douche, parlé aux journalistes… Il serait temps d'avancer, maintenant ! Car au cas où il l'aurait oublié, le tournoi n'est pas tout à fait terminé, et nous avons un double à jouer dans moins de vingt-quatre heures ! Il est peut-être déjà prêt à rentrer chez lui, mais je compte bien l'empêcher de faire ses valises !

Puisque mon partenaire n'a l'air de vouloir faire aucun effort, je soupire et décide de passer outre mes réticences. Hors de question que je lui laisse gâcher *mon* tournoi. Alors que nous rejoignons la ligne de fond de court pour notre traditionnelle opposition contre

Rebecca et Joe, je lui adresse un large sourire qui se veut aussi réconfortant qu'encourageant. Julien baisse les yeux, secoue la tête, et s'apprête à servir comme s'il n'avait rien vu. Sérieux ? Quel gamin ! Ça lui coûte quoi d'étirer les lèvres pendant une demi-seconde ? Je ne lui demande pas d'être heureux ni d'être sincère dans son geste, mais il pourrait quand même se donner un minimum. J'ai du mal à l'admettre mais sa réaction me… pique ?

Julien met ses deux services dans le filet. « C'est pas vrai ! » pensé-je, en me gardant bien de faire la moindre remarque. En face, Joe ravale également ses paroles. Si même son coach n'ose pas lui parler, on est mal barrés. Le Français parvient enfin à servir, mais on ne peut pas vraiment dire qu'il ait la tête à l'exercice. Il court à peine, peste dès qu'il doit faire un sprint, donne des coups de raquette mollassons. Bref, s'il voulait perdre un match de façon certaine, il ne s'y prendrait pas autrement. Je dois me pincer les lèvres à plusieurs reprises pour ne rien dire. Joe, lui, a fini par craquer, et tente quelques encouragements et consignes, en vain. Plus son coach lui parle, plus Julien se referme et s'agace.

— Reprends-toi, Julien, tu n'y es pas du tout, là ! lui intime Joe depuis l'autre côté du filet après une énième faute.

Julien balance sa raquette par terre et lève les bras au ciel.

— J'arrête ! Ça sert à rien. Vous devriez tous partir, on perd notre temps.

Tout le monde nous rejoint de notre côté du terrain.

— On peut faire cinq minutes de pause, propose Rebecca.

— Ça sert à rien, je te dis.

— Changez d'exercice, peut-être, suggère Max depuis les gradins où il nous observe.

— Mais putain vous êtes tous bouchés ou quoi ? Je vous dis que j'arrête. Il est tard, j'ai déjà perdu un match aujourd'hui, j'en ai plein le dos. Barrez-vous.

Joe et Rebecca échangent un regard entendu et remballent leurs affaires. Max leur emboîte le pas, et me fait signe de les suivre. Julien est assis sur sa chaise, une serviette sur la tête. Je lui fais une grimace et rejoins les autres.

Au bout de trois mètres, je m'arrête. Il est hors de question que Julien s'en sorte comme ça. Je fais signe à l'équipe de partir sans moi, et reviens sur mes pas. Julien n'a pas bougé. Je me poste face à lui, mains sur les hanches.

— T'es quand même sacrément gonflé, lui balancé-je.

Il sursaute et peine à sortir de sous sa serviette. Quand il recouvre enfin la vue, ses yeux sont juste à la hauteur de mes poings serrés sur les bords de ma jupe. Son visage est tout rouge. Il se lève d'un bond, et je m'écarte pour ne pas avoir à trop lever la tête pour lui parler.

— T'es gonflé ! reprends-je. D'abord tu me piques ma coach, ensuite tu viens me supplier pour que je me mette en double avec toi, et maintenant quoi ? Tu fais tout ton possible pour saboter mon tournoi ?

Il jette sa serviette sur son épaule en ricanant.

— Ton tournoi ? Sérieusement ?

— Ne joue pas sur les mots, t'as parfaitement compris ce que je voulais dire !

— Je ne t'ai jamais supplié, d'abord, souffle-t-il.

— Tu as faire pire : tu m'as forcé la main !

— J'ai soumis une idée, c'est tout. C'est quand même incroyable d'être aussi centrée sur soi-même ! réplique-t-il.

— Moi ? Centrée sur moi-même ? C'est la meilleure ça ! Qui est-ce qui a ruiné l'entraînement parce qu'il venait de rater son match en simple ? C'est moi peut-être ? Non, moi je suis là, j'essaie d'être agréable – et tu ne me facilites *vraiment* pas la tâche –, alors que je pourrais être en train de me reposer ou de penser à mon tableau simple !

— Moi, moi, moi, moi, moi, moi, moi, fait-il en mimant des bouches avec ses mains.

Je suis excédée.

— T'es qu'un sale petit con !

— Je sais ! Tu n'arrêtes pas de le répéter, s'emporte-t-il. Tu ne fais que ça, répéter la même chose, la même routine, les mêmes erreurs encore et toujours. En boucle ! C'est ça ton problème Colleen : t'es en boucle. Tu refuses de changer. C'est toujours aux autres de s'adapter à ta façon de fonctionner, jamais à toi !

— Mais laisse-moi rire ! M'adapter ? Je ne fais que ça depuis que tu as débarqué. Excuse-moi d'avoir voulu maintenir malgré tout un soupçon de cohérence et de continuité dans mon programme. Désolée de ne pas être une petite princesse à ta disposition.

Je mime une courbette.

— Je confirme, tu es plutôt du genre général tyrannique.

Il se plante bien droit et fait le salut militaire.

— Oh, c'est sûr que lorsqu'il s'agit d'être sérieux, ça ne plaît pas à *Monsieur*. S'imposer une discipline, très peu pour toi. Tu as beau avoir toutes les qualités pour être bon, tu n'en fais qu'à ta tête et te sabordes tout seul. Il ne te suffirait de pas grand-chose, tu sais ? m'époumoné-je. Un peu de rigueur, de sang-froid. Et oh, si tu avais ne serait-ce qu'un tout petit peu confiance en toi, tu aurais facilement le niveau top 3 !

Nos fronts sont presque collés l'un à l'autre tant je me suis rapprochée en criant. Julien ne répond rien. Il est complètement figé. J'entends mes propres mots avec retardement. Je me fige aussi.

Puis nous éclatons de rire.

— Désolé, Générale Brown, il me semble que cette phrase n'est pas de vous !

— En effet, l'imité-je, je l'ai emprunté à un prince français de mes connaissances.

Nous partons dans un nouveau fou rire. Lorsque je me calme enfin, tout me revient. Cette phrase, il me l'avait prononcée mot pour mot dans les couloirs juste avant d'entrer sur le court pour notre finale au tournoi de l'Académie. Elle fait partie de toutes ces choses que mon cerveau a occultées après l'annonce de sa suspension pour dopage.

— J'y croyais vraiment, tu sais, soupire-t-il soudain grave, qu'on allait finir tous les deux dans les tops mondiaux, qu'on aurait nos noms gravés en lettres d'or sur les murs de l'Académie.

Il baisse à nouveau les yeux vers moi, dans un demi-sourire. Sa remarque me rend un peu amère. À l'époque, moi aussi, je croyais à tellement de choses…

— J'ai jamais voulu te blesser, souffle-t-il.

Sa main s'approche de la mienne, comme pour la saisir. Tous mes poils se dressent et je suis parcourue d'un intense frisson.

— Vous avez fini ? fait une voix. Les suivants sont arrivés !

C'est l'intendante qui entend bien nous mettre à la porte. Julien laisse retomber sa main et le moment passe. Nous récupérons nos sacs, et je jette un coup d'œil à ma montre. L'après-midi touche largement à sa fin. Si je ne veux pas dérégler complètement ma routine, je ferais mieux d'aller fissa me doucher puis dîner.

Dévier de la routine et proposer à Julien de poursuivre la discussion ailleurs → vers **CHAPITRE 32** (p. 196)

OU

Garder le cap et suivre le programme d'Aurelia → vers **CHAPITRE 34** (p. 209)

CHAPITRE 32

— Je crois qu'on ne va pas pouvoir rester ici, soupire Julien en secouant la tête.

— On pourrait peut-être aller ailleurs ? proposé-je timidement.

— Je pense qu'à cette heure-là, tous les courts sont réservés…

— Je ne parlais pas d'entraînement.

Son regard se pose à nouveau sur moi. Il fronce un sourcil dans une moue d'incompréhension. Puis, ses yeux s'arrondissent.

— Ah. Oh. Je vois… Euh… Eh bien… On pourrait… peut-être… se retrouver à l'entrée de l'hôtel, disons… euh… dans une heure ?

Il a parlé très vite, sans vraiment me regarder, et en se passant sans cesse la main dans les cheveux. Comment c'est possible d'avoir l'air aussi sexy en ayant aussi peu confiance en soi ? Je me mords la lèvre et parviens à répondre un petit « OK » à peine audible. Nous nous dépêchons de laisser notre place aux joueurs suivants.

De retour dans ma chambre d'hôtel, je balance mon sac au sol et file sous la douche. Arrive ensuite l'épineuse question de la tenue. Je ne sais pas trop ce que j'attends de ce rendez-vous, mais une petite voix dans ma tête (qui ressemble fortement à celle de Lily, encore une fois) me conseille de laisser mes joggings au placard. J'avise quelques secondes la longue robe bleu nuit échancrée que j'avais glissée dans mes bagages. C'est la robe que j'emporte lors de chaque Grand Chelem. On ne sait jamais, pour peu que je le gagne, il faut une tenue appropriée pour les photos avec le trophée ! Cela fait plusieurs années, déjà, qu'elle prend la poussière dans les armoires des plus grandes et belles villes du monde. Je soupire. Je n'aurai sans doute pas l'occasion de la porter de sitôt, mais ce n'est clairement pas un choix adéquat pour ce soir. Déjà, parce que je ne sais pas où nous irons. J'étais trop tourneboulée par notre échange – ma folle proposition, son acceptation immédiate – pour y penser. Je passe en revue le reste de ma garde-robe en pestant contre l'horloge qui avance bien trop vite à mon goût. Pour la première fois depuis longtemps, je maudis mes goûts vestimentaires. Je ne m'habille pratiquement qu'avec des tenues sportswear, confortables et décontractées. En vérité, il n'y a que là-dedans que je me sens à l'aise. Que les gens voient mon corps sur le court ne m'a jamais dérangée. Dans la « vraie » vie, c'est autre chose. J'ai du mal à m'assumer sous un autre masque que celui de Colleen Brown, tenniswoman. La femme que je suis se cache systématiquement derrière la sportive. Pressée par le temps, j'opte en fin de compte pour un pantalon en coton vert kaki un peu ample et un débardeur blanc près du corps. Je jette un rapide coup d'œil dans le miroir et je ne suis pas sûre de reconnaître celle qui se trouve devant moi : j'ai les joues rosies par l'excitation, et dans cette tenue, fini Colleen Brown, athlète internationale, j'ai juste l'air…normale. Quand je suis enfin prête, je suis déjà en retard, mais je choisis de ne pas me presser : je n'ai pas envie d'arriver en sueur en bas.

Dans le hall de l'accueil, Julien est déjà là et m'attend. J'arrive dans son dos et ai donc tout le loisir de l'observer avant qu'il ne me voie. Il porte une chemise à manches courte rayée blanc et bleu marine avec un jean clair coupé au-dessus des chevilles et une paire de sneakers d'un blanc éclatant. À intervalles réguliers, il consulte sa montre en argent l'air un tantinet impatient. Sans que je m'en rende compte, mon cœur s'est emballé. Je prends quelques secondes pour me calmer, puis le rejoins. Lorsqu'il me voit, son sourire ravi fait redoubler les battements de mon cœur. *Calme-toi Colleen, on dirait une adolescente.*

— Allons-y ! Je connais un endroit qui devrait te plaire, déclare-t-il, enthousiaste.

Une fois dehors, je suis étonnée de voir que ni taxi ni voiture ne nous attend.

— On ne va pas très loin, m'explique Julien. Tu peux marcher un peu, ou bien tu as peur d'être assaillie par une horde de fans en furie ?

Je secoue la tête, et rétorque :

— Je ne voudrais pas prendre le risque que tu te blesses, les trottoirs sont parfois hauts, à New York !

Il ricane à mon trait d'humour, puis le silence s'installe à nouveau entre nous. Avant que la gêne n'arrive complètement, je lui demande :

— Où est-ce que tu m'emmènes, alors ?

— Dans une *guinguette*, tenue par un couple de potes à moi.

— Une quoi ?

Julien répète ce drôle de mot français qui me paraît impossible à prononcer. Il me pousse à m'y essayer, et se moque aussitôt de mon échec. Habituellement, je détesterais être raillée de la sorte et lui volerais aussitôt dans les plumes. Mais il y a dans ses yeux une telle ingénuité que je n'arrive pas à me vexer… et me mets même à rire avec lui !

— Et c'est quoi, alors, une *guineguête* ? demandé-je.

Ma mauvaise prononciation lui arrache un nouveau sourire. Je pourrais bien m'habituer à ce son, et encore plus à en être l'instigatrice.

— Une sorte de bar, fait-il. Mais à la française. Ça devrait te plaire !

Nous arrivons bientôt devant une sorte de hangar aux airs désaffectés. Pourtant, c'est là que Julien s'arrête. En plein jour, les néons de la façade ne sont pas allumés, et il est difficile de remarquer qu'il y a quelque chose derrière la lourde porte sur laquelle sont placardés des menus et les tarifs des consommations. Julien m'invite à la suivre à l'intérieur.

Wow.

Je ne m'attendais pas à ça ! Le toit du hangar, totalement vitré, laisse entrer un éblouissant soleil. Dans l'immense pièce, de nombreuses tables d'extérieur en bois sont disposées, entourées de bancs et de chaises pliantes. Des poutres apparentes en ferrailles descendent des guirlandes lumineuses et de la végétation rampante. Je suis émerveillée. C'est exactement ce que j'adore dans cette ville : on ne sait jamais quel trésor peut se cacher derrière une porte ou une devanture peu avenante. Alors que je m'extasie comme une gamine face à la beauté du lieu, un homme vient à notre rencontre. Grand et baraqué, il porte le maillot officiel de l'équipe de France de basket-ball, un short en jean et des Air Jordan. Arrivé à notre hauteur, il prend Julien dans ses bras et tous deux échangent quelques mots en français. Je ne comprends rien, mais ils ont l'air très heureux de se revoir.

— Colleen, je te présente Ousmane, copropriétaire des lieux, reprend Julien en anglais une fois leur accolade terminée. Ousmane, voici Colleen, ma partenaire de double mixte.

Ousmane attrape ma main dans la sienne et la porte à sa bouche, mimant un baiser sans toucher ma peau.

— *Madame*, fait-il en français, *enchanté*.

— De même, réponds-je en rougissant.

— On a regardé votre match avec Lukas, poursuit-il dans un anglais à l'accent new-yorkais impeccable, c'était… sympa. Qu'est-ce que je peux faire pour vous ?

Je le remercie intérieurement de ne pas s'attarder sur notre prestation plus que chaotique. C'est encore l'après-midi à New York et le lieu est loin d'être rempli. Julien explique à son ami que nous venons profiter d'un moment de répit avant la suite de la compétition.

— Je vous laisse choisir une place, alors, et Lukas viendra prendre votre commande. Ah ! Comme je suis content que vous soyez là !

Nous prenons place sur une petite table un peu en retrait et Lukas vient rapidement nous servir. Comme son mari, il est ravi de retrouver Julien. Son anglais est moins assuré que celui d'Ousmane, mais nous nous comprenons sans mal.

— Alors, qu'est-ce que je vous sers ?

J'hésite, et fais signe à Julien de commencer.

— Mmh, fait-il, est-ce qu'on ne commanderait pas du champagne ? Pour fêter mon élimination ! Après tout, je suis tout à toi maintenant.

Il ponctue sa phrase d'un clin d'œil et je pique un fard à la seconde où il prononce ces mots. Une gêne poisseuse s'étire soudain entre nous trois.

— Je plaisante, reprend Julien. Commande ce qui te fait plaisir.

Le sourire tout doux avec lequel il ponctue sa proposition me fait reprendre un peu contenance :

— Non, tu as raison : nous devrions fêter ça ! m'exclamé-je avec taquinerie. Alors, va pour le champagne !

— Je vais vous chercher ça ! déclare le serveur en riant.

Lukas s'éloigne rapidement, nous laissant seuls, Julien et moi, dans un nouveau silence embarrassé. Pour ne pas avoir à le regarder dans les yeux, je promène mon regard autour de moi. La clientèle du bar semble essentiellement constituée de trentenaires venus en groupe ou en couple. Pour l'instant, l'atmosphère est calme, mais j'imagine que plus tard dans la soirée, lorsque les guirlandes et néons sont allumés, l'ambiance est beaucoup plus animée. Derrière Julien, j'aperçois une scène sur laquelle doivent parfois se jouer des concerts, ou des spectacles. Lukas revient rapidement avec nos coupes de champagne et dépose également sur notre table un plateau d'amuse-bouches, heureusement suffisamment petits pour ne pas – trop – mettre en péril mon régime. Je me fais violence pour ne pas me jeter dessus, et espère que Julien aura moins de remords que moi et qu'il les retirera rapidement de ma vue. Dans un coin de ma tête, le petit diable qui a les traits de Lily me susurre que je devrais me détendre, et profiter de tout ce que cette soirée a à m'offrir.

— À notre collaboration, déclare Julien en levant son verre dans ma direction, que j'espère fructueuse.

Il sourit et nous trinquons. Pour engager la conversation, je lui demande comment il a connu Ousmane et Lukas.

— C'était après… enfin, quand j'ai repris le tennis, commence-t-il. Je ne voulais pas retourner m'entraîner en Angleterre, encore moins en France, alors j'ai jeté mon dévolu sur les États-Unis, et cette ville qui m'attirait tant. Sur le plan sportif… bon, ça n'a pas été une franche réussite, comme tu le sais sans doute. J'ai rencontré Ousmane pendant ma vie nocturne. À l'époque, il était tantôt videur, tantôt serveur dans une boîte miteuse d'un quartier pas franchement recommandable. On était tous les deux, disons… pas très heureux dans nos vies et un peu paumés. On a commencé à faire la tournée des bars et des boîtes ensemble, parfois jusqu'au petit matin, parfois en finissant la soirée chacun de son côté. Puis, il a rencontré Lukas, et moi j'ai essayé de me reprendre un peu en main.

« On aurait pu se perdre de vue, mais il faut croire que New York n'est pas si grand : on se croisait tellement souvent qu'on a décidé que ça ne pouvait pas être un hasard et, de là, on a commencé à garder volontairement le contact. Tous les deux, ils ont rapidement réalisé leur rêve d'ouvrir un endroit à leur image dans leur ville d'adoption. J'ai été invité à l'inauguration ! Et au mariage, aussi. S'ils ont un enfant, je ne te cache pas que j'espère être le parrain. En dehors de Max, Ousmane et Lukas sont ce que j'ai de plus proche d'une famille.

Le visage de Julien se rembrunit d'un coup. Il baisse les yeux vers la table, faisant rouler d'un geste machinal le reste de son champagne dans le fond de sa coupe. Qu'est-il arrivé à son père ? Je ne dirais pas qu'ils étaient spécialement fusionnels lorsque nous fréquentions l'académie de tennis, mais enfin, c'était son coach et ils n'étaient jamais bien loin l'un de l'autre. Est-ce que ça a un rapport avec son dopage ? Est-ce que son père lui a tourné le dos après ça ? Ces questions me brûlent les lèvres, mais je vois bien au visage verrouillé de Julien qu'il n'a aucune envie d'en parler. J'essaie de détourner rapidement la conversation :

— Et le bébé, c'est au programme ?

Julien se fige d'un coup et lève vers moi des yeux ronds comme deux balles de tennis. Son regard se fait soupçonneux et un brin joueur.

— Est-ce que c'est une manière détournée de vous renseigner sur ma vie sentimentale, *Mademoiselle Brown* ?

— Euh, pour Ousmane et Lukas, je veux dire ! bafouillé-je.

Comme soulagé, Julien se laisse aller à un fou rire contagieux.

Puisque nous avons fini nos verres, Lukas vient prendre une nouvelle commande. Je demande une ginger beer et Julien, comme bien souvent, un café. Nous sirotons nos boissons alors que l'ambiance dans la guinguette se fait plus animée. Le brouhaha des conversations autour de nous nous isole, et je me sens moins vulnérable et mal à l'aise que tout à l'heure. Je me détends. Julien et moi parlons de New York, ville pour laquelle nous partageons un amour aussi commun qu'inconditionnel. Nous y aimons les mêmes choses, et pratiquement les mêmes endroits. Nous rions beaucoup, et je ne vois pas le temps passer. J'ai l'impression d'être avec quelqu'un de différent. Le Julien avec qui je suis attablée est calme, posé, souriant, drôle. Il n'a rien à voir avec l'énergumène qui insulte le public, fracasse des raquettes ou malmène son staff. Parfois, des silences interrompent notre conversation. Dans ces instants-là, nous baissons tous les deux le regard, nous concentrant sur nos boissons ou sur quelque chose se déroulant à une autre table. Je ne sais pas comment interpréter ses malaises. Est-ce que l'on n'a tout simplement plus rien à se dire ? Est-ce qu'il y a quelque chose entre nous qui ne passe pas ? Ou bien est-il justement traversé des mêmes pensées que moi ?

À force de repousser sans cesse les choses de l'amour, je n'arrive moi-même pas à savoir ce que je ressens. Tantôt, j'ai envie de me lover dans les bras du Français, qu'il me chuchote des mots doux à l'oreille pendant que l'on regarde le soleil se coucher sur la Grosse Pomme. Et parfois… je sens monter une rage presque animale qui me donne envie de lui hurler dessus, de le pousser, de lui faire mal. Comme un aimant, certains de ses côtés m'attirent irrémédiablement tandis que les autres me repoussent sans ménagement. Le Julien de ce soir, en tout cas, m'est tout à fait plaisant.

Le soleil se met à décliner rapidement et, bien que nous passions un bon moment, nous convenons qu'il est grand temps de rentrer à l'hôtel. Sur le chemin du retour, pourtant, j'ai l'impression que lui comme moi ralentissons exprès la cadence. Aucun de nous deux ne veut arriver trop vite. Sur les trottoirs bondés de Manhattan, nous marchons l'un contre l'autre. À chaque pas, ses doigts frôlent les miens, me faisant frissonner malgré la moiteur de l'été new-yorkais. Il suffirait de pas grand-chose pour que… Une minute ? Est-ce que je rêve, ou est-ce que ses doigts se sont attardés plus que de raison sur le dos de ma main ? Intentionnelle ou non, cette caresse me fait l'effet d'un choc électrique dont l'épicentre se situe dans mon bas-ventre. Je n'ose même pas le regarder. Je suis sûre que je suis rouge et ça n'a rien à voir avec la chaleur ambiante. Nous sommes à quelques mètres de l'hôtel quand, cette fois, ça ne fait plus aucun doute : Julien cherche à entrelacer nos doigts. Mon souffle se coupe d'un coup, et je suis prise de panique. Mon corps pousse pour que je me laisse aller et que je réponde à son invitation. Ma tête, elle, pense à tout ce que cela impliquerait, pour ma routine, pour notre binôme sur le terrain. J'ai le ventre plein d'un feu ardent et la tête d'une bouillie indécise.

Prendre la main de Julien → vers **CHAPITRE 33** (p. 205)
OU Faire celle qui n'a rien vu et regagner sa chambre → vers **CHAPITRE 34** (p. 209)

CHAPITRE 33

Cette fois, alors que les doigts de Julien me frôlent, je ne retire pas ma main. Lorsque ses doigts cherchent un chemin, j'y entortille les miens. J'ai l'impression d'avoir sauté dans le vide.

Je suis comme en apnée.

Incapable d'avancer.

Et ce n'est pas qu'une impression : Julien s'est arrêté et nos mains liées m'empêchent de progresser. D'un mouvement du poignet, il m'attire près de lui. Il me dévore littéralement des yeux. Je suis incapable de les soutenir et baisse les miens qui tombent sur sa fossette, celle qui se dessine quand il sourit. Je me mords la lèvre inférieure. Je ne maîtrise plus rien et mon corps se rapproche de Julien de son propre chef. Nos torses se touchent presque désormais. Je sais que si je le regarde, je vais perdre pied. Je lève le nez malgré tout. Je peux sentir la chaleur de son corps, si près du mien. Nos yeux brûlent de la même envie. Julien passe sa main libre dans le bas de mon dos. Voyant que je ne m'écarte pas, et que je soutiens toujours son regard, il m'attire tout contre lui. Nous ne résistons pas longtemps. Là, au milieu de la foule qui grouille en plein cœur de Manhattan sans nous voir, nous échangeons un langoureux baiser. Au départ, je sens les passants qui dévient leur route à côté de nous, je les entends soupirer, pester, parfois rire. Et puis, plus rien. Il n'y a plus que les lèvres de Julien sur les miennes, la pression de sa main au creux de mon dos, le feu entre mes cuisses qui ne demande qu'à être apaisé. La fougue me rend soudain entreprenante. Ma langue se fraie un chemin et rencontre la sienne avec délice. Je ne sais pas combien de temps cela dure, mais lorsque notre étreinte prend fin, je suis essoufflée. Certains de mes matches ont eu bien moins d'effet sur mon rythme cardiaque et ma respiration.

Nos corps se sont légèrement éloignés, mais Julien me tient toujours la taille et la main. Le sourire béat qu'il affiche me donne envie de cueillir encore d'autres baisers. Pas seulement sur sa bouche. D'un mouvement du visage, il désigne quelque chose derrière moi. C'est notre hôtel.

— Il paraît que j'ai une chambre là-bas, déclare-t-il avec espièglerie.

— C'est marrant, parce que moi aussi, réponds-je en rentrant dans son jeu.

— Oh ! Alors, hmm, on pourrait peut-être… hésite-t-il.

Sa main quitte le creux de mon dos pour aller se perdre dans ses cheveux. Je serre les doigts de son autre main un peu plus fort entre les miens.

— Oui, soufflé-je simplement.

Ce tout petit mot lui redonne de l'allant. Il dépose un baiser plein de promesses dans mon cou, puis m'entraîne à sa suite vers notre hôtel, nos mains toujours entrelacées. Dans le building aux centaines de chambres, nos mains ont consenti à se quitter pour que nous ne risquions pas d'être remarqués. Alors que nous approchons de la cage d'ascenseur, nous sommes comme deux adolescents cherchant à se cacher pour faire une grosse bêtise. Le *bip* de la machine fait rater un battement à mon cœur. Les portes s'ouvrent et l'appareil se vide. Lorsqu'elles se referment, je réalise que nous sommes seuls dans l'ascenseur qui monte vers la chambre de Julien. À en juger par ses yeux avides, qui me dévorent tout entière, lui aussi l'a remarqué. Sa chambre est au vingt-deuxième étage. Il reste du temps – tellement de temps – avant d'y arriver. Je lance un nouveau coup d'œil dans sa direction. Il est si proche de moi, mais j'ai besoin de plus, d'être plus près, beaucoup plus près. Quand il se déplace pour se camper devant moi, je ne bouge pas. Je sais parfaitement ce qu'il a en tête. Je le sais, parce que tous mes pores me réclament la même chose. Mais je ne peux m'empêcher de penser : et si quelqu'un entrait ? et si quelqu'un *qui nous connaît* entrait ? Je m'adosse contre la paroi glaciale de l'ascenseur et lève vers Julien un visage sur lequel se lisent tous mes doutes. Il se rapproche. Nos corps ne sont séparés que de quelques tout petits centimètres. Julien pose ses doigts sous mon menton avec une telle délicatesse que je manque de m'effondrer. Mais le Français m'entoure de son corps. Je suis prise au piège. Prisonnière consentante du feu qui nous consume tous les deux.

— Je ne suis pas sûr de pouvoir attendre, me susurre-t-il.

Avec douceur, il fait pencher ma tête en arrière et effleure mon cou de ses lèvres. Le baiser tarde tant à venir que je me sens au supplice. Lorsqu'il m'embrasse enfin, dans le creux de ma nuque, presque à la base de mon épaule, je me sais perdue. Je sens mes verrous exploser un à un. Ses gestes sont trop lents ! Je veux plus, et je le veux tout de suite. Comme prise d'une soudaine fièvre, j'agrippe son visage entre mes mains et lorsque son regard plonge enfin dans le mien, je me jette sur sa bouche. Notre baiser, sans public, est encore plus sauvage et passionné. Je peine à respirer, mais pour rien au monde je ne voudrais que ce moment s'arrête. Alors que je commence à m'habituer à l'intensité de l'instant, le genou de Julien se glisse soudain entre mes cuisses. Très légèrement, sa jambe exerce des pressions régulières sur mon sexe. Je grogne contre sa bouche. Ce qu'il se passe est indécent.

Sous ses mouvements, je sens ma culotte mouiller. Entre ses lèvres, je pousse un râle de plaisir. Un frisson d'excitation me parcourt lorsque l'une de ses mains s'aventure sous mon haut. Ses doigts, de toute évidence, cherchent à se frayer un chemin sous ma ceinture.

Bip.

Je reviens brutalement à la réalité, honteuse de m'être laissée emporter. La porte de l'ascenseur vient de s'ouvrir. Nous nous arrachons l'un à l'autre, essoufflés. Il me faut quelques secondes pour atterrir. Nous sommes arrivés à l'étage de Julien.

Et heureusement pour nous, personne n'y attend l'ascenseur. Nous sortons juste avant que les portes ne se referment. Dans le couloir, nous sommes pris d'un irrépressible fou rire. Lorsque nous nous calmons enfin, Julien me caresse la joue en déclarant :

— Je connais un endroit où on ne nous surprendra pas.

Je souris et le suis dans sa chambre. Pour la première fois de ma vie, j'abandonne le tennis et mes angoisses sur le pas de la porte.

→ vers **CHAPITRE 35** (p. 216)

CHAPITRE 34

Les jours suivants, une drôle d'ambiance s'installe entre Julien et moi. Sur le court, notre binôme s'améliore de jour en jour, à l'entraînement comme en match. C'est comme si nous retrouvions peu à peu notre complicité d'il y a dix ans. Plus le tournoi avance, et moins nos matches sont accrochés. Nous remportons des victoires de plus en plus rapides et sans appel. Joe et Rebecca, ravis, s'échangent régulièrement des regards entendus. Ma coach ne me dit rien, mais je sais qu'elle n'en pense pas moins : elle avait raison. Depuis le début.

En dehors des terrains, c'est… différent. Si nos esclandres des premiers jours sont de l'histoire ancienne, je ne sais pas franchement comment estampiller notre relation. Depuis notre dernière conversation en tête-à-tête, nous n'avons jamais eu l'occasion de nous retrouver seul à seule. Lors de nos entraînements communs, non seulement nos staffs sont présents, mais puisque nous enchaînons les victoires, des badauds et des journalistes y assistent également de plus en plus nombreux. Nous sommes également de plus en plus sollicités par la presse, pour des plateaux télé ou des interviews de journaux sportifs.

Et bien sûr, s'ajoute à cela la même chose pour mon tableau simple. Aurelia s'arrache littéralement les cheveux.

— Pour tout faire rentrer, il nous faudrait des journées d'au moins trente heures ! se plaint-elle.

Nous sommes attablées au restaurant de l'hôtel, je mange mon énième porridge de la semaine pendant que ma préparatrice physique ne cesse de décaler des items sur le calendrier de sa tablette.

— Hors de question de rogner sur le sommeil, ajoute-t-elle davantage pour elle-même.

Elle secoue la tête.

— Bon, tranche-t-elle. Pour les interviews hors conférences de presse obligatoires, je refuse tout, à l'exception des journaux britanniques. Ça te va ?

— Ch'est porfêt.

Aurelia se tourne vers moi, un sourcil arqué.

— C'est parfait, répété-je une fois ma cuillérée avalée.

— Bien. Il te reste quinze minutes pour manger. Je t'ai envoyé le planning à jour.

— Oui, cheffe ! réponds-je en mimant un salut militaire.

Lucy vient d'arriver, et elle s'installe à mes côtés.

— Comment ça va ? demande-t-elle.

— Bien.

— Les jambes ?

— Nickel.

— L'épaule ?

Je soupire.

— Ça pourrait être mieux.

Malgré toutes les modifications que nous avons effectuées sur ma routine, et le travail sérieux entrepris conjointement avec Aurelia et Lucy, c'est une douleur qui revient régulièrement, et que je dois apprendre à gérer. Ce n'est rien de grave en soi. En dix ans de carrière, elle ne m'a immobilisée que trois fois, et pour des durées très courtes à chaque fois. Mais c'est embêtant, car j'ai parfois l'impression que cette douleur lancinante m'empêche de donner mon maximum.

— OK, fait Lucy. À l'entraînement, pas de service. Ou alors à la cuillère si vraiment tu es obligée. Et ne laisse pas Rebecca te convaincre du contraire. Ça roule ?

— Ça roule, répété-je avec enthousiasme.

— On va aller loin, je le sens ! se réjouit Lucy. C'est ton année, ma belle !

Aurelia relève la tête pour acquiescer.

— Tu fais du putain de bon boulot, Colleen, ajoute-t-elle. J'espère que tu le sais ?

Je rougis, et baisse la tête vers mon assiette. Les compliments de mon équipe me font toujours infiniment plaisir, mais leurs attentes sont parfois pour moi une source de pression supplémentaire. J'ai toujours si peur de les décevoir ! Elles travaillent pour moi toute l'année, parcourant la moitié du globe, loin de leurs familles et de leurs proches. La moindre des choses, c'est que je donne mon maximum sur le terrain. Car elles, elles ne me donnent rien de moins.

— Plus que dix minutes, conclut Aurelia en se levant.

— Prends ton temps, me murmure Lucy dans un clin d'œil, avant de partir à son tour.

Je sors mon téléphone et jette un œil sur le programme. C'est effectivement surchargé. Je souris en voyant qu'Aurelia a même pensé à prévoir des petites plages de quelques minutes sobrement intitulées « pause intime ». Si même mes pipis sont chronométrés maintenant ! Je me dépêche de terminer mon bol. Si je crains de décevoir mon staff, il y a quelque chose que je redoute encore plus : les remontrances d'Aurelia.

Julien et moi nous qualifions brillamment pour le quart de finale du double mixte de l'US Open. Nous battons une paire argentine dont la réputation n'est plus à faire. Même avec James, nous peinions souvent à les battre. Le Français et moi les écartons en deux petits sets et tout juste une heure de jeu. À la fin du match, je me jette dans les bras de Julien. Mon geste, guidé par l'euphorie de la victoire, n'est pas calculé. L'étreinte ne dure pas longtemps, quelques secondes à peine, mais elle suffit à m'ébranler. J'ai follement aimé ce bref contact. Sentir son corps chaud m'envelopper tout entière, humer cette odeur si particulière qu'il a après l'effort, avoir l'impression, pendant ce court instant, d'être protégée et que rien, absolument rien, ne peut m'arriver.

Les clameurs du public me ramènent au moment présent. Cette fois, nous profitons pleinement de cette communion. Nous signons des tee-shirts, des balles, des casquettes. Prenons des photos, tapons dans des mains. À voir l'enthousiasme du public, je me rends compte que nous sommes en train d'accomplir quelque chose de grand. Si notre binôme a pu faire sourire au début, désormais, tout le monde nous prend au sérieux. Les gens, je le comprends, nous voient aller au bout. Ensemble. Pendant la signature d'un autographe, je tourne la tête vers Julien. Il me regarde. Nous échangeons un sourire discret avant de reporter notre attention sur le public. J'espère juste que personne ne m'a vue rougir.

Nous nous recroisons un peu plus tard au moment de la conférence de presse. Nous sommes assis si proches l'un de l'autre que son coude touche le mien. C'est un contact tout ce qu'il y a de plus insignifiant, mais je ne peux m'empêcher de le remarquer. Je décale mon bras de façon quasiment imperceptible, comme ça, juste pour voir, de sorte que nos peaux ne se touchent plus. Presque aussitôt, je sens le genou de Julien frôler le mien, sous la table. Il est en train de parler aux journalistes, et quand je tourne la tête vers lui, un brin surprise, rien ne se lit sur son visage. Ce geste était-il intentionnel ?

À la sortie de la salle, Aurelia m'attend, prête à prendre en main la suite du planning. Julien, de son côté, est alpagué par Max avec qui il doit se rendre à un rendez-vous avec un possible futur sponsor. Nous nous saluons d'un geste rapide – et d'un sourire.

— Temps libre pendant deux heures, déclare Aurelia. Puis on se retrouve sur le court n° 12 pour l'entraînement. OK ?

Je jette un œil sur sa tablette. Le programme des deux prochaines heures indique très clairement : sieste, repas, temps calme, avec un temps pour chaque, réglé à la minute près.

— Pas si « libre » que ça, on dirait ? fais-je remarquer en riant.

— Tu sais combien de personnes aimeraient avoir ce genre d'items dans leur emploi du temps de travail ? Alors, ne te plains pas trop. Ou je t'envoie chez Lucy pour qu'elle te tire les muscles. Et là, tu riras moins ! Allez, file, tu as déjà deux minutes de retard !

Le lendemain, je me réveille nerveuse. Je joue dans quelques heures mon huitième de finale qui me rapprocherait encore un peu plus du dernier carré tant convoité et à ce jour jamais atteint. Jusqu'à maintenant, en réalité, je ne me suis qualifiée que deux fois en quart de finale en Grand Chelem. Ce n'était pas ici, et c'était il y a longtemps déjà, au tout début de ma carrière. Autant dire que ce matin, la pression est bien présente. Pour mettre toutes les chances de mon côté, je suis le programme concocté par Aurelia à la lettre, avec une dévotion quasiment religieuse. Je ne veux rien laisser au hasard. À l'entraînement, malgré le stress, j'ai de bonnes sensations.

— Y a moyen de faire quelque chose, souffle Rebecca alors que je range mes raquettes.

Je tourne mon visage vers elle. J'ai l'impression que la marche est beaucoup trop haute pour moi. Rebecca m'attrape par les épaules.

— Ça fait des années qu'on travaille pour ça, Colleen. Je ne dis pas que ça va être facile, mais je suis persuadée que tu as toutes tes chances. Quatre sets, six dans le pire des cas. C'est tout ce qui t'éloigne de ton rêve. C'est quoi, quatre ou six sets, au regard de tous ceux que tu as déjà joués ?

La réalité me semble un tout petit peu plus compliquée que ça, mais je n'ose pas contredire Rebecca. Elle doit néanmoins s'en rendre compte, car elle ajoute :

— Vraiment, Colleen. Quelques sets. Seulement ça. Ne pense à rien d'autre.

— À mon jeu, quand même, non ?

Elle hausse les épaules.

— Oui… et non. Nous avons bien bossé, fais-toi juste confiance. Si on ne regarde que le classement, c'est vrai, de ce point de vue, elle est meilleure que toi.

— Et elle a l'habitude des derniers carrés, elle, ajouté-je.

— Pas tant que ça, elle en a trois, peut-être quatre, seulement en plus de quinze ans de carrière. Et finalement, c'est peut-être à ton avantage : la pression sera de son côté. Elle a tout à perdre, et toi tout à gagner. Aie plus faim qu'elle.

Une fois sur le court, c'est ce que j'essaie de me répéter. Au haut niveau, ce n'est pas tant la qualité de jeu qui fait la différence, parfois, que le mental. Je dois vouloir cette victoire plus qu'elle. Je fais un début de match timide, et je dois de ne pas encore être menée au fait que Maria, mon adversaire du jour, commet des fautes directes. À 3-3, alors que je sens que l'enjeu est en train de me bouffer, je jette un regard vers mon box. Comme toujours, Rebecca s'y trouve en compagnie d'Aurelia, de Lucy, d'Annabeth et de Lily, qui est là pour toute la durée du tournoi et assiste à chacun de mes matches. Depuis la rencontre précédente, Julien s'y trouve également. Cette fois, Joe et Max y sont aussi. Toutes ces personnes croient en moi. Je ne peux pas les décevoir en ne donnant pas tout ce que j'ai sur ce court ! Manger ou être mangée. « Je vais la bouffer, me persuadé-je à mi-voix. Je vais lui botter le cul ! »

Je reviens sur le terrain avec de toutes autres intentions… et la différence est flagrante. Confiante, je prends point après point, jeu après jeu, set après set, exactement comme Rebecca le voulait. Si bien que quand l'arbitre indique « Jeu, set et match Brown » au bout de seulement deux sets, je suis d'abord surprise. Réalisant ce que je viens d'achever, ma raquette me tombe des mains et des larmes roulent, incontrôlables, le long de mes joues. Je lève des poings rageurs vers la foule, puis vais saluer mon adversaire et l'arbitre. Maria, que j'ai affrontée souvent et que je connais bien, me glisse des paroles encourageantes. J'ai toujours du mal à y croire. La foule m'acclame, et je me rue vers mon box. Je ne suis plus qu'à un tout petit match du dernier carré ! Je me jette dans les bras de Rebecca, celle qui a toujours cru en moi, qui est depuis longtemps comme une deuxième mère pour moi. Le stade entier applaudit, mon équipe m'abreuve de félicitations en tout genre, mais moi, je n'entends plus rien.

Julien est là, immobile, il me regarde avec des larmes plein les yeux. Je ne vois plus que sa fossette et l'envie me prend soudain de me blottir tout contre lui.

→ vers **CHAPITRE 36** (p. 222)

CHAPITRE 35

Le match de notre deuxième tour en double mixte est programmé dès le lendemain. Nous nous retrouvons assez tôt le matin en compagnie de nos staffs sur le terrain d'entraînement. Entre nous deux, l'atmosphère est plutôt à la gêne. Je suis incapable de le regarder dans les yeux. J'ai l'impression que sinon tout le monde va lire sur mon visage que nous avons passé la nuit ensemble. Au départ, ça me crispe. Pendant tout l'entraînement, sous le regard de Joe et Rebecca, je me sens super tendue. Je n'arrive pas vraiment à libérer mes coups. Devant tout le monde, je fais passer ça pour de la nervosité, et je promets à qui veut l'entendre que je parviendrai à rectifier le tir pendant le match.

Et c'est exactement ainsi que les choses se passent. Dès notre arrivée aux abords du terrain, je sens la gêne nous recouvrir, Julien et moi, comme une fumée opaque. Nos regards sont fuyants, et on n'échange que des banalités. Lorsque le match démarre, ces nuages d'embarras planent toujours au-dessus de nous. Depuis mon carré de service, je me dandine d'une jambe sur l'autre, un peu anxieuse à l'idée que ce match ne commence. Finalement, tout se déroule mieux que je l'espérais. Sans même nous parler, Julien et moi trouvons très vite des automatismes. La différence avec notre premier match est flagrante. Exit les télescopages de raquettes, les balles qu'on laisse filer tous les deux et, surtout, les fautes à répétition de Julien. Le Français est concentré et à l'écoute. À chaque point gagné, nous échangeons une tape dans la main. Nous prolongeons parfois ce contact de quelques millisecondes, ou Julien m'adresse de temps à autre un clin d'œil, sa fossette rieuse faisant naître machinalement un sourire sur mon visage. Sur le court, nous sommes méconnaissables et ne faisons qu'une bouchée de nos adversaires.

En une heure à peine, nous remportons le match 6-3, 6-2. Après avoir serré les mains de nos adversaires et de l'arbitre, nous nous tombons dans les bras. Je me défais rapidement de cette étreinte. Tout se mélange dans ma tête : ma vieille rancœur, la nuit que nous avons passée ensemble, l'article du *Sun*… J'ai peur que cette embrassade ne soit mal interprétée. Ou plutôt : qu'elle ne soit trop bien interprétée. Julien ne semble pas s'en offusquer. Il m'adresse un nouveau sourire en se passant la main dans les cheveux. Sans un mot échangé, nous nous livrons au traditionnel exercice de l'interview sur le court, puis lançons quelques balles dans les travées à l'attention du public.

À partir de là, tout s'enchaîne très vite. Dès notre récupération terminée, nous sommes attendus devant les journalistes pour la conférence de presse. J'essaie de l'expédier assez rapidement, non parce que je n'aime pas ça, mais parce que l'après-midi touche bientôt à sa fin, et que j'ai rendez-vous ensuite avec Rebecca, Aurelia, Lucy et ma sparring-partner pour mon dernier entraînement individuel avant mon match simple de demain matin. En sortant de la salle de presse, j'ai à peine le temps de glisser un « À plus tard » à Julien. Dès lors, je dois switcher complètement. Ma prochaine adversaire est une joueuse du top 20, mieux classée que moi. Je n'ai pas le droit à l'erreur. Je me jette corps et âme dans ma routine et le programme mis sur pied par Aurelia. Pour un match comme ça, rien ne doit être laissé au hasard.

Le lendemain, je dispute un match âpre de quasiment trois heures. Je l'emporte dans la douleur, 6-7, 7-6, 7-6.

Cette fois, mon mental ne m'a pas fait défaut, et malgré la perte du premier set dans le jeu décisif, j'ai réussi à renverser la vapeur. Je suis fière de moi, mais également complètement exténuée.

— Comment tu te sens ? me demande Aurelia alors que je peine à pédaler sur le vélo d'appartement.

— J'ai mal partout, concédé-je. C'est normal de découvrir certains muscles après autant d'années de carrière ?

Aurelia sourit, puis fait défiler quelque chose sur sa tablette. Elle réfléchit.

— Bon, fait-elle après un temps, initialement, on avait prévu un entraînement avec Julien pour préparer votre 3e tour demain, mais j'ai discuté avec Rebecca, et je suis d'avis que tu dois te reposer absolument cet après-midi. Ce match t'a cramé, et je ne veux surtout pas qu'on prenne le risque de te blesser. D'autant que tes données de sommeil ne sont vraiment pas terribles…

Je m'arrête de pédaler, rouge de honte. Je ne peux décemment pas lui avouer la cause de ma courte nuit de l'avant-veille.

— Et Julien ? m'inquiété-je soudain. Il est d'accord avec ça ?

— À vrai dire, quand je suis allée voir Rebecca, elle m'a dit que Julien lui avait fait la même suggestion. Comme votre match de demain n'est qu'en troisième rotation, il propose que vous ne fassiez qu'un entraînement, en fin de matinée. Il s'entraînera tout seul avec Joe et Rebecca aujourd'hui. Toi, tu es libre ! Mais pas de folie, hein. Pas question d'aller arpenter New York ou quoi que ce soit du genre. Tu t'installes à une terrasse, tu sirotes ce que tu veux sur un transat, ou bien tu fais une sieste dans ta chambre mais, quoi qu'il en soit : tu te reposes. OK ?

Je Je mime un salut militaire. Avec tout ce qui s'est passé depuis deux jours, je ne suis pas mécontente d'avoir un peu de répit. Depuis combien de temps n'ai-je pas eu un moment rien qu'à moi ? Je profite de cette demi-journée off pour bouquiner et mater des séries entre deux siestes depuis ma chambre climatisée. Le soir venu, je dîne avec Julien et nos staffs respectifs. En accord avec notre règle tacite, nous ne nous asseyons pas à côté. Pendant le repas, nous échangeons des regards, mais nous n'avons pas l'occasion de discuter rien que tous les deux. De retour dans ma chambre, j'hésite à lui envoyer un message, mais je repense aux réflexions d'Aurelia, et je préfère m'en tenir à la routine. Exténuée par mon combat sur le court, je tombe dans le sommeil dès la lumière éteinte.

Dès le lendemain, tout s'enchaîne très vite. Entre les entraînements à deux ou en solo, le tournoi simple et le double mixte, les interviews, les conférences de presse et les phases de récupération : je n'ai plus une minute à moi. Et encore moins de temps pour des tête-à-tête avec Julien. Aucun de nous deux n'a encore osé évoquer la soirée et la nuit que nous avons passées ensemble. Quelque part, cela me convient, car nous nous concentrons sur le plan sportif. Sur le terrain, notre entente retrouvée continue de faire des miracles. Au départ, je suis un peu gênée. Chaque fois que je croise son regard, ou que mes yeux s'attardent sur son corps, je suis assaillie par des flashs de notre nuit d'amour. J'ai l'impression que tout le monde peut le lire sur mon visage… Heureusement, une fois le match réellement commencé, je parviens à faire davantage abstraction de tout ça. Ce léger malaise entre nous persiste quelques minutes mais ne nous empêche nullement de jouer, et nous remportons tous nos matches en deux sets, assez succincts, jusqu'à nous hisser en quart de finale. Plus nous gagnons, plus nous devons répondre à diverses interviews pour des chaînes de télé, des journaux sportifs, etc. Nos entraînements sont également beaucoup moins intimistes qu'avant. Une petite foule de curieux et de journalistes s'y rend désormais. Plus nous progressons dans le tableau, et plus les occasions de nous retrouver seuls tous les deux se font rares. Je profite néanmoins de chacune de nos victoires et de ces moments précieux que nous passons avec nos équipes, la presse ou nos fans. Un Grand Chelem ne dure que deux semaines maximum, nous aurons tout le temps plus tard pour nous poser des questions sur le reste. De mon côté, en tout cas, j'essaie de ne pas trop y penser.

Car l'un des matches les plus importants de ma carrière se profile.

Je me suis qualifiée en simple pour les huitièmes de finale et je m'apprête à affronter une joueuse classée trois toutes petites places au-dessus de moi. Autant dire que tous les espoirs sont permis. C'est peut-être ma plus belle chance de me qualifier pour la troisième fois seulement en quart de finale d'un Grand Chelem. Les deux autres datent d'il y a tellement d'années, que je me rappelle à peine la sensation qu'un tel événement procure. Je ne suis qu'à deux sets gagnants d'atteindre de nouveau cet objectif. Depuis deux jours, je ne pense plus qu'à ça, et ça aurait pu nous coûter la qualification dans le double mixte si Julien n'avait pas été aussi attentif. Mais je n'y peux rien. J'ai travaillé pour ça toute ma vie, une place dans le dernier carré d'un des plus grands tournois du monde. Et je ne suis plus qu'à deux petits matches d'y parvenir. Alors pour mettre toutes les chances de mon côté, j'ai suivi scrupuleusement le programme établi par Aurelia. Alimentation, entraînement, récupération, sommeil, j'ai tout fait comme il fallait. J'arrive sur le court avec un mélange de confiance et d'appréhension. Ce match sera soit l'un des plus grands accomplissements de ma vie, soit une immense déception. Difficile, alors, d'évacuer complètement la pression. Avant le premier point du match, je jette un coup d'œil vers mon box. Comme à l'accoutumée, Rebecca s'y trouve en compagnie d'Aurelia, de Lucy, d'Annabeth et de Lily. La fine équipe au grand complet ! Auprès d'elle est assis Julien, qui en a fait une habitude depuis quelques matches déjà. Mais cette fois, je suis surprise de voir que Joe et Max l'ont accompagné. Je ne crois pas avoir déjà eu un box aussi plein. Je dois me retenir pour ne pas laisser échapper une larme. Voir Julien et son staff venir me soutenir en simple, de façon aussi officielle, me touche plus que de raison. Je me sens encouragée. Entourée. Je resserre ma prise autour de ma raquette. Leur présence décuple ma motivation : je ne suis pas la seule à y croire.

Je joue le meilleur tennis de ma vie. Alors que tout le monde – moi la première – s'attendait à un match serré contre une joueuse qui jusque-là m'avait presque toujours battue, je me défais de mon adversaire du jour en deux petits sets. Lorsque l'arbitre annonce « Jeu, set et match Brown », je me laisse tomber à terre, la tête entre les mains. Les larmes de joie font trembler tout mon cœur.

Je l'ai fait.

J'atteins ce quart de finale de Grand Chelem qui m'échappait depuis quelques années maintenant. Je me relève et cours au filet pour saluer mon adversaire. Maria, que je connais bien, m'enlace. Elle me félicite et me glisse des paroles encourageantes. Mais je l'entends à peine : mon cœur bat si fort qu'il résonne jusque dans mes oreilles. Je me jette ensuite dans les bras de Rebecca. Elle a toujours eu confiance en moi, et sans elle, je n'en serais jamais arrivée là. Je le sais. Elle m'embrasse comme une mère.

→ vers **CHAPITRE 36** (p. 222)

CHAPITRE 36

Je ne redescends de mon nuage que le soir, dans la solitude de ma chambre d'hôtel. Étalée dans mon lit, je prends conscience de ce qui m'arrive, et les questions m'assaillent. Je n'avais pas *vraiment* prévu de me retrouver aussi loin à la fois dans le tableau double, mais surtout dans le tableau simple, et je me demande si continuer à jouer les deux compétitions n'est pas le meilleur moyen de perdre dans les deux. Et puis… il y a Julien. Avec lui, je crois que je joue aussi à un autre jeu. Un jeu dangereux, auquel j'ai pourtant de refusé de participer depuis des années… Mais je n'ai pas le temps de réfléchir plus longtemps, car quelqu'un frappe à ma porte. N'attendant personne, j'ouvre timidement. Quand j'aperçois Julien sur le seuil, je me fends d'un sourire et lui ouvre en grand. Il me tend alors un sac en papier à l'odeur aussi forte que plaisante.

— Je sais, je sais, prévient-il, c'est complètement à l'opposé de ton régime, mais bon… il fallait quand même marquer le coup, non ?

Dans le sachet, il y a deux énormes burgers, deux gigantesques portions de frites et, bien entendu, au moins un litre de soda.

— Si Aurelia l'apprend… soufflé-je.

Julien hausse les épaules.

— Je ne lui dirai rien, assure-t-il. Et toi ?

Pour toute réponse, je retire la montre connectée de mon poignet, et la pose sur ma table de nuit.

— Alors, *bon appétit* ! s'exclame Julien en français.

La chambre a beau être de standing, elle n'est pas si grande que ça. La tablette et la chaise ne suffisent pas pour que nous soyons à l'aise pour manger. Je déplie donc des serviettes de toilette propres sur le lit, où nous nous installons en tailleur pour le repas. Nous devons réaliser des prouesses d'élasticité et de réflexe pour ne pas faire couler du ketchup sur le lit, et mes grimaces ont l'air de faire beaucoup rire Julien. Hilare, il me balance au visage des serviettes en papier, et nous rions de plus belle. Pendant tout le temps que dure le repas, nos genoux sont collés l'un contre l'autre, et pour la première fois depuis longtemps, cette proximité ne me gêne pas. Elle est étrangement… naturelle. Julien se montre très enthousiaste. Il ne tarit pas d'éloge sur mon match du jour et n'arrête pas de revenir sur ce qu'il considère comme mes meilleurs coups du match. Parfois, il se lève même sur le lit pour les mimer, manquant de renverser la fin de son soda. En temps normal, j'aurais au minimum levé les yeux au ciel face à un tel comportement, mais ce soir, je suis si heureuse que je n'arrive pas à m'empêcher de rire aux pitreries de Julien. Ravi d'avoir affaire à un si bon public, il s'en donne à cœur joie.

— Je crois que je n'ai plus de place pour le dessert, fait-il en se laissant tomber sur le dos.

Mains jointes sur son ventre, il s'allonge comme pour faire une sieste.

— Parce qu'il y avait un dessert ? m'étonné-je en jetant les détritus dans le sac en papier.

— Évidemment ! Je suis Français, moi, *Madame* !

— Et quelle était donc la surprise du chef ?

Il lève vers moi des yeux rieurs :

— Ben, tu ne devines pas ?!

Je hausse les épaules et affiche une moue sceptique : je ne vois vraiment pas.

— Des BROWN-ies, bien sûr !

Je laisse échapper un ricanement.

— C'est la pire blague que j'ai jamais entendue ! exagéré-je. Tiens, pour la peine…

D'un mouvement rapide, je récupère l'oreiller derrière moi et frappe la tête de Julien avec.

Surpris, il réagit lentement et il essuie quelques coups avant de commencer à se défendre. Nous voilà tous les deux à genoux sur mes draps, engagés dans une lutte de polochons féroce tels deux enfants. Entre les coups et les rires, je ne parviens presque plus à respirer. Pourtant, je ne me suis jamais autant amusée. Ou en tout cas, pas depuis très longtemps.

Histoire de reprendre un peu mon souffle, je m'écarte au dernier moment pour esquiver une nouvelle attaque de Julien. Ce dernier, emporté par son élan, tombe vers l'avant. Pour éviter de chuter hors du lit, il se décale et se retrouve à califourchon sur moi. Nos deux corps saccadés par nos respirations agitées ne sont séparés que par mon oreiller. Lorsque nos regards se croisent, le temps se suspend.

Ses yeux rient désormais d'une étincelle nouvelle. La chaleur irradie tout mon corps, de mes joues jusqu'au creux de mon bas-ventre. Je voudrais qu'il m'embrasse. Là, maintenant. Comme s'il avait lu dans mes pensées, Julien retire d'un geste vif et précis l'oreiller qui se trouve sous lui. Son corps lourd et chaud m'écrase soudain dans une étrange douceur, et ses lèvres viennent dans le même temps se coller aux miennes. Ce baiser soudain me surprend puis me ravit. Je loge l'une de mes mains dans la nuque de

Julien pour l'inciter à ne surtout pas s'arrêter. Pendant que nos langues se rencontrent, les mains de Julien se fraient un chemin sous mon tee-shirt. D'un geste précis, il glisse ses doigts sous ma brassière. Lorsque ses pouces frôlent mes tétons, je pousse un râle de plaisir. Je me détache de sa bouche à regret le temps qu'il retire mes vêtements. J'en profite pour le déshabiller à mon tour. Sa bouche, plutôt que de revenir cueillir la mienne, part à l'assaut de mon corps. Je pense être au supplice lorsque sa langue et ses dents titillent ma poitrine, mais le pire des délices est encore à venir. Julien dépose des dizaines de baisers le long de mon ventre, sur mes hanches, le bas de mon ventre avant que ses lèvres ne viennent embrasser celles de mon sexe. Je ne sais même pas à quel moment j'ai – ou était-ce lui ? – retiré ma culotte. Sa langue effleure mon clitoris et je dois empoigner les draps pour ne pas hurler. Je perds le contrôle et m'abandonne complètement à mes désirs.

— Prends-moi, parviens-je à exhaler dans un souffle rauque.

Ses yeux rencontrent les miens et le désir que j'y lis me fait encore plus fondre de plaisir.

— Qu'est-ce que tu es belle, Colleen.

Il se redresse sur le lit et farfouille quelques secondes dans les vêtements qui jonchent le sol de ma chambre. La frustration de l'attente ne fait qu'augmenter mon envie. Lorsqu'il trouve enfin le petit sachet carré renfermant le préservatif, je le lui arrache des mains. J'ouvre soigneusement le plastique et, sous le regard ardent de Julien, lui enfile moi-même. Autant que j'en suis capable, je ralentis mon geste, pressant ma main autour de son sexe à mesure que je fais glisser le latex sur sa peau. L'opération lui arrache quelques râles de satisfaction. N'y tenant plus, Julien m'embrasse et me fait basculer en arrière avec douceur.

— Viens, lui susurré-je à l'oreille.

Allongée sur le dos, j'attrape son membre dur à la base et le fait pénétrer moi-même dans mes chairs. Le plaisir que je ressens lorsqu'il entre en moi me fait complètement m'abandonner à lui. Enroulant mes jambes autour de son bassin, je le laisse désormais en charge du tempo. Ses va-et-vient et les dizaines de baisers qu'il dépose sur tout mon corps me font bientôt chavirer. Mais il n'a pas encore eu son compte, et j'entends bien connaître cette jouissance plusieurs fois encore au cours de la nuit.

Le lendemain matin, je me réveille seule dans mon lit. Sur l'oreiller où Julien a (peu) dormi se trouve un petit papier. Je souris en le lisant. « Bonjour, Championne ». Deux mots qui m'emplissent d'une joie difficilement descriptible. Comme quoi, les sentiments ne rendent pas aveugle : ils rendent juste niais.

Mais cette plénitude ne dure pas. Le message d'Aurelia, contenant le programme détaillé de la journée, me rappelle brusquement à la réalité. Julien et moi sommes censés nous retrouver dans quelques heures sur le court d'entraînement pour préparer notre quart de finale commun qui aura lieu dans l'après-midi. C'est à ce moment précis que mes jambes douloureuses se rappellent à mon bon souvenir.

Depuis plus d'une semaine maintenant, j'enchaîne les matches à haute intensité. Les premiers matches avec Julien, qui n'ont pas toujours été simples, m'ont coûté beaucoup d'énergie, et je le paie aujourd'hui avec des douleurs et courbatures en tout genre. Je peine à m'asseoir sur mon lit : même mon dos me lance. En soi, ce n'est pas inhabituel, le tennis est un sport exigeant et violent pour le corps. Mais à vingt-quatre heures du match en simple le plus important de ma carrière, ces douleurs, bien que courantes, me questionnent. Est-il sage de me présenter sur le court cet après-midi ? Le match pourrait être long, je pourrais me blesser. Nous pourrions perdre, aussi. Une défaite est-elle la meilleure préparation pour s'octroyer une place dans le dernier carré ? La presse et les fans comprendraient certainement ce choix. Je ne serais pas la première joueuse de l'histoire à privilégier le tableau simple au tableau double (mixte ou non) en cours de tournoi.

Mais il y a Julien… Lui, il n'a plus que ça. Comment le prendrait-il ? Et Rebecca, et Joe ? Et qu'en penserais-je moi-même, si je me retirais du double et que je perdais dans la foulée mon quart de finale en simple ? Après tout, c'est un scénario plus que probable. Mon adversaire de demain est, sur le papier, bien meilleure que moi. Elle a l'expérience de ces grands rendez-vous. Je fais les cent pas dans ma chambre. Mon cerveau est en ébullition et, d'après ma montre, mon rythme cardiaque s'accélère de manière alarmante. Je dois absolument me calmer ! Assise en tailleur sur la moquette de la chambre, je ferme les yeux, respire, et tente de faire le vide.

Y a-t-il seulement une bonne solution ?

Se retirer du double mixte et l'annoncer en premier à Julien→ vers **CHAPITRE 37** (p. 228)

OU

Continuer à jouer sur les deux tableaux → vers **CHAPITRE 38** (p. 233)

CHAPITRE 37

Mes mains tremblent au moment d'écrire à Julien. La matinée est déjà bien avancée, et je me dois de lui faire part de ma décision avant notre entraînement prévu cet après-midi. Je me triture la cervelle et m'y reprends une bonne dizaine de fois avant d'enfin appuyer sur « Envoyer ». La réponse de Julien ne se fait pas attendre.

Julien
J'arrive à l'hôtel dans cinq minutes. On se retrouve dans le hall ? :)

Déjà ! Devant le miroir, j'essaie d'arranger un peu ma coiffure en me refaisant pour la énième fois mon speech dans la tête. Je dois bien choisir mes mots. C'est une décision importante, mais je ne veux pas blesser Julien. Ça n'a rien à voir avec lui, c'est juste moi… Oh, mon Dieu, on dirait un discours de rupture. Mieux vaut peut-être ne pas présenter les choses ainsi.

Une fois dans le hall, je fais les cent pas. Je dois me contenir pour ne pas me ronger les ongles. Ça fait dix minutes que Julien a écrit « dans cinq minutes ». On ne peut pas encore vraiment parler de retard, mais ça n'arrange en rien mon stress. Je répète ma tirade comme une écolière révise un poème avant de le présenter à la classe. Alors que mon esprit est concentré sur la discussion à venir, mon regard se perd le long de la baie vitrée de l'accueil, qui donne sur la route. Un taxi s'arrête juste devant. La porte s'ouvre sur un couple. Un homme enlace tendrement une femme avant de l'embrasser sur la joue et de sortir. Tel un appareil photo, mes yeux finissent par faire le focus sur la silhouette qui referme la portière du véhicule jaune.

C'est Julien.

Il donne quelques indications au taxi, et échange quelques mots et un geste de la main avec la femme restée à l'arrière. Par la fenêtre ouverte, j'aperçois son visage. Enfin, ce qu'il est possible de voir derrière ses larges lunettes de soleil et son épaisse frange. Qui est-elle ? D'où connaît-elle Julien ? Pourquoi étaient-ils ensemble ? Et que faisait-il dans ses bras ? Sans m'en rendre compte, je fronce les sourcils et croise les bras. Une sensation aussi étrange que désagréable me monte dans la poitrine. Je réalise alors que je ne fais toujours pas complètement confiance à Julien. Puisqu'il m'a déjà menti, qu'est-ce qui l'empêcherait de le faire à nouveau ? Rien qu'à le voir là, si proche d'une inconnue dont il ne m'a jamais parlée, une part de moi se sent trahie.

Une main se pose sur mon épaule et me fait sursauter. De l'autre côté de la baie vitrée, le taxi est parti.

— Houhou, Colleen ? T'es dans la lune ?

Je me retourne. Julien se tient à côté de moi, sourire aux lèvres, son autre main dans les cheveux. Je bafouille des excuses. J'espère qu'il ne m'a pas vu l'espionner.

— Ça va ? Qu'y avait-il de si urgent ?

Sa main s'attarde sur mon avant-bras. Je me dégage doucement. Il n'est plus temps de se débiner. Je retiens un soupir.

— On va boire un truc ? proposé-je.

Nous allons nous installer dans l'un des cafés de l'hôtel. Une fois que le café de Julien est servi, je me jette à l'eau. Au départ, je souhaitais ne pas y aller par quatre chemins, mais le moment venu, je me perds complètement dans ce que j'avais prévu. Je commence par parler de mon match de la veille, et de ce que cette victoire tant espérée m'a fait ressentir. Julien m'écoute en souriant, il semble pratiquement vivre avec moi cette réussite. Son regard est si enthousiaste que je suis à deux doigts d'abandonner ma résolution, et de continuer le double malgré tout. Mais je me fais violence. Je me le dois. Ma carrière en solo a toujours été ma priorité, ça n'a pas de raison de changer. Je suis certaine que si le cas s'était présenté, James aurait compris. J'espère que Julien en fera autant.

— Tout ça, c'est tellement inespéré, poursuis-je. Je ne peux pas laisser ma chance, tu comprends ? C'est pour ça que… Je. Enfin. Je vais me désengager du double mixte.

Finalement, j'ai lâché ça de façon assez abrupte. Je baisse la tête pour ne pas avoir à soutenir son regard. J'ai si peur d'y lire de la colère, ou de la déception. Sa réaction me prend totalement au dépourvu.

Il se met à rire.

— Colleen ! T'es incorrigible.

Je relève la tête. Hein ?

— Je parie que tu t'es fait un sang d'encre toute la matinée. J'ai pensé qu'il y avait un truc grave, moi, avec ton message. Tu sais que tu aurais juste pu m'envoyer un texto ?

Je suis tellement abasourdie que plus aucun son ne peut sortir de ma bouche.

— Pardon, se marre Julien, tu aurais préféré que je t'engueule, c'est ça ? Que je fasse une scène ? C'est plus raccord avec mon personnage de petit con égoïste, hein ?

— Je… je… c'est pas du tout ce que…

— Allez, va, je te charrie.

À ces mots, il pose sa main sur la mienne.

— Tu vas jouer pour une place dans le dernier carré, continue-t-il plus bas, à ta place je tuerais sûrement père et mère si ça pouvait m'assurer la victoire. Alors que le double mixte soit le cadet de tes soucis, ça s'entend carrément !

— Wow… C'est. Merci, bredouillé-je.

Il me lance à nouveau ce fameux sourire qui a le don de me faire chavirer. Son pouce caresse désormais le dos de ma main. Lorsqu'une serveuse passe un peu trop près de notre table, je retire brusquement mes doigts des siens. Julien se renfonce dans son siège et son visage se ferme d'un coup.

— Elle aurait pu nous voir, me justifié-je à voix basse.

— Ça serait si grave que ça ?

Je suis scotchée. OK, on a couché ensemble… Est-ce que ça veut dire qu'on doit désormais s'afficher devant la totalité du circuit WTA et ATP et les caméras du monde entier ?

— C'est peut-être un peu tôt pour avoir cette discussion, estimé-je.

— Oh, tu penses ?

Je ne vois pas où il veut en venir. Est-on *déjà* obligé de mettre une étiquette sur notre relation ? Est-ce que c'est ça, sa priorité ? Julien soupire. Son ton se radoucit :

— Colleen, souffle-t-il. Si nous ne poursuivons pas en double – et je te le répète, je comprends parfaitement ta décision –, je n'ai aucune raison de rester à New York.

Sur ses derniers mots, sa voix s'est presque brisée. Je me rends compte avec honte que je n'y avais pas pensé. Tout ce que j'ai vu, c'est mon succès. Je touche mon rêve du doigt, et j'ai balayé tout le reste. Julien n'est plus en lice en simple. En me retirant du double, je l'efface complètement du tournoi. Dès lors, il a raison, pourquoi resterait-il dans un hôtel de luxe hors de prix à New York ? Il ferait mieux d'aller n'importe où ailleurs pour préparer son prochain tournoi.

— Il y a Rebecca, tenté-je. C'est ta coach adjointe, après tout.

Julien secoue la tête.

— C'est vraiment ta réponse, « Rebecca » ?

La déception point à travers son ton.

— Qu'est-ce que tu attends de moi ? demandé-je.

— Je ne sais pas ! s'impatiente-t-il. J'espérais… C'était bête, sans doute. Je savais qu'il y avait des chances que tu te retires du double mixte mais… naïvement, j'avais pensé que, peut-être, tu me demanderais de rester quand même. Je ne te parle pas d'apparaître main dans la main dans les rues de New York… Juste, je pensais qu'il y avait peut-être un peu plus que du tennis. Moi j'étais prêt à essayer… Je peux bien décaler ma prépa de quelques jours, surtout si c'est pour te voir réaliser ton rêve, accomplir quelque chose de grand. Visiblement, je me suis planté.

Il se lève d'un coup. Dans ma tête, tout va très vite. Je n'en reviens pas de ce que je viens d'entendre. Je pourrais lui demander de rester… mais vu la tournure qu'a pris la conversation, est-ce que ça ne serait pas une distraction de plus en travers de ma route ? D'un autre côté, je sais à quel point son soutien m'est précieux.

OU

Attraper Julien par le poignet : « Reste. Je t'en prie ». → vers **CHAPITRE 39** (p. 238)

Ne pas le retenir : « Ma carrière a toujours été ma priorité, et elle le restera. » → vers **CHAPITRE 40** (p. 245)

CHAPITRE 38

J'ai réservé une salle de réunion de l'hôtel et convoqué le staff de Julien et le mien pour évoquer la suite des tournois dans lesquels je suis engagée. Il est grand temps de commencer, mais Max n'est toujours pas arrivé et tout le monde semble d'accord pour l'attendre. Enfoncée dans mon siège, je soupire et prends mon mal en patience. Max arrive finalement avec un gros quart d'heure de retard. Son ordinateur portable dans une main, son téléphone calé entre son oreille et son épaule. Quand il entre dans la salle, il nous fait signe de sa main libre qu'il n'en a pas pour longtemps.

— … C'est parfait, je vous remercie énormément ! déclare-t-il en anglais à son interlocuteur à l'autre bout du fil.

Il s'installe à une place libre, raccroche et pose tout son matériel sur la table.

— Désolé pour le retard. C'est réglé, ajoute-t-il en se tournant vers Julien et Joe.

Les deux hommes acquiescent d'un mouvement de tête. Mon regard papillonne entre les trois. De quoi s'agit-il ?

— Qu'est-ce qui est réglé ? finis-je par demander à Julien.

Il laisse échapper un petit rire.

— Figure-toi que l'imbécile ici présent qui me sert de manager n'avait pas réservé de chambres d'hôtel au-delà du 8e de finale ! On a réussi à s'arranger pour hier, mais c'était temporaire, donc je vais devoir rechanger de chambre ce soir, a priori. Faire et défaire ses valises, je crois qu'il n'y a rien de mieux pour préparer sereinement un quart de finale, n'est-ce pas ?

Je ne peux m'empêcher de ricaner à mon tour. Max, rouge de honte, n'essaie même pas de se défendre. Quel manque de confiance de sa part ! Je suis heureuse qu'Annabeth ne m'ait jamais fait un coup comme ça (ou en tout cas, je n'en ai jamais rien su !). En revanche, nous avons souvent été confrontées au problème inverse, avec une chambre louée presque sur tout le tournoi, et une élimination précoce. Dans ces cas-là, les hôtels ne sont pas toujours enclins à rembourser, ne serait-ce qu'une partie. Sur une saison, cela peut constituer un budget important. Max ne pensait sans doute pas à mal. Julien multiplie les tournois en ce moment, mais pas forcément les victoires. Alors il faut bien pouvoir économiser quelque part.

— On peut commencer, peut-être ? propose Max, visiblement gêné par sa propre bourde.

J'essaie de présenter la situation le plus simplement possible. Une qualification en quart de finale simple est une grosse performance pour moi, et me donne l'occasion de réaliser enfin un de mes objectifs : atteindre le dernier carré d'un Grand Chelem. Je souhaite tout donner pour y parvenir, mais malgré tout, je ne souhaite pas abandonner le double.

— Pourquoi ? m'interrompt Max.

— Comment ça ? m'étonné-je.

— Pourquoi ne pas abandonner le double ? Ça te laisserait sans doute plus de chance de te qualifier en simple et je crois que je parle au nom de tout le monde en disant que nous aurions tout à fait compris une telle décision. Alors, pourquoi vouloir continuer sur les deux tableaux ?

Je rougis, et espère intérieurement que personne ne l'a vu. Parmi toutes les raisons qui m'ont conduite à ce choix, il y en a une qui prédomine. La présence de Julien. Depuis quelques jours maintenant, nous avons construit quelque chose. Sur le plan sportif, d'abord, mais sans doute un peu plus… Ça n'a pas été facile, au début, mais désormais, je n'ai aucune envie de jeter tous ces efforts à la poubelle. Je veux voir où tout cela nous mène. Évidemment, ce n'est pas une réponse que j'ai envie de faire en public. Alors, je décide de la jouer différemment :

— Parce que s'il y a une chance de gagner sur les deux tableaux, même infime, je ne veux pas la laisser passer.

Ma détermination semble convaincre tout le monde. Je poursuis :

— Maintenant, le tout est de savoir quelle est la meilleure façon de procéder. À mon avis, on a deux options. Soit on continue sur le même planning que depuis le début, avec une alternance d'entraînement en solo et en binôme, soit je m'entraîne exclusivement en solo, et Julien également de son côté.

— Est-ce que tu as une préférence ? me demande Rebecca.

Je hausse les épaules.

— Si je vous ai réunis, c'est parce que je ne sais pas trop. Je ne veux pas que qui que ce soit se sente lésé par l'un ou l'autre des choix.

Mon équipe – à l'exception de Rebecca, qui fait également partie du staff de Julien – pourrait voir d'un mauvais œil que je ne me donne pas à 100 % dans la préparation de mon quart de finale simple. De leur côté, Joe et Max pourraient m'en vouloir de laisser Julien sur la touche si j'arrêtais les entraînements communs. J'ai justement initié cette réunion pour que chacun prenne librement la parole et que nous puissions prendre la meilleure décision possible, et surtout, qu'elle convienne à tous.

— Je suis d'accord pour poursuivre les entraînements en binôme et en solo, commence Aurelia, mais je pense qu'il faut les espacer par rapport à ce qu'on faisait jusqu'ici. Après plus d'une semaine de tournoi, ton corps commence à fatiguer. On doit miser davantage sur la récupération. Il ne faut surtout pas te cramer avant ton quart de finale.

— Ça m'irait, confirme Julien.

— Moi aussi, embraye Joe.

— Mais je comprendrais aussi que tu préfères te consacrer aux entraînements pour le simple. Je pense qu'on a assez d'automatisme et de confiance maintenant pour que ça ne nous soit pas trop préjudiciable en match, ajoute mon partenaire.

Joe et Max acquiescent. Je jette un regard à Rebecca, qui se contente de me sourire. Bon. Je ne suis pas beaucoup plus avancée. Le choix m'appartient et, quel qu'il soit, les staffs l'accepteront. D'un côté, je suis rassurée de voir que tout le monde comprend les enjeux, et que personne ne cherche absolument à imposer sa vision des choses. De l'autre… tout repose sur mes épaules maintenant. Si la décision s'avère être mauvaise au bout du compte, je ne pourrais m'en prendre qu'à moi-même.

— Tu peux peut-être prendre la matinée pour y réfléchir ? vole à mon secours Rebecca. Et tu nous dis ce qu'il en est pour l'entraînement de cet après-midi.

Dans la pièce, tout le monde opine du chef. J'accepte et remercie tout le monde d'être venu. Julien traîne volontairement à ranger ses affaires pour être le dernier à sortir. Quand nous ne sommes plus que tous les deux sur le pas de la porte, il dépose un baiser furtif sur mes lèvres. Je me fige de surprise avant de rosir de plaisir.

— J'aimerais pouvoir passer tout mon temps avec toi, me murmure-t-il, mais je suis aussi un sportif de haut niveau, et je respecterai ton choix quoi qu'il arrive.

Il m'embrasse à nouveau, un peu plus longuement, sa main posée sur ma hanche. Je me détache à contrecœur, trop anxieuse à l'idée que quelqu'un puisse nous voir. Lucy serait totalement du genre à avoir oublié son stylo ou son portable dans la salle. Julien m'adresse un dernier clin d'œil et s'en va. Je ferme la porte la main presque tremblante. L'effet que me fait Julien, rien que par sa présence, est à la fois une bénédiction et une malédiction. Comme lui, je voudrais que l'on puisse passer le plus de temps possible ensemble. Mais je me rends bien compte également que notre relation a tout d'une probable distraction. Impossible d'être totalement concentrée en entraînement ou en match lorsqu'il est à côté. Dès que mes yeux se posent sur lui, je repense à nos baisers, à nos ébats… et ça ne m'aide pas du tout à être focus sur le tennis. Pour la première fois en dix ans de carrière, je commence à accepter que le choix du cœur puisse parfois primer sur le choix sportif. Et à l'aube du match le plus important de ma carrière, cela me terrifie. Je suis peut-être en train de remettre en question tout ce en quoi je croyais dur comme fer jusqu'à aujourd'hui. Comment, désormais, parvenir à concilier les deux ? Je suis parcourue d'un frisson. Choisir, c'est renoncer, et dans le cas présent, une seule mauvaise décision pourrait me faire tout perdre !

De retour dans ma chambre, j'observe mon reflet dans le grand miroir en pied. *Prends ton courage à deux mains, Colleen !* Les dilemmes font partie de la vie des championnes. Si je veux en devenir une, je dois commencer par agir comme telle. Je dois à nouveau prendre une décision, et l'assumer jusqu'au bout.

Maintenir une alternance des entraînements en simple et en double → vers **CHAPITRE 41** (p. 252)

OU

Privilégier les entraînements en solo et la récupération → vers **CHAPITRE 42** (p. 261)

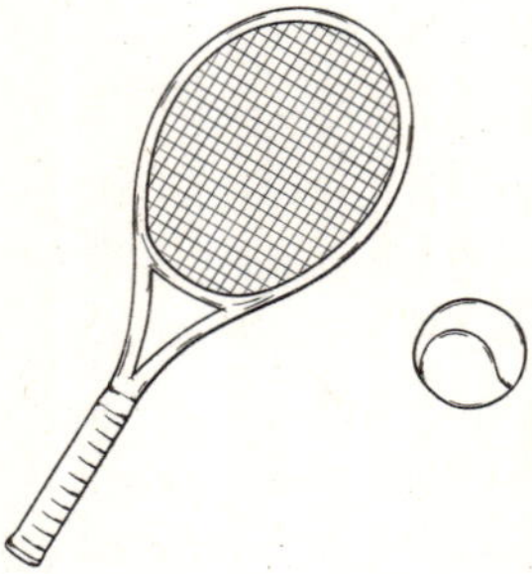

CHAPITRE 39

La phrase est sortie toute seule et la vérité c'est que, si je m'étais écouté jusqu'au bout, je l'aurais embrassé là, malgré la présence des gens autour de nous. C'est d'ailleurs sans doute ce que Julien aurait voulu. Je sais qu'il aimerait que notre début de relation soit simple, qu'on puisse, comme le commun des mortels, se prendre la main et s'embrasser dans n'importe quel moment du quotidien. Mais voilà nous ne sommes pas monsieur et madame tout le monde. Au beau milieu d'un tournoi du Grand Chelem, nos faits et gestes sont déjà décortiqués par la presse sportive et people, et j'aime autant ne pas leur donner davantage de matière que celles que les divers journalistes trouvent déjà. Qu'on parle de mes performances est une chose, mais je souhaite que ma vie privée… demeure privée le plus longtemps possible. Julien voit sans doute les choses différemment, mais je comprends à son regard et son sourire qu'il accepte mes conditions. Sa fossette me donne tout à coup envie de le suivre dans sa chambre, de nous y enfermer pour le reste de la journée. Mais je suis rapidement rappelée à l'ordre : Aurelia m'envoie un message pour me faire savoir que j'ai plus d'une demi-heure de retard sur le planning prévu. Je salue Julien à regret et donne rendez-vous dans la foulée à mon équipe pour leur annoncer ma décision.

Me désengager du double mixte a considérablement allégé mon programme. J'ai donné une conférence de presse pour informer et expliquer publiquement mon choix. Depuis, j'ai supprimé les applications des réseaux sociaux de mon téléphone, et j'essaie d'éviter la presse sportive autant que possible. Je sais que cette décision va faire parler, et même si Julien a également communiqué là-dessus en insistant bien sur le fait qu'il comprenait et me soutenait à 200 % dans mon choix, certains fans et journalistes ne l'entendent pas de cette oreille. J'essaie de rester dans ma bulle et de me focaliser sur mon objectif.

Mon quart de finale en simple n'étant que dans deux jours, entre les entraînements et les diverses obligations presse, Rebecca et Aurelia m'ont donné ma soirée. J'aimerais me faire pardonner mon discours maladroit de ce matin auprès de Julien. Je n'ai pas envie qu'il pense que je lui ai dit de rester parce qu'il me l'a demandé, mais qu'il sache que j'en avais envie. Mélanger à ce point vie sentimentale et carrière m'effraie, mais mon cœur s'emballe à la pensée que j'aurais pu perdre complètement Julien ce matin. Je veux essayer de me racheter. J'appelle Giuseppe, mon vieil ami restaurateur pour voir s'il ne pourrait pas m'aider.

— Ma chérie ! se réjouit-il. N'en dis pas plus. Je ferme l'établissement ce soir, et je vous prépare un dîner rien que pour vous deux.

— Tu es sûr ? Je ne voudrais pas te priver de toute une soirée de revenus et encore moins te mettre en difficulté auprès de tes clients.

— Tu plaisantes ! Toi, ta coach, et sa coach avant elle, vous avez contribué à bâtir la renommée de cet établissement. Mon vieux père se retournerait dans sa tombe si je te refusais ça !

Je raccroche avec un énorme sourire aux lèvres. J'écris immédiatement un texto à Julien pour lui donner rendez-vous le soir même à l'entrée de l'hôtel.

Nous nous retrouvons à l'heure convenue et prenons le taxi jusque *Chez Pepp*e. Mon ami n'a pas fait les choses à moitié ! Il nous a installé une grande table dans l'arrière-cour de l'établissement, décoré avec goût et de nombreuses bougies aux senteurs enivrantes. Pour le menu, j'ai fait confiance au chef, et j'ai eu totalement raison : je n'ai jamais mangé d'aussi bonnes pâtes de ma vie. Le repas est excellent et copieux sans être trop riche, le combo idéal pour une athlète en pleine compétition.

Mais le plus exquis dans tout ça, c'est la présence de Julien. Pour la première fois depuis longtemps en dehors du terrain, entre nous, tout est fluide ce soir. Aucune remarque acerbe ne vient me chatouiller la langue, même lorsque Julien tente une taquinerie. Désormais, je me prends même à sourire, voire à répondre sur le même ton badin. À force de lui rendre ses sourires, j'ai les zygomatiques en feu ! Et puisque cette fois, nous sommes sans témoins, nous pouvons nous permettre de nous prendre la main aussi souvent que ça nous chante. Juste avant le dessert, nous profitons de la table débarrassée pour réduire encore un peu plus l'espace qui nous sépare. Je ne sais pas qui de nous deux esquisse en premier le mouvement suivant, mais nous nous retrouvons très vite bouche contre bouche. Les lèvres de Julien ont la douceur sucrée du vin italien que nous venons de terminer. Je voudrais que ce moment dure jusqu'au bout de la soirée, mais j'entends déjà les pas de Giuseppe approcher. Nous nous éloignons à regret, mais nos doigts entrelacés ne se lâchent plus.

— Et voilà le dessert !

Fier comme un paon, Giuseppe dépose devant nous deux énormes parts de tiramisu. Je lis l'appréhension dans les yeux de

Julien, qui redoute tout à coup ma réaction. Je le comprends. En temps normal, j'aurais paniqué à la vue de toutes ces calories et de tout ce sucre difficilement compatible avec mon régime drastique habituel. Mais pas ce soir. Pour une fois, je vois dans cette assiette qui me semble gargantuesque une sacrée aubaine : elle va me permettre de prolonger encore davantage cette soirée magique.

— *Buon appetito* ! s'exclame Giuseppe en repartant, tandis que Julien et moi avons bien rapidement retrouvé le sourire.

Avant d'entamer mon tiramisu, je ne peux m'empêcher d'adresser à Julien une œillade complice. C'est fou comme notre relation a changé en quelques jours. Quand nous nous sommes revus à Cincinnati, je ne pouvais pas l'approcher sans sentir la colère m'envahir. Aujourd'hui, ce qui me rebutait il y a encore une semaine m'attire, et je redécouvre le Français sous un jour nouveau. Malgré tous les efforts de Giuseppe pour la faire durer, la soirée passe beaucoup trop vite à mon goût et lorsque je suis de retour dans ma chambre d'hôtel, pour la première fois depuis très longtemps, je me couche sans penser au tennis.

Le jour de mon quart de finale arrive enfin. J'ai passé une très mauvaise nuit, me passant en boucle divers scénarios tous plus catastrophiques les uns que les autres. Ce matin, au petit déjeuner, même mon porridge a eu du mal à passer. Mon équipe se veut encourageante, mais mon stress prend le dessus sur tout. Pour ne rien arranger, mes sensations à l'entraînement juste avant le match ne sont pas bonnes. Je crois que je ne me suis jamais mis autant de pression. En même temps, il y a de quoi. Je suis en quart de finale de l'US Open, contre la numéro 3 mondiale, et je vais jouer pour la toute première fois de ma vie sur le mythique Court

Central. Dans le tunnel, juste avant d'entrer, j'ai l'impression que je vais rendre mon repas et je suis à deux doigts de prendre la fuite. Mon adversaire est juste devant moi et elle me paraît immense. Je ne vais jamais y arriver ! Alors qu'elle entre sur le terrain, j'arrive à la hauteur d'une plaque dorée. Y est inscrite une citation d'une grande championne américaine : « La pression est un privilège ». Ces mots me gonflent d'un orgueil nouveau. Cette pression que je me colle toute seule depuis deux jours, je l'ai attendue tellement longtemps. Il n'est pas question de se débiner maintenant. J'ai tout fait pour en arriver là, et je n'ai pas usurpé ma place. « Ne t'interdis pas de rêver », m'avait soufflé James lors de nos débuts en double mixte. L'annonce du speaker me parvient aux oreilles :

— Avec deux titres de Grand Chelem et une médaille olympique en double mixte cette saison, elle est 34e mondiale sur le circuit WTA, merci d'accueillir la Londonienne… Colleen Brown !

Le stade, immense, n'est pas totalement plein mais la clameur du public me fait aussitôt bourdonner les oreilles. Je salue la foule de la main en me dirigeant vers mon siège. Dans mon box, toute mon équipe est présente. Julien est là aussi. Ils sont tous debout et applaudissent mon entrée.

Aujourd'hui, je décide de ne rien m'interdire.

La présence de Julien dans les travées, ses poings serrés à chacun de mes points gagnants, son soutien durant notre dîner me donne une force nouvelle. Ce nouvel allant me rappelle mes premiers tournois, quand j'étais encore une fillette. Lorsque ma famille venait assister à mes matches, et que cela me rajoutait toujours une pression supplémentaire. Je ne voulais pas décevoir mes parents, je voulais que mes frères soient fiers de moi. Mais au-delà de cette pression, c'est surtout ma motivation qui se trouvait exacerbée par leur simple présence. Il se passe la même chose aujourd'hui.

Alors que des milliers de personnes sont présentes dans les travées, la voix de Julien me parvient toujours distinctement. Ses encouragements me donnent un second souffle. J'en oublie les douleurs, les échanges interminables, les minutes qui défilent. Je gagne un premier set accroché, mais perds le second assez rapidement. Depuis ma chaise, j'entends les mots de Rebecca « Plus qu'un set » et ceux de Julien « Tu peux le faire » et j'entame le troisième set avec confiance. Je le remporte avec une facilité déconcertante. Du court, je n'arrive pas à savoir si c'est elle qui déjoue, ou si c'est moi qui durcis mon niveau de jeu. Mais le résultat est le même : je viens de battre la numéro 3 mondiale, et je suis désormais dans le dernier carré de l'US Open. Tout ça me semble tellement irréel. Rebecca, Julien et toute mon équipe me félicitent. Je crois que tout le monde pleure. Mon étreinte avec Julien dure un peu plus longtemps que celle des autres. Pendant dix ans, j'ai tenu à distance toute forme de sentiments pour que ceux-ci ne contrarient ni mon jeu ni mes ambitions. Aujourd'hui, pourtant, la présence de Julien m'a comme donné des ailes. Peut-être que je l'aurai remporté, même sans lui, je ne le saurai jamais. Mais peut-être aussi que carrière et sentiments ne font pas aussi mauvais ménage que je le pensais. Le soir venu, nous célébrons tous ensemble ma victoire dans un restaurant huppé proche de l'hôtel. Je ne me suis jamais sentie aussi bien.

— C'est vraiment recommandé dans le programme, ce genre de petite fête ? demandé-je inquiète à Aurelia.

Elle hoche la tête avec vigueur.

— Tu viens d'accomplir quelque chose d'incroyable. Je n'aime pas trop le terme d'exploit, mais force est de constater que ça décrit bien ce qui s'est passé aujourd'hui. Tu as largement mérité de décompresser un peu. Ce n'est pas quelques heures de relâchement qui vont flinguer des années de préparation. Profite un peu ! Mais ne te couche pas trop tard, et ne t'en fais pas : je te retrouve dès demain matin pour la reprise de la torture.

J'obéis à ma préparatrice avec encore plus de plaisir et d'assiduité que d'habitude.

Le soir venu, dans l'intimité de ma chambre, je me mets à pleurer. Tous mes efforts semblent enfin payer et je touche du doigt l'un de mes plus grands rêves. Et j'ai la chance d'être si bien entourée. Rebecca, Lily, Aurelia, Lucy, Annabeth… et désormais, Julien. Je ne sais pas comment l'expliquer, mais j'ai l'impression qu'une nouvelle Colleen est née aujourd'hui, et qu'elle ne demande qu'à déployer ses ailes pour aller encore plus loin. Je m'endors sereine, la tête pleine de rêves et d'espoir.

Dès le lendemain matin, c'est la douche froide.

→ vers **CHAPITRE 43** (p. 268)

CHAPITRE 40

Après la discussion avec Julien, j'ignore les remontrances d'Aurelia concernant mon retard sur le planning et fonce m'enfermer dans ma chambre. J'annonce ma décision concernant le tableau du double mixte à mon équipe par message, et leur donne rendez-vous dans l'après-midi pour l'entraînement. Affairée sur mon tapis de yoga, je parviens à tout sauf à me détendre. Je n'arrête pas de retourner la scène de tout à l'heure dans ma tête. Quand je vois l'état dans lequel cette histoire est en train de me mettre, je me dis qu'il faut faire quelque chose. Pourquoi Julien a-t-il absolument besoin de donner un statut à notre relation ? Elle a commencé il y a seulement quelques jours, et nous devrions déjà nous pavaner en public sur le circuit ? Je joue dans quarante-huit heures le match le plus important de ma carrière, et c'est la première chose à laquelle il pense ? Que j'aurais dû lui demander de rester ? Je me retrouve à faire les cent pas autour de mon lit. Cette situation n'est pas tenable. Comment me concentrer sur mon tournoi si je dois sans cesse me préoccuper des états d'âme de Julien ? Je fais alors un choix radical.

J'attrape mon téléphone et ouvre la conversation avec Julien. Je réfléchis longtemps à mon message, et en écris au moins une dizaine de versions avant d'être finalement satisfaite. Je pousse un long soupir avant d'envoyer. Je ne dois pas me dégonfler. Ce choix, je le fais pour moi, pour que je puisse avancer.

Colleen

Julien, j'aurais aimé que les choses se passent autrement. Depuis toujours, j'ai décidé de faire du tennis ma priorité, envers et contre tout. Notre discussion de ce matin m'a fait me rendre compte que toi et moi ne poursuivions peut-être pas les mêmes objectifs et ne nourrissions pas les mêmes attentes. Je ne peux pas me permettre de continuer une relation qui draine une énergie dont j'ai absolument besoin pour performer sur le terrain. Je suis désolée si j'ai pu laisser entendre autre chose pendant nos moments passés ensemble. Je les ai d'ailleurs beaucoup appréciés et ne regrette aucunement ce que nous avons vécu. Seulement, j'estime que poursuivre notre relation risque de mettre un frein à ma carrière, et c'est quelque chose que je ne peux et ne veux pas me permettre. J'espère que tu me comprendras et sauras me pardonner.

Une fois le message parti, je le relis une dernière fois et balance le téléphone en travers de la pièce. Il est grand temps d'aller déjeuner.

À l'entraînement, je tape dans la balle comme un boxeur dans son punching-ball. Pour rassurer mon équipe, je fais passer ça pour une extrême détermination à ne pas laisser ma chance d'enfin réaliser l'un de mes objectifs de carrière. La vérité, c'est que j'essaie d'extérioriser ma rupture lamentable avec Julien. Faire ça par message, c'était tout sauf élégant, mais j'estime que je n'avais pas d'autre choix. Je dois rester focus. Je ne peux pas m'éparpiller et prendre le risque de gâcher ma chance pour une amourette de quelques jours à peine. Si Julien n'est pas capable de le comprendre, alors autant que les choses en restent là. Après l'entraînement, les diverses obligations presse et le dîner, je retourne dans ma chambre complètement exténuée. Je m'endors sans un regard pour mon téléphone. Ce n'est que le lendemain matin que je remarque que Julien n'a même pas pris la peine de me répondre.

Bon débarras.

Je joue mon quart de finale contre la numéro 3 mondiale sur le court le plus mythique de l'US Open, sur lequel je n'avais jamais mis les pieds avant l'entraînement de ce matin. Le stade compte plus de 20 000 places. Pendant ma session du matin, il est vide, mais n'en demeure pas moins impressionnant. Il me faut quelques minutes avant de me remettre de mes émotions. Je suis subjuguée par l'immensité de cet endroit. C'est pour jouer sur ce genre de court, dans des ambiances survoltées, que je m'entraîne sans relâche depuis des années. J'y suis enfin.

Dans le couloir, juste avant le match, je n'en mène franchement pas large. Devant moi, mon adversaire a l'air d'une géante prête à me manger toute crue. Elle a l'expérience de ce genre de moment. Elle a déjà joué sur ce court, a déjà atteint la finale de ce tournoi, pour elle, tout ça, c'est finalement presque la routine. Moi, je dois absolument me défaire de mon regard de fillette émerveillée et ravie. Je ne dois pas avoir l'air de m'excuser constamment d'être là. Je dois saisir ma chance avant qu'elle me glisse entre les doigts. Le speaker annonce mon nom et j'entre à mon tour sur le terrain. Les gradins ne sont pas pleins, mais le stade est bien garni et l'ambiance est au rendez-vous. Je suis acclamée par une partie des fans présents. Au tennis, on adore les outsiders. Cet après-midi, je ne déroge pas à la règle et le public a déjà soif d'un exploit. Je jette un œil à mon box.

Rebecca, Aurelia, Lucy, Annabeth et Lily sont là, comme à leur habitude. Elles sont debout et applaudissent mon entrée. Quand je croise le regard de Rebecca, elle m'adresse un poing rageur, comme pour me donner du courage. Lily crie quelque chose que je n'entends pas, un sourire communicatif accroché aux lèvres. Alors que mon regard parcourt les travées, mon cœur manque un battement.

Julien est dans les gradins. Pas dans mon box, ni même dans les premiers rangs, mais il est là, bien en vue, avec une casquette ridicule. Je secoue la tête et regarde ailleurs. Qu'est-ce qu'il fiche ici ? Je me demande si j'ai bien envoyé mon message. J'aurais sans doute mieux fait de l'appeler. Mais en aurais-je seulement été capable ? S'il a lu le message… je me demande ce qu'il fait là. Est-ce qu'il cherche à me faire payer mes manières peu élégantes ? Ah ! Je n'en peux plus de me triturer l'esprit de la sorte ! Je lui ai écrit, exactement pour éviter ce genre de situation, où je me retrouve à m'énerver et pester contre lui, plutôt qu'à me concentrer sur mon jeu. Évidemment, je paie tout ça cash dès le début du match. Je perds mes deux premiers services en moins de temps qu'il ne faut pour le dire. Menée 3-0 dans le premier set, je peine à revenir et suis défaite 6-2 dans la première manche.

De retour sur mon siège, je me cache la tête dans une serviette. Ce match est un cauchemar ! Perdre contre la numéro 3 mondiale n'aurait en soi rien de honteux, mais perdre de cette façon… Il n'en est pas question ! Je n'ai pas fait tout ce travail depuis des années pour me ridiculiser de la sorte. Je dois au moins me battre. Pour moi, pour mes rêves, pour mon équipe. À la fin de la pause, je reviens sur le court avec des intentions différentes. Je vais jouer le tout pour le tout histoire de ne rien regretter. Quoi qu'il arrive, je quitterai le terrain la tête haute.

Le set suivant n'a rien à voir avec le premier. Je joue comme une morte de faim et me bats littéralement sur chaque point. Ça surprend mon adversaire, qui n'arrive plus à faire le break. Je l'emmène jusqu'au jeu décisif où je prends tous les risques offensifs. Ma stratégie est payante : je recolle à un set partout. Je lève le poing en direction de mon box. On peut le faire !

Le dernier set part sur les mêmes bases. La pression a changé de camp, elle est désormais du côté de mon adversaire. Elle pensait s'être rendu le match facile avec ce premier set rapidement remporté, et maintenant, nous voilà à égalité. Mentalement, c'est moi qui ai l'avantage. Une nouvelle fois, nous n'arrivons pas à nous départager et arrivons à 6-6 dans la dernière manche. Nous allons livrer un super tie-break. La première arrivée à 10 points, avec deux points d'écart, remporte le match et se qualifie pour la demi-finale. 10 points, c'est très peu, mais à ce moment-là du match, ils paraissent à la fois si loin.

Je fais le vide autour de moi. Je suis tellement concentrée que je n'entends même plus la clameur du stade entre les points. Aucune de nous deux ne commet la moindre erreur, et nous gagnons tour à tour sur nos services. C'est à la première qui fautera… Mon adversaire est la première à atteindre les dix points, mais je suis à neuf, alors le jeu décisif continue. Entre chaque point, les spectateurs donnent de la voix. Aucun d'entre eux n'a envie que le match ne s'arrête, ils sont venus ici pour le spectacle et ils ne sont pas déçus.

Nous sommes à 16-16 lorsque j'arrive enfin à prendre le service de mon adversaire. Je ne suis plus qu'à un tout petit point de mon rêve. J'ai peur que la panique ne me rattrape, alors je jette un regard vers mon box. Les filles sont toutes levées. Rebecca me lance un regard plein de confiance. Aurelia, je pense, croise les doigts derrière son dos. Lucy et Lily crient des mots d'encouragements qui se perdent dans le brouhaha du public. Annabeth est cramponnée à la rambarde devant le box. J'expire un grand coup. Ce n'est pas le moment de flancher. Je ne me sens pas capable de jouer un échange trop long. Tactiquement, techniquement, elle est au-dessus de moi. Sur un point long, elle peut prendre l'avantage à n'importe quel moment, et tout sera à refaire. Je dois tenter quelque chose. Je ne suis pas la meilleure serveuse du circuit, et j'ai peur de perdre ma première balle pour rien en tentant d'envoyer une patate ou un service gagnant. Une idée me traverse alors l'esprit. C'est risqué, mais ça a des chances de la surprendre, alors ça vaut le coup. J'envoie un service, pas tellement fort, mais bien placé sur l'extérieur du carré. Pendant qu'elle se déplace pour me renvoyer la balle, je cours vers le filet. Un service-volée. Je n'en ai pas fait un seul du match, elle ne pouvait pas s'y attendre. La balle revient par-dessus le milieu du filet, je la renvoie aussitôt du côté opposé à mon adversaire. Elle a beau courir, elle ne parvient qu'à l'effleurer du bout de sa raquette. La balle part se perdre dans les travées.

« Jeu, set et match Brown » annonce l'arbitre depuis sa chaise. Je m'écroule sur le sol bleu. Je suis dans le dernier carré de l'US Open. Mes efforts ont payé. J'ai enfin atteint un de mes plus grands objectifs en simple. Je cours au filet serrer la main de mon adversaire, puis de l'arbitre avant de me ruer vers mon box. Les bras de ma deuxième famille m'entourent, me tapotent la tête, les épaules, le dos. Tout le monde parle en même temps, je n'entends plus rien, mais je comprends une chose : nous sommes toutes fières et heureuses.

Je suis sur mon nuage tout au long de la récupération, des différentes interviews diffuseurs et de ma conférence de presse.

Avec l'équipe, nous organisons ensuite un petit dîner pour fêter ça. Je me demande si c'est une bonne idée, mais Aurelia me rassure : ce n'est pas un écart de quelques heures qui va remettre en cause tout notre travail. J'ai le droit de décompresser un peu après une telle performance. « La tête, c'est aussi important que les jambes… si ce n'est plus ! » abonde Lucy. Je lève mon verre (de soft !) à cette brochette de filles formidables. Je suis tellement reconnaissante d'être si bien entourée.

De retour dans ma chambre, je m'endors aussitôt la tête posée sur l'oreiller, d'un sommeil paisible tout juste parsemé de quelques rêves et de beaucoup d'espoir.

Je suis loin de me douter de la tornade qui va tout balayer à mon réveil.

→ vers **CHAPITRE 43** (p. 268)

CHAPITRE 41

On ne change pas une équipe qui gagne. Dans le tennis, nombre de joueurs et joueuses ont leurs petites habitudes et autres manies dont ils ont du mal à se défaire. Quand quelque chose fonctionne, on a tendance à en faire notre routine, persuadé qu'il s'agit alors d'un ingrédient clef dans la recette du succès. Il y a des joueurs qui portent le même caleçon pour chaque rencontre, des joueuses qui disposent toujours leurs affaires de la même manière sur leur siège en bord de court, d'autres encore qui écoutent la même musique en boucle avant d'entrer sur le terrain. De l'extérieur, ces petits riens peuvent passer pour des superstitions idiotes, mais à mon avis, c'est plutôt une façon de se mettre en condition, de switcher plus facilement en mode « match » et « compétition ». Mon petit rituel à moi, c'est le repas d'avant match. Un porridge à la recette secrète que je me prépare moi-même accompagné de la boisson spéciale concoctée par Aurelia. Un repas que je prends toujours seule, avec du métal à fond dans les oreilles. Allez savoir pourquoi, ça me permet d'être au calme et de descendre en pression avant de retrouver l'effervescence du tournoi. Je n'ai pas dérogé à ma propre règle de tout le tournoi, et me voilà engagée dans le quart de finale de deux tableaux.

Puisque j'ai décidé de poursuivre l'aventure dans les deux tournois et de conserver l'organisation qui a fonctionné jusqu'ici, mon planning est surchargé. Il y a les entraînements en double, ceux en simple, les diverses sollicitations de la presse, etc. Aurelia, qui essaie désespérément de tout faire rentrer dans les vingt-quatre petites heures que contient une journée, ressemble à une corde de raquette tendue en permanence. La moindre petite contrariété lui fait grincer des dents. J'aimerais lui demander de me dégager un petit temps libre, pour pouvoir avoir une conversation avec Julien, que je ne croise qu'en coup de vent depuis le matin, mais j'ai l'impression que ma demande pourrait la tuer. Ou pire : lui donner envie de me tuer. Alors je tâche de prendre mon mal en patience, mais ce n'est pas toujours facile.

Je me surprends à avoir envie d'être avec Julien, de passer du temps avec lui. De parler de nous, de notre histoire, de nos projets. Finalement, je voudrais pouvoir agir comme n'importe quel jeune couple le ferait. Mais ce n'est pas possible, car nous sommes loin d'être des jeunes gens lambda. Nous sommes des sportifs célèbres, engagés dans un prestigieux tournoi international et entourés tous les jours de nos staffs et de la presse mondiale. Pas vraiment les ingrédients idéaux pour un début de relation serein…

Mon salut vient finalement de Lucy. Aurelia nous a calé un temps de massage et physio. Lorsque j'arrive dans la chambre de ma femme à tout faire, rien n'est installé.

— Demi-tour ! fait-elle alors que je suis encore sur le seuil.

Je sors mon téléphone pour vérifier que je n'ai pas fait d'erreur dans le planning. Lucy secoue la tête.

— On s'en fiche de ce que dit le planning ! Regarde-toi. On est à New York en plein été, il fait au bas mot trente degrés, tu passes des heures dehors sur le court et pourtant : tu es plus pâle encore que ma grand-mère qui n'a jamais quitté l'Écosse ! Aurelia est un vampire, peu à peu, elle suce toute la vie en toi. Sors donc, va t'amuser un peu. Fais du shopping, promène-toi dans un parc, mange un donut, que sais-je ! Mais remue-toi ! Personne n'a envie de voir un zombie soulever un trophée. Mets-moi des couleurs sur ce visage !

À ces mots, telle une mamie taquine, elle attrape le gras de ma joue entre ses doigts et tire dessus avec douceur.

— Allez, dépêche-toi. Je ne peux pas garantir qu'Aurelia ne te dévore pas si tu te pointes en retard à ton rendez-vous d'après.

Il ne faut pas me le dire deux fois. J'envoie dans la foulée un message à Julien pour savoir s'il a un peu de temps, car j'aimerais lui parler. Je reste volontairement flou. Au fond, je ne sais même pas vraiment ce que je veux lui dire. Le Français me répond presque aussitôt : il est en vadrouille dans Manhattan et me donne rendez-vous au Rockefeller Center, qui ne se trouve qu'à quelques rues de l'hôtel. Je me demande ce qu'il fait là-bas… Est-ce que ça a un rapport avec cette femme que j'ai aperçue plusieurs fois lors de nos entraînements et dans les environs de l'hôtel ? Elle est toujours affublée de grosses lunettes de soleil et d'une large casquette. Parfois, il me semble que Julien et elle échangent des regards en coin quand nous sommes sur le court. Qui peut-elle bien être ? Et pourquoi est-ce que je m'imagine tout de suite qu'elle puisse être une de ses conquêtes ? Je tente de chasser ces pensées paranoïaques de mon esprit. Ce ne sont sans doute que des coïncidences. Julien m'a caché des choses par le passé, et maintenant, je me fais juste des films. Je me demande si ça me passera un jour, cette peur perpétuelle du mensonge. Parviendrais-je seulement à lui faire à nouveau confiance ? Quand je repense à la blondasse… Je me dis que ça risque de prendre du temps, et que je vais sans doute avoir beaucoup de travail à faire.

Lorsque j'arrive au point de rendez-vous, Julien est plongé dans la contemplation de la statue d'Atlas. C'est un monument en bronze, de plus de dix mètres de haut, représentant le dieu grec portant sur ses épaules la voûte céleste. Ses muscles aux proportions exagérées lui confèrent une apparence de toute puissance.

— C'est sans doute plus lourd à porter que n'importe quel trophée, souffle Julien alors que j'arrive à sa hauteur.

— Tu penses que nous avons l'envergure de dieux grecs ? m'étonné-je.

Il hausse les épaules.

— Je n'irai pas jusque-là. Mais j'aime cette statue. Je la trouve… réconfortante, tu ne trouves pas ?

— L'effort a l'air douloureux, estimé-je.

— C'est vrai. Mais il est couronné de succès.

À ces mots, Julien se retourne et m'adresse un large sourire.

— Qu'est-ce que tu fabriques dans le coin ? demandé-je.

Ma question semble le surprendre. Il se passe la main dans les cheveux.

— J'avais besoin de prendre l'air. On boit quelque chose ?

Je hoche la tête en essayant de faire taire cette légère suspicion qui gonfle dans ma poitrine, et nous voilà bientôt à arpenter les allées du Rockefeller Center avec de grands verres en carton rempli de thé glacé que nous sirotons à la paille. Le complexe compte dix-neuf bâtiments et fait presque la taille d'un petit quartier. On y trouve essentiellement des magasins et des salles de spectacles. En plein mois d'août, l'endroit est bondé, ce qui de façon étonnante nous permet d'avoir une certaine intimité de conversation.

— Je… J'aurais voulu qu'on. Enfin. Peut-être… Par rapport à *nous deux*. Je ne sais pas.

Je bégaye et me perds totalement dans ce que je veux dire. Sans me regarder, Julien déclare :

— Tu as accepté de continuer le double mixte, et tu veux maintenant qu'on discute « du reste » ?

Je m'arrête en plein milieu du trottoir et lève des yeux mi-intrigués mi-reconnaissants vers lui. « Le reste ». C'est une drôle de façon de l'exprimer, mais je crois que c'est exactement ce que j'essayais de dire.

— J'ai toujours cherché à séparer ma carrière de… de tout *ça*, expliqué-je.

C'est fou comme je suis incapable de nommer les choses. Je cale mes fesses sur un muret, je crois que j'ai besoin d'être littéralement soutenue pour avoir ce genre de conversation. Mes jambes seules ne suffiront pas. Julien sourit – mon Dieu, encore cette fossette ! – puis prend place à côté de moi. Nous regardons un instant le flot de passants se déverser devant nous.

— Peut-être que c'était une erreur ? suggère-t-il.

— Comment ça ?

— Je ne sais pas, peut-être que te couper de tout pour te consacrer au tennis, ça ne fait que te mettre la pression. Tu n'as pas à repousser tout et tout le monde pour être la meilleure. Peut-être que te laisser aller, être intime avec les gens, ça pourrait te permettre de décompresser. Un peu comme une *safe place* où tu pourrais penser à autre chose. Être juste Colleen, une jeune Londonienne, et pas uniquement Colleen-Brown-numéro 34-mondial.

— Tu sous-entends que je ne progresse plus au classement WTA parce que je ne couche pas avec assez de monde ?

Julien ricane.

— Ce n'est pas exactement ce que j'ai dit, mais ouais, quelque chose de cet ordre-là.

Il y a quelques jours encore, je crois que je me serais emportée contre lui, arguant qu'il n'avait rien compris, et que sans sacrifice on n'arrivait à rien dans la vie. Pendant toutes ces années, j'étais sûre, tellement sûre, d'avoir raison. J'étais certaine que faire passer le tennis au-dessus de tout le reste et en toutes circonstances était la seule façon d'atteindre les sommets. Que toutes les relations humaines non nécessaires n'étaient que des distractions pouvant m'éloigner de mon objectif. Que mon désir n'était qu'une pulsion à assouvir et non un besoin de contact humain. J'ai toujours vécu ma sexualité comme on prendrait une douche : c'est nécessaire, ça peut même être très agréable, mais je n'y passerais pas ma vie non plus. Mais après dix ans à fonctionner de cette manière, sans atteindre les résultats voulus, est-ce que je peux encore certifier que c'est la meilleure façon de faire ?

Depuis que Julien est revenu dans ma vie, et surtout depuis que nous nous sommes rapprochés, je me sens… changée. Je n'ai rien perdu de ma motivation sportive, seulement il y a autre chose dans ma vie maintenant. Ce n'est pas tellement le rapprochement physique, ça, ça m'est déjà arrivé et je m'en suis toujours accommodée… même si je m'étais promis de ne jamais coucher avec quelqu'un du circuit, pour éviter justement, tous les problèmes qui peuvent se présenter avec Julien. Faire entrer quelqu'un dans mon cœur, en revanche… Ça, c'est une nouveauté. Et quelque part, ça me fait me sentir plus vulnérable. Je ne m'attendais vraiment pas à ce que quelqu'un vienne chambouler tout mon monde à ce point.

Pourtant, je me prends parfois à rêver de ce à quoi pourrait ressembler une véritable relation amoureuse. D'un quotidien qui ne serait pas toujours guidé par le tennis, uniquement le tennis. Ce qui était encore impensable pour moi il y a deux semaines est en train de se frayer un chemin dans mon esprit. Je baisse la tête et avale une longue gorgée de thé glacé. Sur le muret, la main libre de Julien vient attraper la mienne. Malgré la touffeur new-yorkaise, je suis prise d'un irrésistible frisson. Je ne me dégage pas et lui rends la pression autour de ses doigts. Il sourit.

— On peut peut-être seulement essayer ? propose-t-il après un silence. Sans nous mettre la pression. Gardons ça plutôt pour nos matches.

J'ai presque envie de pleurer. Ses paroles libèrent mes épaules d'un poids dont je n'avais même pas connaissance. Sans réfléchir, je me lève et me poste devant lui. Il entoure ma taille de ses bras, et je me baisse pour l'embrasser. Notre baiser s'éternise quelques longues secondes. Dans mon dos, je sens les mains de Julien glisser jusqu'à mes hanches. Je sens une boule de chaleur se loger dans le creux de mon ventre. Enhardie, ma langue se fraie un chemin entre les lèvres de Julien et commence à danser avec la sienne. Puis la réalité me rattrape d'un coup. Nous sommes entourés de monde, quelqu'un pourrait nous reconnaître. Avec le même empressement, je coupe court à notre étreinte. Non sans frustration. Sur le chemin du retour, nous marchons de sorte que nos bras nus se touchent. Je ne résiste pas, parfois, à enrouler mes doigts autour des siens pendant quelques brèves secondes volées au monde.

En quelques semaines, cet homme aura ébranlé chacune de mes certitudes. Et je crois que je commence à y prendre goût.

Notre relation naissante – que nous essayons de garder secrète – nous fait aborder notre quart de finale avec légèreté. Notre complicité fait des ravages sur le terrain. Presque sans nous parler, nous parvenons à anticiper les mouvements de l'autre et à nous y adapter. Nos adversaires ne voient pas la lumière du jour. Cela fait tellement longtemps que je n'ai pas pris autant de plaisir sur un court ! Pour la première fois depuis des années, je me souviens que le tennis est un jeu et que, même lors d'un match important sur l'un des plus grands tournois du monde, il est possible de s'amuser. Nous nous imposons en deux sets faciles et validons ainsi notre ticket pour les demi-finales. Lorsque nous nous tombons dans les bras à la fin du match, nous essayons de tempérer nos effusions. Mais je ne peux empêcher mon cœur de manquer un battement quand je vois la lueur enflammée dans les yeux de Julien. Je me détache de lui avant de perdre pied et de céder à la tentation. Il est hors de question que des ragots viennent gâcher ce grand moment de sport.

Lorsque je me présente sur le court pour mon quart de finale du tableau simple, je me sens malgré tout un peu empruntée physiquement. Le match en double, malgré sa courte durée, pèse sur mes jambes et mes bras. Mon épaule, qui aime se rappeler régulièrement à mon bon souvenir par des petits pics de douleur, me lance avant même le début du match. Je dois jouer la numéro 3 mondiale sur le plus grand court du complexe – plus de 20 000 places ! – et je me demande si poursuivre le double n'était pas une erreur. Quand j'entre dans le stade, je suis abasourdie par la clameur du public. Les travées ne sont pas pleines, mais l'ambiance est au beau fixe. Beaucoup de gens crient mon nom. Cet après-midi, je suis l'outsider et une partie du public ne demande qu'à me voir bousculer l'ordre établi. Réaliser l'exploit. C'est cela qu'on attend de moi aujourd'hui. Malgré mes douleurs physiques, j'entre sur le court avec une certaine confiance. Contrairement à mon adversaire du jour, j'ai tout à gagner sur ce match. Espérons que cet avantage mental me serve durant la rencontre.

Le match est âpre et disputé, mais je parviens à emmener la *top playeuse* jusqu'au troisième set. À partir de là, je joue crânement ma chance. Je ne suis plus qu'à un tout petit set du dernier carré. Mon objectif. Plutôt que de me mettre la pression, comme j'ai l'habitude de le faire, je me sers du dernier match avec Julien. Si je dois perdre ce match, je veux le faire sans regret. Je jette un regard vers mon box d'où me soutiennent mon staff, Lily, Julien et son équipe. Pour une fois, je choisis de jouer avant tout la carte du plaisir. Finie la tactique à outrance, je veux m'amuser. Profiter de ma première fois sur ce court mythique. Profiter, mais faire profiter aussi. Je tente des coups difficiles pour divertir la foule. Le public y prend goût, et je sens désormais que le stade est à fond derrière moi. Ça suffit à faire craquer mon adversaire qui se met à déjouer dans le jeu décisif de la dernière manche.

« Jeu, set et match Brown ». Je m'écroule sur le sol dur, le corps parcouru de sanglots tremblants. *Putain*. J'y suis. Enfin. Je suis qualifiée pour le dernier carré d'un tournoi du Grand Chelem. Le soir venu, nous célébrons tous ensemble autour d'un bon dîner. Je ne m'inquiète même plus de bousculer le planning ou mon régime de compétition. J'ai juste envie de prendre du bon temps avec les gens que j'aime. Dès demain matin, j'aurai tout le loisir de penser à ma demi-finale.

De retour dans ma chambre, j'ai la tête pleine d'espoir et de rêves et je m'endors dès que ma tête se pose sur l'oreiller. J'ai hâte, tellement hâte, de voir ce que la suite me réserve.

Rien ne m'a préparée au cataclysme qui m'attend au réveil.

→ vers **CHAPITRE 43** (p. 268)

CHAPITRE 42

Puisque nous ne nous entraînons plus ensemble, mes moments passés avec Julien se réduisent à peau de chagrin. Je n'ai aucune idée de comment il occupe son temps, je ne le croise même plus dans les couloirs de l'hôtel ou les méandres des terrains d'entraînement. J'ai beau savoir que si le Français ne se manifeste pas, c'est parce qu'il ne souhaite pas interférer avec ma routine et mon programme d'entraînement, mais tout de même, je ne peux pas m'empêcher d'être un peu déçue qu'il ne cherche pas davantage à me voir. D'autant que l'autre jour, j'ai cru le voir discuter au lounge de l'hôtel avec une femme que j'avais déjà aperçue plusieurs fois pendant nos matches. Dans les gradins, elle porte toujours de grosses lunettes noires et une large casquette. De qui cherche-t-elle à se cacher ? Au bar, je ne l'ai vue que de dos, et il m'est impossible de connaître son identité. Est-ce une des actrices que Julien a fréquentées pendant sa période… sombre ?

Je ne suis pas naturellement quelqu'un de violent, mais la voir là fait monter une rage sourde dans ma gorge. J'ai eu envie d'aller la voir et de la secouer pour lui demander qui elle était, qu'elle me donne des explications sur la nature de sa relation avec Julien. La jalousie m'a quelques instants durant rendue tout à fait irrationnelle. Mais imaginer cette… cette blondasse dans ses bras, c'est plus que je ne pouvais le supporter.

Le pire, finalement, c'est de ne pas savoir. Je me fais mille et un scénarios, avec, cela dit, toujours un point commun : d'une manière ou d'une autre, Julien me cache toujours quelque chose. Heureusement pour moi (et pour la blondasse !), Aurelia ou Lucy m'a mis le grapin dessus à ce moment-là, me permettant de faire redescendre pour un temps ma colère. Une fois la discussion terminée, Julien et la femme avaient tous les deux quitté le lounge.

Quoi qu'il en soit, j'ai été élevée en femme libre qui sait que les genres sont égaux. Aussi, puisque j'ai envie de voir Julien et qu'il ne daigne pas m'écrire, je décide de le faire. On n'est jamais si bien servie que par soi-même ! Je lui envoie donc un message pour le prévenir que j'ai quelques heures de libres dans mon planning drastique, et ce dernier me répond dans la foulée. Il est de sortie, et me propose de le rejoindre à Central Park. Que diable fait-il là-bas ? Je ne me pose pas la question plus longtemps et me mets en route : même si l'annulation des entraînements en binôme a considérablement allégé le programme, autant ne pas perdre de temps pour autant. Nous nous donnons rendez-vous devant l'entrée du parc la plus proche de l'hôtel, et je m'y rends en moins de temps qu'il ne faut pour le dire. Je m'attendais à trouver le Français en tenue de footing, mais il est habillé en vêtements de ville, des lunettes de soleil lui barrant le visage et une vieille casquette enfoncée sur la tête.

— Tu te caches des paparazzis ? demandé-je après avoir échangé un furtif baiser.

Il hausse les épaules pour toute réponse. J'ai l'impression que ma question l'a mis mal à l'aise.

— Tu te promenais ? insisté-je.

— Ouais… hésite-t-il, j'avais besoin de prendre l'air.

Il affiche un sourire qui sonne faux, puis passe son bras autour de mes épaules.

— On va se promener, alors ? À quelle heure t'attend le Général Aurelia ?

Aujourd'hui encore, comme depuis notre arrivée, il fait très beau et très chaud à New York. Tout le monde semble s'être passé le mot pour essayer de trouver la fraîcheur au sein du plus célèbre parc du monde. Avec Julien, nous marchons côte à côte en silence. Seuls nos coudes se touchent parfois à mesure que nous progressons. J'observe avec délice la beauté du parc et sa verdure à perte de vue. Ça paraît incroyable, cet immense carré de vert et d'eau au milieu des buildings et des gratte-ciels. Malheureusement, la réalité me rattrape. Je ne suis pas venue ici simplement pour faire du tourisme. Par chance, j'avise un banc qu'une vieille dame et son petit chien frisé viennent tout juste de libérer. Nous nous y installons à l'ombre d'un grand chêne rouge. Si je n'étais pas un tantinet mal à l'aise, je me croirais presque au beau milieu d'une comédie romantique. J'aimerais, parfois, que la vie soit si simple et, surtout, que les choses finissent toujours aussi bien que dans ce genre de films.

— Il y avait une raison à cette entrevue ? demande soudain Julien. Ou bien je te manquais simplement trop ?

Je lui décoche un coup de poing taquin dans l'épaule.

— Tu peux pas être sérieux cinq minutes ? m'offusqué-je.

Il se redresse d'un coup sur le banc, le dos bien droit, croise ses jambes et attrape son genou entre ses mains croisées.

— Vas-y, je t'écoute, fait-il d'un ton grave.

Je secoue la tête et soupire.

— Tu ne me facilites pas la tâche, pesté-je.

— Moi ? s'étonne-t-il. Est-ce que ça ne serait pas toi, plutôt, qui te poses trop de questions ?

Il ne plaisante plus du tout.

— Comment ça ?

— On a discuté organisation pour le tennis, et tout est calé et réglé comme du papier à musique désormais. Et maintenant, tu voudrais qu'on parle de *nous*, je me trompe ? Parce que c'est comme ça que tu fonctionnes pour tout, ça te rassure. Qu'il y ait des règles, des noms, que les choses soient… cadrées. Pas vrai ?

Je n'arrive pas à soutenir son regard et tourne mes yeux vers mes chaussures. Je serai presque agacée de voir qu'il m'a à ce point cernée. Je n'avais pas posé les choses en ces termes-là, mais en réalité, c'était bel et bien ce que je cherchais à faire en venant ici.

— J'ai bien compris, ajoute-t-il, qu'on continuait le double. Mais tu te demandes si on continue aussi… tous les deux.

Je relève les yeux vers lui. Il exprime ce que je pense beaucoup mieux que moi-même.

— Ça ne va pas forcément de *paire*, estimé-je.

Il sourit à mon trait d'humour.

— Est-ce qu'on a une bonne raison d'arrêter ? demande-t-il.

Je secoue la tête.

— Alors… Essayons.

Il sourit à nouveau et passe son bras autour de mes épaules. Je me laisse aller à m'appuyer contre son torse. Julien dépose un baiser fugace sur ma tempe. Tout à coup, je sens comme un poids en moins. À force de toujours vouloir tout calculer, tout anticiper, je ne fais parfois que compliquer des choses qui pourraient somme toute être très simples. Julien, lui, est très différent. Il a tendance à laisser venir, et à agir d'instinct, en fonction de ce que lui dicte son cœur ou son humeur. Il fait confiance à ses ressentis, et ne les craint pas comme je le fais. À ses côtés, dans le tennis comme dans la vie, j'apprends, petit à petit, à lâcher du lest. Après tout, ça ne peut pas faire de mal, pas vrai ?

Lors de notre quart de finale de double mixte, l'absence d'entraînements conjoints de ces derniers jours se fait sentir. Nous ne parvenons pas à entrer tout de suite dans notre match et nous manquons visiblement d'automatismes. En outre, j'ai l'impression que Julien, que notre début de match poussif fait douter, renoue avec ses vieux démons. Il se met à faire davantage de fautes, et commence à s'agacer. Insatisfaite par notre début de match, je m'énerve également de mon côté et, comme à nos débuts, nous ne communiquons presque plus sur le court. L'atmosphère n'est pas franchement à la joie lorsque nous retrouvons nos sièges après la perte rapide du premier set. Je me frictionne les bras énergiquement avec ma serviette pour essayer de me calmer, mais je ne parviens pas à m'empêcher de tourner vers Julien un regard noir. Il le surprend… et se met à rire.

— Je ne vois pas ce que tu trouves drôle, grincé-je.

— Vraiment ? Regarde-nous… on dirait déjà un vieux couple !

Mes joues virent au rouge coquelicot, et je me cache immédiatement derrière ma serviette. Je suis aussi honteuse qu'hilare. Auparavant, j'aurais sans doute été choquée et exaspérée que Julien se permette un trait d'humour dans un moment pareil. Mais aujourd'hui… cela me fait rire, et me détend d'une étrange manière. Nous retournons sur le court dans une ambiance guillerette et taquine, et notre légèreté se traduit rapidement également dans notre jeu. Le reste du match est beaucoup plus agréable, tant au niveau de l'ambiance que du panneau d'affichage ! Nous remportons un deuxième set accroché, avant de nous envoler dans la manche décisive. Nous laissons notre joie exploser et nous jetons dans les bras l'un de l'autre. À ce moment-là, je n'ai aucune arrière-pensée, et ne pense nullement à la façon dont celles et ceux qui nous regardent interpréteront notre embrassade. À cet instant précis, seules notre victoire et la grande complicité que nous avons ressentie, occupent nos esprits.

De retour sur le court dès le lendemain pour mon propre quart de finale du tableau simple, je ne me sens pas forcément au meilleur de ma forme physique. Le match de double mixte, qui a duré un certain temps, a laissé des séquelles sur mon corps déjà fatigué par l'enchaînement des matches. Mon épaule, notamment, qui aime à me faire souffrir, me fait grimacer un peu plus que je n'aimerais. Dès lors, mes propres services me font vivre une certaine forme de martyr. J'essaie néanmoins de cacher ma douleur le plus possible pour ne pas donner quoi que ce soit à mon adversaire. Si je suis diminuée, elle ne doit rien en savoir. Mon corps me met au supplice, mais j'essaie de le mettre en sourdine. D'autant que du point de vue du score, pour l'instant, mes défaillances physiques ne se voient pas tant que cela. Je décide de jouer le tout pour le tout. Il y a en jeu une place pour le dernier carré, et je refuse de m'avouer vaincue parce que mon corps ne pourrait pas tenir la cadence.

Le match est extrêmement serré. Alors que les bookmakers prévoyaient à mon adversaire, la numéro 3 mondiale, une victoire facile, je l'emmène finalement jusqu'au troisième set.

À ce moment-là, je le sais, quelque chose a switché : la pression a basculé tout entière de son côté. Pendant le deuxième set, j'ai écarté deux balles de match. Elle ne s'en relèvera pas. J'insiste et continue de tirer sur mes muscles endoloris. Mon obstination finit par payer et je remporte le troisième set aux forceps au terme d'un match qui aura été piocher dans mes ultimes forces physiques. Je ne suis pas certaine que j'aurais pu jouer beaucoup plus de points. Après avoir serré la main de mon adversaire, je m'écroule sur le sol. Je suis parcourue de spasmes, à la fois parce que je pleure, mais ce sont également des tremblements de douleur, de mon corps qui se relâche enfin.

Plus tard dans la soirée, mon équipe m'organise un grand dîner où sont également conviés Julien et son staff. Nous passons une soirée absolument délicieuse ! Après avoir été rassuré par Aurelia, j'en profite pleinement et fais même quelques écarts. Je me sens tellement reconnaissante d'être si bien accompagnée. Sans toutes les personnes qui m'entourent, et dont certaines depuis un paquet d'années déjà, je n'en serais jamais arrivée où j'en suis aujourd'hui. Et je ne pourrais pas me targuer d'être désormais une demi-finaliste de Grand Chelem. De retour dans ma chambre d'hôtel, j'ai toujours un peu de mal à y croire. Je me pince le dos de la main pour vérifier que je ne suis pas tout simplement en train de rêver. Je me couche la tête pleine d'espoir et de confiance pour la suite.

Je n'étais absolument pas prête pour ce qui se tramait dans l'ombre et s'apprêtait à me sauter à la gorge dès le réveil.

→ vers **CHAPITRE 43** (p. 268)

CHAPITRE 43

Le lendemain, alors que je consulte mon téléphone après ma douche, je me retrouve ensevelie sous un flot de notifications. Je réfléchis une seconde, mais je suis à peu près sûre que mon anniversaire n'est pas aujourd'hui. Pêle-mêle, je découvre des appels en absence de Lily, de Rebecca, d'Annabeth, de mon sponsor, et j'ai également reçu des messages de la part de ma famille. Qu'est-ce qu'il se passe à la fin ? C'est finalement la notification d'un journal sportif qui attire mon attention. Lorsque je découvre le titre de l'article, et son contenu. Je suis sidérée.

« US Open : Julien Masson à nouveau suspendu ?

La nouvelle est tombée très tard hier dans la soirée, la Fédération internationale de tennis (ITF) reproche au tennisman français Julien Masson de ne pas s'être rendu à un contrôle antidopage obligatoire à la suite de son huitième de finale en double mixte disputé avec la Britannique Colleen Brown. Contacté ce matin par nos équipes, le staff de l'actuel 126e mondial a confirmé l'information, refusant toutefois de la commenter. Le joueur pourrait risquer une nouvelle suspension.

Car si Julien Masson végète désormais depuis quelques années en dehors du top 100 mondial, tel n'a pas toujours été le cas. Au début des années 2010, le monde du tennis voyait même en lui un futur grand, et pourquoi pas même, un futur numéro 1. En juillet 2015, pourtant, l'étoile montante du tennis français stoppe net son ascension : en plein tournoi de Wimbledon, le joueur est testé positif lors d'un contrôle antidopage. Suspendu avec effet immédiat, il écope quelques mois plus tard de deux ans de suspension. Masson, qui n'a jamais commenté l'affaire, ne fera pas appel de la décision. Après plusieurs années d'errance personnelle et quelques unes de magazine à scandale à son actif, Masson décide de renouer avec le tennis début 2018. Le train de vie du joueur pèse sur son retour à la compétition et les résultats ne sont pas au rendez-vous. Après avoir engagé presque une dizaine de coaches en quelques années, le Français décide finalement de se passer d'entraîneur en 2022. L'été dernier, il engage finalement l'ancien basketteur, devenu ensuite coach sportif, Joe Perez, qui parvient à le rapprocher de manière significative du top 100. Bien que le clan Masson n'ait pas communiqué à ce sujet, il semblerait que, depuis quelques semaines, l'ancienne championne Rebecca Thompson ait également rejoint le staff du Français en qualité de coach adjointe. L'ex-numéro 1 mondiale aux onze titres du Grand Chelem entraîne déjà depuis sept ans sa jeune compatriote Colleen Brown avec laquelle Masson est engagé dans le double mixte de cet US Open suite à la blessure du partenaire habituel de Brown, James Anderson. Si la paire est étonnante, elle n'est en réalité pas inédite : Brown et Masson avaient déjà remporté quelques matches en double mixte, dont le tournoi de leur académie formatrice… à l'été 2014 ! *Bis repetita* pour le duo Brown-Masson ? »

Je termine ma lecture totalement sous le choc. Dans un état second, je me laisse tomber sur le lit. Je nage en plein cauchemar… Je secoue la tête, puis regarde à nouveau mon téléphone : malheureusement, non, je ne rêve pas. En moi, ça bouillonne. De colère. De frustration. De déception. Des larmes de rage coulent le long de mes joues ! Et dire que je lui ai fait confiance ! Non seulement j'ai encore mis ma carrière entre ses mains, mais cette fois, tellement plus encore. J'ai honte, tellement honte, de m'être fait berner à nouveau. À 16 ans, je pouvais encore me trouver des excuses, mais maintenant ? Ce que j'ai pu être stupide. Je m'enroule tout habillée sous la couette, mouillant l'oreiller de toute la tristesse qui m'habite. À côté de moi, mon téléphone continue de vibrer. Pour l'instant, je suis incapable de bouger. Je n'ai même plus la force de pleurer. Je ne sais pas combien de temps je reste comme ça. Je n'ai pas allumé la clim en me levant, et il fait sans doute déjà plus de trente degrés dehors. C'est finalement la chaleur qui me pousse à sortir de ma léthargie. Assise sur le bord du lit, en sueur, les yeux rivés vers le sol, j'essaie de savoir quoi faire. J'ai envie de me ruer dans la chambre du Français, mais j'ai peur de ce que je pourrais lui dire… ou lui faire. Peut-être est-ce que je devrais plutôt me tourner vers quelqu'un d'autre ? Ne serait-ce que pour me calmer ou essayer d'y voir un peu plus clair.

Aller confronter Julien pour tenter de comprendre
→ vers **CHAPITRE 44** (p. 271)
OU
Appeler Lily : elle saura comment gérer
→ vers **CHAPITRE 45** (p. 279)
OU
Demander à Rebecca si elle sait quelque chose sur cette histoire → vers **CHAPITRE 46** (p. 283)

CHAPITRE 44

J'arrive comme une furie devant la porte de la chambre de Julien. Je tambourine sans mollir jusqu'à ce qu'elle s'ouvre. Quand je le vois, j'ai envie de me jeter sur lui, je dois me retenir de ne pas lui sauter à la gorge pour l'étrangler. Je remarque à peine ses yeux rouges et son visage bouffi. Un torrent d'injures sort de ma bouche sitôt la porte refermée derrière moi. Julien est assis sur le bord de son lit, les mains jointes et les yeux plongés vers le sol, comme un gamin qui se fait réprimander. Il recommence avec cet insupportable mutisme ! J'ai envie de l'attraper par les épaules et de le secouer. *Réveille-toi putain, dis quelque chose !* Mais il reste là, prostré dans son coin.

— Tricher une fois ça ne t'a pas suffi ? Il a fallu que tu recommences ! Et évidemment, tu ne pouvais pas faire ça de ton côté, non, si tout ça pouvait m'éclabousser au passage, c'était tant mieux ! Merde Julien, j'y ai cru moi à tout ça, tes belles paroles, tes envies de te rattraper, tes caresses. Et tout ça pour quoi ? Pour que tu foutes à nouveau tout par terre ? Parce que tu ne peux pas jouer au tennis sans te doper ?

À mesure que je lui crache au visage ses quatre vérités, je vois ses mâchoires se crisper. Il est écarlate. Un volcan prêt à entrer en éruption. Sa réaction me grise encore plus. Je veux continuer à lui faire mal. Je veux qu'il comprenne ce que ça fait de se sentir humilié.

— T'aurais mieux fait de tout arrêter. T'as jamais eu l'envergure pour ce sport. Le tennis demande des sacrifices que tu ne seras jamais prêt à faire, médis-je avec violence.

Il se lève d'un bond, réduisant considérablement l'espace entre nos deux corps. Je ne faiblis pas et soutiens son regard de braise.

— Tu n'attendais que ça, hein ?

— Quoi donc ? m'étonné-je.

— Que je fasse une erreur, pour que tu puisses prendre la fuite. Tu me laisserais accuser de tous les maux, si ça pouvait t'éviter de t'engager dans une quelconque relation, et donc prendre le risque de souffrir ! La vérité ne t'intéresse pas.

— Pardon ? Tu vas me dire que tu ne t'es jamais dopé, c'est ça ? Que ta suspension c'était une erreur ? Un complot, même ? Qu'on cherche à t'éloigner des terrains, par tous les moyens, et qu'on recommence avec cette histoire de contrôle manqué ? C'est toi la victime dans cette histoire ?

Julien s'écarte en ricanant.

— C'est vrai, j'avais oublié que tu étais madame-je-sais-tout !

Le petit air qu'il prend en disant ça m'agace. Il est trop proche de moi, j'ai juste envie de le pousser. Qu'il dégage !

— Oh, bah vas-y, dis-moi ce que je ne sais pas, alors. Sois honnête, pour une fois dans ta vie ! T'es tellement imbuvable et manipulateur que même ton père s'est barré !

Julien vire du rouge au blanc cadavérique.

— Ne parle jamais de mon père, souffle-t-il en s'éloignant de moi.

— Pourquoi ? dis-je en le suivant.

— Parce que tu ne sais rien de lui. Ni de moi.

Il se retourne vers moi, le visage fermé, et ajoute :

— Casse-toi.

Sa voix se brise. J'allais lui obéir et partir, quand l'image de lui avec la blondasse me revient en tête. Pas question qu'il s'en sorte sans une explication sur cette énième cachotterie :

— D'abord, dis-moi qui c'est cette fille.

— Quelle fille ? s'étonne-t-il.

— Celle que tu vois en douce, qui se cache derrière une casquette dégueulasse et des lunettes de soleil de mémé.

Julien lâche un rire franc qui tranche avec l'ambiance pesante qui règne dans la chambre.

— La jalousie te va très mal. Comme je suis un tricheur, je t'ai forcément trompée aussi, c'est ça ? Tu vois c'est ça ton problème, Colleen. Tu vois toujours tout selon ton prisme à toi. Les gens sont soit bons soit mauvais, avec toi il n'y a jamais de demi-mesure. Jamais de situation complexe. Oh, comme ça doit être reposant. D'un côté les gentils, de l'autre les méchants. Tu veux vraiment savoir qui c'est cette fille ?

Je hoche la tête en soutenant son regard.

— C'est ma sœur. Et tu sais pourquoi elle se cache comme ça ? Parce qu'elle ne veut pas que notre famille sache qu'elle est avec moi. Parce que, elle, contrairement aux autres, elle a cherché à comprendre. À *me* comprendre. Ma sœur, c'est la seule avec Max à ne pas m'avoir jeté dans la fosse aux lions à l'annonce de ma suspension. Contrairement aux autres. Contrairement à toi.

Je prends sa remarque en pleine face, mais je suis bien décidée à ne pas me démonter.

— Moi ? Qu'est-ce que j'ai avoir là-dedans ?

— « Les tricheurs doivent être punis. »

J'arque un sourcil. Qu'est-ce qu'il raconte ?

— Tu ne t'en souviens même pas, hein ? C'est ce que tu as déclaré dans la presse à l'annonce de ma sanction. « Les tricheurs doivent être punis. » Comme tous les autres, tu m'as rayé de ta vie en une fraction de seconde, sans même chercher à savoir ce qui avait pu se passer. Pas un appel, rien. Pourtant, pour moi, tu n'étais pas *comme tous les autres*. Tu aurais pu ne rien dire. Mais tu as préféré me descendre dans la presse, chaque fois que tu en as eu l'occasion.

Je n'avais jamais perçu ça de la sorte. De mon point de vue, j'essayais simplement de mettre de la distance entre lui et moi. Condamner publiquement ses agissements, c'était montrer que je ne tolérais pas ce genre de comportement, que ça n'avait rien à voir avec moi. Dans mon estomac, quelque chose se tord. Julien a raison. Dans toute cette histoire, je n'ai toujours pensé qu'à moi. À combien son mensonge m'avait fait du mal, et à comment éviter que cet événement ne ternisse mon image. C'est comme si ma colère quittait mon corps d'un coup. Vidée, je me radoucis. Le corps de Julien est parcouru de tremblements. Ses poings sont si serrés que ses phalanges blanchissent. En observant son visage un peu plus longuement, je réalise enfin qu'il a dû passer une partie de la matinée à pleurer. Pendant que j'étais centrée sur mes propres émotions, lui aussi subissait une tempête intérieure. Se peut-il que j'aie raté autre chose ?

— Essaie. Explique-moi ce que je ne sais pas.

Un court ricanement lui échappe. Il pince ses lèvres et lève les yeux pour s'empêcher de pleurer. Finalement, il soupire et se rassied sur le coin du lit. D'un geste, il m'invite à prendre place à côté de lui. Il parle ensuite, tout bas, sans me regarder :

— Quand j'ai reçu le résultat du test à l'époque, j'étais persuadé que c'était une erreur. Alors au début, je n'ai pas trop paniqué. Je me suis dit : « Ils vont vérifier, ils vont voir qu'ils se sont trompés ». Je savais bien, moi, que j'étais clean et que je n'avais rien pris. Quelques heures plus tard, j'ai retrouvé mon père. J'avais le sourire. Je lui ai demandé s'il avait contacté la fédé, s'ils allaient vérifier. Puis, j'ai croisé son regard. C'est là que j'ai compris. Je suis devenu dingue. Dans sa chambre d'hôtel, j'ai tout cassé. Je ne pouvais pas croire que mon père avait fait ça. Je lui ai demandé de s'expliquer. Il a osé me dire : « J'ai fait tout ça pour toi ». Ce conn… Ce… Il s'était entendu avec le médecin américain qu'il avait engagé. Il trouvait ma progression un peu lente, il avait voulu me donner « un petit coup de pouce ». Évidemment, ce charlatan lui avait promis que le produit serait indétectable. Tu parles ! D'après mon père, une prise avait suffi à me faire cramer. Pour tout te dire, je n'ai jamais su quand je l'avais ingéré. Je ne lui ai jamais demandé. Est-ce que c'était dans mon petit dej ? Dans ma boisson énergisante ? Est-ce qu'il l'avait glissé parmi les compléments alimentaires ? Au fond, ça change quoi de savoir ? Du jour au lendemain, j'ai coupé les ponts avec mon père. Quoi qu'il puisse dire, c'était impardonnable. J'ai appris quelques semaines plus tard par ma sœur qu'il avait retourné le cerveau de toute ma famille. De ma mère et de mes sœurs. Il avait inversé la culpabilité. Le méchant dans l'affaire, c'était moi. Lui, répétait qu'il n'en savait rien, et que sinon, bien entendu il m'en aurait empêché. Il est retourné vivre en France avec elles. C'est pour ça que je n'ai rien dit. À quoi bon ? C'était sa parole contre la mienne. Je ne voulais pas déchirer la famille. Au procès, j'ai tenu la même conduite. J'ai plaidé l'erreur de jeunesse. Que ça n'avait été l'affaire que d'une seule fois. Et puis… et puis la suite tu la connais.

Je suis absolument soufflée. C'est comme si le sol sous mes pieds venait de s'ouvrir. Pendant toutes ces années, je lui en ai voulu, je l'ai traîné dans la boue, dans la presse, en privé, alors qu'au fond, la seule victime, c'était lui. Si je ne l'avais pas entendu de sa bouche, j'aurais sans doute mis en cause sa version des faits. Mais j'ai connu son père. Je l'ai vu pousser son propre fils dans ses derniers retranchements. Lui parler comme à un chien parce qu'il ne faisait jamais assez ni assez bien. Je suis prise d'un haut-le-cœur. La façon dont il a parlé… je ne peux pas mettre en doute sa confession ni sa sincérité. J'ai presque pu ressentir sa douleur. Je suis rouge de honte. Comment ai-je pu aussi vite le cataloguer après tout ce que nous avions vécu ? Pourquoi n'ai-je jamais cherché à comprendre ce qu'il avait pu vivre et traverser ? Il me faut un moment avant de réaliser que nous pleurons tous les deux. Incapable de parler, je laisse ma tête retomber mollement sur son épaule.

— Et cette histoire de contrôle manqué ? demandé-je avec douceur.

Julien soupire.

— Honnêtement ? Un malheureux concours de circonstances. On avait d'abord donné à la fédé l'adresse de l'hôtel où on devait séjourner avant qu'on ne casse la tirelire pour être au même endroit que Rebecca et toi. Après, on a oublié de leur notifier ce changement, j'ai changé plusieurs fois de chambres ici… Je ne sais même pas où ils se sont présentés, finalement. Et puis…

Il marque une pause.

— Quoi ? je fais en relevant la tête.

— Au moment dudit contrôle… j'étais avec toi. Et pas pour jouer au tennis.

Je rougis instantanément. Il est vrai que les contrôles antidopage sont un peu contraignants. Normalement, vous devez fournir à l'ITF des plages horaires durant lesquelles vous vous trouverez dans votre logement pour qu'ils puissent venir vous y rendre une visite impromptue. Un peu comme un médecin pendant un arrêt maladie, finalement. Vu comment (notamment à cause de moi…) notre planning n'a fait que changer ces dernières semaines, je peux comprendre que Julien n'ait pas été dans sa chambre à un moment où il aurait techniquement dû y être. Surtout s'il était dans la mienne…

— Ça devrait se régler rapidement, ajoute-t-il. Cette fois, je suis sûr et certain de n'avoir rien à me reprocher. J'ai juste intérêt à bien me présenter lors du prochain contrôle. Mais bon, tu connais la presse… Une occasion comme ça, ça ne se rate pas. Je vais donner une conférence, et tout rentrera dans l'ordre.

— Qu'est-ce que tu vas leur dire ?

Julien hausse les épaules.

— La vérité, je pense.

Je le regarde avec de grands yeux. J'espère qu'il ne considère pas vraiment de dire à la presse qu'il ne s'est pas présenté au contrôle parce qu'on était en train de coucher ensemble !

— Par rapport au changement d'hôtel et aux couacs de réservation de chambre, ajoute-t-il.

Pendant plusieurs minutes, nous n'échangeons plus un mot ni un regard. J'ai besoin d'un peu de temps pour digérer ce que je viens d'apprendre. Est-il réellement possible que j'aie eu tout faux sur toute la ligne ? Et depuis si longtemps. Je me sens à la fois honteuse et en colère. Honteuse de ce que j'ai pu penser de Julien, ce que j'ai pu lui faire subir, sans rien savoir de la vérité et de que lui-même traversait. En colère contre son entêtement à se murer dans le silence, et contre le mien, aussi, à ne voir que ce qui m'arrangeait, sans jamais chercher plus loin. J'enrage de tout ce temps perdu. De tout ce que cet imbroglio a volé à Julien. De tout ce qu'il *nous* a volé.

C'est lui, finalement, qui brise le silence :

— L'interrogatoire est terminé, madame l'agente ?

Il demande ça avec légèreté, un demi-sourire collé sur le visage. Je lui décoche un petit coup de coude en soupirant.

— On dirait bien, soufflé-je à voix basse.

Je pose à nouveau ma tête sur son épaule. Il colle alors sa tempe à la mienne, et passe son bras derrière mon dos pour m'attirer tout contre lui.

— Qu'est-ce qu'on fait, alors ? lâché-je dans un soupir.

— J'ai bien une idée… répond Julien. J'espère juste que l'ITF n'a pas prévu de débarquer bientôt.

D'un mouvement ample, il me fait rouler sur le lit. Il attrape mes poignets, les place au-dessus de ma tête puis, dépose un baiser sur ma bouche. Ses lèvres s'élancent ensuite à l'assaut de mon corps tout entier. Je pousse un râle de contentement. J'ai tellement envie de me laisser aller ici, maintenant, avec lui… mais toute cette histoire a déjà décalé tout mon planning de quelques heures.

Passer du temps avec Julien, et au diable le planning ! Si Colleen s'est désengagée du double avant l'article → vers **CHAPITRE 53** (p. 315), sinon vers **CHAPITRE 52** (p. 310)

OU Rester raisonnable et focalisée sur l'objectif, le reste devra attendre. Si Colleen s'est désengagée du double avant l'article → vers **CHAPITRE 55** (p. 324), sinon vers **CHAPITRE 54** (p. 321)

CHAPITRE 45

Je prends tout juste le temps de me rafraîchir, puis j'écris à Lily pour lui dire que je la retrouve dans sa chambre d'hôtel au plus vite. Malgré la chaleur, j'enfile un sweat léger à capuche : je ne veux prendre le risque de croiser personne. Dans sa chambre, loin de la foule new-yorkaise, je pourrais m'épancher à loisir.

Lorsque mon amie m'ouvre la porte, elle ne prononce aucune parole. Elle se contente de m'accueillir dans ses bras. Je me remets à pleurer. Pendant que je m'installe sur son lit, un énorme oreiller entre les bras et mes jambes repliées, Lily me prépare un thé. Quelques minutes plus tard, elle revient avec deux tasses fumantes et s'assoit près de moi. Je bois quelques gorgées en silence. Je ne sais pas par où commencer et les mots restent coincés dans ma gorge. Lily sait que, dans ces moments-là, il vaut mieux attendre et laisser venir. Elle se contente d'être là pour moi, et c'est déjà énorme.

— Quel connard ! finis-je par hurler.

Lily m'adresse un sourire triste.

— Tu peux me dire pourquoi je suis aussi conne ? poursuis-je. J'ai toujours su que mêler carrière et sentiments c'était une belle connerie. Je m'étais promis de ne pas me laisser prendre, et puis finalement, j'ai fait un écart. Et voilà le retour de bâton. Ça n'a pas traîné ! Je n'ai même pas eu le temps de finir le tournoi que déjà il me traîne dans la boue. Encore une fois. J'aurais dû me méfier. Pourquoi j'ai baissé ma garde ? Merde, c'était vraiment la pire idée. Et puis tu ne connais pas la meilleure ? Il traîne avec une autre femme. Je l'ai vue. Je pense qu'il a eu plusieurs rendez-vous avec elle, il était souvent en dehors de l'hôtel quand je le cherchais. Mais même là tu vois, j'ai mis ça de côté en me disant que j'étais parano, que j'avais mal vu, mal compris. Vraiment, Lily, qu'est-ce qui ne va pas chez moi ?

Je remarque enfin les yeux de hibou avec lesquels ma meilleure amie me regarde depuis que j'ai commencé ma tirade. Et merde. J'avais complètement oublié : il est possible que je ne l'aie pas tenue au courant des dernières évolutions de ma relation avec Julien. À force d'exagérer devant elle ma haine pour le Français pour qu'elle me lâche un peu la grappe sur le sujet, il semblerait que Lily ait fini par croire à mon aversion (qui n'était pas si feinte que cela jusqu'à récemment, je le rappelle !).

— TU AS COUCHÉ AVEC JULIEN MASSON, ET TU NE M'AS RIEN DIT ? s'écrie-t-elle visiblement vexée.

J'affiche une moue coupable.

— Colleen Brown, tu mériterais que je te balance un de ces oreillers à la figure !

— Mais j'ai du thé dans les mains ! je me défends.

— C'est bien la seule chose qui me retienne actuellement.

— J'allais t'en parler…

— J'ai attendu ce moment pendant presque dix ans ! DIX ANS ! Tout ça pour être la dernière au courant…

— Personne n'est au courant.

Lily grimace.

— Vous nous prenez vraiment pour des jambons.

— Pardon ?

J'ai failli laisser échapper mon thé. J'ai peur de comprendre ce qu'elle veut me dire…

— Toute l'équipe le sait ! Et quand je dis « toute l'équipe », ça inclut bien évidemment Joe et Max.

— Mais enfin on était…

— Discrets ? Bof. Vous avez changé de comportement du jour au lendemain, sans compter les nuits plus courtes et vos montres connectées que vous sembliez toujours oublier de porter au même moment. Coïncidence ? Pas pour Aurelia. Ni Max. ET ENCORE MOINS MOI ! Et puis franchement, Colleen, il y a des regards qui ne trompent pas.

Je suis abasourdie.

— Et pourquoi personne n'a rien dit ?

— Pour quoi faire ? Je te connais, je sais que ça n'aurait fait que t'ajouter du stress. Et puis, sportivement, que ce soit en double ou en simple, tout roulait bien. Pourquoi gâcher ça en troublant votre intimité ?

En réalité, c'est extrêmement mignon et plein de prévenance de la part de toute l'équipe. Malheureusement, je ne peux pas profiter de cette sollicitude. Julien a trahi ma confiance. Une nouvelle fois. Et cette fois, je ne serai pas capable de lui pardonner.

— Est-ce que tu lui as parlé ? demande Lily après un moment de silence.

Je retiens les paroles que j'allais aboyer.

— J'aimerais finir mon tournoi avant d'aller en prison, raillé-je.

— Je suis sérieuse, Colly. Il y a peut-être une explication toute simple derrière tout ça, non ?

Je hausse les épaules, vexée.

— Il n'est pas question d'un contrôle positif, renchérit mon amie. Il ne s'est pas présenté au contrôle, c'est différent. Il y a peut-être mille raisons pour lesquelles il n'a pas pu s'y rendre.

— Et neuf-cent-quatre-vingt-dix-neuf d'entre elles sont : parce qu'il s'est dopé.

— T'es vraiment butée quand tu t'y mets, souffle Lily.

— C'est un menteur invétéré ! Il me l'a prouvé à de multiples reprises maintenant. Tu te souviens du coup qu'il m'a fait à Cincinnati ? À annoncer à toute la presse un double mixte pour lequel je n'avais pas donné mon accord ? J'aurais dû me douter, à ce moment-là, que c'était de toute façon voué à l'échec. Quand on part sur de telles bases, il ne peut pas y avoir de fin heureuse. Évidemment que si je vais le voir, il va essayer de noyer le poisson, de se trouver des excuses. C'est ce qu'il fait tout le temps ! Présenter des excuses, en revanche, ça il ne sait pas faire. De toute façon, il est impardonnable.

— Je ne te demande pas de le pardonner, clarifie Lily. Mais tu pourrais peut-être lui laisser une chance de s'expliquer ?

— De toute façon, tu as toujours été de son côté !

Agacée, Lily m'arrache la tasse vide des mains et se dirige d'un pas décidé vers la kitchenette de sa chambre. Je suis allée trop loin. Ma meilleure amie m'a toujours soutenue dans ma carrière. Ma remarque était aussi déplacée qu'injuste.

Je me lève à mon tour, et la rejoins. Alors qu'elle fait la vaisselle, je la prends dans mes bras.

— Désolée, lui glissé-je à l'oreille. Je te promets d'y réfléchir.

Je lui claque ensuite un baiser sonore sur la joue et nous nous mettons à rire de concert.

La vérité, c'est que je ne sais pas du tout ce que je vais faire…

Demander des explications à Julien
→ vers **CHAPITRE 44** (p. 271)

OU

Rompre tout contact avec Julien et se concentrer sur sa carrière et son tournoi. Si Colleen est toujours engagée en double → vers **CHAPITRE 47** (p. 288), si elle s'était déjà désengagée → vers **CHAPITRE 48** (p. 292)

CHAPITRE 46

Je ne prends pas le temps de me changer et quitte ma chambre à la hâte. Quelques portes plus loin, je tambourine à m'en faire mal au poing. Rebecca n'est pas surprise de me voir, elle m'indique d'un geste la chaise devant son bureau de fortune. La table est étonnamment vide. Rebecca a dû passer sa matinée à ranger pour s'occuper en attendant de mes nouvelles.

— Qu'est-ce que c'est que ce merdier ? demandé-je.

— Je n'en ai pas la moindre idée, répond ma coach en s'asseyant.

— Tu es sa coach, non ?

— Adjointe, seulement.

— Et tu n'es pas au courant de ça ? Les tests, son planning, ce n'est pas de ton ressort ?

— Non. C'est Max qui gère tout ça, Joe éventuellement. Je m'occupe strictement du sportif, pas du reste.

— Et il ne t'a rien dit ?

Rebecca secoue la tête.

— Tu ne l'as pas appelé ? Ni Joe ? Ou Max ?

Elle répète son mouvement de tête.

— Pourquoi ?

Je suis tellement fâchée et mal à l'aise que j'ai aboyé davantage que je n'ai parlé. Heureusement pour moi, pour l'instant,

Rebecca ne semble pas m'en tenir rigueur et parvient à rester calme.

— Je voulais te voir toi, d'abord. Je te l'ai toujours dit : tu es et restes ma priorité. Comment tu te sens ?

Trahie. Humiliée. Salie. Honteuse. Idiote. Et tellement d'autres choses encore. Mais aucun de ces mots ne parvient à passer mes lèvres. À la place, je me mets seulement à pleurer. Comme une enfant. Rebecca se lève et s'approche. Elle s'assoit sur l'accoudoir de mon siège et attire mon visage contre sa poitrine. D'une main, elle m'enlace fermement et de l'autre, elle me caresse les cheveux. Je me laisse complètement aller dans ses bras. Je ne sais pas combien de temps nous restons ainsi, mais Rebecca ne dit rien jusqu'à ce que j'aie expulsé mon stock de larmes. Alors que je me sèche les yeux avec le bord de mon tee-shirt, Rebecca rejoint sa place.

— Qu'est-ce que tu comptes faire ? me demande ma coach.

Je hausse les épaules. Je n'en ai absolument aucune idée. Avant d'arriver ici, j'avais envie de hurler, de tout casser, mais maintenant ? Je n'ai plus aucune énergie. Je me sens vidée de toute force ou émotion. Comment prendre une décision dans ces conditions ?

— Que tu ressentes de la colère et de la rancœur, c'est bien normal, souffle Rebecca. Tout ce que je te demande, c'est de ne pas les laisser décider seules de la suite des événements. Elles peuvent être mauvaises conseillères. Prends un peu de temps. J'ai briefé l'équipe, et personne ne viendra te demander quoi que ce soit ce matin. Va te promener. Va t'entraîner. Va lui parler. C'est toi qui vois, fais ce qui te fera le plus de bien. Quelle que soit ta décision, moi, je te suis et je te soutiens.

— Merci, reniflé-je. C'est gentil.

— C'est dans mon contrat, plaisante Rebecca pour détendre l'atmosphère.

Je laisse échapper un gloussement. Je mesure encore une fois ma chance d'être tombée sur cette coach-là. Rebecca s'occupe de bien plus que du sportif. Depuis qu'elle a rejoint mon équipe, elle est comme un pilier dans ma vie. Non seulement elle m'a permis de réaliser une partie de mes objectifs de carrière, mais en plus, elle a toujours veillé à mon bien-être physique et mental. Avec elle, je sais que quoi qu'il m'arrive dans la vie, je ne serai jamais seule pour le gérer. Aujourd'hui en est la preuve.

Je fuse comme un bolide dans les couloirs de l'hôtel pour retrouver le confort de ma couette au plus vite. Je ne fais tellement plus attention à ce qui m'entoure que je finis par percuter quelqu'un.

— Pardon, désolée, je… je ne regardais pas.

— Non, non, c'est moi, j'étais sur mon téléphone, répond une voix au fort accent français.

En levant les yeux, je me rends compte que j'ai le visage à la hauteur du buste de Max, son téléphone dans une main et un café – miraculeusement sauvé – dans l'autre. Nous nous regardons en chiens de faïence un moment sans savoir quoi dire.

— Si tu es venu pour le défendre, tu peux retourner d'où tu viens, aboyé-je finalement.

Max ricane.

— Désolée de te décevoir, mais je ne te cherchais pas.

— Qu'est-ce que tu fiches ici, alors ?

— Tu es de la police ?

Un ange passe.

— Ma chambre est par là, indique-t-il en pointant derrière moi, et je reviens du bar où je suis allé me chercher mon énième café depuis ce matin. Crois-moi, j'ai mieux à faire en ce moment que de gérer tes états d'âme.

À ces mots, il me bouscule de l'épaule pour passer. Ce geste, plein d'une autorité mal placée, me fait sortir de mes gonds, déjà largement mis à mal depuis le début de la journée.

— Tu réfléchis à comment soigner l'image de ton petit poulain dopé aux stéroïdes ?

Je regrette mes mots aussitôt après les avoir prononcés, mais j'ai ma fierté, alors je n'en montre rien. Max s'est figé. J'ai cru qu'il allait repartir vers sa chambre, mais il fait finalement volte-face vers moi. L'index de la main qui tient son smartphone tendu devant lui dans un geste presque menaçant, il rétorque :

— Tu sais quoi Colleen, je vais mettre ça sur le compte de la pression, ou que sais-je encore. Mais si tu as un problème avec Julien, arrête de prendre tes grands airs de meuf irréprochable et… je ne sais pas moi, va lui parler, non ? Ça t'évitera de chercher des noises pour rien à des gens qui ne t'ont rien fait ni même rien demandé, OK ?

Je croise les bras et arque un sourcil dans une posture qui marque une indifférence totale. Max, exaspéré, soupire et disparaît dans le couloir en braillant je ne sais quoi en français.

Je retourne dans ma chambre pour réfléchir encore passablement irritée de mon altercation avec Max. Mon téléphone n'arrête pas de vibrer, des journalistes et connaissances essaient de me joindre depuis ce matin. Je finis par l'éteindre pour avoir la paix. Sous une douche bien chaude, je tente de me calmer. On ne peut pas vraiment dire que ça marche. Mes larmes se mêlent à l'eau de la douche. Je suis toujours autant en rogne contre Julien, et j'ai l'impression que rien ne pourra jamais enlever ça. J'ai envie d'aller le voir, et de décharger toute ma frustration sur lui, mais je suis consciente que ce n'est pas forcément la meilleure des idées. Qui sait ce que je pourrais faire ou dire une fois devant lui. Mon impulsivité et mon malaise me poussent souvent à dire des choses que je suis amenée à regretter par la suite. Enfin, là, j'ai du mal à voir ce que je pourrais faire de pire que ce qu'il m'a fait. Peut-être vaut-il mieux que j'évite tout simplement sa présence.

Demander des explications à Julien → vers **CHAPITRE 44** (p. 271)

OU

Rompre tout contact avec Julien et se concentrer sur sa carrière et son tournoi. Si Colleen est toujours engagée en double → vers **CHAPITRE 47** (p. 288), si elle s'était déjà désengagée → vers **CHAPITRE 48** (p. 292)

CHAPITRE 47

Un peu plus tard, je convoque Joe et Rebecca dans l'une des salles de réunion de l'hôtel. Seulement eux deux. Une fois que nous sommes installés, je leur annonce ma volonté de mettre un terme à ma collaboration en double avec Julien.

— Si c'est à cause de cet article dans la presse, commence Joe, je t'assure que ce n'est pas ce que tu crois. C'est juste un malentendu, et ça sera vite réglé.

— Je t'arrête tout de suite, Joe, ma décision est sans appel. Je ne suis pas là pour en débattre.

— Est-ce une décision sportive ? demande-t-il.

Je m'apprête à lui répondre, mais Rebecca fait un geste en direction de son ami pour lui indiquer que la discussion est close. Je suis infiniment reconnaissante qu'elle me soutienne de la sorte. Joe n'argumente pas davantage et se contente de secouer la tête.

— Il va être tellement déçu, lâche-t-il dans un murmure.

J'agis comme si je n'avais rien entendu :

— Pouvez-vous mettre le reste des staffs au courant ? Rebecca, tu peux demander à Aurelia de mettre rapidement le programme à jour ?

Tous deux acquiescent. Joe se lève et quitte la pièce sans un mot. La réunion est finie, et il n'y a rien de plus à ajouter. Je ne lui en veux pas de réagir comme ça. Il défend son joueur coûte que coûte. C'est son devoir. Je n'en attendrais pas moins de la part de Rebecca dans la situation inverse.

— Je ne veux pas le voir, ni même le croiser, d'ici à la fin du tournoi, asséné-je à Rebecca une fois que nous sommes seules. Je dois me concentrer sur mon tennis, et rien d'autre. À ce stade, je me fiche de savoir si c'est un malentendu ou s'il s'est encore dopé. Je veux juste avancer. Le reste attendra.

Ma coach m'adresse un dernier hochement de tête et un regard rassurant avant de quitter la pièce à son tour.

Je retrouve Aurelia sur un court d'entraînement pour taper quelques balles et tenter d'extérioriser ma frustration. Ça ne fonctionne pas vraiment. Je suis complètement ailleurs. J'ai l'impression que ni mes jambes ni mes bras ne répondent à ce que ma tête demande. Je suis en retard sur toutes les balles, multiplie les fautes.

— On va prendre une petite pause, propose Aurelia.

Je retourne à ma chaise la tête basse. J'épluche rageusement une banane pendant qu'Aurelia s'agenouille devant moi.

— Est-ce qu'il y a quelque chose que je peux faire ? glisse-t-elle.

— À quel sujet ?

— À propos de… tout ça. Toi, Julien… le tournoi.

Elle est gênée. Ce genre de discussion, ça n'est pas vraiment le fort d'Aurelia. Son truc à elle, c'est la logique, les chiffres, les stats, bref : tout ce qu'on peut maîtriser. Les sentiments et les états d'âme, normalement, c'est plutôt l'apanage de Rebecca ou Lucy. Je comprends néanmoins à son regard fuyant qu'Aurelia sait pour Julien et moi. Je soupire. Que lui dire ?

— J'ai l'impression de nager en plein cauchemar, avoué-je. Parmi toutes les décisions que je peux prendre, j'ai l'impression qu'aucune n'est bonne. Qu'il y aura dans tous les cas un prix à payer.

— Choisis en fonction de ce prix, tranche Aurelia.

— Comment ça ?

— Si dans tous les cas, il y a un sacrifice à faire, lequel te coûterait le moins ? Ou, dans d'autres termes : qu'est-ce que tu désires le plus ?

Il y a quelques semaines, quelques jours encore même, je n'aurais pas hésité une seule seconde. Ce que je voulais le plus, c'était remporter un Grand Chelem en simple. Mais aujourd'hui ? J'ai toujours cette soif de gagner. Remporter un tournoi majeur restera mon rêve jusqu'à ce que je l'accomplisse. Mais ce rêve vaut-il vraiment qu'on lui sacrifie tout le reste ? Ces quelques jours avec Julien m'ont fait goûter à un quotidien, à une réalité, que je croyais impossible. Pendant un bref instant, deux mondes que je pensais opposés ont cohabité à merveille, me prouvant que je me trompais peut-être sur toute la ligne. Et puis ce matin… tout s'est écroulé, faisant une nouvelle fois voler en éclat toutes mes certitudes.

— Fais-toi confiance, ajoute Aurélia.

Je pousse un long soupir, et reprends ma raquette. À défaut de faire les bons choix, autant me préparer à ce que je sais faire de mieux : jouer au tennis. Je fais le vide dans ma tête, et me concentre sur la balle. Je visualise ma future adversaire. Une Allemande du top 10, contre laquelle je n'ai jamais gagné, dans aucune de nos confrontations. Pour autant, je ne me suis pas retrouvée face à elle depuis plus d'un an. Toutes les cartes sont rebattues. Dans ma tête, j'entends la voix de Rebecca me détailler son profil et m'indiquer de quelle façon contrer son jeu. J'essaie de l'imaginer à la place d'Aurelia. Pendant un temps, ça fonctionne. Mais très vite, par-dessus le visage de ma préparatrice, par-dessus celui de ma future adversaire s'imprime celui de Julien. Sur un nouveau coup manqué, je lâche ma raquette de dépit. Elle va finir sa course dans le filet. J'ai envie de hurler. Si ça continue, je vais finir par me ridiculiser devant le monde entier lors de ma demi-finale.

— Joue simple, me conseille Aurelia. Reprends les bases. Tu peux le faire.

Je reprends ma place derrière la ligne de fond de court. Ça n'est pas le genre de Colleen Brown que de baisser les bras. Si j'ai survécu une fois aux frasques de Julien Masson, je peux le refaire.

→ vers **CHAPITRE 48** (p. 292)

CHAPITRE 48

— Colly ! Colly !

De retour à l'entraînement avec Aurelia, j'essaie tant bien que mal de me sortir toutes ces histoires de la tête. J'ai sondé tellement de personnes aujourd'hui, pour essayer de prendre la meilleure décision possible, que j'ai encore l'impression d'entendre la voix de Lily dans ma tête.

— Houhou ! Colly ? T'es où ?

La balle passe à ma gauche, mais je ne la rattrape pas. C'est bien la voix de Lily ! Mais que fait-elle ici ? J'espère qu'elle ne compte pas essayer de me faire changer d'avis. Je sais comme elle peut être encline à défendre Julien – et les hommes, de manière générale.

— Ah ! Bah te voilà ! Tu pourrais répondre, quand même.

Lily débarque sur le court, l'air passablement agacé. Elle porte une combinaison fluide colorée à motifs floraux. Bardée de bijoux, elle a remonté ses lunettes de soleil sur sa crinière rousse et un sac à main de marque pend à son coude. Elle ressemble à un igloo en plein désert : sa présence nous surprend autant qu'elle nous inquiète.

— Qu'est-ce que tu fiches ici ? l'interrogé-je en arrivant à sa hauteur.

— Je viens profiter du spa ! Mais non, andouille, je te cherchais.

— Comment t'as fait pour entrer ?

— On ne refuse rien à ce minois, figure-toi. Surtout quand il se fâche.

Ça, je n'ai pas de mal à le croire. Il m'est arrivé une fois de *vraiment* contrarier Lily et j'en frissonne encore rien que d'y penser. Nous avions onze ans. Je n'ai jamais repris ce risque par la suite.

— Qu'est-ce qu'il y a de si urgent ? demandé-je.

— Il faut que tu ailles voir Julien.

Elle est sérieuse ? Elle vient de traverser New York pour me dire *ça* ?

— C'est mort.

— Colleen. Crois-moi. Va lui parler.

— Tu n'aurais pas dû te déplacer.

Je fais signe à Aurelia que j'arrive pour reprendre le jeu. Ma préparatrice nous écoute, mais elle n'a pas quitté sa place sur le court. Lily me retient par le bras.

— Attends ! Je lui ai parlé et…

Je le savais ! Du Lily tout craché.

— Tu as QUOI ?

— Je l'ai appelé. Je savais que tu serais… comment dire… trop butée pour le faire. Moi, je voulais une explication. Comment ça peut arriver un joueur professionnel qui manque un test antidopage ? Bref. Figure-toi qu'il m'a répondu, et qu'on n'a pas mal discuté. Il a des choses à te dire, Colleen, et ce serait bien que tu les entendes. Si après ça tu ne veux plus en entendre parler… soit, je respecterai ton choix. Mais laisse-lui peut-être une chance de s'expliquer, non ?

— Mon choix est déjà fait. Et tu aurais dû le respecter. Maintenant, si tu le veux bien, j'ai une demi-finale à préparer.

— Tu ne crois pas qu'un jour tu pourrais avoir des regrets ? me lance-t-elle alors que je lui tourne le dos.

Je garde mon cap et me contente de hausser les épaules. Lily pousse un soupir et part comme elle est venue : avec des airs de reine courroucée.

De retour sur le court, le filet et une immense gêne me séparent d'Aurelia. Nous reprenons l'entraînement comme si de rien n'était, mais je vois bien que ses coups comme les miens sont légèrement retenus. Nous avons toutes les deux la tête ailleurs. Aurelia, parce qu'elle a tout entendu de ma conversation avec ma meilleure amie, et qu'elle hésite sans doute à dire quelque chose. Moi parce que je ressasse les paroles de Lily. Une part de moi lui en veut d'être allée parler à Julien sans me prévenir. D'un autre côté… Cela me fait chaud au cœur de la voir à ce point investie. Elle sait tout le mal que Julien m'a fait et si elle est venue jusqu'ici pour me demander de lui laisser une chance, c'est qu'elle a appris quelque chose qui l'a fait changer d'avis. Mais qui me dit qu'il ne lui a pas menti pour se la mettre dans la poche ? J'ai l'impression que, quoi qu'il arrive désormais, je ne pourrais plus jamais avoir confiance en lui. Il m'a déjà trahie de trop nombreuses fois. Et s'il ne s'agit cette fois que d'un malentendu, ce ne sera peut-être pas le cas la prochaine fois. Autant me prémunir dès maintenant.

Je jette un regard vers le ciel bleu new-yorkais espérant naïvement y déceler un signe. Il n'y a absolument aucun nuage, juste le soleil éclatant et étouffant de ce début d'après-midi. De temps en temps, un oiseau ou un avion brise la monotonie de ce paysage.

— Séance terminée, annonce finalement Aurelia.

Je range mon sac et me dirige vers les vestiaires. Sous la douche, je rejoue une énième fois la scène de la venue de Lily. Est-ce que je devrais écouter mon amie ?

Aller voir Julien → vers **CHAPITRE 49** (p. 295)

OU S'en tenir à ses positions. Si Colleen vient de se retirer du double à cause de l'article → vers **CHAPITRE 50** (p. 301), si elle s'était déjà retirée du double auparavant, vers **CHAPITRE 51** (p. 305)

CHAPITRE 49

Une fois rhabillée, je suis bien décidée à aller trouver Julien pour lui parler. Problème : je n'ai aucune idée d'où il peut se trouver actuellement. Il y a même une possibilité pour qu'il soit déjà en train de quitter New York maintenant qu'il n'a plus rien à y faire. Je presse le pas pour rentrer le plus vite possible à l'hôtel. Toute à mes pensées, je ne vois pas la lanière de mon sac se prendre dans une poignée, et je manque de me casser la figure. Avant que j'aie eu le temps de comprendre ce qui m'arrive, une main vient libérer ma sangle.

En relevant le nez, je me rends compte qu'il ne s'agit pas de la main de n'importe qui. C'est tout simplement Julien qui se tient dans mon dos. Il est en tenue de sport, ruisselant de sueur, son sac jeté sur l'épaule. Je devrais probablement le remercier.

— Qu'est-ce que tu fabriques ici ?

Sans crier gare, me revoilà passée en mode pitbull. Julien passe une main dans ses cheveux.

— La même chose que toi, j'imagine. J'avais besoin de… bouger un peu.

Il y a quelques secondes à peine, je craignais de ne pas le trouver, et maintenant qu'il est juste là devant moi, je me sens passablement agacée. J'hésite à lui filer un coup d'épaule et partir sans demander mon reste. Mais les mots de Lily résonnent encore dans mon esprit.

— Je voulais te parler, lâché-je les dents serrées.

— Je t'écoute.

À l'autre bout du couloir, des voix nous parviennent.

— Pas ici, sifflé-je.

J'attrape Julien par le poignet et nous entrons dans le premier vestiaire disponible. Il pose ses affaires sur le banc et s'assoit. Je m'adosse contre la porte, bras croisés.

— Qu'est-ce que tu es allé raconter à Lily ?

Julien rit jaune.

— Alors déjà, c'est elle qui est venue me trouver, hein. Pas le contraire. Pas commode ta copine, d'ailleurs.

— Comment ça ?

— Elle m'a passé un sacré savon ! J'étais obligé de tenir le téléphone à bout de bras, le plus loin possible de mon oreille. D'après elle, j'étais vraiment le pire mec que la terre ait porté. Et tu méritais mieux que ça, etc. C'est toi qui lui as dit pour nous deux ?

Je secoue la tête.

— Hmm. Je crois que Joe et Max sont au courant aussi… À croire qu'on n'a pas été aussi discrets qu'on le pensait.

Je confirme. Absolument tout le monde semble au courant. Du moins, dans notre cercle proche.

— Tu voulais parler, donc… souffle Julien, une main dans les cheveux.

Je soupire. J'ai envie de lui voler dans les plumes, mais à le voir là, tout penaud à regarder ses godasses comme un gamin, je n'y arrive pas.

— C'est quoi cette histoire de contrôle raté ? Est-ce que… est-ce que tu as recommencé ?

Je peux voir son corps se tendre d'un coup. Dans ses poings, il serre sa prise sur sa serviette. Sourcils froncés, il fait la grimace, prêt à rugir.

— Tu dis ça comme si j'étais un putain d'addict !

Le fait qu'il hausse le ton alors que je m'étais moi-même calmée me fait aussitôt sortir de mes gonds.

— Ben quoi ? C'est une question légitime ? Tu m'as fait le coup une fois déjà, c'est normal que je pose la question !

— Ah oui, et quel coup ? s'emporte-t-il en se levant.

— Mettre en péril ma carrière parce que tu ne sais pas jouer sans tricher !

Il est prêt à exploser. Ça ne tarde pas :

— Oh. Je vois. *Ta* carrière. C'est toujours de ça dont il est question, pas vrai ? Il ne faudrait surtout pas égratigner ta petite image de joueuse droite et honnête ! Est-ce qu'une seule fois ça tu t'es posé la question de savoir ce que moi je vivais ? Ce que je ressentais ? Est-ce que tu as cherché à connaître ma vérité ? Putain, Colleen… À l'époque, tout le monde m'a foutu la tête sous l'eau. Tout le monde. Mais le pire… C'était toi. Parce que, merde à la fin, toi tu étais tout sauf tout le monde pour moi. Tu ne peux pas imaginer ce que ça m'a fait de voir que toi, entre tous, étais la plus virulente dans la presse. Oh, t'as l'air surprise ? Tu ne te souviens pas ? « Les tricheurs doivent être punis », « Il a eu la sanction qu'il mérite ». Ce sont tes mots, Colleen. Pas un message. Pas un appel. Rien. Pourtant, tu agissais en public comme si tu savais tout. Alors que tu ne sais rien. Rien du tout.

Ses reproches font monter en moi des émotions ambivalentes. D'un côté, il me fait me sentir coupable. Il est si ému que toute sa détresse me touche. Mais de l'autre… J'ai l'impression qu'il cherche à retourner la responsabilité et me faire passer pour la méchante de l'histoire. C'est hors de question !

— Eh ben vas-y, m'écrié-je, dis-moi. Dis-moi ce que je ne sais pas. Dis-moi « ta » vérité.

Julien secoue la tête et laisse échapper un ricanement.

— Qu'est-ce que ça changerait, lâche-t-il en se laissant tomber sur le banc.

Comme s'il était à nouveau seul, il entreprend de défaire ses lacets puis retire son tee-shirt et le jette sur son épaule. Est-il possible que j'aie raté quelque chose ? Sans trop savoir pourquoi, je m'assieds à ses côtés. Sans le regarder, je pose ma main sur la sienne.

— Essaie quand même, lui soufflé-je.

Julien pousse un nouveau soupir. Mais il ne retire pas sa main. Il finit par se lancer.

— C'est mon père.

Je fronce les sourcils, et l'invite à poursuivre.

— Quand ça a commencé à bien fonctionner pour moi, mon père a voulu qu'on engage un médecin pour rejoindre l'équipe. Il n'arrêtait pas de me répéter que mon corps ne pourrait pas suivre, et qu'on avait besoin de quelqu'un pour nous accompagner. « Un pari sur l'avenir » qu'il martelait. Alors j'ai dit OK. Le médecin se contentait de prendre diverses mesures et de me prescrire des compléments alimentaires. Tout m'avait l'air normal. Et puis… y a eu ce putain de test. Comme un con, j'étais persuadé que c'était une erreur, que tout allait s'arranger très vite. Après tout, je n'étais pas un tricheur. Je suis allé voir mon père, pour lui demander s'il s'en était occupé. Et c'est là que j'ai su. Il n'a eu besoin que d'un regard. En une fraction de seconde, tout mon monde s'est effondré. J'ai coupé tous les ponts avec mon père du jour au lendemain. Lui, il est rentré en France. Là-bas, il a inversé les rôles auprès de ma mère et de mes sœurs, me faisant passer pour un arriviste prêt à tout. Ma carrière avait déjà fait tant de mal à ma famille… C'est pour ça que j'ai rien dit. J'ai tout gardé pour moi et au procès j'ai joué la carte du gamin qui a fait une erreur, juste une fois. Bon et puis… la suite, tu la connais.

Je suis soufflée. Jamais je ne me serais attendue à une telle révélation. Pourtant, maintenant que j'y repense… C'est vrai que son père a toujours été dur avec lui, à vouloir le faire progresser toujours plus, et surtout toujours plus vite. Il ne supportait pas l'échec. Tout ce qui l'intéressait c'était que son fils soit un champion. Peu importe le prix. Mais le prix, c'est finalement Julien qui l'a payé.

— Je suis désolée, expiré-je.

Julien hausse les épaules. Un silence pesant s'installe.

— Et… le contrôle, alors ?

— La faute à pas de chance, fait-il en riant doucement. Avec le micmac des chambres et des hôtels, l'ITF ne m'a sans doute pas cherché au bon endroit. Et puis, à l'heure où ils sont passés… hmm, on était… enfin, ensemble quoi.

Le rouge me vient aux joues en une fraction de seconde.

— Qu'est… Qu'est-ce que tu vas faire ? demandé-je.

— Max est en train de gérer ça. Il va leur dire la vérité, on va faire plus gaffe pour le prochain contrôle, et tout devrait rentrer rapidement dans l'ordre. La presse s'est emballée parce que j'ai la tête du coupable idéal, mais ça se tassera.

Il m'adresse un sourire. Force est de constater que cette fossette me plaît toujours autant. C'est alors qu'un visage s'impose à moi. Celui de la femme que j'ai croisée plusieurs fois autour de lui ces derniers jours. Je ne peux m'empêcher de poser la question.

— Celle avec la casquette et les lunettes ? suggère-t-il.

Je hoche la tête. Il se marre.

— C'est Emma, ma sœur. Le reste de ma famille verrait d'un assez mauvais œil qu'elle soit encore en contact avec moi après ce que j'aurais fait à mon père, tu comprends. Et elle a tendance à être un chouïa parano, c'est vrai. Ne me dis pas que tu as cru que… ?

— Pas du tout ! le coupé-je maladroitement.

Il part dans un fou rire.

— Attends, ça fait combien de temps que tu penses que je te trompe ?

— Mais je n'ai rien pensé, je te jure !

Ma défense est pitoyable, et il est clair que Julien ne me croit pas. Toujours hilare, il passe son bras nu autour de mes épaules, me provoquant ainsi un frisson. Je me laisse aller et pose ma tête contre lui.

— À part Emma et Max, personne n'est au courant de tout ça.

Je suis très touchée par cette marque de confiance. Julien dépose un baiser tendre sur le dessus de ma tête. Je tourne alors mon visage vers lui. Il a les larmes aux yeux. Je ne résiste pas et l'embrasse. Il passe son deuxième bras autour de ma taille et me presse tout contre lui. La porte du vestiaire est fermée de l'intérieur, et je sais que personne ne pourra venir nous déranger. Pour autant, l'activité à laquelle je songe ne fait pas vraiment partie du programme préconisé par Aurelia. Et il me reste des matches importants à jouer…

Passer du temps avec Julien, et au diable le planning ! Si Colleen s'est désengagée du double avant l'article → vers **CHAPITRE 53** (p. 315), si elle est toujours engagée sur les deux tableaux vers **CHAPITRE 52** (p. 310)

OU Rester raisonnable et focalisée sur l'objectif, le reste devra attendre. Si Colleen s'est désengagée du double avant l'article → vers **CHAPITRE 55** (p. 324), si elle est toujours engagée sur les deux tableaux → vers **CHAPITRE 54** (p. 321)

CHAPITRE 50

Dans l'après-midi, je convoque une conférence de presse. Mon texte est prêt. J'y ai travaillé pendant plus d'une heure, et je n'ai plus qu'à le lire. Pourtant, lorsque je vois tous les journalistes qui se sont déplacés pour l'événement, je sens mon ventre se tordre. Vais-je seulement être capable de prendre la parole ? J'ai décidé de parler seule, sans la présence de Rebecca, mais tout à coup, je commence à regretter. Sa présence et son soutien auraient été plus que bienvenus.

— Bonjour à toutes et tous, commencé-je.

Tous les regards sont braqués sur moi. Pour une fois, il n'y a pas un bruit dans la salle, pas de bavardages, seulement des bruissements de crayon sur du papier ou des tapotements sur des touches d'ordinateur. L'attention est tout entière portée sur moi. Je me racle la gorge et baisse mon regard vers mon papier. J'espère qu'on ne remarque pas trop mes mains qui tremblent.

— Je vous ai réunis aujourd'hui pour vous annoncer que Julien Masson et moi-même ne prendrons pas part à la demi-finale que nous étions censés jouer demain. Nous nous retirons du tableau du double mixte.

Déjà, dans les rangs, des mains commencent à se lever. Si je les regarde trop longtemps, je suis prise de vertige. Heureusement que je suis assise. Je me concentre de nouveau sur mon communiqué.

— Cette décision a été prise au regard de plusieurs éléments. D'abord, ma qualification pour la demi-finale dans le tableau dames principal. Je souhaite pouvoir me concentrer sur ce match qui est à ce jour l'un des plus importants de ma carrière. Continuer à jouer pour les deux tableaux induit une fatigue supplémentaire qui aurait pu m'être préjudiciable en simple.

J'aperçois de nouvelles mains se lever. Tout le monde sait bien que ce n'est pas *vraiment* la raison. J'inspire un grand coup avant de poursuivre :

— Bien entendu, vous n'ignorez pas non plus la nouvelle parue dans la presse. Julien, en ne se présentant pas à un contrôle de routine antidopage, a enfreint une règle. C'est un comportement que je réprouve. Dès lors, il m'a semblé impossible de continuer cette collaboration, aussi fructueuse qu'elle ait pu être sur le plan sportif. Je vous remercie pour votre attention.

J'ai à peine fini ma phrase que les questions fusent dans tous les sens.

— Avez-vous pu parler avec Julien ?

— Pourquoi ne s'est-il pas présenté au contrôle ?

— Pensez-vous qu'il ait pu se doper une nouvelle fois ?

— Avez-vous peur que cette nouvelle affaire entache votre image ?

Je ne sais pas où donner de la tête. Ces mots m'agressent et je suis soudain pétrifiée, incapable de me lever. C'est alors que Lucy déboule du fond de la salle. Elle se baisse et annonce au micro :

— Colleen n'a plus aucun commentaire à faire à ce sujet. Merci.

Elle m'attrape ensuite par le bras pour me relever et m'emmener à l'extérieur de la salle.

Une fois dehors, je prends une grande inspiration. J'ai eu l'impression d'être en apnée pendant toute la conférence. Je prends appui contre un mur et m'assois à même le sol. Sans y prendre garde, je me mets à pleurer. Lucy s'installe à côté de moi. Elle ne me prend pas dans ses bras, ne me caresse pas les cheveux. Juste, elle est là, présente. Nos hanches se touchent presque. Elle sort quelque chose de sa poche.

— T'en veux une ? fait-elle.

Je relève les yeux vers elle. Elle me tend un paquet de clopes. Je secoue la tête dans une moue de dégoût.

— Tu fumes, toi ? m'étonné-je.

Lucy hausse les épaules et allume sa cigarette.

— Seulement quand je suis stressée.

Elle se relève pour que la fumée ne m'incommode pas.

— C'est courageux ce que tu as fait aujourd'hui, déclare-t-elle après un silence.

— Ah bon ?

— Ouais. Tu aurais pu te contenter d'un tweet ou d'une déclaration sur tes réseaux sociaux. Tu aurais pu cacher les raisons, faire passer ça pour du purement sportif. Tu as été honnête. Dans ce milieu, c'est rare.

— Tu n'as pas l'impression que, genre, je l'ai jeté sous le bus ? m'inquiété-je.

— Bof. Il s'y est jeté tout seul, non ?

— Je ne sais pas… Parfois, j'ai la sensation d'être trop, euh, rigide.

— Tu es droite, Colleen. Tu as décidé de mener ta carrière d'une certaine façon, et tu t'y tiens. C'est certain, ça ne plaira pas à tout le monde. Mais toi, tu es en accord avec ça ?

— J'en sais rien.

Je m'essuie les joues d'un geste rageur de la main. Lucy finit sa cigarette et revient s'asseoir à mes côtés.

— Je sais qu'avec Julien, souffle-t-elle, c'était un peu plus que du tennis. Je sais que t'as dû prendre une décision difficile.

Y a peut-être des jours où tu t'en voudras, surtout si tout ne tourne pas comme tu veux. Mais je suis convaincue que la vie finira par t'apporter ce dont tu rêves. T'es une battante. Alors, bats-toi ! Montre à tout le monde cette semaine que tu as eu raison. Je ne sais pas si tu vas remporter ce putain de Grand Chelem. Mais je sais que la Colleen que je connais, que j'apprécie et que j'admire va se défoncer sur le court. Si tu donnes tout, si tu gardes ton cap : les regrets, à la fin, il n'y en aura pas beaucoup. Rends-nous fières. *Sois* fière. T'es déjà une championne. Alors montre-leur à tous !

Je lui souris puis pose ma tête sur son épaule. Pour la première fois de la journée, je me sens apaisée.

→ vers **CHAPITRE 61** (p. 360)

CHAPITRE 51

Avec Rebecca, nous convoquons une conférence de presse. La salle, comme prévu, est comble. Nous n'avons pas communiqué sur le sujet de notre annonce, si bien que, dans les rangs, les rumeurs vont bon train. J'entends certains journalistes se demander si je suis blessée, et si je vais déclarer forfait pour ma demi-finale. Avant de commencer, j'inspire un grand coup. Prendre la parole devant les journalistes fait partie de mon quotidien, pourtant, à cet instant, je ressens comme une boule dans le ventre. Lorsque le silence se fait enfin, je me lance :

— Bonjour à toutes et tous. Si nous vous avons fait venir ici aujourd'hui, c'est pour vous annoncer que, compte tenu de la nouvelle parue dans la presse ce jour, j'ai décidé de mettre un terme définitif à la collaboration avec le Français Julien Masson. Nous nous étions d'ores et déjà, comme vous le savez, retirés du double mixte de cet US Open afin que je puisse privilégier le tableau simple dames. Nous avions alors indiqué que notre binôme, en fonction de l'évolution de la blessure de James Anderson, pourrait perdurer sur de prochaines compétitions. Ce ne sera finalement pas le cas. Je condamne avec la plus grande fermeté le comportement de Julien et désapprouve pleinement son refus de se présenter à un test antidopage. Les règles existent dans notre sport, et chacun se doit de les respecter. Je vais désormais laisser la parole à Rebecca. Je vous remercie.

Je me rends compte en terminant ma phrase que je n'ai pas repris mon souffle depuis que j'ai commencé à parler. Devant moi, les journalistes lèvent de nombreuses mains et des questions fusent :

— Avez-vous parlé avec Julien Masson ?

— Est-ce la seule raison de votre séparation ?

— Que ferez-vous si Anderson n'est pas remis pour l'Open d'Australie en début de saison prochaine ?

Rebecca allume son micro et coupe court à toutes les demandes.

— Après concertation avec Colleen et toute notre équipe, je vous annonce à mon tour la fin de ma collaboration avec Julien Masson en tant que coach adjointe pour les raisons qui viennent d'être évoquées. Nous n'avons pas d'autres remarques. Merci à toutes et tous.

À ces mots, et malgré les protestations des journalistes, Rebecca et moi nous levons pour quitter la salle. Le visage de ma coach est fermé. Nous en avons discuté, et elle semblait d'accord pour dire qu'elle n'avait pas d'autre choix, mais je sens que cette décision lui pèse. Depuis le début, elle croyait très fort en le potentiel de Julien, et en leur collaboration avec Joe. Elle était persuadée de pouvoir l'emmener loin. Très loin. Et puis, comme ça a été le cas pour moi, sans doute, elle a été déçue par le Français.

La conférence de presse a été pour moi une épreuve, et pour me remettre d'aplomb, mon équipe m'a organisé un dîner dans un petit restaurant non loin de l'hôtel. Aurelia s'est entretenu longuement avec la cheffe pour que nous soit préparé un dîner en accord avec mon régime strict de compétition, mais qui demeure néanmoins un tantinet festif.

Au départ, je suis mal à l'aise. Je n'arrive pas à me sortir de la tête la journée, et les choix que j'ai été contrainte de faire. Je m'en veux terriblement pour la situation dans laquelle je me suis retrouvée. Si je m'en étais tenue à mes principes, et que j'avais repoussé Julien jusqu'au bout, malgré les sentiments naissants, je n'en serais sans doute pas là aujourd'hui, incapable de toucher à mon dîner, dégoûtée par la tournure qu'ont pris les événements en quelques heures à peine. L'air absent, je fais tourner ma fourchette dans mon assiette sans toucher à mon plat.

— Si tu n'en veux pas…, fait Lucy en lorgnant mon assiette.

— Laisse-la tranquille, rétorque Aurelia, tu ne vois pas qu'elle n'est pas bien ?

Lucy hausse les épaules.

— Je dis juste que ça serait dommage de gâcher.

Aurelia s'apprête à nouveau à répondre quelque chose, mais je l'interromps. Je pousse mon assiette vers Lucy et me lève.

— Fais-toi plaisir, moi j'ai besoin de prendre l'air.

Je quitte la table alors qu'Aurelia fond en reproches sur Lucy à voix basse.

Une fois dehors, je traverse la route et me dirige vers le petit parc qui fait face au restaurant. À cette heure avancée de la soirée, il n'y a pas grand-monde dans ses allées. J'avise un banc et m'y installe. Me pensant seule, je me mets à pleurer de tout mon soûl. C'est alors qu'une douce voix chevrotante m'interpelle :

— Dis donc, une jolie jeune fille comme vous devrait pas pleurer comme ça.

Je tourne mes yeux embués et découvre une très vieille femme habillée beaucoup trop chaudement pour la saison. Au bout d'une laisse se tient un petit bichon frisé au poil blanc immaculé. Il s'approche de mes chaussures avec grand intérêt et force remuages de queue. La femme me tend un mouchoir en papier, et alors que je la remercie péniblement entre deux sanglots, elle prend place à mes côtés.

— Est-ce que c'est un homme qui vous met dans cet état ? … Ou une femme, d'ailleurs ?

Son sourire transpire de bienveillance. On lui donnerait le Bon Dieu sans confession. Sans que j'y prenne garde, son petit chien est déjà sur mes genoux.

— Pistache ! Descends ! Tu vas salir la jeune fille !

Je souris entre mes larmes.

— Laissez, elle ne me dérange pas.

Pistache, tout heureuse de pouvoir désobéir à sa maîtresse, se love sur mes genoux et se laisse caresser entre les oreilles.

— Alors, reprend la vieille femme, qui vous met dans un état pareil ?

— Je crains que ça ne soit moi-même, avoué-je dans un haussement d'épaules.

Elle ne détourne pas ses yeux de moi, et accentue un peu plus son sourire pour m'enjoindre à poursuivre. Son visage rond et son apparente bonhomie donnent envie de se confier.

— J'ai dû prendre beaucoup de décisions, ces derniers temps, commencé-je. Et je me demande si je ne me suis pas plantée… plusieurs fois. Les choses ont pris une tournure inattendue.

— Et cet inattendu, vous n'en êtes pas satisfaite ?

Je hausse à nouveau les épaules.

— Je devrais en être satisfaite. Et c'est parce que je n'arrive pas à l'être que je me pose toutes ces questions.

— Vous savez, ma jolie, tout au long de ma vie, j'ai eu l'occasion d'en croiser des femmes qui avaient des doutes. Et je peux vous dire une chose : nous devrions juste, parfois, arrêter de nous poser des questions. Une décision n'est jamais bonne ou mauvaise en soi, c'est un contexte, qui fait qu'elle va vous emmener dans une direction plutôt qu'une autre. Si j'ai bien un conseil à vous donner, inspiré de ma longue expérience, c'est celui-ci : faites-vous confiance, et surtout : osez rêver. Je suis certaine que, quelque part, une bonne étoile veille sur vous !

Je vais pour lui répondre quand une voix au loin me coupe dans mon élan.

— Colleen ? Houhou ! Colleen ? Tu es là ?

En reconnaissant la voix de Rebecca, je pose Pistache par terre et me lève.

— Je suis là ! je réponds en m'avançant d'un ou deux mètres.

Rebecca apparaît au bout de l'allée.

— Ah ! Enfin ! Je t'ai cherchée partout. J'ai même cru que tu étais rentrée à l'hôtel.

— Non, j'étais juste…

En tournant la tête vers le banc, je remarque que la vieille dame et Pistache ont disparu. Elles ne sont nulle part en vue. Où ont-elles pu passer ?

— Est-ce que tout va bien ? demande Rebecca en posant une main sur mon épaule.

Je secoue la tête, comme pour revenir à la réalité.

— Ça va mieux… Prendre l'air m'a fait du bien.

Je me présente sur le court pour ma demi-finale avec une confiance inédite. En levant les yeux vers le ciel bleu et dégagé de New York, j'ai la certitude que, quoi qu'il arrive, pour moi tout ira bien : quelque part, une bonne étoile vêtue d'une grosse veste en laine à motif jacquard tenant en laisse un petit chien blanc veille sur moi.

Je m'autorise alors à croire en mon rêve.

→ vers **CHAPITRE 61** (p. 360)

CHAPITRE 52

Après avoir passé la nuit ensemble, Julien et moi arrivons pour notre demi-finale peu reposés, mais plus complices que jamais. Nous affrontons une paire américaine qui a logiquement les faveurs du public. Sur ce match, nous savons que nous ne partons pas favoris, même si nous avons toutes nos chances. L'écart entre nos deux paires n'est pas si important que cela.

— Pour une fois, j'ai juste envie qu'on s'amuse, me glisse Julien dans le couloir qui mène au stade.

Je tourne des yeux interrogateurs vers lui.

— Je sais, je sais, ce n'est pas une mentalité de champion, il y a quand même un peu d'argent en jeu mais… j'en ai marre de me présenter sur un terrain de tennis en ayant systématiquement la boule au ventre. J'en peux plus de cette pression du résultat, du *cash price.* Je veux juste qu'on entre là, et qu'on se souvienne de ce que c'est le tennis à la base : un jeu. J'ai envie qu'on se marre, qu'on tente des coups, qu'on fasse le show. Qu'on prenne du plaisir, qu'on en donne au public, et pourquoi pas aussi à nos adversaires. Que les gens se rappellent ce match pas forcément parce qu'on l'aura gagné ou perdu, mais qu'ils s'en souviennent comme étant l'un des meilleurs moments de tennis auxquels ils ont pu assister. Est-ce que t'es avec moi ?

À ce moment-là, j'ai très envie de le prendre dans mes bras et de l'embrasser pour lui assurer que, oui, je suis à 200 % avec lui.

Mais dans le couloir, avec nous, il y a nos deux adversaires, l'employé de sécurité de l'US Open et une bonne demi-douzaine d'officiels en tout genre. À la place, je lève la main vers lui :

— Tope-là !

Sa main claque dans la mienne et ses doigts s'attardent quelques secondes contre les miens.

— Allons-y, alors, souffle-t-il dans un sourire.

Sa légère fossette est la dernière chose que je vois avant que nous n'entrions dans l'arène.

Je ne suis jamais entrée sur un terrain en me sentant aussi légère. Je ne me sentirais pas différemment si Julien m'avait invitée à faire une partie de beach-volley avec deux de ses amis. Bon, à la seule différence que plusieurs milliers de personnes sont en train de nous observer, ce qui n'aurait probablement pas été le cas à la plage. Pendant que nous échangeons quelques balles avec nos adversaires lors du traditionnel échauffement, je repense aux mots de Julien et à son regard dans le couloir. Il a eu l'air si soulagé lorsque je lui ai tapé dans la main ! Je réalise seulement maintenant le rapport conflictuel qu'il doit avoir avec ce sport. C'est son métier, et pourtant, tout le milieu l'a un moment conspué, lui a tourné le dos. Il a dû déplacer des montagnes pour revenir au plus haut niveau, et déjouer tellement de suspicion… dont la mienne. Je serre les dents, coupable. Cet après-midi, j'ai peut-être l'occasion de me racheter. De faire en sorte qu'il passe un moment agréable sur le court, que, pendant l'espace de quelques heures, il oublie un peu tout ce que ce sport lui a fait endurer.

Amusons-nous.

Juste avant que Julien ne lance son premier service, je me tourne vers lui et lui adresse un clin d'œil. Pour toute réponse, il arbore un immense sourire.

Le début de match est un peu chaotique. Plus que nous amuser, je dirais qu'on fait surtout n'importe quoi ! Nous ne sommes pas dans le même tempo, on se rentre dedans ou bien aucun de nous ne va sur la balle. Bref, on ne gagne que très peu de points, ce qui n'est pas exactement ma définition du fun. On croirait être de retour au point de départ, avec notre niveau catastrophique du premier match. De retour sur nos chaises à un changement de côté, je soupire un peu bruyamment. Julien, assis à côté de moi, tapote doucement mon dos.

— Tu n'as pas l'air de beaucoup t'amuser, fait-il remarquer.

— Tu trouves ça marrant, toi ? lâché-je la mâchoire serrée.

— De te voir t'énerver ? Un peu.

Je lui envoie une pichenette.

— Tu ne perds rien pour attendre !

De retour sur le court, Julien a l'air non plus décidé à « s'amuser » mais plutôt à me pousser à bout. Il me passe parfois devant pour volleyer une balle à ma place, il n'hésite pas à me décocher un léger coup de coude dès que je me trouve à quelques centimètres de lui, il me parle en plein milieu d'un point. Moi, j'avais pensé que ne pas nous prendre au sérieux ça signifiait « jouer décontracté » et non pas « me faire tourner en bourrique » ! Je suis à deux doigts d'aller lui mettre mon poing ou ma raquette dans le visage quand je jette un œil au tableau d'affichage.

Nous sommes repassés devant.

Je tourne mon regard vers un Julien absolument hilare.

— Tu joues bien quand t'es en rogne, fait-il en haussant les épaules.

Je secoue la tête. C'est qu'il a raison, ce con. En fait, ce n'est pas quand je suis énervée que je joue bien. C'est quand je n'essaie pas à tout prix de canaliser mes émotions. La peur, l'énervement, le stress, la pression, la joie, la fierté… Toute ma carrière, j'ai essayé de laisser mes émotions aux vestiaires, de peur qu'elles ne me paralysent une fois sur le terrain. Mais ces émotions, bien utilisées, peuvent se transformer en énergie motrice. J'en avais eu un aperçu pendant mon quart de finale, quand un regard vers mon box et la peur de décevoir ma deuxième famille m'ont fait pousser des ailes. Et tout cela, sans la vague d'émotions contradictoires qu'a fait naître Julien en réapparaissant dans ma vie, j'aurais peut-être mis beaucoup plus de temps à le comprendre.

À partir de là, le match change. Julien et moi retrouvons notre symbiose. En essayant l'un et l'autre, tour à tour, de nous impressionner ou de nous faire rire, nous déployons des trésors d'imagination et réalisons des coups venus d'ailleurs… pour le plus grand plaisir du public. Le match est accroché, et l'issue toujours incertaine, mais dans les travées, une partie des encouragements semble s'être reportée sur nous et cela commence à faire douter nos adversaires. Ils décident alors de venir jouer sur notre terrain. C'est un festival de services à la cuillère, de coups entre les jambes, de smash en tout genre et de passings qui commence. La foule est en délire et en redemande. L'arbitre a même du mal à faire revenir le silence entre chaque point. Il y a tellement d'enthousiasme dans les gradins qu'on se croirait presque à un match de foot en plein cœur de Londres ! Julien est aux anges. Le voir aussi heureux, à l'aise, à haranguer la foule comme s'il était dans son propre jardin, me donne envie de me défoncer encore plus. Je continue à jouer selon le principe de l'amusement, mais en mon âme et conscience je me promets de tout faire pour gagner ce match. Non pas pour moi, pour la qualification en finale, ni même pour le *cash price*, mais pour Julien. Pour lui donner, peut-être, la chance de revivre ça. Au moins encore une fois. Qu'il puisse en profiter jusqu'au bout.

Lorsque j'obtiens enfin une balle de match sur mon service, ma main ne tremble pas. J'envoie une cacahuète dans le coin extérieur du carré. Mon adversaire ne peut rien faire d'autre que de la laisser passer. Je jette un œil à l'affichage électronique : je viens de battre mon record personnel de vitesse au service. Ma poitrine se soulève ! Ce n'est pas qu'une impression : Julien a accouru vers moi et me porte au-dessus de sa tête. Je lève ma raquette vers le ciel pour saluer la foule. Nous venons d'éliminer la paire locale et, pourtant, dans le stade, tout le monde est debout et nous acclame.

Au filet, notre accolade avec les Américains est chaleureuse. Ils ont apprécié faire le show avec nous et espèrent sincèrement pouvoir à nouveau nous affronter dans un prochain tournoi. Ils nous souhaitent toute la réussite pour la finale.

L'euphorie, pourtant, ne dure pas longtemps. Dès la conférence de presse, les journalistes me rappellent à mon match de demain. Et ce match-là, il est hors de question que je le prenne à la légère. Très vite, je suis rattrapée par la réalité de l'enjeu.

→ vers **CHAPITRE 53** (p. 315)

CHAPITRE 53

— Bonjour, beauté.

Julien a presque chuchoté. Je viens tout juste de me réveiller… dans son lit. Je m'étire les bras et, alors que la couette me roule sur le ventre, je prends conscience que je suis encore nue. Je remonte la couverture d'un geste pudique. En me voyant faire, Julien sourit, mais il ne dit rien. Il enfile son caleçon et se dirige vers le coin cuisine.

— Du thé ?

J'acquiesce dans un bâillement. Je ne sais pas combien de temps j'ai dormi, mais certainement pas suffisamment. Alors qu'il mélange avec une grande minutie de l'eau bouillante et des feuilles de thé dans la théière, je l'observe du coin de l'œil. Dans la fougue de nos ébats, je n'ai jamais vraiment pris le temps de détailler son anatomie. À le voir habillé, ou même en tenue de sport, il pourrait sembler un peu quelconque. Certes, ses biceps apparents et ses larges mollets sont pleins de promesses, mais tant qu'on ne l'a pas vu tomber le tee-shirt, on ne se doute pas vraiment des merveilles que l'on peut trouver en dessous. Loin des formes rondes type bodybuilding, le torse de Julien est parcouru de lignes fines et dessinées. On devine plus qu'on ne voit ses pectoraux bombés et les lignes de ses abdominaux. Sa poitrine est recouverte d'une fine épaisseur de poils clairs qui se rejoignent au creux de ses pectoraux et débouchent sur un sillon broussailleux menant jusqu'à…

— Madame est servie !

Il me tend une tasse fumante. Me sentant rougir, je manque d'en renverser le contenu et finis par la poser sur la table de chevet à côté de moi. Julien, qui vient de voir où mes yeux étaient tournés, sourit. Il cale une main dans mon cou et approche son visage pour m'embrasser. Alors que nos langues s'entortillent avec plaisir, il bascule dans le lit et m'attire sur lui. Accroupie sur son bas-ventre, je sens la chaleur m'irradier d'un coup. Il est déjà dur pour moi. Seul le fin tissu de son caleçon sépare nos entrejambes déjà humides. Lorsqu'il commence à remuer légèrement son bassin, j'expire un gémissement de satisfaction. J'approche ma main de son caleçon, prête à le lui arracher…

Toc-toc-toc.

Quelqu'un frappe de grands coups contre la porte. Nous suspendons nos gestes et nos souffles.

— Si tu n'es pas en bas dans quinze minutes, je t'envoie chercher par les forces spéciales ! s'écrit la voix d'Aurelia de l'autre côté de la porte.

Lorsque ses pas s'éloignent enfin dans le couloir, Julien éclate de rire. Honteuse, je me drape dans la couette. Je n'avais pas vu l'heure ! La réalité me rattrape, et le stress commence à me submerger. Julien arrête de rire et se lève. Attrapant mon visage à deux mains, il murmure :

— Tu vas lui botter le cul.

Je ne peux m'empêcher de sourire. Ayant enfin retrouvé mes esprits, j'enfile à la hâte mes vêtements éparpillés au sol et file me préparer dans ma chambre avant qu'un commando ne vienne me chercher pour m'emmener de force au petit déjeuner.

Dans le couloir juste avant d'entrer sur le court pour jouer ma demi-finale, je suis traversée par tout un tas d'émotions et de ressentis. D'un côté, je suis sereine, car je sais que même si mon parcours s'arrête ici, j'aurai franchi une marche de plus vers mon objectif. D'un autre côté, je me sens stressée : et si je me ridiculisais sur le terrain, devant le monde entier ? Et si je laissais passer ma chance d'accéder à la finale ? J'ai passé mes deux dernières nuits avec Julien, sacrifiant au passage de précieuses heures de sommeil. Ne vais-je pas rapidement le regretter ? Comment vais-je pouvoir maintenir mon niveau de jeu sur la durée si le match venait à s'étirer ? Ma tête est pleine de questions. Je réinterroge tous mes choix depuis ces quinze derniers jours, comme si chacun d'entre eux, pris individuellement, pouvait être la raison de ma réussite et de mon échec. Je secoue la tête et essaie de me ressaisir. Si tout était joué d'avance, il n'y aurait aucun intérêt à me présenter ici pour tenter ma chance aujourd'hui. Je serre le poing autour de ma raquette. *It's not over until it's over.* Autant jouer ma chance crânement tant que je le peux.

Sur le court, je sens bien que ma condition physique est loin d'être optimale. Au départ, cela me crispe un peu. Je ne suis pas au maximum de mes capacités, et j'ai peur que cela ne me fasse pêcher si le match doit durer. Et puis, finalement, l'épiphanie : il suffit que le match ne dure pas. Je jette un coup d'œil vers mon box. D'abord vers Rebecca, puis vers Julien. Je le lis dans leurs yeux : eux aussi, ils l'ont compris. À partir de ce moment-là, je passe en mode *Dark Colleen* et je deviens une véritable machine de guerre. Plus question de construire un échange, coup par coup, pour amener mon adversaire où je le souhaite. Non. Désormais, je coupe court à chaque échange. Je tente le coup gagnant à la moindre petite fenêtre. Parfois ça marche, parfois pas. Petit à petit, je sens que j'étouffe mon adversaire. Pour elle, tout va trop vite. Elle veut poser le jeu, mais je ne lui en laisse pas l'occasion. J'impose mon rythme, celui d'une nana fatiguée par une nuit d'amour qui n'attend plus que de pouvoir s'allonger sur la table de massage.

Ma tactique fonctionne encore mieux que je ne l'aurais espéré. Pressée par le temps, je déroule un jeu sans arrière-pensée et je fais mouche ! Je me défais de mon adversaire en deux sets et moins d'une heure et demie, déjouant dans le même temps tous les pronostics. Le public lui-même est abasourdi. Lorsque je marque le point du match, il met quelques secondes à réagir, puis se laisse aller à des effusions de joie : tout le monde aime les outsiders. Comme il est de coutume depuis quelques matches maintenant, je termine dans les bras de mon équipe.

De retour au milieu du court, je suis interviewée par un ancien numéro 1 américain. Devant le stade encore bien garni, il loue mon niveau de jeu impressionnant.

— Colleen ! Que s'est-il passé ? Oh, mon Dieu, on ne t'a jamais vue jouer comme ça ! Raconte-nous tout. Comment as-tu préparé ce match ?

Ma première réaction est de rire franchement. Je ne peux décemment pas raconter au monde entier que j'ai expédié le match parce que j'étais trop épuisée par mes ébats de la veille ! J'improvise une réponse à base de tactique travaillée à l'avance avec ma coach, d'inspiration du jour et, aussi, d'une pointe de chance qui est allée dans mon sens. Je ne manque pas non plus de louer les qualités de mon adversaire du jour en lui souhaitant le meilleur pour la suite. Je réalise ensuite les traditionnels lancers de balles vers le public puis signe des balles, des photos, prends quelques selfies sur le chemin du retour vers les vestiaires.

Pendant la phase de récupération, c'est une autre paire de manches. Une fois l'euphorie de la victoire passée, mon corps se rappelle soudainement (et douloureusement) à mon bon souvenir. Sur la table de massage, je ne fais que pousser des râles et des soupirs. Lucy ne pipe mot, mais je vois à son sourire qu'elle prend un malin plaisir à appuyer là où ça fait mal. Je sais qu'elle sait et surtout, elle sait que je sais qu'elle sait. À chacune de mes plaintes, elle ricane un peu plus fort.

— C'est un tournoi *intense*, pouffe-t-elle, pas vrai ?

Je ne réponds rien. La bave de crapaud n'atteint pas la blanche colombe. En réalité, ce n'est pas seulement par orgueil que je me tais. Je suis inquiète. Mes jambes sont si lourdes et douloureuses que je doute presque de pouvoir rejouer au tennis un jour.

C'est à ce moment-là que toute l'équipe débarque. Et par « toute », j'entends : le reste de mon staff, mais également Julien, Lily, Joe et Max. La clique au grand complet. Tout le monde y va de son petit mot sympa et me félicite pour ce match sensationnel. Lily et Max, complices, enchaînent les allusions et les vannes douteuses. Ces deux-là font la paire.

— J'ai eu ta mère au téléphone, m'annonce finalement Rebecca. Tes parents sont en route pour l'aéroport, et ils seront là pour ta finale. Je crois qu'un de tes frères essaie de se libérer pour venir. Celui qui joue en Italie, et qui est blessé.

— Paul.

— C'est ça, confirme Rebecca.

Pendant un instant, j'oublie la pression douloureuse des mains de Lucy. Je suis si heureuse que ma famille vienne ! Ayant eux-mêmes tous des obligations professionnelles dans le domaine du sport, je sais qu'il est plus que difficile d'accorder nos emplois du temps. Mais ils savent aussi à quel point ce match sera important pour moi et déterminant pour ma carrière. Alors, ils ont tout fait pour venir me soutenir. Je me sens pleine de reconnaissance.

Lucy me libère enfin de mon calvaire, et je m'assois sur la table de massage. Mon dos craque sous mes étirements. Pendant que tout le monde discute à grand renfort d'emphase de mon match « sensationnel », Julien s'approche de moi. Il pose ses mains sur mes genoux quelques secondes avant de les retirer ; nous ne sommes pas seuls. Nous échangeons un long regard et un sourire.

— J'ai une proposition à te faire, lâche-t-il enfin.

— Ah oui ?

Il hoche la tête, avant de se passer une main dans les cheveux. Ses yeux se détournent légèrement des miens. Ça m'étonnera toujours qu'un mec comme ça puisse à ce point manquer d'assurance. Ça le rend terriblement sexy à mes yeux.

— Je me disais… Pour fêter ta victoire, on pourrait, je ne sais pas, aller manger quelque part. On a fait un peu les choses dans le désordre toi et moi, et on n'a jamais vraiment eu de *date* à proprement parler. Du moins, pas de manière officielle.

Mes joues, encore rougies de l'effort du match, rosissent encore un peu plus. Sa proposition me touche en plein cœur. J'ai envie d'accepter sur-le-champ, et d'aller me changer sans attendre. Mais… Parce que bien sûr, il y a un mais, je dois aussi penser à ma finale. Elle n'aura lieu que dans deux tout petits jours. J'ai déjà beaucoup malmené ma préparation ces derniers temps, et j'ai failli le payer cash aujourd'hui. L'enjeu du prochain match est tellement grand. Est-ce qu'un tel rendez-vous ne pourrait pas attendre quarante-huit heures de plus ?

S'autoriser un break → vers **CHAPITRE 56** (p. 333)

OU

Proposer de remettre ça à après la finale. Si Colleen s'est désengagée du double → vers **CHAPITRE 59** (p. 350), sinon vers **CHAPITRE 57** (p. 338)

CHAPITRE 54

Pour mettre toutes les chances de notre côté, je suis à la lettre le programme imposé par Aurelia, malgré la frustration qu'il génère. Julien et moi n'avons pratiquement pas une occasion de nous voir seul à seule. Je suis condamnée à sentir mon bas-ventre bouillir à chaque fois que le Français s'approche trop près sans pouvoir assouvir aucun de nos désirs. Mais je prends mon mal en patience. Nous savons tous les deux pourquoi nous nous astreignons à une telle abstinence. Lorsque nous déjeunons ensemble, Lily affiche une mine outrée.

— Moi qui pensais que les grandes compétitions internationales étaient des sortes de… foires à la saucisse ! s'époumone-t-elle.

— Charmant, soufflé-je.

— Tu es décidément bien trop sage pour ce monde, Colleen.

— Je ne suis pas sage : je suis déterminée.

— Le résultat est le même, conclut ma meilleure amie.

Mon mode de vie monacal porte néanmoins ses fruits. Avec Julien, nous nous présentons à notre demi-finale motivés comme jamais auparavant. Dans le couloir qui mène au stade, la main de Julien ne cesse de frôler la mienne. Nos regards jouent à cache-cache. Finalement, sur le terrain, nous parvenons à transformer cette frustration en une énergie positive. Dès que nous le pouvons, nous faisons en sorte que nos corps se frôlent, et prolongeons le contact aussi longtemps qu'il nous est possible sans que notre secret ne soit mis à nu par le public. Sur les points difficiles, je pousse des cris un peu plus fort qu'à l'accoutumée. Un peu plus… sauvages. Je prends plaisir à voir l'effet qu'ils produisent sur le corps de Julien, qui resserre un peu sa prise sur le manche de sa raquette. Il doit parfois agiter son tee-shirt pour se donner un peu d'air. Comme s'il avait beaucoup plus chaud que d'habitude.

Non seulement notre petit jeu nous amuse beaucoup, mais il se trouve être également diablement efficace. Notre match se transforme bientôt en démonstration, et notre qualification en finale n'est qu'une formalité. Lorsque l'arbitre indique que nous avons remporté le match, je saute au cou de Julien. Notre effusion n'attisera aucune rumeur, mais j'ai bien senti, tout au fond de moi, que la pression de la main de Julien dans le bas de mon dos, n'avait absolument rien d'amicale. Si le match avait duré un tout petit peu plus longtemps, je crois que je n'aurais pas eu la lucidité suffisante pour ne pas l'embrasser, là, maintenant, devant les milliers de personnes venues assister à la rencontre.

Dans les vestiaires, Julien ne tarit pas d'éloges sur mon jeu.

— Si tu joues à ce niveau, s'enthousiasme-t-il, tu ne feras qu'une bouchée d'elle demain !

Je souris sans rien répondre.

— Je suis sérieux, Colleen. T'as les épaules pour aller en finale… et carrément remporter ce trophée. Tu n'as jamais aussi bien joué. C'est ton moment.

— Ne me porte pas la poisse, le rabroué-je.

— Tu préfères que je te dise que tu es nulle ?

— Ça te ressemblerait davantage, soufflé-je.

Il me donne un petit coup de serviette et je le fusille – gentiment – du regard.

— C'est dingue que tu me voies encore comme ça, se vexe-t-il à moitié.

— Comment ça ?

— Comme un type imbuvable qui te descend à la première occasion.

— Parce que ce n'est pas le cas ?

Je prends un malin plaisir à le titiller. Julien jette un regard autour de nous. Le lieu est pratiquement désert. Les seules personnes présentes sont loin et affairées. Il se retourne vers moi, m'attrape par la taille et m'attire contre lui.

— Je pense que j'ai suffisamment prouvé le contraire, me glisse-t-il à l'oreille.

Il dépose un baiser furtif dans le creux de mon cou. Je veux lui rendre son étreinte, l'embrasser à mon tour, mais des voix nous parviennent depuis le couloir. Nous nous dégageons juste à temps avant que nos staffs débarquent. J'ai les joues écarlates chauffées par le désir. J'espère seulement que personne n'y verra autre chose que le résultat de mes efforts intenses sur le court.

Tout le monde nous congratule et nous prend dans les bras et ma gêne se dissipe peu à peu.

— C'est mis à jour, déclare Aurelia en agitant sa tablette sous mon nez. Tu ferais mieux de ne pas perdre de temps !

Je soupire. Julien, au loin, m'adresse un clin d'œil et un encouragement muet. Je me ressaisis instantanément. Je joue dès demain le match le plus important de ma carrière. Ce n'est pas le moment de flancher maintenant. J'attrape mon sac et file en salle de sport pour entamer ma récupération. Pour les presque vingt-quatre prochaines heures, je me plonge dans ma bulle. Si je veux l'emporter, autant ne rien laisser au hasard.

→ vers **CHAPITRE 55** (p. 324)

CHAPITRE 55

Je me lève avant même que mon réveil ne sonne avec la sensation de n'avoir jamais aussi bien dormi de ma vie. Le restaurant de l'hôtel est pratiquement désert. À la table où j'ai l'habitude de déjeuner avec mon équipe, seule Rebecca est installée avec une grande tasse de café fumant. Elle est déjà apprêtée, chemisier et pantalon de tailleur. Je me demande comment elle fait pour ne pas fondre dans le box, habillée de la sorte en plein soleil estival new-yorkais. Son grand sac à main, noir laqué, est posé sur la chaise à côté d'elle. Les jambes croisées, elle regarde une énième vidéo de match sur son ordinateur portable calé entre son genou et le bord de la table. Quand elle me voit arriver, elle le referme et le dépose sous son sac.

— Déjà debout ? s'étonne-t-elle.

— J'ai dormi comme un bébé, avoué-je en m'asseyant avec mon plateau face à elle.

Elle ne dit rien et se contente de m'observer du coin de l'œil, un large sourire aux lèvres.

— Qu'est-ch'e qu'il y a ? demandé-je la bouche encore pleine de porridge.

— Tu as l'air… différente, confesse ma coach.

— Comment ch'a ?

J'avale tout rond ma cuillérée.

— Je ne sais pas, je te trouve plus sereine dernièrement.

Je hausse les épaules en rougissant.

— Je ne voulais pas te mettre dans l'embarras ! précise-t-elle en riant. Mais… c'est un sujet duquel nous n'avons jamais vraiment eu l'occasion de discuter.

— Lequel ?

— Ah, soupire-t-elle, l'amour, Colleen, l'amour !

Mes joues s'empourprent encore un peu plus.

— Hmm, il me semble que c'est entièrement de ma faute, déclaré-je en touillant dans mon bol.

— Ça n'est finalement peut-être pas aussi incompatible avec ta carrière que tu le pensais, n'est-ce pas ?

— Je pensais que c'était une distraction, admets-je. Finalement, je ne sais pas, c'est un peu…

— Complémentaire ? suggère Rebecca.

— Je crois, ouais. Enfin, c'est encore tôt pour le dire. Tu… enfin, toi, tu gérais comment quand tu étais joueuse ?

Rebecca laisse échapper un petit ricanement.

— Mon cas était légèrement… différent, souffle-t-elle. Attends, laisse-moi plutôt te montrer.

Elle farfouille dans son sac et en sort un magazine roulé et entouré d'un élastique. Le papier est jauni, corné, et a subi le poids des années. D'un geste précautionneux, Rebecca le déroule pour m'en montrer la couverture. C'est une une du *Sun* datant des années 90. En gros plan, une photo de Rebecca en tenue de tennis. En bas, dans une incrustation ronde, on aperçoit une image très pixélisée. On y reconnaît aisément la chevelure blond platine de Rebecca. À en juger par sa position, elle est en train d'embrasser quelqu'un dont on distingue à peine les contours et une longue chevelure châtain. La couverture titre dans une immense police jaune italique : « *Out!* ». Je n'ai pas besoin de détailler le sous-titre pour savoir de quoi il s'agit. Je lève vers Rebecca un regard attristé et compatissant.

— Ça a dû être horrible, soufflé-je.

— Le temps a fait son affaire.

— Tu n'en avais jamais parlé avant ? demandé-je.

Elle secoue la tête.

— J'étais toute jeune encore, se souvient-elle. Je savais que j'étais lesbienne depuis longtemps, mais ce n'était pas encore tout à fait le genre de truc qu'on assumait publiquement, encore moins dans le sport. Et encore, encore moins dans le tennis. J'avais rencontré Anne pendant un de mes brefs passages à Londres entre deux tournois. Une amie d'amie. On avait décidé d'essayer de construire quelque chose, malgré la distance, malgré le secret. Je pensais qu'on arriverait à être discrètes. Tu parles !

— Où a été prise la photo ? m'enquis-je en regardant à nouveau la couverture.

— Où ? Je ne me souviens plus. En revanche, je me rappelle parfaitement quand. On n'était ensemble que depuis quelques semaines. La une est sortie la veille de Wimbledon, cette année-là. Une façon d'essayer de me déstabiliser, j'imagine.

Ses yeux se posent à nouveau sur le papier glacé, et son « *Out!* » en majuscule.

— Le jeu de mots n'était finalement pas si mal trouvé, ricane-t-elle.

— Comment tu l'as vécu, à l'époque ?

Rebecca hausse les épaules.

— Je dirais que… ça m'a fait mal. D'un côté, avec Anne, ça nous a permis d'arrêter de vivre cachées. De l'autre… j'étais sans cesse la cible d'attaques et de remarques homophobes. Certaines de mes rivales s'en sont donné à cœur joie pour me démonter dans la presse. On disait de moi que je me comportais sur le court comme dans la vie : c'est-à-dire comme un homme. Au début, j'ai eu beaucoup de mal à gérer.

— Tu as quand même réussi à être concentrée sur ton tournoi ? m'horrifiée-je.

— Pas vraiment ! Je n'ai même pas passé le second tour cette année-là.

L'anecdote de Rebecca me terrifie. Elle est la preuve même que mêler l'intime avec le professionnel, dans notre sport, n'est pas sans risque. Je repense à ma situation personnelle, et commence à m'interroger sur les choix que j'ai faits… Est-ce que je ne vais pas regretter, un jour, d'avoir trahi mes propres principes ? Ma coach doit remarquer ma grimace, car son sourire s'élargit.

— Mais très vite, poursuit-elle, c'est devenu une force. Ce n'était pas à moi d'avoir honte, alors j'ai commencé à être fière. Pendant les cinq années suivantes qu'a duré ma relation avec Anne, j'ai joué mon meilleur tennis, enchaînant les titres, accédant à la première place mondiale. Avec le recul, je me demande si ce n'est pas cette une dégueulasse qui a tout déclenché ! J'imagine qu'on ne saura jamais, mais j'aime bien me dire que j'ai réussi à transformer cette adversité-là, et surtout mes sentiments pour Anne, en quelque chose de transcendant sur le terrain.

Je hoche la tête avec un certain soulagement. Ça a été difficile pour moi de l'admettre, mais je ressens depuis quelques jours des sensations similaires. Je pensais qu'entretenir une relation amoureuse en parallèle de ma carrière ne ferait que diviser par deux mon énergie. Je n'avais jamais envisagé qu'une relation puisse au contraire être une source de cette énergie nécessaire sur le terrain. Si Rebecca n'avait pas insisté pour que je monte cette paire avec Julien, je ne l'aurais peut-être jamais compris. Je me demande à quel point elle avait prévu ça. Certainement, savait-elle que Julien avait la capacité de débrider mon jeu, mais elle n'avait peut-être pas pensé qu'il le ferait de façon aussi… intime !

— Je n'ai pas envie de passer pour la vieille pie qui te dit comment vivre ta vie – tu sais très bien que ce n'est pas mon genre – mais j'ai pensé que ce serait intéressant de te raconter ça. Les choses ne sont pas figées. Les vérités d'hier ne sont pas forcément celles d'aujourd'hui. Les gens ont le droit de changer, Colleen. Et toi aussi.

À ces mots, elle avale le fond de son café et range son vieux magazine et son ordinateur dans son sac.

— Allez, on se retrouve à l'échauffement ?

J'acquiesce d'un signe de tête et lui adresse un dernier sourire dont j'espère qu'il suffit à lui signifier toute mon admiration et mon respect. Elle me répond par un clin d'œil et m'envoie un baiser volant.

Je goûte chaque jour ma chance de pouvoir évoluer auprès de cette femme.

Dans les couloirs qui mènent au stade, juste avant de jouer ma demi-finale, je suis prise d'une étrange certitude : je vais remporter ce match. Il ne peut pas en être autrement. Habituellement, je me serais méfiée d'une telle émotion. J'aurais essayé de la refouler le plus possible, de peur que cette pensée puisse à elle seule me porter la poisse. Aujourd'hui, au contraire, je décide de l'accueillir pleinement.

En entrant sur le court, je suis submergée par tout l'amour et le soutien que je reçois. Elle émane, évidemment, de mon clan lui-même. Rebecca, Lily, Aurelia, Lucy, Annabeth, Joe, Max…

et Julien. Il y a quelques jours encore, je crois que cela m'aurait fait peur. Peur de les décevoir, peur de ne pas être à la hauteur. Mais cette peur peut être une force. Elle peut me pousser à donner le meilleur de moi-même. Et si je dois perdre ? Eh bien, je pourrais être fière de moi. Et surtout, je sais que les personnes à qui je tiens seront fières de moi, quoi qu'il arrive, tant que je me bats de la première à la dernière minute et sur chacun des points, chacune des balles.

Je fais rebondir la balle devant la ligne de fond de court. Dans une poignée de secondes, le match sera officiellement lancé. Avant de servir, je souris. Cette balle illustre tellement bien la situation : c'est moi qui ai tout entre les mains, désormais. Je me repasse rapidement la conversation de ce matin avec Rebecca, mais surtout notre longue discussion, plus tard, sur la meilleure tactique à mettre en place aujourd'hui. Comme d'habitude, forte de plusieurs heures de visionnage de vidéo, ma coach est arrivée avec un plan de jeu hyper millimétré censé me faciliter la tâche. Je m'y conforme d'entrée. Rebecca a décidément bien travaillé. Mon adversaire, une Allemande ultra-favorite poussée par une grande partie du stade, se retrouve très vite acculée. Elle n'avait pas anticipé de ma part un début de match aussi rythmé, aussi éloigné de mon style de jeu habituel. Je ne lâche pas l'affaire et ne lui laisse aucune chance. Je maintiens pendant tout le match une cadence infernale qui la fait presque suffoquer. Quand le stade se lève finalement sur ma balle de match gagnante, je ne suis pas étonnée.

Je le *savais*.

Il ne pouvait pas en être autrement. Poing en l'air, je remporte ce match en deux sets extrêmement convaincants et me hisse en finale dames d'un Grand Chelem pour la toute première fois de ma carrière. Je suis submergée de joie et de fierté.

— Wouah, Colleen, quel match ! déclare l'ancien numéro 1 mondial chargé de m'interviewer sur le court à l'issue du match. Raconte-nous, comment tu as fait ? Tactiquement, c'était le match parfait, non ?

Quand il termine sa question, la clameur du public redouble. J'en profite un peu, le sourire jusqu'aux oreilles.

— Hmm, fais-je enfin dans le micro alors que la foule s'est tue, je dois avant tout remercier Rebecca, ma coach, qui est à l'origine de ce hold-up. C'est elle qui a mis sur pied cette stratégie qui s'est avérée gagnante. Donc merci Rebecca ! Merci de croire en moi depuis le début, merci d'être là, pour le sportif mais pour tout le reste aussi. Vraiment, ça a été un énorme travail d'équipe (dans mon box, tout le monde se lève et se met à crier), je veux dire… regardez-les ! Sans leur soutien, tout ce que je fais depuis presque deux semaines, ça n'aurait pas été possible. Ce sont eux qui me donnent la force, conclus-je.

De retour dans les vestiaires, j'entame ma récupération sur un petit nuage. Juchée sur un vélo d'appartement, je pédale sans ressentir la moindre douleur. Physiquement, ce match ne m'a que très peu entamée. Je suis dans les conditions idéales pour préparer au mieux ma finale ! Si je poursuis mes efforts, je peux arriver le grand jour sans petit bobo ni pépin physique d'aucune sorte. Un luxe, presque, tant on sait à quel point ce sport est exigeant. Même mon épaule, qui me fait si souvent souffrir, semble avoir décidé de me laisser tranquille. Et au haut niveau, Dieu sait qu'un match peut tout à fait se jouer à ce genre de détail.

La salle de sport, presque vide à cette étape du tournoi où nous ne sommes plus qu'une petite poignée encore en lice dans chaque tableau, s'emplit bientôt des cris et des hourras de mon équipe. J'interromps mon effort pour embrasser tout le monde.

— Quel match !

— Incroyable !

— Qui aurait cru que tu pouvais jouer comme ça ?

Les commentaires élogieux vont bon train.

— Au fait, lance Rebecca à la volée, ta mère a appelé juste après le match. Elle et ton père sont en route pour l'aéroport, ils seront là pour la finale. Un de tes frères va essayer de venir aussi.

Mon sourire s'élargit encore davantage. Je suis issue d'une famille de grands sportifs. Mon père a été footballeur professionnel, ma mère volleyeuse et mes deux frères sont footballeurs dans différents pays d'Europe. Je suis d'autant plus touchée qu'ils viennent, car je sais comme nos emplois du temps peuvent être aussi pleins qu'incompatibles. Mais cette finale est un immense jour pour moi, et savoir que je pourrais le partager avec mes plus proches amis et une partie de ma famille n'a pas de prix. De quoi gagner encore en motivation !

— C'est à jour, me glisse ensuite Aurelia en désignant le planning affiché sur sa tablette.

Je tressaille rien qu'à voir le nombre de cases et de couleurs sur seulement quarante-huit heures. Serais-je seulement encore en vie au moment de me présenter face à ma dernière adversaire ?

Pendant que tout le monde discute et s'extasie à bâtons rompus, Julien s'approche de moi. Je suis toujours assise sur mon vélo, accoudée au guidon. Il pose délicatement une main sur mon avant-bras, mais ne la laisse pas longtemps. Tout le monde a beau être au courant, ça n'est pas une raison de s'afficher.

— Hé, commence-t-il. Je me disais… Enfin, si tu veux, on pourrait peut-être aller dîner tous les deux, ce soir ? Pour, hmm, fêter ta victoire.

— Je rêve ou tu me proposes un *date* ? m'étonné-je.

Il se passe une main dans les cheveux. Qu'il est mignon quand il est nerveux.

— On a fait un peu les choses dans le désordre, et on n'en a pas vraiment fait. Enfin, pas officiellement en tout cas.

Sa proposition me touche au-delà du raisonnable. Pourtant, quelque chose en moi m'empêche de me réjouir complètement. J'ai très envie de passer une agréable soirée en la compagnie de Julien, mais je dois aussi songer à ma finale. M'accorder une soirée pourrait me faire du bien, mais c'est aussi la porte ouverte à un certain nombre d'écarts. Est-ce qu'on ne pourrait pas décaler une telle sortie de seulement deux jours ?

S'autoriser un break → vers **CHAPITRE 56** (p. 333)

OU

Proposer de remettre ça à après la finale. Si Colleen s'est désengagée du double → vers **CHAPITRE 59** (p. 350), sinon vers **CHAPITRE 57** (p. 338)

CHAPITRE 56

Après un périple de plus d'une heure en taxi, Julien et moi débarquons dans l'effervescence de Coney Island. En ce début de soirée, il fait encore beau et chaud et la foule est venue en nombre se balader sur la plage et au milieu des attractions. Anonymes au milieu de la cohue, nous sommes enfin seuls au monde.

La péninsule, située au sud de Brooklyn, est assurément l'un des endroits les plus étranges qu'il m'ait été donné de visiter. Elle est enserrée entre la ville et ses buildings, et le bleu profond de la mer qui prolonge une immense bande de sable. Cette plage aux allures interminables a vu pousser une quantité invraisemblable d'attractions. Une immense fête foraine entre la cité et l'océan ! Entre les ballons, les chapiteaux et autres structures fantaisistes, l'endroit est éclatant de couleurs criardes. Où que l'on tourne le regard, on voit du jaune, du vert, du rouge, du rose… Tout bouge, tout tourne, tout clignote dans une chorégraphie enivrante. Au milieu de ce patchwork se mélangent également différentes senteurs : barbe à papa, caramels, bonbons, pop-corn et autres mets sucrés. La chaleur et la luminosité du resplendissant soleil du début du mois de septembre ne font qu'accentuer cette explosion d'odeurs et de couleurs. Rien qu'à regarder autour de moi, j'ai déjà la tête qui tourne. Ce lieu m'enchante et me plonge dans une douce et légère ivresse.

Enhardie par le charme envoûtant de l'endroit, je glisse ma main dans celle de Julien. Il ne la retire pas, et je sens même ses doigts s'entortiller aux miens.

— Qu'est-ce que tu veux faire ? demande-t-il finalement après un long silence.

Je hausse les épaules.

— Honnêtement ? Ce que tu veux… sauf une chose !

— Ne me dis pas que tu as le vertige ? s'inquiète-t-il soudain.

— Non, non… Juste : promets-moi que ce soir, on ne parlera pas de tennis !

Un rire cristallin lui échappe.

— S'il n'y a que ça… tes désirs sont des ordres ! Et puisque tu n'as pas le vertige, ajoute-t-il, alors je propose que nous allions faire un tour là-dedans.

De sa main libre, il me pointe la grande roue – ou plutôt la *gigantesque* roue – qui surplombe la bande de sable. Je hoche vigoureusement la tête. Quand j'étais enfant, la fête foraine n'est pas un endroit où je me suis souvent rendue. Avec les entraînements, j'avais assez peu de temps libre et les rares fois où Lily m'y a traînée, je n'avais d'yeux que pour le tir à la carabine. J'étais persuadée que cet exercice pouvait m'aider à améliorer mon acuité visuelle et mes réflexes, et donc à être plus précise en match. Dès lors, tous les autres manèges n'avaient plus aucun intérêt pour moi. Lily, elle, était davantage attirée par les attractions à sensation, les sucreries ou la maison hantée. Au bout d'un moment, elle a tout simplement arrêté de me convier à cette sortie, et c'était aussi bien comme ça. Aujourd'hui, c'est différent. J'ai envie de profiter de tout. Et de le faire avec Julien. Toujours main dans la main, nous prenons place dans la file d'attente, observant les gens prendre de la hauteur avant que vienne notre tour. Dans la nacelle, à l'abri des regards, je n'hésite pas à me rapprocher encore un peu plus de Julien. Nos mains ne se sont pas lâchées. Je pose doucement ma tête sur son épaule.

Plus nous nous élevons et plus la vue est à couper le souffle. D'un côté s'étend la ville, ses rues rectilignes et ses gratte-ciels qui semblent presque petits à présent. De l'autre, c'est l'océan qui s'étire à perte de vue, le bleu de la mer se confondant avec le bleu du ciel sur la ligne de l'horizon. En regardant en bas, j'aperçois la foule qui fourmille sur le sable chaud. Je me réjouis que ce soir, Julien et moi ne soyons que cela : deux petites fourmis parmi tant d'autres. Je m'enroule un peu plus autour de son bras, tel un félin à son aise (je ne serais pas bien loin de ronronner de plaisir !).

— Regarde, lâche Julien en pointant quelque chose au loin. On peut même voir notre hôtel, là-bas.

Je relève la tête et plisse les yeux pour apercevoir le building en question.

— J'espère qu'Aurelia n'est pas à sa fenêtre avec une paire de jumelles, sinon elle risquerait de nous voir ! raillé-je.

— On devrait se baisser pour lui échapper ! propose Julien avec entrain.

Comme deux enfants, nous nous avachissons sur notre siège pour échapper à la surveillance imaginaire de ma préparatrice physique. Quand l'employé de la grande roue ouvre la porte de notre nacelle et nous trouve tout recroquevillés, Julien et moi ne pouvons réprimer un fou rire devant son visage éberlué. Julien parvient à me faire découvrir des plaisirs simples. Je crois que, même enfant, je ne me suis jamais autant abandonnée. Aussi loin que je me souvienne, il y avait toujours le tennis dans un coin de ma tête. Je ne profitais que rarement des autres activités, qui n'étaient pour moi que des obstacles ou des distractions m'éloignant de mon objectif. Je ne comprenais jamais pourquoi Lily n'avait de cesse de me répéter que je ne devais pas pour autant oublier de vivre. Pour moi, le tennis, c'était la vie ! Ce soir, pendue au bras de Julien, à déambuler pieds nus sur le sable granuleux, je prends enfin la mesure des mots de mon amie.

J'ai lâché les doigts de Julien, mais nous marchons épaule contre épaule le long de la plage, nos chaussures à la main. Nous n'avons pas parlé depuis plusieurs minutes, pourtant le silence entre nous n'a rien de gênant. Nous profitons pleinement du moment présent, et n'avons pas besoin de mots pour exprimer ce que nos corps se disent déjà si bien : nous sommes simplement heureux d'être là, l'un à côté de l'autre.

Tout à coup, Julien s'arrête. D'un doigt, il pointe quelque chose au loin. Je tourne le regard dans la direction qu'il indique. Un drapeau à carreaux noir et blanc flotte au vent sur la devanture d'une échoppe. Nous échangeons alors un regard complice.

— Le dernier arrivé est une poule mouillée ! s'écrie Julien au moment où nous nous élançons tous les deux à fond de train.

Il est évidemment plus rapide, mais je profite que son orgueil le pousse à ralentir et à se retourner pour le coiffer au poteau et franchir la première notre ligne d'arrivée imaginaire. Vexé d'avoir perdu, Julien m'attrape par le poignet et m'attire contre lui. En riant, je fais mine de vouloir m'échapper. Il resserre son étreinte autour de mes bras. Lorsque je ne peux définitivement plus partir, je plonge mon regard dans le sien et deviens soudain sérieuse. Le sourire de Julien s'efface à son tour, et nous échangeons un baiser passionné, rapidement interrompu par une voix derrière nous :

— Des fleurs pour les amoureux ?

Un homme de petite taille, à la peau tannée et au sourire charmeur, nous tend un bouquet de roses. Je me remets à rire, et Julien consent à se délester de quelques dollars pour acheter des fleurs au vendeur. Dans un geste proche de la révérence, il me tend ensuite le bouquet que j'accepte en minaudant avec exagération.

La soirée est déjà bien avancée quand nous dénichons un petit stand de nourriture sur le pouce. Nous passons commande et emmenons nos hot dogs pour les déguster sur la plage, où le soleil s'apprête à se coucher. Rapidement, le ciel s'empourpre, passant des teintes orangées à un rose puissant avant de s'éteindre doucement vers une nuit grise. Dans l'eau, les réverbérations de la ville se mêlent aux étoiles et scintillent sur la surface ondulante. Il fait encore très chaud à Brooklyn, mais la beauté du spectacle m'occasionne un frisson. Sans rien dire, Julien passe un bras derrière mon dos. La proximité de son corps dégage une douce et apaisante chaleur. Je pose ma tête sur son épaule, et il cale sa joue sur le haut de mon crâne. Nous demeurons ainsi un long moment, bien après que le soleil ait entamé sa nuit. La plupart des badauds sont partis, et les premiers cris avinés fendent le ciel.

— On ferait mieux d'y aller, murmure Julien à mon oreille, avant qu'Aurelia n'appelle véritablement le FBI pour te trouver.

De retour à ma chambre d'hôtel, je déniche un vase dans les placards et hume une dernière fois mon bouquet avant de l'installer. Cette soirée était parfaite. Sans doute la meilleure que j'ai passée depuis longtemps… et pourtant, il n'y a été aucunement question de tennis !

Si Colleen et Julien sont toujours engagés en double
→ vers **CHAPITRE 57** (p. 338)
OU
Si Colleen et Julien ne sont plus engagés dans le double
→ vers **CHAPITRE 59** (p. 350)

CHAPITRE 57

Le lendemain matin, j'arrive encore ensommeillée à la table du petit déjeuner. Je suis étonnée de voir toute l'équipe être déjà attablée. Lorsque j'arrive à leur hauteur, les filles se tournent toutes vers moi, une expression indéchiffrable sur le visage. Mon corps et mon esprit se réveillent d'un coup, devenus soudain alertes. Mon Dieu, est-ce que quelqu'un est mort ? Je m'assieds sans un mot, avalant bruyamment ma salive. Peut-être qu'il n'y a simplement plus de porridge ?

— Colleen, commence Aurelia.

— On n'a pas voulu t'embêter avec ça hier, poursuit Lucy.

— Mais là… continue Annabeth dans un soupir.

— Il faut qu'on parle, tranche Rebecca.

Je leur jette à toutes un regard interrogateur.

— Qu'est-ce qu'on fait ? demande ma coach.

— Euh… on prend un petit déjeuner ? proposé-je.

— Pour le double, précise Aurelia.

— Comment ça ?

Finalement, mon cerveau n'est peut-être pas si alerte que cela, car je ne comprends absolument rien à ce qu'elles essaient de me dire. Habituellement, je n'aime pas franchement qu'on me cause avant d'avoir avalé mon thé et mon porridge. Lucy soupire, et m'explique :

— Les finales, Colleen. Elles sont toutes les deux programmées samedi. Sur le même court. L'une après l'autre. En soi, c'est toujours le cas, tu me diras... Mais je crois que ni toi ni moi ni personne n'avait spécialement envisagé que tu pourrais encore être engagée sur ces deux tableaux à ce moment-là de la compétition.

Ça y est. Je percute enfin. Toute à l'euphorie de la victoire, j'avais complètement oublié ces histoires de calendrier et d'horaires de match. Je dois faire une tête d'enterrement, car Annabeth vole tout de suite à mon secours.

— Il est tôt encore, ma belle, prends un petit moment avant de te décider, OK ?

— On va te laisser réfléchir seule, ajoute Rebecca. Quoi que tu décides, on te soutient à 100 %, tu le sais. Dis-nous d'ici le milieu de matinée, d'accord ?

Je hoche la tête. Rebecca dépose une bise sur le haut de ma tête, et toutes s'en vont d'une seule femme, me laissant seule devant la table vide. Après quelques secondes à être comme paralysée sur place, je reprends possession de mes moyens physiques et mentaux. Je me dirige d'abord vers le self pour préparer mon petit déjeuner traditionnel, et de retour à la table, j'écris à Lily. Je lui donne rendez-vous dans ma chambre le plus tôt possible pour que nous débriefions de la situation ensemble.

Je suis affalée sur le ventre de tout mon long sur le lit lorsqu'on toque à la porte.

— Entre, annoncé-je mollement, ma voix étouffée par l'oreiller dans lequel j'ai enfoui ma tête.

— Mon Dieu, Colleen, on dirait un mauvais remake de *Very Bad Trip*, qu'est-ce qui t'est arrivé ?

Étonnée par sa remarque, je lève le nez et balaie la chambre des yeux. C'est vrai que depuis quelques jours, j'ai été tellement occupée entre les matches de double, de simple, les entraînements, le programme millimétré d'Aurelia, et les quelques instants passés avec Julien… que je n'ai pas vraiment pris le temps de ranger ma chambre comme j'en ai l'habitude. Résultat, il y a des vêtements, des raquettes, et divers emballages un peu partout sur le sol et les meubles. Lily, après avoir regardé d'un mauvais œil une chaise sur laquelle traînait un short, se résout à s'asseoir à mes côtés dans le lit.

— Allons, raconte tout à Tata Lily.

Je lui fais une description rapide de mon dilemme.

— Quels sont les pour et les contre ? demande alors mon amie.

— Lily, on a passé l'âge, je crois. Et là, il s'agit des matches les plus importants de ma carrière, pas d'un crush de collégienne !

Lorsque nous étions ados, avec Lily, nous avions pris pour habitude de dresser des tableaux à deux colonnes pour juger de l'intérêt des garçons. À gauche, il y avait les « pour » et à droite les « contre ». La plupart du temps, il s'agissait de prétendants de Lily, car à l'époque déjà, la question ne m'intéressait pas beaucoup. À moins que le garçon en question soit légèrement plus âgé, ait les cheveux clairs et soit très bon au tennis. Finalement, la situation n'a pas tellement changé.

— Allez, Colleen, j'attends.

Je soupire.

— C'est compliqué, commencé-je. En soi, jouer les deux finales, c'est tout à fait possible. Le risque étant de ne pas être capable d'en gagner une seule. La première, parce que je penserai trop à la suivante, et la seconde, parce que je me serai cramée pendant la première. Ou tout simplement parce que les adversaires seront meilleurs. La logique voudrait que je privilégie le simple, car c'est là qu'il y a le plus d'enjeux, du point de vue de ma carrière, mais également financièrement. Ne m'aligner qu'en double passerait pour une hérésie aux yeux de beaucoup de monde. Et je m'attirerais sans doute les foudres des détenteurs de billets de la finale simple, qui ont payé pour ce match en particulier. Même mon adversaire de simple m'en voudrait : personne n'a envie de gagner un tournoi du Grand Chelem de cette façon. En double mixte, c'est moins gênant, c'est un titre davantage honorifique, bien qu'il y ait un trophée et un petit chèque à la clef.

— Je ne comprends pas vraiment où est le problème, du coup, avoue Lily après un moment.

— Comment ça ? m'étonné-je.

— Ben, de ce que tu me dis, la chose la plus censée à faire, que ce soit sportivement ou financièrement, c'est de t'aligner uniquement en simple. Je me trompe ?

Je marque un temps d'arrêt. En soi, elle a raison.

— Oui, soupiré-je.

— Alors pourquoi tu as l'air d'hésiter autant ?

— C'est… à cause de Julien.

Voilà. C'est posé.

— Effectivement, ça change la donne, concède Lily.

— Je suis certaine qu'il comprendrait que je me retire du double mixte. Mais… ça voudrait dire lui arracher un trophée des mains sans même lui donner la chance de se battre pour. C'est réduire à néant tous les efforts qu'il a faits, depuis des années, mais surtout depuis quelques semaines, pour que cette paire fonctionne. Et puis… et puis…

Je n'arrive pas à l'exprimer clairement. Lily, comme souvent, vole à mon secours :

— C'est le choix du cœur contre celui de la raison, en somme.

Je pousse un long soupir.

— C'est exactement ça.

Lily se rapproche et me prend dans ses bras.

— Je pense malheureusement qu'il n'y a que toi qui puisses prendre la décision. C'est entre toi et ta conscience, ou entre toi et Julien, à la limite. J'aimerais pouvoir t'aider, mais je ne veux pas t'influencer. C'est sans doute une décision qui va avoir de grandes répercussions sur ta carrière, sur ta vie.

— Tu sais comment réconforter les gens, y a pas à dire !

— J'ai pas fini ! J'allais ajouter : la bonne nouvelle, c'est que ce choix, si important qu'il soit, n'est pas immuable pour autant. Des occasions de remporter l'US Open, en double ou en simple, il y en aura d'autres.

— Tu le penses vraiment ?

— J'en suis certaine. J'ai vu tous tes matches depuis deux semaines, je te rappelle.

J'adresse à Lily un sourire timide. Ses derniers mots me rassurent, et me font relativiser. Elle n'a pas tort. Je ne suis pas à la fin de ma carrière, et mon objectif n'est certainement pas que cet US Open soit mon dernier. Mais en même temps, je sais bien que dans le tennis, tout peut tourner très vite. La récente blessure de James en est le parfait exemple. Pour l'instant, j'aime me croire en route pour une longue, belle et fructueuse carrière. Mais si demain, je venais à me blesser gravement, qu'en serait-il ? Est-ce que je ne regretterais pas de n'avoir tout donné pour mon objectif lorsque j'en ai eu l'occasion ? Toutes ces questions me brûlent l'estomac et me donnent la migraine. Oh, comme j'aimerais avoir une boule de cristal pour savoir de quoi l'avenir sera fait ! Qui du cœur ou de la raison devrait l'emporter…

S'aligner sur les deux finales → vers **CHAPITRE 58** (p. 343)

OU Se concentrer uniquement sur la finale simple dames → vers **CHAPITRE 59** (p. 350)

CHAPITRE 58

Je fais savoir à mon équipe que j'ai choisi de participer aux deux finales. Si elles sont surprises, aucune d'elles ne le montre. Aurelia revoit tout le planning pour que je puisse être au maximum de mes capacités demain. Elle ne prévoit qu'un seul entraînement, très court, en début d'après-midi. Pour le reste : récupération et repos.

Je la retrouve quelques heures plus tard avec Rebecca sur un des courts d'entraînement. L'intensité n'est pas au programme, Aurelia travaille uniquement sur les sensations. Elle n'a même pas daigné faire venir ma sparring-partner habituelle, c'est elle-même qui se charge de renvoyer la balle. De son côté, Rebecca fait les cent pas le long du court, en me donnant des consignes. Elle a bien évidemment étudié le jeu de mon adversaire sous toutes ses coutures en vidéo, et en a tiré des conclusions. Elle essaie désormais de mettre sur pied une tactique qui prendra en compte ma fatigue physique due à la finale en double. Je l'écoute attentivement.

— Idéalement, si tu peux n'être pas complètement à fond pendant le double… suggère ma coach.

J'arrête le jeu en cours et me tourne vers Rebecca en secouant la tête.

— Hors de question. Si j'ai choisi de participer aux deux, c'est pour me donner à fond à chaque fois. Pas question de retenir mes coups. Je sais que ça risque de me coûter cher, mais je trouverais ça malhonnête, vis-à-vis de Julien, vis-à-vis des adversaires et vis-à-vis du public de me préserver pendant le match.

Rebecca hausse les épaules.

— J'étais certaine que tu me répondrais ça. Bon. Alors il faudra sans doute jouer comme pendant ta demie, en essayant de couper court aux échanges rapidement, pour garder le maximum de jus. Le hic, c'est que cette fois, ton adversaire risque de s'y attendre. Espérons que ça fonctionne, même sans l'effet de surprise !

J'acquiesce et reprends les échanges avec Aurelia tout en écoutant les conseils et consignes de ma coach. Quelques minutes plus tard, Julien débarque sur le court. Il est en habit de ville, tee-shirt clair et short sombre. Avec ses lunettes de soleil et ses espadrilles, on dirait que le type est en vacances, et pas du tout à la veille d'une finale de Grand Chelem ! Il y a quelques jours encore, j'aurais pu me mettre en rogne pour ça. Aujourd'hui, je le trouve simplement très élégant. Il prend place dans les gradins sans un mot et observe la fin de l'entraînement.

— Allez, ça suffit pour aujourd'hui, déclare finalement Aurelia.

— On vous laisse, ajoute Rebecca déjà prête à partir.

En quelques minutes à peine, il ne reste plus que Julien et moi sur le terrain. Il enjambe la rambarde qui sépare le court des travées et vient me rejoindre près de ma chaise. Avec un large sourire, il me tend mes raquettes pour que je les fourre dans mon sac.

— Alors comme ça, madame va jouer deux finales ? Je savais que tu avais soif de victoire, mais à ce point-là !

— Désolée, on ne m'avait pas prévenue que tu avais prévu de prendre des congés, le raillé-je en référence à sa tenue.

— Ne t'en fais pas, je sors tout juste de l'entraînement, et je serai tout à fait opérationnel demain.

— Parfait ! On sera deux, alors.

— Tu es sûre ? demande-t-il en devenant grave tout à coup.

— Comment ça ?

— Est-ce que c'est bien sérieux de jouer les deux matches, quasiment coup sur coup ?

— Bien sûr que non, ça ne l'est pas. Mais est-ce qu'on est obligés d'être sérieux tout le temps ?

Julien affiche une moue étonnée.

— C'est juste que… il me semblait qu'une victoire en Grand Chelem en simple était ta priorité. Alors, je ne comprends pas trop.

— Les priorités peuvent changer, soufflé-je.

— Ce que je veux dire, ajoute-t-il d'un ton solennel, c'est que si c'est pour moi que tu as fait ce choix, ne te sens pas forcée de l'honorer. Je te l'ai déjà dit : je peux tout à fait entendre que tu privilégies ta carrière en simple. J'aurais sans doute fait ça à ta place.

— Tu penses vraiment que je n'ai pas déjà pensé à tout ça ? Je n'ai pas pris ma décision à la légère, Julien. Si j'ai décidé de poursuivre cette aventure avec toi, c'est parce que j'y crois.

Je ne précise évidemment pas ce que j'entends par « aventure », cela pourrait signifier tout autant notre collaboration sportive que notre relation amoureuse. Julien se contente de sourire, puis il me prend dans ses bras, déposant un baiser sur mon front légèrement humide de sueur.

— Enfin, si tu as quelque chose de mieux à faire, ajouté-je, on peut toujours laisser tomber !

— Écoute, répond-il en riant, j'ai checké mon agenda ce matin, et apparemment je ne suis attendu nulle part. Alors, autant jouer cette finale !

Je me surprends à rire de ses idioties.

— Mais quand même, poursuit-il, tu es sûre que tu ne regretteras rien si tu venais à perdre les deux finales ?

Je me dégage doucement de ses bras et hausse les épaules.

— Boh, rien ne dit que je gagnerais en simple juste parce que je me suis retirée du double. Et dans ce cas, j'aurais peut-être le regret de ne pas avoir tenté l'autre, non ?

— Hmm, fait Julien de nouveau sérieux, je vois.

Je balance mon sac sur mon épaule, et nous quittons le terrain bras dessus bras dessous.

Julien et moi venons d'entrer dans le stade pour la finale. Si l'ambiance est au beau fixe, les travées sont loin d'être pleines. Comme d'habitude, le double mixte n'attire pas franchement les foules. En plus, nous avons éliminé la paire américaine au tour précédent, ce qui n'a pas dû leur plaire. J'espère sincèrement que le public ne garde pas un trop grand ressentiment envers nous, sinon cette rencontre pourrait être un peu longue à vivre. Heureusement pour nous, s'il y a quelque chose que le public américain aime presque autant que voir les leurs en finale, ce sont les belles histoires. Assurément, entre le retour en grâce de Julien et mon choix osé de concourir lors de deux finales le même jour, nous avons notre lot de contes de fées à défendre aujourd'hui. Dès lors, une partie de la foule semble être acquise à notre cause.

— Prête à botter des culs ? me demande Julien alors que nous sortons nos raquettes pour l'échauffement.

— Et comment ! confirmé-je.

Au moment d'aller échanger quelques balles avec nos adversaires avant le début officiel du match, Julien et moi sommes plus que confiants. Nous savons tous les efforts réalisés pour arriver jusqu'ici, nous savons tout ce que cela nous a demandé et coûté. Nous avons conscience du travail fourni, tant du point de vue tennistique que du point de vue humain. Être qualifiés en finale, quand on sait d'où nous sommes partis, c'est déjà presque une victoire en soi. Une sorte de petit miracle. Alors, puisque nous n'avons pas grand-chose à perdre aujourd'hui, nous avons convenu, comme au tour précédent, de profiter de chaque minute. D'enregistrer dans nos mémoires et nos cœurs chaque instant de ce match. Chaque encouragement du public. Chaque point gagné. Chaque poignée de main entre nous. Chaque poing serré et brandi. Chaque petit regard. Chaque sourire échangé. Profiter de l'instant présent.

Bien sûr, une fois le match commencé, notre esprit de compétition reprend le dessus. Si nous sommes toujours enclins à profiter, nous n'en faisons pas moins tout ce qui est en notre pouvoir pour gagner. Ce n'est pas chose aisée, car la paire en face de nous n'en est pas à son coup d'essai. Je les ai affrontés de nombreuses fois par le passé avec James, et nous ne les avons pas toujours vaincus, loin de là. La tâche sera encore plus ardue pour notre récent binôme.

James, justement, a fait le trajet depuis Londres, où il se soignait, avec mes parents pour assister à mes finales. Avant le match, il nous a fait la surprise de passer nous voir, Julien et moi. J'étais aux anges, et je lui ai sauté dans les bras. Quand il a tendu la main vers Julien, j'ai eu quelques secondes de panique. Je n'ai pas spécialement tenu James au courant de l'évolution de ma relation avec Julien, et il en était peut-être resté au simple fait que je le détestais. J'avais peur également que Julien, à qui j'avais beaucoup reproché au début de ne pas être un peu plus comme James, ne ressente de l'animosité envers lui. Il n'en a rien été. Leur poignée de main a été très amicale, voire chaleureuse, James a félicité le Français pour ce beau parcours, et Julien a remercié l'Écossais et lui a souhaité de revenir vite sur les courts. Nous avons ensuite discuté de la blessure de mon ex-partenaire de double, qui malheureusement, malgré une opération qui s'est bien passée, va nécessiter encore quelques mois de rééducation et de remise en forme. James et moi ne sommes pas près de rejouer ensemble. Ce qui veut dire, aussi, que ma paire avec Julien pourrait perdurer encore un peu.

Le match est d'une âpreté telle que nous n'en avons pas connu avec Julien depuis le début du tournoi. Même lorsque nous jouions sans nous écouter, de manière désordonnée et anarchique, nos adversaires ne nous ont pas posé autant de problèmes que le duo d'aujourd'hui. Leurs automatismes sont si bien rodés que pour eux, tout a l'air simple. Nous devons batailler sur chaque point, sur chaque balle, si nous voulons survivre dans ce match. Nous jouons depuis plus de deux heures et demie quand nous remportons le deuxième set au tie-break après avoir perdu la première manche au cours du même exercice. Nous débutons la manche décisive avec des douleurs dans chacun de nos muscles. Julien a le visage grave et hésitant. Je sais à quoi il pense. Mais moi, je me suis refusé d'y penser avant la fin de ce match.

— On donne tout, on va au bout, lui intimé-je avant qu'il ne serve.

Il m'adresse un clin d'œil et un sourire et nous repartons au combat.

Sur la chaise, au premier changement de côté, j'affirme à Julien que nous allons gagner ce match. Il me regarde, l'air sérieux, et répond :

— Je crois bien que tu as raison.

Au bout de 22 points disputés pendant de longues minutes, Julien et moi remportons la finale du double mixte de l'US Open. La joie qui me submerge est au-delà de ce que je pouvais imaginer. Pourtant, j'ai déjà remporté ce genre de titre avec James, et plusieurs fois. Mais gagner ce tournoi-là, avec Julien, après tout ce que nous avons traversé et vécu ces dernières semaines… ça a indéniablement une saveur particulière. Je lis dans les yeux du Français qu'il est traversé par le même flot d'émotions que moi.

Comme après ma demi-finale de simple, je perds la notion du temps et de l'espace pendant un bon moment. J'ai l'impression d'être seulement spectatrice de tout ce qui m'arrive, les mots et les sourires qu'on me tend sont tous flous. Je ne reviens à moi qu'une fois sur le podium. Tout est extrêmement protocolaire. Les officiels font de brefs discours, avant de remettre le trophée des finalistes à la paire perdante. Tout le monde les applaudit et les félicite, ils disent quelques mots, nous félicitent, puis posent avec leur récompense. Ensuite, vient notre tour. Lorsque c'est à nous de brandir le trophée des vainqueurs, nous l'attrapons chacun à une main pour le soulever au-dessus de nos têtes. Puis, nous nous prêtons également au jeu des photos. Et soudain, là, sur l'estrade, à quelques centimètres de Julien, nos doigts s'effleurant sur le métal chaud de la coupe, me monte une envie. Je veux l'embrasser. Là, tout de suite, ici, maintenant, devant tout le monde. Je sais qu'un tel geste sera scruté et observé par le monde entier. Pourtant, c'est ce que me crient de faire mes entrailles.

Embrasser Julien → vers **CHAPITRE 60** (p. 357)
OU Se contenter de le serrer fort contre soi → vers **CHAPITRE 63** (p. 374)

CHAPITRE 59

Le matin de ma finale, j'ai la surprise de découvrir mes parents, mon frère Paul, et ce bon vieux James attablés avec mon équipe autour du petit déjeuner.

— Notre avion a atterri au beau milieu de la nuit, explique ma mère. On a à peine dormi !

Je leur saute au cou les uns après les autres.

— Doucement, me réprimande James avec douceur, ne va pas te blesser.

Tout le monde rit à son trait d'humour. L'Écossais, opéré il y a de cela quelques semaines, portent encore une attèle et se déplace en béquilles. Le voir ainsi me provoque un irrépressible pincement au cœur.

— Ça me fait tellement plaisir de te voir, lui glissé-je en m'asseyant entre lui et ma mère.

— Et moi donc ! Même si je suis un peu vexé, ajoute-t-il.

— Comment ça ? m'inquiété-je.

— D'abord, j'ai bien cru que tu allais gagner ce titre *avec un autre*, mais je me rends compte que tu vas faire bien pire : tu comptes en réalité le gagner toute seule !

À ces mots, James part dans un rire franc et passe un bras autour de mes épaules.

— Tu ne peux pas savoir combien je suis fier de toi, murmure-t-il ensuite très sérieusement.

— Et nous aussi ! ajoute ma mère qui, évidemment, n'a pas pu s'empêcher de tout écouter.

Julien, Joe et Max arrivent à leur tour autour de ce qui ressemble désormais davantage à un banquet qu'à une table de petit déjeuner. J'avais un peu d'appréhension. Je craignais que l'ambiance ne soit un peu froide entre Julien et James. Et je craignais que ma mère ne remarque tout de suite que Julien n'était pas seulement mon partenaire sur le court. Finalement, il n'en a rien été. Julien et James, en grands compétiteurs, se sont tout de suite entendus. Mon père et mon frère ont été ravis de rencontrer Joe dont ils connaissent bien la carrière. Et ma mère… ah, ma mère, a beaucoup apprécié Max, ses sourires charmeurs et son accent frenchie. Avec Lily, fraîchement débarquée à notre table elle aussi, j'ai tellement ri en les regardant discuter tous les deux que, pendant un instant, j'en ai presque oublié que d'ici quelques heures seulement débuterait le match le plus important de toute ma vie. Heureusement pour moi, Aurelia est là pour me rappeler à l'ordre :

— Il va être temps pour nous d'y aller, Colleen. On a un match à gagner ! s'exclame-t-elle.

— Et un cul à botter ! ajoute Julien, provoquant ainsi l'hilarité générale.

Je n'aurais pas imaginé meilleure façon pour entamer ma journée.

Dans les couloirs qui mènent au terrain, avant que le speaker n'annonce mon nom, je me sens gonflée d'amour. Et pour ce match, je risque d'en avoir plus que besoin ! Mon adversaire lors de cette finale n'est nulle autre que la numéro 1 américaine et numéro 2 mondiale, Sophia Morgan. Et vu la ferveur du public à l'annonce de son entrée, juste après moi, je sais déjà que je vais devoir jouer non seulement contre elle, mais également contre tout un stade. Cela m'inquiète un peu, car contrairement à d'autres, je ne suis pas vraiment du genre à me sentir transcendée en territoire hostile. Puis, mon regard se pose sur mon box. Avec la présence de ma famille et de James en plus de ses membres habituels, il paraît plein à craquer. Cette vision m'arrache un sourire. Et une certitude : je suis aimée et soutenue. Peut-être que mon clan ne fait pas autant de bruit que les 20 000 personnes venues ici cet après-midi, mais la force qu'ils me donnent, depuis toutes ces années, ne connaît pas d'égal. Ces personnes-là sont capables de déplacer des montagnes. Je le sais, car nous en avons déjà déplacé ensemble. Je brandis mon poing dans leur direction, prête à me battre pour eux, quelle que soit l'issue de ce match.

Une fois le combat commencé, je tâche de me souvenir de tout ce que j'ai appris durant ce tournoi. Je sais que cette quinzaine, dans mon histoire personnelle et dans ma carrière, fera date quoi qu'il arrive. En deux semaines, j'ai l'impression d'en avoir davantage appris sur la vie, sur le tennis et sur moi-même que lors de ces dix dernières années. Je ne sais pas où en est Sophia dans son cheminement personnel, mais je doute qu'elle puisse en dire autant. Tâchons d'utiliser cela à mon avantage !

Physiquement, je sais que je suis en forme. Je suis bien reposée et l'abandon du tableau double mixte m'a permis de dégager davantage de temps de récupération. Même mon épaule, qui me fait régulièrement souffrir le martyre, est étrangement docile. Je n'ai jamais été une grande serveuse, et pourtant, mes premières balles fusent et font mouche. Le match, pour autant, est loin d'être simple. L'Américaine, poussée par le public, hausse son niveau de jeu de minute en minute. Je parviens toutefois à trouver une faille sur l'un de ses jeux de service et la breake.

Je me cramponne à mon avantage, comme une moule à son rocher, jusqu'à la fin du set que j'emporte 6-4.

À partir de là, on pourrait croire que le plus dur est fait. C'est faux. C'est *maintenant* que va vraiment commencer le match. J'ai face à moi cet après-midi une championne, soutenue par la quasi-totalité des 20 000 personnes présentes dans le stade. Son ego a dû en prendre un coup, et elle risque de revenir sur le court plus énervée que jamais. Pour la plupart des joueuses de mon niveau, la perte du premier set après une longue et dure bataille peut être un coup sur la tête suffisant pour nous faire dégoupiller et perdre rapidement le second set et le match dans le même temps. Avec les championnes, c'est-à-dire les femmes habituées à la pression, à jouer des finales et surtout à les gagner, les choses se passent généralement un peu différemment. D'une certaine manière, ça les sublime. Elles ne jouent jamais aussi bien, aussi juste et avec autant de concentration et de hargne que quand elles sont menées. Et j'en subis les affres dès le début du deuxième set. Je suis acculée et j'ai l'impression de ne faire que l'essuie-glace, renvoyant péniblement la balle au hasard dans les limites du court, avant que mon adversaire ne m'adresse une nouvelle gifle. J'ai beau batailler, je ne parviens jamais à prendre l'avantage. Elle empoche à son tour un set, 7-5.

Être égalisée quand vous avez mené un set à rien, c'est un peu comme vous rajouter 25 km de bouchons alors que vous venez déjà d'en faire autant. Sur le moment, vous avez beau savoir que vous avez fait la moitié du chemin, vous avez juste l'impression que le reste va être interminable. Et vous n'en voyez pas le bout. Habituellement, c'est sans doute comme ça que j'aurais réagi. Je me serais dit : la tendance s'est inversée, la pression est revenue sur mes épaules, c'est impossible de m'en sortir. Mais pas aujourd'hui. Aujourd'hui, j'ai tout mon clan derrière moi. J'ai l'expérience de deux semaines intenses et si riches en enseignement. Je lance un coup d'œil à Rebecca, et un autre, furtif, à Julien. Ils sont tous les deux debout et m'encouragent. Au fond, l'objectif n'a pas changé : il ne me reste qu'un set à gagner pour remporter le tournoi.

De retour sur le court, plutôt que de les repousser, je décide d'embrasser tous les sentiments et toutes les sensations qui se présentent à moi. J'accueille à bras ouverts les doutes, la frustration, la confiance, la joie, la douleur et je m'applique à les transformer en carburant pour mon match. Quitte à tout ressentir très fort, autant que cela se ressente également dans mon jeu. Le match se poursuit sur sa lancée, et aucune de nous ne parvient à faire plier l'autre. Jusqu'à ce qu'en toute fin de set, alors que tout le monde nous prédisait un inévitable tie-break, je parvienne à lui prendre son service. Derrière, c'est à moi d'engager. Je ne suis plus qu'à 4 petits points de remporter le match… et le tournoi. Avant de servir, j'inspire un grand coup. Les images de la quinzaine m'assaillent. J'espère simplement que mon bras ne tremblera pas. À l'image du match, le jeu est disputé. Sophia ne veut rien lâcher, elle croit encore dur comme fer à la victoire. À moi de lui donner tort. Les panneaux lumineux annoncent « *Championship point* » en ma faveur. Je me vide complètement la tête pour évacuer le trop-plein de pression. Dans les travées, tout le monde retient son souffle.

— Allez Colleen !

Le cri a fendu le silence. Même de dos, j'ai reconnu la voix de Julien. Les larmes commencent à me monter aux yeux. Je me sens ridicule ! Si les gens s'en rendent compte, et que j'en viens à perdre le match, de quoi est-ce que j'aurai l'air ?! Je m'essuie rapidement le visage avec le dos de la main. Il est temps de se jeter à l'eau. Ma première balle passe, mais on est loin du service gagnant. L'Américaine fait un bon retour, mais pas surpuissant non plus : elle a trop peur de la faute qui pourrait lui coûter le titre. L'échange est long et tendu. Aucune de nous n'ose prendre le risque de mettre la balle hors du court. Sophia cogne néanmoins fort et me fait courir. À un moment, ça m'agace profondément. C'est ma balle de match, et pourtant, c'est elle qui continue de faire le jeu. C'est à moi de forcer la décision. Lorsque je suis correctement placée, j'envoie une balle légèrement en cloche au plus près de la ligne de fond de court. Pendant que Sophia se recule pour être au bon endroit, je cours au filet. Je le sais, il y a un risque qu'elle me sorte un passing, et alors, tout sera à refaire. Mais je dois tenter le coup. Elle tente de croiser vers ma droite, mais j'anticipe et suis à temps sous la balle. Je n'ai qu'un petit mouvement à faire, amorti revers… et la balle se dépose dans la diagonale, juste au pied du filet. Sophia n'a pas le temps d'arriver avant que la balle n'ait rebondi deux fois.

Jeu, set, et match.

Il n'y a plus rien pour retenir les chaudes larmes qui coulent en torrent le long de mes joues. Je viens de remporter le tout premier titre du Grand Chelem de ma carrière en simple. J'ai réalisé l'objectif pour lequel je me bats depuis des années, celui qui m'a donné un jour envie de saisir une raquette et qui a guidé presque tous mes choix de vie depuis.

De retour auprès de mon box, je serre tout le monde dans mes bras. Parmi mes proches, c'est l'euphorie. Je suis engloutie sous les bras venus m'entourer tous en même temps. Je profite de la cohue pour me glisser un peu plus près de Julien. Cachée des caméras par l'étrange barrière formée par mon clan, je dérobe un baiser au Français à la volée. Puis, je me jette dans les bras de ma mère, de mon père, et enfin de Rebecca. Sur le court, un des officiels m'attend pour lancer le protocole de la remise des trophées. Je m'arrache difficilement aux miens pour le suivre. Une fois sur le podium, je soulève le trophée avec une fierté immense, et je pleure à nouveau.

Le lendemain matin, après une courte nuit de célébration, je suis attendue pour le célèbre photo shooting de la gagnante. Je suis aux anges. Je vais enfin pouvoir porter ma robe échancrée bleu nuit qui m'accompagne dans toutes les plus belles villes du monde depuis plusieurs années, sans jamais quitter l'intérieur de ma valise. Je suis ensuite attendue pour un déjeuner officiel, auquel sont conviés mon équipe et mes proches. Julien est là aussi, dans un costume trois pièces d'un bleu étrangement assorti au mien. Si je ne me promène pas à son bras, il me semble que pour les personnes présentes ce midi, la nature de notre relation ne fait aucun doute. Avant, j'aurais sans doute cherché à cacher notre idylle aux yeux de tous, comme si les regards extérieurs risquaient de l'abîmer. Aujourd'hui, j'ai bien changé. Après tout, je suis une championne de l'US Open et j'ai la sensation que plus rien, jamais, ne pourra m'arrêter ou m'empêcher d'agir comme bon me semble. En outre, j'ai l'impression que la présence de Julien démultiplie le bonheur que je ressens. Comme si partager ce titre ne faisait qu'en amplifier la valeur. Alors, peu importe le regard des autres, aujourd'hui, je ne ressens plus que bonheur et gratitude pour les gens qui m'entourent. Alors autant que tout le monde soit au courant !

→ vers **CHAPITRE 64** (p. 379)

CHAPITRE 60

« **News – Tennis – US Open**

À New York, Colleen Brown n'a pas tout perdu !

La joueuse britannique de 26 ans avait créé la surprise ce vendredi en déclarant qu'elle s'alignerait bel et bien sur la finale de double mixte en plus de sa finale en simple dames. Récit d'une journée riche en émotions.

Le samedi marathon de la numéro 34 mondiale avait commencé tôt ce samedi, dès la fin de matinée, dans un court central pas encore complètement rempli. La paire improbable qu'elle avait formée avec le Français Julien Masson (126e mondial) en remplaçant de l'Écossais James Anderson, gravement blessé au genou quelques semaines plus tôt, avait réussi l'exploit de se hisser jusqu'en finale du tableau double mixte de l'un des plus prestigieux tournois de l'année. La marche, pour cette finale, était encore un peu plus haute puisque le binôme franco-britannique devait affronter la très expérimentée paire et fratrie espagnole composée de Lucia et Pedro Fernandez, déjà vainqueurs par deux fois dans cette catégorie à l'US Open. Mais dans un stade largement acquis à sa cause, Colleen Brown a su sublimer le jeu de son partenaire pour rivaliser avec l'une des meilleures paires du circuit. Au terme d'un match d'une incroyable intensité et aux nombreux rebondissements, Brown et Masson s'imposent au bout d'un suspens insoutenable (6-7, 7-6, 12-10) dans l'antre new-yorkais. S'il s'agissait du quatrième titre de la saison en double pour la Britannique, le Français a quant à lui empoché sa première victoire en tournoi majeur depuis sa suspension pour dopage en 2014. Une prouesse saluée par le petit monde du tennis.

Pourtant, ce que le public retiendra sans doute de ce match, ce ne sont pas tant les trois balles de match sauvées par la paire Brown-Masson, ni même les revers long de ligne de la Britannique ou les services à plus de 230 km/h du Français, mais bien un événement intervenu après la rencontre. Alors que le binôme victorieux célébrait sa victoire sous le feu des projecteurs, Brown a surpris les quelque 15 000 supporters présents en embrassant son partenaire. Ce langoureux baiser immortalisé par la presse internationale (voir photo d'illustration de cet article) n'a évidemment pas manqué de faire parler. Interrogée en conférence de presse, l'intéressée, tout sourire, a déclaré “pour une fois, ne rien avoir calculé et avoir simplement agi d'instinct, selon son envie”. De son côté, non sans humour, Masson a confirmé que le baiser était “tout à fait consenti”. Tout est bien qui finit bien ?

Pas complètement. En effet, quelques heures à peine après cette brillante victoire, Colleen Brown foulait de nouveau le sol du court central, pour sa finale simple dames cette fois-ci. Si la Britannique a montré de l'envie, et quelques très beaux coups, elle n'a jamais pu trouver le second souffle qui lui aurait permis de faire la différence contre son adversaire du jour. L'Américaine Sophia Morgan (2e mondiale) l'a ainsi logiquement emporté en deux sets (6-4, 6-3) devant son public empochant dans le même temps le deuxième titre en Grand Chelem de sa jeune carrière.

En conférence de presse, l'air pas déçue pour un sou, Colleen Brown a affirmé à l'ensemble des journalistes présents se sentir "bien dans son corps et dans sa tête" et être "pleine d'espoir pour l'avenir". Sur la toile pullulent déjà de nombreux messages de félicitations et de soutien. Les internautes se sont empressés de souhaiter à la jeune femme beaucoup de succès et de bonheur dans sa carrière… comme en dehors ! »

→ vers **CHAPITRE 62** (p. 369)

CHAPITRE 61
ÉPILOGUE

5 septembre 2024 – US Open – tournoi du Grand Chelem – demi-finale simple dames : Hannah Rosenthal (GER) vs Colleen Brown (GBR)

Moins de quarante-huit heures après ma conférence de presse – qui a fait couler beaucoup d'encre –, me revoilà dans l'arène pour jouer ma demi-finale. Je devrais être concentrée à 200 % sur ce match qui est le plus important de toute ma carrière. Pourtant… une partie de moi pense à Julien. Je n'ai eu aucune nouvelle de lui. Certes, c'est ce que j'avais demandé, notamment sous le coup de la colère et de la frustration. Pour autant, je ne peux m'empêcher de me poser la question : est-il encore à New York ? En entrant dans le stade, je me surprends à le chercher du regard. Je secoue la tête. *Colleen ! Ressaisis-toi*, m'intimé-je. Je tourne le regard vers mon box. Mes cinq doigts de la main sont là : Rebecca, Lily, Aurelia, Lucy et Annabeth. Elles sont déjà debout, tapent dans leur main et lancent des encouragements à la volée. Les travées sont tellement bondées que je les entends à peine. J'ai beau savoir que la plupart des gens ne sont pas là pour moi, cela me grise. Le match pour lequel une grande partie de ces supporters s'est déplacée aura lieu juste après. L'autre demi-finale verra s'affronter la numéro 1 mondiale et l'Américaine la mieux classée du circuit. Tout le monde espère voir la locale réaliser l'exploit et se hisser jusqu'en finale. On dit souvent que le public ici ne s'intéresse au tournoi que si des Américains ou Américaines y performent. Cette année, ils ne doivent pas être déçus.

Bien que ce soit Hannah qui se tienne de l'autre côté du filet, ma seule adversaire aujourd'hui : c'est moi-même. Tennistiquement, je sais que j'ai le moyen de la battre. Elle n'est plus aussi intouchable qu'il y a quelques années, et Rebecca et moi avons longuement étudié son style de jeu. Nous avons mis sur pied une stratégie qui pourrait fonctionner. Mais pour cela, il va falloir que je gagne mon premier match de la journée : celui contre mon mental. Je dois mettre de côté tout ce qui est susceptible de me crisper ou de me tendre au pire moment. Ne pas penser qu'il s'agit de ma première demi-finale en Grand Chelem. Ne pas penser à Julien. Ne pas penser que je ne suis qu'à deux tout petits sets d'une finale sur un tournoi majeur. Ne pas penser que j'ai peut-être tout gâché…

Le silence qui s'abat sur le stade lorsque mon adversaire s'apprête à servir pour le début du match me permet de me recentrer sur l'instant présent. J'inspire un grand coup, et je fais le vide. La tactique. Les mots de Rebecca. Il n'y a plus que ça, désormais, qui doit se frayer un chemin dans mon esprit pour les deux ou trois prochaines heures. Il faut que tout le travail, tous les sacrifices de ces dernières années, de ces derniers jours, paient enfin.

« Jeu, set, et match Brown. »

Incrédule, mains sur la tête, je réalise seulement ce que je viens de faire : je suis qualifiée pour la première finale simple en Grand Chelem de ma carrière. Le rêve continue.

Pendant le reste de l'après-midi, je suis comme sur un nuage. Après la récupération, la douche et la conférence de presse, je regarde la deuxième demi-finale depuis le restaurant attenant aux différents courts avec toute mon équipe. On ne parle que très peu. Nous sommes toutes concentrées sur le match. Rebecca fait parfois quelques commentaires tactiques. Elle est déjà une étape plus loin, elle pense au prochain match. Elle n'arrête pas de prendre des notes. Pour l'instant, j'essaie de profiter du match sans trop penser à celui qui suivra samedi. À voir Aurelia davantage concentrée sur sa tablette que la télé, je sais qu'elle est en train de me mitonner un programme aux petits oignons pour les quarante-huit prochaines heures. Autant profiter de mes derniers moments de répit avant de le découvrir. Je me demande si Julien a regardé le match…

Les deux jours qui me séparent de la finale passent en un clin d'œil. C'est tout juste si j'ai eu le temps de m'intéresser aux demi-finales du tableau masculin. Avec l'équipe, nous nous sommes enfermées dans une sorte de bulle. Le but était de nous préparer comme si on s'apprêtait à jouer n'importe quel match, tandis que l'extérieur a tout fait pour me rappeler que ce n'était pas n'importe quel match.

Quand j'entre sur le court principal, le jour J, le stade est plein à craquer. Je n'ai jamais joué devant autant de gens sur le circuit WTA en simple. Rien qu'à l'applaudimètre à l'entrée sur le stade, je sens que la partie va être compliquée. L'Américaine est acclamée par la foule. La dernière fois, j'ai dû me battre contre mon mental. Cette fois, je vais devoir me battre contre mon mental et contre 20 000 personnes venues soutenir mon adversaire. J'en ai déjà les oreilles qui sifflent. Le match n'est même pas commencé.

Dans le box, en plus de mon équipe et de Lily se trouvent mes parents, mon frère Paul, et James. Tous sont arrivés à l'aéroport de New York dans la nuit après une longue traversée de l'Atlantique. J'étais si heureuse et si surprise de les trouver attablés ce matin autour du petit déjeuner ! Mes frères sont footballeurs professionnels – certes, l'un deux est actuellement blessé – et mes parents, après une carrière de sportifs, sont passés de l'autre côté et devenus coaches à leur tour. Nos différents emplois du temps sont toujours un enfer à harmoniser pour nous retrouver tous ensemble, aussi leur présence me réchauffe-t-elle encore plus le cœur, car je sais les efforts et l'organisation que cela leur a demandés. James, de son côté, a l'air en forme malgré son genou saucissonné dans une attelle suite à son opération. L'Écossais n'est malheureusement pas près de faire son retour sur le court, et le voir marcher avec des béquilles m'a déchiré le cœur. Lui, semble prendre les choses avec philosophie et, surtout, avec son humour habituel. Retrouver les bras, les voix et les baisers de mes proches m'a regonflée à bloc pour ma rencontre. Plus que jamais, je sais pour qui j'ai fait tous ces sacrifices. Je vais tout donner pour ne pas les décevoir. Je les salue avant d'aller m'installer derrière ma ligne de fond de court. Le match s'apprête à commencer.

Toute ma vie j'ai attendu ce moment. Maintenant que j'y suis, tout semble se passer en un battement de cil. J'ai du mal à rentrer dans la partie et mon adversaire empoche le premier set sans que j'aie eu le temps de comprendre ce qui m'arrive. Est-ce que ça va vraiment se terminer comme ça ? Par une défaite que je n'aurais même pas vu passer, une finale dont je n'aurais même pas profité ? C'est hors de question. Je me remets la tête à l'endroit.

Je reviens sur le court pour le deuxième set avec des intentions résolument différentes. Une heure plus tard, j'emporte le jeu décisif et conduis mon adversaire pour un troisième et dernier set. La donne a changé, désormais. L'Américaine a entrevu la victoire, mais elle lui a filé entre les doigts. Malgré le soutien du public, c'est elle, désormais, qui doit faire face à ses propres démons. Les miens, en revanche, sont bien loin. Je repense à tous les mots de Rebecca. Un set. Un tout petit set. Voilà ce qui me sépare de l'accomplissement d'une vie. L'accomplissement de ma vie.

Après presque trois heures d'un combat âpre et intense, j'envoie un revers long de ligne que mon adversaire ne parvient même pas à toucher. Son dos s'affaisse, elle laisse tomber sa raquette et pose ses mains sur ses genoux. C'est la dernière image que je vois. Tout à coup, ma vision se brouille et je n'entends plus qu'un gros bourdonnement.

Je viens de remporter l'US Open.

Je ne sais même pas comment je parviens jusqu'au filet ni même ce que nous nous disons avec mon adversaire lorsque nous nous enlaçons. Je n'ai aucun souvenir de l'expression sur le visage de l'arbitre quand je lui serre la main. Aucune idée non plus des mots échangés avec mon équipe dans l'euphorie de la victoire, quand je me suis hissée jusqu'à mon box. Ma conscience ne me revient pleinement que lorsque je suis assise sur ma chaise et que face à moi, sur le court, les équipes du tournoi sont affairées à monter la scène sur laquelle je vais recevoir mon trophée. Je regarde tout autour de moi. Est-ce que je ne suis pas simplement en train de rêver ?

Quelques minutes plus tard, lorsqu'on me remet le trophée entre les mains, que je le soulève à bout de bras avant de le porter à ma bouche pour l'embrasser devant des dizaines de flashes, je comprends finalement qu'il s'agit bel et bien de la réalité. Mon nom a été gravé sur la coupe. J'entre officiellement dans l'histoire de ce tournoi, et de mon sport.

Le soir venu, je me couche très tard après mes diverses obligations et, malgré la fatigue, je ne parviens pas à fermer l'œil. Je me relève toutes les demi-heures pour vérifier que mon trophée est toujours là. Je me repasse en boucle des scènes de la journée. Le lendemain matin, je suis encore sollicitée ici et là, mais tout semble se calmer à l'approche de la finale messieurs. Je profite d'un bref instant de répit pour aller me poser sur l'une des terrasses de l'hôtel avec le plus grand chocolat viennois que je n'ai jamais vu. Toute seule avec mon énorme boisson sucrée, je pense soudain à Julien. Je ne peux pas m'empêcher de me demander s'il a regardé ma finale. Est-ce qu'il est fier, malgré tout, de ce que j'ai réussi à accomplir ? Lui qui n'a pas arrêté de me dire à quel point mon succès comptait pour lui. Je ne voulais pas me l'avouer plus tôt, mais je crois que si j'ai pu gagner ce tournoi, c'est en partie grâce à lui. Aussi compliquées qu'aient pu être notre collaboration aussi bien que notre relation, je crois que j'ai appris énormément de choses en quelques semaines à ses côtés. Que ce soit sur ma façon de jouer, mais aussi sur ma façon d'appréhender les matches, et la vie de manière générale.

Je soupire en me rendant compte que c'est exactement ce dont Rebecca était persuadée. Comme bien souvent, ma coach avait raison depuis le début. Je me sens tout à coup un peu coupable de la façon dont j'ai mis un terme à tout ça. Ai-je bien fait ? L'ancienne Colleen dirait certainement que tout ce qui a pu m'amener à soulever ce trophée valait la peine. Mais la Colleen que je suis devenue se demande si elle n'est pas passée à côté d'autre chose…

Je prends mon courage et mon portable à deux mains et commence à écrire un message à Julien. Hésitante, je m'y reprends à plusieurs fois. J'envoie finalement quelque chose de très court, le remerciant de tout ce qu'il a fait pour moi et lui assurant que, sans son concours, je n'en serais sans doute pas arrivée là. J'essaie de tourner le tout pour lui faire comprendre que, de mon côté, malgré tout, la porte n'est peut-être pas complètement fermée. Sa réponse, en revanche, la ferme complètement.

Julien
Salut Colleen. Un grand bravo pour ta victoire. Tu peux être fière de toi, moi je le suis et je sais combien tu as attendu ce moment. Je te souhaite tout le meilleur pour la suite.

Son message me coupe l'appétit, et je ne parviens pas à finir mon chocolat. Si je suis dans un premier temps triste, je me reprends vite. Ce dernier échange ne fait que confirmer que, depuis tout ce temps, j'ai toujours fait le bon choix. Je rejoins ma *dream team* dans le cadre d'une interview pour la presse britannique avec une inébranlable certitude : je continuerai de tout donner pour ma carrière, quoi qu'il m'en coûte. Ma victoire à New York n'est que le début et je ferai tout pour que le rêve dure le plus longtemps possible. Après tout, je n'ai pas encore 30 ans… Il n'est peut-être pas trop tard pour devenir numéro 1 mondiale !

« La retraite surprise de Colleen Brown !

C'est l'événement qui a secoué New York, ce mercredi, en marge de l'US Open. Colleen Brown, classée 22e mondiale, venait de perdre son quart de finale contre une jeune Française en pleine ascension. Dans la foulée, la Britannique s'est présentée en conférence de presse le visage rouge et les yeux bouffis. Après avoir félicité son adversaire pour sa performance du jour et répondu aux questions d'usage des journalistes présents dans la salle, la jeune femme de seulement 32 ans a surpris tout le monde avec une annonce des plus inattendue.

« Je n'en avais pas parlé jusque-là, a-t-elle commencé, parce que je voulais vivre ce moment pleinement, et dans l'intimité, mais il est temps de vous l'annoncer, désormais. Le match de ce matin était le dernier match de ma carrière en tant que joueuse professionnelle. » La jeune femme a réprimé quelques sanglots et séché quelques larmes avant d'expliquer son choix : « J'ai donné vingt-cinq années de ma vie à ce sport sacrifiant ce que certains appellent les plus belles années de la jeunesse pour atteindre mes objectifs. J'ai eu la chance de remporter un certain nombre de tournois maintenant, dont des Grands Chelems, en simple comme en double. J'ai même été numéro 1 mondiale ! Et même si ça n'a duré que douze semaines *(rires)*, c'est quelque chose qu'on ne pourra pas me retirer. Je me rends compte que je commence à prendre de moins en moins de plaisir sur le court. Mon corps aurait sans doute pu suivre la cadence quelques années encore, mais je crois que ma tête n'a juste plus envie. En tant que femme, j'ai envie de vivre d'autres choses, de vivre d'autres expériences et, enfin, vous savez, vivre une vie plus normale. »

Sur le circuit, l'annonce a surpris tout le monde et les commentaires élogieux de joueurs, joueuses et coaches sur l'éblouissante carrière de la Britannique vont bon train. [...]

La surprise n'est sans doute pas totale, en réalité, pour les fans de la jeune Britannique. En effet, ces derniers temps, les plus attentifs ont pu apercevoir dans le box de Brown, le Londonien Ben Bouth. L'acteur, révélé au grand public dans la série policière à succès *Criminal Minds*, semble avoir fait chavirer le cœur de la tenniswoman. Le couple s'est dit oui il y a quelques mois dans le plus grand secret, et la rumeur raconte que la famille devrait bientôt s'agrandir…»

FIN

CHAPITRE 62
ÉPILOGUE

À la fenêtre de l'appartement new-yorkais, je regarde le ciel se parer de rose au-dessus de Manhattan. Je suis tellement heureuse d'avoir pu faire de mon rêve de vivre dans cette ville une réalité. Me réveiller (presque) tous les matins là où je me suis toujours sentie à l'aise et que je peux enfin nommer « chez moi » est un plaisir dont je ne me lasse pas. J'observe avec délice la nuit tomber sur la Grosse Pomme. Loin de se calmer, l'animation dans les rues ne va faire que croître jusqu'à, sans doute, une heure avancée de la nuit pour les plus courageux. Il y a tant de choses à faire et à voir, ici. Tant de merveilles à goûter. L'été s'étire en cette fin août, amenant avec lui l'une de mes périodes préférées de l'année.

Dans quelques jours seulement débutera l'US Open. Une édition parmi tant d'autres. Sauf pour moi. Ce sera mon premier US Open en tant que retraitée. Cela fera donc bientôt un an, jour pour jour, que j'ai mis un terme à ma carrière de joueuse de tennis professionnelle. À tout juste 32 ans, ma décision avait surpris beaucoup de monde. Mais j'avais tout donné pour ce sport depuis mes plus jeunes années, et je sentais pour moi qu'il était temps de tourner cette page, et de passer à autre chose.

J'ai beau être retraitée depuis bientôt douze mois, le tennis, en réalité, régit toujours ma vie. Je passe toujours autant de temps à parcourir le globe, sautant d'avion en avion, séjournant dans un hôtel puis un autre, au rythme des tournois du circuit... ATP désormais. Julien, qui fête cette année ses 34 ans, n'a toujours pas pris sa retraite et il entend bien pouvoir jouer aussi longtemps que son corps et son classement le lui permettront. Dans quelques jours, il prendra à nouveau part au tableau simple messieurs de l'US Open.

Depuis notre victoire en double mixte ici même il y a de cela plusieurs années, il n'a fait que progresser dans le classement, atteignant l'an dernier le top 10 tant espéré. Après avoir remporté plusieurs ATP 500 et même un master 1000, un titre du Grand Chelem manque toujours à son palmarès. Les six que nous avons raflés en double et les quatre que j'ai remportés en simple par la suite ne lui suffisent pas. Il rêve toujours de voir son nom inscrit, seul, sur l'un de ces prestigieux trophées. Et moi, je crois suffisamment en les capacités de mon mari pour continuer à l'accompagner sur le maximum de tournois possible. Quand je suis retenue ici ou là par d'autres obligations et que je ne peux pas être avec lui, je ne me fais aucun souci. Julien est bien entouré. Depuis que j'ai arrêté ma propre carrière, non seulement Rebecca a rejoint son staff à temps plein, mais en plus, Julien a employé tout le reste de mon ancienne équipe ! Mais je ne vais pas m'en plaindre. Depuis tout ce temps, ces femmes sont devenues des amies bien plus que des collègues. Je suis donc plus que ravie de pouvoir continuer à les côtoyer aussi régulièrement malgré la fin de ma carrière.

Julien me rejoint au salon. Il a fait couper ses cheveux et est rasé de frais. C'est devenu son petit rituel avant chaque Grand Chelem.

— Tu aimes décidément te faire beau pour les caméras, lâché-je après lui avoir dérobé un baiser.

— Eh quoi ? Imagine que je gagne ! Je ne peux décemment pas soulever un tel trophée avec une barbe hirsute et des pointes cassantes.

— Je ne sais pas, minaudé-je, ça te va bien, je trouve, le style Robinson Crusoé en short et raquette !

Il passe ses bras autour de mes épaules, et dépose ses lèvres dans le creux de mon cou. Nous regardons ensemble le soleil se coucher sans un mot.

— Tu crois que tu peux le faire ? l'interrogé-je.

— Quoi donc ?

— Remporter l'US Open.

— J'y ai toujours cru, et tant que je pourrais jouer, une part de moi y croira toujours.

— Mais ?

Il sourit.

— Mais aujourd'hui… Je me dis que si ça n'arrive pas, ce n'est peut-être pas si grave. Pendant longtemps, j'ai cru que remporter un Grand Chelem serait la meilleure façon pour moi de prendre ma revanche sur tout ce qui m'est arrivé.

— Ce n'est plus le cas ? m'étonné-je.

Il marque une pause, et me contemple de la tête au pied.

— Non. Maintenant je sais qu'il y a d'autres choses dans la vie qui sont capable de me rendre encore plus heureux.

Cet homme sait toujours trouver les bons mots. Il dépose un baiser sur mon front puis laisse glisser ses mains le long de mes bras avant de les poser avec délicatesse sur mon ventre arrondi.

Cette année, nous attendons pour Noël le plus beau des cadeaux.

Pour ce nouvel US Open, où Julien a toutes ses chances, tous nos proches ont fait le déplacement. À l'exception de Lily. Elle est je ne sais où sur la planète, avec son nouveau prince charmant, et m'assure qu'elle fera le voyage jusqu'à New York cet hiver, pour rencontrer son petit neveu ou sa petite nièce. En attendant, m'écrit-elle, « Je profite de mes derniers mois vides de toute responsabilité ».

Puisque notre appartement n'est pas assez grand pour accueillir tous nos invités, la plupart d'entre eux logent dans l'hôtel de Manhattan où nous avions nos habitudes lorsque nous n'étions pas résidents à l'année à New York, et qui a l'avantage de se situer à quelques rues de notre domicile. Je pénètre dans le restaurant de l'établissement, et suis aussitôt envahie de doux et précieux souvenirs. C'est ici, autour de ces tables, que j'ai célébré tant de victoires au cours des dernières années, mais pleuré aussi quelques défaites. C'est dans une des chambres de cet hôtel, aussi, que Julien et moi avons scellé notre amour pour la première fois… Cette pensée me fait rosir les joues. Julien, sourire aux lèvres, n'a pas manqué de le remarquer et resserre la pression de ses doigts autour des miens.

Tout le monde est déjà installé autour de la grande tablée. Quand elle me voit, ma mère me saute au cou pour me demander mille nouvelles de ma grossesse. Mon père la réprimande, m'attrape par le poignet et me fait asseoir fissa.

— Là, maintenant tu peux lui dire ce que tu veux ! conclut-il une fois satisfait.

Mes parents sont venus avec mon frère aîné, fraîchement retraité du football lui aussi et accompagné de son fils aîné. Maintenant que nous avons tous les deux mis un terme à nos carrières sportives, il devient plus aisé de nous voir, et nous renouons avec plaisir avec notre complicité d'antan. Je cherche Julien des yeux. Il se retrouve à l'autre bout de la table, en pleine embrassade avec sa sœur, Emma, et sa mère, qui a fait le voyage pour soutenir son fils.

Après la demande en mariage et l'officialisation de nos fiançailles, Emma a convaincu Julien de raconter la vérité sur cette histoire de dopage à sa mère. Lui n'était pas très chaud à cette idée. Il avait peur que sa mère ne le croie pas, et qu'elle ne le déteste encore plus, ce qui lui était intolérable. À force d'arguments, Emma est parvenue à ses fins : s'il y avait une chance que la mère de Julien assiste à nos noces, il était finalement disposé à tenter le coup. Je n'étais pas avec eux lors de la discussion, mais Julien m'a raconté qu'il y avait eu presque autant de larmes que de rires. Au fond d'elle-même, sa mère s'était toujours doutée de ce qui s'était réellement passé, mais elle n'avait jamais trouvé la force de confronter son mari. Nathalie a finalement assisté à notre mariage, tout comme les trois sœurs de Julien. Depuis ce jour, ils s'attèlent autant que possible à rattraper le temps perdu. Elle a fini par divorcer, et désormais, seules deux des sœurs de Julien continuent à voir régulièrement leur père et à prendre de ses nouvelles. Depuis, mon mari est un homme beaucoup plus apaisé. Je crois qu'après notre mariage, il n'a plus cassé une seule raquette sur le court. Voilà un accomplissement dont je ne suis pas peu fière !

Le repas avec nos proches se déroule sous les meilleurs auspices. J'appréhendais ce premier US Open en tant que retraitée, mais je crois que je suis fin prête à embrasser ma nouvelle vie d'épouse, de coach, et de future maman. La vie, finalement, vaut terriblement le coup d'être vécue, même loin des courts de tennis ! Enfin, pas trop loin quand même…

FIN

CHAPITRE 63

ÉPILOGUE

Je suis dans un taxi pour retrouver Julien. Nous ne nous sommes pas vus ces deux dernières semaines. Bien que nous étions tous les deux au Canada, nos tournois se déroulaient pour l'un à Toronto et pour l'autre à Montréal. J'ai remporté mon tournoi, et Julien est allé jusqu'en finale dans le sien. Nous avons donc décidé de nous retrouver directement dans la ville commune de nos prochains tournois : Cincinnati.

Pour notre couple, la tournée américaine d'été a toujours quelque chose de spécial. Après tout, c'est sur ce continent que tout a commencé pour nous. C'est aux États-Unis que nous avons échangé notre premier baiser, et c'est dans ce pays que nous avons remporté ensemble un titre du Grand Chelem. L'année suivante, nous avons récidivé en remportant le double mixte de l'Open d'Australie. Pour ma part, il m'a fallu attendre deux ans, et le tournoi de Roland-Garros pour me hisser à nouveau en finale dames d'un tournoi du Grand Chelem. Cette fois, je n'ai pas laissé ma chance passer et ai remporté ma finale. Julien, qui était blessé à ce moment-là, a été un soutien indéfectible pendant toute la compétition. Sans ses encouragements, et ceux de nos deux équipes mutualisées pour l'occasion, je n'aurais jamais réussi à calmer mes nerfs. J'avais beau être en paix avec moi-même et avec mes décisions, le spectre de la finale perdue planait tout de même dans un coin de mon esprit. Ma victoire à Paris m'a permis de balayer les derniers doutes qui me restaient. Désormais, j'entame chacun de mes tournois avec une certitude : je sais maintenant que j'ai ce qu'il faut pour gagner… car je l'ai déjà fait.

Du côté de Julien, les choses prennent un peu plus de temps. Il progresse petit à petit dans le classement, et a atteint cette saison le top 20 mondial. Il a joué quelques finales et a gagné deux tournois en Europe en début et milieu de saison. Si les journalistes doutent parfois de sa capacité à élever encore son niveau de jeu, Julien est de son côté très serein. Il a confiance en lui, en son équipe et il visualise tout à fait sa marge de progression. Âgé de 33 ans désormais, il est pourtant bien loin d'une quelconque retraite. « Les gens oublient trop souvent que j'ai recommencé ma carrière avec deux ans de retard » répète-t-il à l'envie « Alors si je dois jouer deux ans de plus que la moyenne des joueurs pour combler ce retard, je le ferai ! » Après avoir moi-même goûté aux joies de la victoire en simple, je ne peux que lui souhaiter d'accéder au même succès. Après tout ce qu'il a traversé, il le mérite amplement.

Julien m'a donné rendez-vous dans le centre de Cincinnati, bien loin de l'hôtel et du lieu du tournoi. Je n'ai rien dit, mais je peste un peu : j'aime autant limiter les allers-retours en taxi et je suis certaine que nous aurions pu trouver un endroit très sympathique pour dîner sans avoir à rouler pendant plus d'une demi-heure…

La voiture me dépose à l'adresse que m'a transmise Julien. Il s'agit d'un restaurant à l'air assez branché avec une terrasse qui offre une vue sur le pont et la ville. En entrant, je suis prise d'une étrange sensation. Pourtant, je suis certaine de n'être jamais venue dans cet établissement, qui par ailleurs a l'air assez récent. Une serveuse m'indique que Julien m'attend à l'extérieur. La terrasse est baignée de soleil et entourée de fleurs colorées. De toutes les tables, une seule est dressée : celle où Julien est installé. Le couvert y est mis pour deux, et une rose d'un rouge éclatant trône en son milieu. Avec sa chemise pastel et son pantalon serré, Julien est sur son trente-et-un. Je ne suis pas spécialement mal habillée, mais avec mon short en jean, mon chemisier à fleurs et mes tennis blanches, j'ai l'impression de ne pas avoir respecté le *dress code*.

— On fête quelque chose ? demandé-je en m'asseyant.

J'essaie de me souvenir de la date du jour… aurais-je oublié quelque chose ?

— Ça se pourrait.

Nous échangeons un baiser langoureux au-dessus de la table. Les doigts de Julien trouvent les miens et ils caressent doucement le dos de ma main. Quand nos lèvres se séparent, il plonge son regard dans le mien avec une telle intensité que je détourne les yeux, presque gênée.

— Tu es sûr que ce restaurant a bonne réputation ? demandé-je.

Julien laisse échapper un rire cristallin. Puis, se passant la main dans les cheveux, il demande :

— Il me semble… pourquoi ?

— Je ne sais pas. Déjà, il n'y a personne, expliqué-je à voix basse. Ensuite, on n'est toujours pas venu prendre nos commandes. Et enfin… je suis presque sûre que j'ai vu une des serveuses nous observer en douce depuis l'intérieur.

Julien baisse les yeux, et ricane en secouant la tête.

— C'est que… hésite-t-il. Je ne nous ai pas *juste* réservé une table pour dîner.

À ces mots, il se lève de sa chaise, s'approche de la mienne, et pose un genou à terre juste devant moi. Je perds la notion du temps, de l'espace, de tout. Les mains posées en croix sur ma bouche béate, je n'entends ni ne comprends les mots que prononce Julien. Avec une extrême lenteur, comme un film projeté au ralenti, je le vois porter la main à sa poche, en sortir une boîte en velours et l'ouvrir. Sous le soleil de la fin de soirée, le discret diamant scintille. Mon dernier sens se brouille. Mes yeux sont emplis de larmes, et je ne vois plus rien. Je ne suis même pas certaine d'avoir respiré une seule fois depuis qu'il s'est agenouillé. Est-ce qu'il parle encore ? Est-ce qu'il attend ? Que dois-je faire ? Dans une soudaine lueur de compréhension, je me jette à son cou. Je l'assaille de dizaine de baisers sur ses joues, son menton, sa bouche. Je suis incapable de prononcer le moindre mot. Lui, pourtant, n'en attend qu'un seul.

— Colleen, fait-il avec une fébrilité dans la voix que je ne lui avais pas connue depuis longtemps, est-ce que c'est un oui ?

Je m'écarte de lui et prends son visage entre mes mains.

— Oui, reniflé-je avec le plus de dignité possible.

La seconde suivante, ma bouche est de nouveau contre la sienne, et un anneau en métal entoure mon annulaire gauche.

Nous nous sommes relevés, toujours mains dans les mains, et au même moment, tout le staff de l'établissement est sorti en applaudissant. Une femme vient déposer sur la table un seau de glaçons contenant une bouteille de champagne et deux coupes.

— Avec les félicitations de la maison, déclare-t-elle.

Elle repart en m'adressant un clin d'œil évocateur.

C'est seulement à cet instant que son visage me revient en mémoire ! C'est la serveuse qui, il y a trois ans de cela, m'avait sans doute empêchée d'étriper Julien devant tout le monde en venant prendre notre commande au bon moment. Mon futur époux m'explique qu'elle a repris l'endroit à son compte depuis un an, transformant l'ancien *coffee shop* en un restaurant de standing aux prix abordables. J'apprends dans le même temps que le bougre a planifié sa demande depuis pratiquement un an ! Je n'en reviens pas qu'il se soit souvenu de cet endroit… ni qu'il l'ait choisi pour faire sa demande ! Pourtant, cela lui ressemble et nous ressemble tellement. Une relation tout feu, tout flamme souvent apaisée par un bon repas… ou une nuit d'amour.

Nous poursuivons cette délicieuse soirée autour d'un repas concocté par la jeune cheffe. Je n'arrive pas à détacher mon regard du diamant qui étincelle à mon doigt et ai du mal à me concentrer sur ce que Julien me raconte. Quand je parviens à retrouver mes esprits, nous commençons à discuter du mariage idéal.

— Il aura lieu à New York, tranché-je plus que je ne le propose.

Julien hoche la tête. Je ne connais personne d'autre au monde qui apprécie cette ville autant que moi, et surtout pour les mêmes raisons.

— J'avais pensé à l'hiver ? Ce n'est pas courant, mais ça nous permettrait d'en profiter pleinement sans nous mettre en difficulté sur le plan sportif. Mon plus grand cauchemar, confesse-t-il, ce serait de devoir confier l'organisation de la journée et du menu à Aurelia parce qu'un tournoi se profile…

Je ris à gorge déployée. Ce n'est pas très charitable pour Aurelia… mais j'espère pouvoir manger et boire autre chose que du porridge et ses mixtures énergisantes au goût infâme le jour de mes noces !

Main dans la main, nous commençons à dresser le portrait de notre mariage parfait. Et pendant quelques jours encore, je suis tout à ma joie nouvelle, à rêver de robe blanche, de grandes tables drapées et de bouquet de fleurs séchées. Le tennis est largement relégué au second plan dans mon esprit, et, je crois que cela m'est complètement égal.

FIN

CHAPITRE 64
ÉPILOGUE

Le match n'est même pas commencé que j'ai déjà les larmes aux yeux et l'estomac tout retourné. Le stade est plein à craquer. Dans le taxi qui m'a conduite ici, j'ai entendu dire que les places se revendaient à prix d'or au marché noir. Personne, à New York, ne voulait manquer ça. À mes côtés, les filles sont survoltées. Quand le speaker annonce l'entrée des joueurs, je retiens ma respiration quelques secondes. C'est un Espagnol, numéro 5 mondial, qui entre sur le court en saluant la foule. Les applaudissements, bien que sincères, sont un peu timides. Tout le monde, aujourd'hui, n'aura d'yeux que pour son adversaire.

Becky s'est levée. Du haut de ses six ans, elle a désormais l'habitude des matches et des terrains de tennis.

— Il est là ? s'écrie Lina.

Becky secoue la tête.

— Non, ça, c'est l'autre, explique-t-elle à sa petite sœur. Papa arrive après !

La clameur s'élève bien avant que j'aperçoive sa tête en dehors du couloir.

— Il nous vient de France, annonce le speaker, mais il est américain d'adoption, avec quatre finales disputées ici, dont deux gagnées. À 41 ans, il est le joueur le plus âgé du circuit, et il entame aujourd'hui son dernier US Open avant une retraite bien méritée… Mesdames et messieurs, un tonnerre d'applaudissements pour Julien Masson !

— C'est papa ! s'extasie Becky.

Elle attrape sa sœur par les épaules et pointe leur père du doigt. Dans les yeux de Lina, qui est là pour la première fois, quelque chose s'illumine. Nous tapons toutes les trois des mains en rythme, et je suis déjà en train de pleurer.

Si nombreux dans les gradins espèrent, voire attendent un exploit, je sais bien qu'il n'en sera rien. L'Espagnol n'a que 22 ans, il est en train de réaliser la meilleure saison de sa jeune carrière et a clairement annoncé à la presse que son objectif était de remporter le tournoi. Il ne fera aucun cadeau à Julien. De son côté, mon mari, tombé récemment hors du top 100, a reçu une invitation pour participer à ce tournoi qu'il chérit tant, une dernière fois. Depuis quelques mois, il souffre de la hanche. La douleur et sa progressive dégringolade au classement l'ont convaincu de mettre un terme à sa carrière. S'il met un point d'honneur à bien finir, il est conscient que la marche du jour est sans doute beaucoup trop haute, surtout avec un corps diminué. Au petit matin, dans le lit, je l'entendais grogner. Il a dû prendre des antidouleurs avant le match, et j'espère que, grâce à cela, il pourra quand même profiter de son dernier tour de piste, ici, dans cette ville que nous avons tant aimée, où nous nous sommes tant aimés et où sont nés nos deux merveilleux petits trésors.

Lorsque le match commence, je me rassieds et intime aux filles d'en faire autant. Avant que Julien ne serve le premier coup du match, je jette un regard à Rebecca, assise trois places plus loin, à côté de la petite fille nommée en son honneur. Mon ancienne coach me sourit. Elle et moi sommes les dernières survivantes et les uniques membres du staff de Julien. Max l'a suivi pendant des années avant d'être rattrapé par ses envies de fonder une famille. Il y a deux ans, à l'aube de ses 40 ans, il a désiré retourner vivre en France et retrouver une vie moins mouvementée. La seule raison pour laquelle il n'est pas là cet après-midi, c'est parce que son fils est né il y a tout juste dix jours. Il vient de m'envoyer une photo : il lui donne le biberon devant le match et espère bien ne pas en perdre une miette. Quant à mon ancienne équipe – Annabeth, Aurelia et Lucy – après avoir travaillé exclusivement avec Julien quand j'ai pris ma retraite, elles ont tour à tour vogué vers d'autres projets pour accompagner des athlètes plus jeunes en pleine éclosion. Tous ces départs se sont faits d'un commun accord et en bonne entente. Arrivé en fin de carrière, Julien connaît son corps et sa tête. Il n'a plus autant besoin d'être accompagné qu'il y a quelques années. Et puis, il y a Joe… Il nous a quittés il y a plus de cinq ans, quelques mois après la naissance de Becky. Un cancer foudroyant l'a emporté en quelques semaines. Tous les titres que Julien a gagnés par la suite lui étaient dédiés. Il s'est donné corps et âme dans ce sport pour rendre hommage à ce coach qui avait été pour lui un meilleur père que son propre père ne l'a jamais été. Cette période a été l'une des plus dures de notre vie et un cap très difficile à passer. L'arrivée de notre petite Lina, et les premières pitreries de sa grande sœur, ont été d'une aide salvatrice dans cette période sombre.

J'imagine que c'est aussi à tout cela que Julien pense alors qu'il foule ce stade mythique pour ce qui sera sans doute son dernier match sur le circuit ATP.

Pendant ce match, il se fait plaisir. Il offre au public sa panoplie de coups hors du commun. Évidemment, ça ne suffit pas pour tenir tête à un petit jeune survolté au meilleur de sa forme. Malgré tous ses efforts, Julien concède la défaite : 6-3, 6-4, 6-2. La coutume voudrait qu'il range ses raquettes, salue la foule et rentre rapidement aux vestiaires. Mais il s'agit du tout dernier match d'un double vainqueur ici, monté jusqu'au rang de numéro 3 mondial. Alors, la foule fait une petite entorse au règlement. Acclamé par le public, tout comme par son adversaire du jour, Julien est invité par le speaker à prendre la parole. Je pleure pendant tout son discours, pendant lequel il remercie tous ceux qui lui sont chers, et bien sûr, rend hommage à la mémoire de Joe Perez. Becky aussi est émue, elle sait que Papa joue son dernier match. Lina, de son côté, est agacée. Elle ne comprend pas pourquoi il y a tout ce bruit, et est fâchée que son père ait perdu alors qu'elle était pour une fois venue au stade. J'alterne entre le rire et les larmes, me rappelant moi aussi mon dernier match ici, il y a de cela sept ans maintenant. Je m'étais hissé jusqu'en demi-finale, perdant contre Sophia que j'avais battue ici même quelques années auparavant lors de mon premier sacre en Grand Chelem.

Oh, comme j'aime cette ville et son effervescence, et ô combien me l'a-t-elle rendu. « Merci, New York ! » sont les derniers mots que prononce Julien avant de rendre le micro, et je crois que je n'aurais pas dit mieux.

FIN

ENVIE DE DÉCOUVRIR D'AUTRES TITRES DE LA COLLECTION *It's up to you* ? RENDEZ-VOUS EN LIBRAIRIE !

DÉJÀ DISPONIBLE EN LIBRAIRIE

SORTIE EN JANVIER 2025